KB112776

올리버 트위스트 2

Oliver Twist

세계문학전집 352

올리버 트위스트 2

Oliver Twist

찰스 디킨스

이인규 옮김

민음사

차례

29장
올리버가 도움을 청한 집의 식구들을 소개하고 설명한다.

현대적인 우아함보다는 고풍스러운 안락함을 지닌 가구들로 꾸며 놓았지만 꽤 멋진 방이었다. 잘 차린 아침 식탁 앞에 두 숙녀가 앉아 있고, 조끼까지 완전히 갖춘 검은 양복을 세심하고도 빈틈없이 잘 차려입은 자일스 씨가 시중을 들고 있었다. 그는 찬장과 아침 식탁 사이의 중간쯤에 자리를 잡고 섰는데, 몸을 한껏 꼿꼿하게 세우고 고개는 뒤로 젖혀 한쪽으로 살짝 기울인 듯 만 듯하고, 왼쪽 다리를 약간 앞으로 내밀고, 오른손은 조끼에 찔러 넣은 채 왼손은 옆으로 내려뜨려 쟁반을 잡고 있는 모습이 자신의 가치와 중요성을 의식하며 아주 기분 좋아하는 사람처럼 보였다.

두 숙녀 가운데 한 사람은 나이를 꽤 많이 먹은 부인이었으나 앉아 있는 등 높은 참나무 의자보다도 더 자세가 꼿꼿했다. 그녀의 차림새는 지극히 단정하고 정확했는데, 유행이 지난

의상에 당시 유행하는 취향을 살짝 받아들여 둘을 묘하게 결합한 그 옷차림에서 최신 취향은 구식 스타일의 효과를 손상시키기는커녕 오히려 보기 좋게 돋보이게 하는 역할을 했다. 그녀는 두 손을 모아 식탁 위에 올려놓고 기품 있게 앉아서 두 눈으로(나이가 들었어도 반짝이는 광채가 거의 흐려지지 않은 눈이었다.) 그녀의 어린 상대를 주의 깊게 응시하고 있었다.

젊은 숙녀는 한창 아름답게 피어나는 청춘기의 아가씨였다. 만약 천사들이 하느님의 선한 목적을 위해 인간의 형상을 띠고 나타난다면 바로 그녀와 같은 형상에 깃들 것이라고 생각해도 불경스럽지 않을 그런 나이였다.

그녀는 열일곱 살이 채 넘지 않았다. 너무나 섬세하고 가냘픈 형상으로 빚어지고, 너무나 온순하고 부드러우며, 너무나 순수하고 아름다워서 이 땅에 속하지 않는 존재처럼 보였고, 지상의 거친 인간들과 어울리는 상대가 아닌 듯했다. 깊고 푸른 눈 속에서 빛나고, 또 고상한 이마 위에 뚜렷이 새겨진 지성 또한 그녀 나이뿐만 아니라 이 세상의 수준을 훨씬 넘어선 것 같았다. 하지만 변화가 풍부한 상냥하고 명랑한 표정과 얼굴에 환히 퍼져서 그늘진 구석을 하나도 남기지 않는 무수한 빛들, 그리고 무엇보다도 미소, 쾌활하고 행복한 그 미소는 이 세상, 즉 '가정'과 화롯가의 평화와 행복을 위해 만들어진 것들이었다.

그녀는 식탁에서 바쁘게 잔시중을 들고 있었다. 그러다가 우연히 눈을 든 그녀는 자신을 바라보는 노부인과 시선이 마주치자 이마 위에 소박하게 땋아 늘인 머리카락을 명랑하게 걷어 넘겼다. 그러곤 환히 빛나는 얼굴에 꾸밈없는 사랑스러움과 애정이 넘치는 표정을 지어 보였는데, 그 표정이 얼마나 아름다운지 축복받은 천사들이 그녀를 바라보고 미소를 지었을 법했다.

"그런데 브리틀스가 간 지도 벌써 한 시간이 넘었군, 그렇지?" 노부인이 잠시 가만히 있다가 말했다.

"한 시간 십이 분이 되었습니다, 마님." 자일스 씨가 검은 리본에 달린 은시계를 꺼내 확인하며 대답했다.

"그 앤 언제나 느리구나." 노부인이 말했다.

"예, 브리틀스는 언제나 느린 아이였지요, 마님." 집사가 대답했다. 말이 나왔으니 말이지 브리틀스는 삼십 년 넘게 계속 느린 아이였고, 그런 점에서 그가 빠른 아이가 될 가능성은 별로 없어 보였다.

"좀 나아지기는커녕 오히려 더 나빠지는 것 같아." 노부인이 말했다.

"만약 다른 아이들하고 노느라고 그런다면 정말 용서받기 어려운 일이겠죠?" 젊은 숙녀가 미소를 지으며 말했다.

자일스 씨는 자신 또한 정중하게 미소를 지어도 괜찮을지 숙고하는 것 같았는데, 그때 이륜마차 한 대가 정원 문 앞으로 달려와 섰다. 그리고 마차에서 뚱뚱한 신사 한 사람이 뛰어내리더니 곧장 현관문까지 달려왔다. 그는 뭔가 신비스러운 방식으로 순식간에 집 안으로 들어오더니 곧 방으로 들이닥쳤는데, 그러면서 자일스 씨와 아침 식탁을 모두 뒤집어엎을 뻔했다.

"이런 일은 정말 처음 들어 봅니다!" 뚱뚱한 신사가 외쳤다. "친애하는 메일리 부인…… 아이고 세상에…… 그것도 조용한 한밤중이라니…… 이런 일은 정말이지 처음 들어 봅니다!"

이런 식으로 위로의 마음을 표현하면서 뚱뚱한 신사는 두 숙녀와 악수를 나누었다. 그러곤 의자를 당겨 앉으며 두 숙녀의 안부를 물었다.

"부인께선 숨이 멎을 뻔했겠지요. 틀림없이 놀라서 숨이 멎을 뻔했을 거예요." 뚱뚱한 신사는 말했다. "왜 사람을 보내지 않았습니까? 원 세상에, 제 하인이 일 분 만에 달려왔을 텐데 말이에요. 나도 그랬을 거고, 내 조수도 기쁘게 그랬을 거고, 또 누구든 그런 상황에서 그렇게 했을 텐데 말입니다. 아이고, 이런! 그토록 예기치 않은 일을 당하다니! 그것도 조용한 한밤중에 말이오!"

의사는 강도 행위가 예기치 않게, 그것도 한밤중에 일어났다는 사실에 특히 충격을 받은 듯했다. 마치 대낮에, 그것도 하루나 이틀 전에 우편으로 미리 예약하고 사업을 처리하는 것이 집털이 업계에 종사하는 신사들의 확립된 관례라도 되는 것처럼.

"그리고 로즈 양, 당신도……." 의사는 젊은 숙녀를 돌아보며 말했다. "틀림없……."

"아! 저도 정말이지 굉장히 놀랐어요." 로즈가 의사의 말을 가로채며 말했다. "하지만 위층에 불쌍한 사람이 하나 있는데, 숙모님은 선생님께서 좀 봐 주시기를 원하세요."

"아, 참! 그렇지요." 의사가 대답했다. "물론이지요. 그런데 자일스, 그게 자네 작품이었다며?"

열정적으로 찻잔을 정돈하고 있던 자일스 씨는 얼굴이 아주 빨개지며 자신한테 그런 명예가 주어졌다고 말했다.

"명예라고, 응?" 의사가 말했다. "글쎄, 잘 모르겠는걸. 부엌방에서 도둑을 쏘아 맞힌 것이 열두 걸음 떨어져서 결투 상대를 쏘아 맞힌 것만큼 명예로운 일일 수도 있겠지. 그자가 허공에다 총을 쐈고 자네가 결투를 치러 냈다고 치세, 자일스."

문제를 이처럼 가볍게 다루는 것이 자신의 영광을 부당하게 축소하려는 시도라고 생각한 자일스 씨는 자신과 같은 사람이 그런 일에 대해 판단할 것은 아니지만 이번 일은 상대편에게 결코 가벼운 장난이 아니었을 걸로 생각한다고 정중하게 대답했다.

"아, 그렇지, 맞아! 그자가 지금 어디에 있지? 어서 안내하게." 의사가 말했다. "메일리 부인, 그럼 내려와서 다시 뵙도록 하겠습니다. 저게 도둑이 들어왔다는 그 작은 창인가, 엉? 나 원 참, 믿을 수 없는 일이라니까!"

의사는 이야기를 계속하면서 자일스 씨를 따라 위층으로 올라갔다. 그가 위층으로 올라가는 동안을 이용해 독자에게 귀띔을 하자면 로스번 씨는 인근 지역의 외과 의사로 주변 15킬로미터 거리 내에서는 그냥 '의사 선생'이라고 알려졌는데, 그가 뚱뚱한 것은 잘 먹고 잘살아서라기보다 오히려 즐겁고 유쾌하게 살기 때문이었다. 그 지역의 다섯 배나 되는 지역을 세상의 그 어떤 탐험가가 뒤진다 해도 그처럼 친절하고 진심 넘치는, 그러면서 동시에 괴짜인 노총각은 찾아낼 수 없을 그런 사람이었다.

의사는 그 자신이나 숙녀들이 예상했던 것보다 훨씬 더 오랫동안 올라가 있었다. 마차에서 커다랗고 넓적한 상자가 올려 보내졌고, 침실 초인종이 아주 빈번하게 울렸으며, 하인들이 끊임없이 오르락내리락했다. 이런 상황들로 보건대 위에서 뭔가 중요한 일이 벌어지고 있다는 결론은 당연해 보였다. 마침내 의사가 돌아왔다. 그런데 환자의 안부를 걱정하는 질문을 받자 그는 대답 대신에 아주 묘한 표정을 지으며 방문을 조심스레 닫았다.

"이것 참 이상한 일이군요, 메일리 부인." 의사는 문이 열리지 않게 막으려는 듯 문을 등지고 선 채 말했다.

"환자가 위험한 상태인 건 아니겠지요?" 노부인이 말했다.

"뭐, 상황이 상황인 만큼 그렇다 해도 이상할 일은 아니지요." 의사가 대답했다. "하지만 환자가 위험한 것 같진 않습니다. 이 도둑을 한번 보셨습니까?"

"아뇨." 노부인이 대답했다.

"그에 대해 뭐 들으신 말도 없는가요?"

"네."

"죄송합니다만, 마님." 자일스 씨가 끼어들며 말했다. "아까 로스번 선생님이 도착하셨을 때 제가 막 도둑에 대해 말씀을 드리려던 참이었습니다."

사실은 이랬다. 자일스 씨는 처음에 자신이 쏜 사람이 소년에 불과하다는 사실을 고백할 수가 없었다. 그의 용감함에 대해 너무나 많은 찬사가 쏟아졌는지라 그는 달콤했던 몇 분 동안, 즉 용맹무쌍함의 명성을 최고 정점에서 한껏 누렸던 짧은 몇 분 동안 진실에 대한 설명을 도저히 미루지 않을 수 없었던 것이다.

"로즈가 그 사람을 한번 보겠다고 했는데, 내가 안 된다고 했지요." 메일리 부인이 말했다.

"흐음!" 의사가 대꾸했다. "도둑의 겉모습은 놀랄 만한 게 아무것도 없습니다. 저와 함께 가서 보는 것도 반대를 하시겠는지요?"

"꼭 필요한 일이라면 물론 반대할 이유가 없겠지요." 노부인이 대답했다.

"그렇다면 꼭 필요한 일이라고 하겠습니다." 의사가 말했다. "어떤 경우든 만약 부인께서 그를 보는 것을 미루신다면 깊이 후회하실 게 틀림없다고 나는 확신합니다. 그는 지금 더할 나위 없이 조용하고 편안한 상태입니다. 자, 제 손을 잡으세요. 로즈 양, 당신도 내 팔을 끼지 않겠어요? 조금도 두려워할 필요 없어요. 내 명예를 걸고 맹세합니다!"

30장
올리버를 새로 만난 사람들이 그에 대해 생각하는 바를 이야기한다.

그들이 범인의 모습을 보면 기분 좋게 놀랄 것이라고 수다스럽게 한참 장담을 늘어놓은 뒤, 의사는 젊은 숙녀의 팔을 자신의 한쪽 팔에 끼고 나머지 한 손을 메일리 부인에게 내밀고는 대단히 격식을 차리고 위엄 있는 태도로 그들을 위층으로 안내했다.

"자." 의사가 침실 문의 손잡이를 살며시 돌리면서 속삭이는 목소리로 말했다. "어떻게들 생각하시는지 들어 볼 순간이군요. 그는 최근에 면도 같은 걸 한 적이 없지만 그럼에도 전혀 사나워 보이지 않습니다. 하지만 잠깐! 먼저 방문객을 만나도 될 상태인지 확인해 보도록 합시다."

의사는 두 숙녀보다 먼저 들어가 방 안을 살펴보았다. 그러고는 그들에게 들어오라고 손짓을 한 뒤에 그들이 들어오자 방문을 닫고 침대의 커튼을 부드럽게 당겨 걷었다. 침대 위에는 그들이 목격할 것으로 예상했던 모질게 생기고 시커먼 얼굴을 한 악한 대신에 그저 앳된 아이 하나가 극도의 피로와 고통에 지친 채 깊은 잠에 빠져 있었다. 다친 팔은 부목을 대고 붕대를 감아 가슴 위에 얹어 놓았고, 머리를 기댄 다른 쪽 팔은 베개 위로 흘러내린 긴 머리카락에 반쯤 가려져 있었다.

정직한 의사 양반은 손으로 커튼을 잡은 채 일이 분간 계속 바라보았다. 그가 이렇게 환자를 지켜보는 동안 젊은 숙녀는 미끄러지듯 살며시 그의 옆을 지나 침대 곁 의자에 앉더니 올리버의 머리카락을 쓸어 넘겨 주었다. 그녀가 몸을 숙일 때 올리버의 이마에 눈물이 떨어졌다.

소년은 마치 이러한 동정과 연민의 표시가 그로 하여금 과거에 한 번도 알지 못했던 사랑과 애정을 누리는 어떤 즐거운 꿈을 꾸도록 자극이라도 한 듯 잠결에 몸을 뒤척이며 미소를 지었다. 이처럼 음악의 부드러운 선율이나 어느 조용한 곳에서 마주친 물결의 파문, 꽃향기, 누군가가 언급한 낯익은 단어 등은 때때로 이승에는 전혀 존재하지 않았던 장면들에 대한 희미한 추억들을 문득 불러일으키곤 한다. 숨결처럼 이내 사라지고 마는 이 추억들은 이미 지나간 지 오래인 한층 행복했던 삶에 대한 어떤 짧은 기억에 의해 우리 마음속에 일깨워진 듯한, 의식적으로는 아무리 애를 써도 결코 떠오르게 할 수 없는 것들이다.

"어떻게 된 일이지요?" 노부인이 외쳤다. "이 불쌍한 아이가 강도들의 앞잡이라니 절대 그럴 리 없어요!"

"악의 여신이 머무는 신전은 다양한 법이지요." 의사가 커튼을 도로 치고 한숨을 쉬며 말했다. "아름다운 겉모습 안에 악의 여신이 깃들어 있지 않다고 누가 말할 수 있겠습니까?"

"하지만 그토록 어린 나이에 어떻게!" 로즈가 항변하듯 말했다.

"다정한 로즈 아가씨." 의사가 슬픈 얼굴로 고개를 저으며 대답했다. "범죄는 죽음이나 마찬가지로 늙고 쭈그러든 사람들한테만 해당되는 게 아니라오. 극히 어리고 아름다운 사람조차 너무나 흔히 범죄의 하수인으로 떨어지곤 한다오."

"하지만 선생님, 아, 정말이지, 선생님! 이 연약한 아이가 자발적으로 사회의 가장 흉악한 무리와 한 패가 되었다고 믿으세요?" 로즈가 걱정스러운 얼굴로 말했다.

의사는 고개를 저었지만 그 태도는 충분히 그럴 수 있다고 생각하는 것을 암시하는 듯했다. 그는 환자한테 방해가 되겠다고 말하면서 그들을 옆방으로 데려갔다.

"설령 저 애가 나쁜 아이라고 해도 말이에요." 로즈가 말을 계속했다. "저 애가 얼마나 어린지 생각해 보세요. 저 애가 엄마의 사랑이나 가정의 행복을 전혀 몰랐을 수 있다는 것을 생각해 보세요. 학대받거나 두드려 맞아서, 또는 굶주림 때문에 나쁜 사람들과 한패가 되어 그들의 강요로 죄를 지을 수밖에 없었을지도 모르잖아요. 숙모님, 다정한 숙모님, 제발 그런 것들을 생각해 주세요, 불쌍한 아이가 감옥에 끌려가도록 하시기 전에 말이에요. 감옥에 가면 저 애는 틀림없이 올바르게 될 모든 가능성을 잃어버리고 말 거예요. 아! 절 사랑해 주시는 숙모님께서도 잘 아시다시피 저는 숙모님의 친절함과 다정함

속에서 부모님이 안 계신 걸 전혀 느끼지 못했어요. 하지만 숙모님이 안 계셨다면 저 역시 혼자 버려져 이 불쌍한 아이처럼 의지하거나 보호해 줄 사람이 아무도 없었을 거예요. 그러니 숙모님, 아이에게 동정을 베풀어 주세요, 너무 늦기 전에 말이에요!"

"내 사랑하는 아이야." 노부인이 눈물을 흘리는 아가씨를 품에 꼭 껴안으며 말했다. "네 생각에 내가 저 아이의 머리칼 하나라도 다치게 할 거 같니?"

"오, 아뇨!" 로즈는 진정으로 대답했다.

"그래, 아니고말고." 노부인이 말했다. "내 인생을 마감할 날도 이제 멀지 않았는데, 내가 남에게 자비를 베푼 만큼 하느님께서도 나한테 자비를 베푸시겠지! 선생님, 어떻게 하면 저 아이를 구할 수 있을까요?"

"생각을 좀 해 봐야겠습니다, 부인." 의사가 말했다. "생각을 좀 해 봐야겠어요."

로스번 씨는 두 손을 바지 주머니에 쑤셔 넣고는 방을 오락가락하며 몇 차례 돌았다. 그는 자주 걸음을 멈추고 발끝으로 몸의 균형을 잡고 서서는 무섭게 인상을 쓰곤 했는데, 그러면서 "그래, 바로 그거야." "아냐, 그건 아냐."를 여러 차례 큰 소리로 외쳐 대고, 또 그렇게 외친 횟수만큼 걷고 인상 쓰기를 새롭게 반복했다. 한참 그러더니 마침내 완전히 걸음을 멈추고 다음과 같이 말했다.

"자일스와 꼬맹이 브리틀스를 을러멜 무제한적인 권한을 저한테 완전히 허락하신다면 어떻게 일을 해결해 볼 수도 있을 거 같습니다. 자일스가 충직한 사람이고 또 오랫동안 일한 하인인 걸 저도 잘 압니다. 하지만 나중에 무수히 많은 방법으로 보상해 주실 수 있을 겁니다. 훌륭한 명사수인 데 대한 상도 후히 내리면서 말입니다. 반대하지 않으시겠지요?"

"저 아이를 구할 방법이 달리 또 없다면 할 수 없지요." 메일리 부인이 대답했다.

"다른 방법은 없습니다." 의사가 말했다. "분명 없습니다. 제 말을 믿으십시오."

"그렇다면 숙모님은 선생님께 전권을 부여하십니다." 로즈가 눈물 사이로 미소를 지으며 말했다. "다만 정말 꼭 필요한 것 이상으로는 그 불쌍한 사람들한테 심하게 하지 마세요."

"로즈 양." 의사가 응수했다. "당신은 오늘 자신을 제외한 모든 사람이 다 매정하다고 생각하는 것 같소. 떠오르는 젊은 남성 친구들 전체를 위해 말하건대 결혼하기에 딱 적격인 어느 젊은 친구가 맨 처음 나타나 당신의 마음에 호소할 때 당신 기분이 지금처럼 동정심 가득하고 여린 상태이기만을 바랄 뿐이오. 그리고 내가 바로 그런 젊은이여서 지금같이 좋은 기회를 이용해 이 자리에서 즉시 그렇게 할 수 있다면 참 좋겠소."

"선생님도 불쌍한 브리틀스만큼이나 철없는 애어른이시라니깐요." 로즈가 얼굴을 붉히며 대꾸했다.

"허허." 의사가 호탕하게 웃으며 말했다. "그건 별로 난감한 문제가 아니지요. 하지만 아이 문제로 돌아가서 우리가 합의해야 할 중요 사항이 아직 남았습니다. 저 앤 아마 한 시간쯤 지나면 깨어날 겁니다. 아래층에 있는 저 얼간이 경관 친구한테는 아이가 움직이거나 말을 하면 목숨이 위태로울 거라고 말했지만, 내 생각에 아이는 우리와 이야기를 나눠도 괜찮을 듯합니다. 자, 그렇다면 내가 달고 싶은 단서는 이겁니다. 두 분 앞에서 내가 아이를 조사해 볼 텐데, 만약 애가 하는 말을 듣고 정말 나쁜 놈이 확실하다는(그럴 가능성이 아주 큽니다만) 판단이 든다면, 그것을 두 분의 냉철한 이성이 확신하도록 내가 입증해 보인다면, 그러면 그를 자기 운명에 맡겨 두고 내 쪽에서 더 이상 어떠한 개입도 하지 말아야 한다는 것입니다."

"오, 안 돼요, 숙모님!" 로즈가 간청하듯 말했다.

"아니, 그래야 합니다. 숙모님!" 의사가 말했다. "합의하시겠습니까?"

"저 앤 악에 완전히 물든 아이일 리 없어요." 로즈가 말했다. "그건 불가능해요."

"좋아요." 의사가 응수했다. "그렇다면 그만큼 더 내 제안에 동의할 이유가 큰 셈이지요."

마침내 협정이 맺어졌다. 그리고 협정 당사자들은 올리버가 깨어나기를 다소 초조하게 기다리며 앉아 있었다.

두 숙녀는 로스번 씨의 말을 듣고 예상했던 것보다 더 오랫동안 힘들게 기다려야 할 운명이었다. 왜냐하면 한 시간이 지나고 또 한 시간이 지나도 올리버는 여전히 깊은 잠에 빠져 있었기 때문이다. 실로 그들이 인정 많은 의사로부터 올리버가 마침내 깨어나서 이야기를 할 만큼 회복했다는 소식을 들은 것은 저녁이 다 되었을 때였다. 의사는 아이가 몹시 아프고 또 출혈로 인해 기력이 없는 상태이지만 뭔가를 밝히고 싶은 간절한 마음 때문에 굉장히 괴로워해서 다음 날 아침까지 가만히 있으라고 하기보다 차라리 이야기할 기회를 주는 게 낫겠다고, 아니었으면 아침까지 기다리게 했을 것이라고 말했다.

회담은 길었다. 올리버는 그들에게 자신의 가련한 이력을 전부 이야기했는데, 통증과 기력 부족 때문에 말을 자주 멈춰야만 했다. 어둑어둑한 방에서 병약한 아이가 가냘픈 목소리로 하나하나 열거하는, 모진 어른들이 강요한 악행과 시련의 참담한 목록을 듣는 것은 숙연한 일이었다. 아! 우리가 동료 인간들을 억압하고 으깨고 학대할 때 우리 인간의 잘못에 대한 시커먼 증거들이 무거운 먹구름처럼, 비록 느리지만 한 치의 어김도 없이 하늘나라로 올라가 나중에 우리 머리 위에 복수의 소나기를 퍼부으리라는 것을 단 한 번만이라도 생각한다면, 아! 우리가 상상 속에서 단 한 순간이라도 어떤 권력으로도 눌러 버릴 수 없고 어떤 오만함으로도 막을 수 없는 죽은 자들의 통렬한 증언의 목소리를 듣는다면 이 세상에서 매일매일 저질러지는 해악과 불의, 고통과 불행, 잔인함과 부당함은 그 어느 곳에서도 찾아볼 수 없을 텐데!

그날 밤 부드러운 손길이 올리버의 베개를 어루만졌고, 선하고 사랑 가득한 눈길이 잠자는 그를 지켜보았다. 그의 마음은 평온하고 행복했으며, 그대로 죽는다 해도 여한이 없을 것 같았다.

중대한 대담이 끝나고 올리버가 다시 누워 안정을 취할 때 의사는 두 눈을 닦으며 왜 갑자기 시력이 나빠진 거냐고 책망하더니, 곧바로 자일스 씨를 공략하러 아래층으로 내려갔다.

그런데 거실 주위에 아무도 없는 것을 보고 문득 부엌에서 일을 진행하는 것이 더 효과적일 수도 있겠다는 생각이 들었다. 그래서 부엌으로 내려갔다.

부엌에는 여자 하인들과 브리틀스, 자일스 씨, 땜장이(그는 수고한 대가로 그날 하루 종일 마음대로 먹고 마시도록 특별 초대를 받았다.), 경관이 마치 가정 의회의 하원이라도 열린 것처럼 모여 있었다. 마지막에 언급한 신사는 커다란 경찰봉에 커다란 머리통과 커다란 이목구비를 지녔으며 커다란 반장화를 신고 있었다. 그리고 그 큰 체구에 걸맞게 많은 양의 맥주를 마신 듯한 얼굴이었는데, 실제로 그러했다.

전날 밤의 모험이 여전히 화제였다. 의사가 들어갔을 때 자일스 씨는 자신의 침착함에 대해 상세히 설명하는 중이었고, 브리틀스는 맥주잔을 손에 들고 윗사람이 말을 시작하기도 전에 먼저 나서서 모든 게 틀림없다고 뒷받침해 주고 있었다.

"그냥 그대로 앉아 있게!" 의사가 손을 저으며 말했다.

"감사합니다, 선생님." 자일스 씨가 말했다. "마님과 아씨께서 맥주를 좀 돌리라고 하셨습니다. 저도 제 작은 방에 틀어박혀 있고 싶은 기분이 전혀 아닌 데다 또 사람들과 좀 어울려야겠다는 생각이 들어 이렇게 내려와 함께 마시는 중입니다."

브리틀스를 필두로 사람들이 뭐라고 낮게 중얼거렸는데, 이것은 그 자리에 있는 신사 숙녀들이 모두 자일스 씨가 그렇게 합석해 준 것을 기쁘게 여긴다는 표현으로 이해되었다. 자일스 씨는 은혜를 베푸는 듯한 태도로 주위를 빙 둘러보았는데, 마치 그들이 예의 바르게 행동하는 한 자신이 그들을 저버리는 일은 결코 일어나지 않을 것이라고 말하는 듯했다.

"환자는 이제 좀 어떤지요, 선생님?" 자일스 씨가 물었다.

"그저 그렇다네." 의사가 대답했다. "그런데 자네가 이 일로 곤경에 빠진 것 같아 걱정스럽네, 자일스."

"설마, 선생님." 자일스 씨가 부들부들 떨면서 말했다. "그 애가 죽을 거라는 말씀은 아니겠죠? 만약 그렇다면 저는 결코 다시는 행복해질 수 없을 겁니다. 저는 어린애를 죽게 할 생각은 추호도 없습니다. 그럼요, 여기 있는 브리틀스조차도 그럴 생각은 없을 겁니다. 우리 주(州)에 있는 은식기를 다 준다 해도 말입니다."

"그게 문제가 아니라네." 의사는 묘한 태도로 말했다. "자일스, 자넨 기독교인인가?"

"예, 선생님, 그렇다고 생각합니다." 자일스 씨는 몹시 창백해져서 더듬거리며 말했다.

"이봐, 꼬마, 자네는 어떤가?" 의사는 브리틀스를 날카롭게 돌아보면서 말했다.

"어이쿠 이런, 선생님!" 브리틀스가 소스라치게 놀라며 대답했다. "저…… 저도 자일스 씨와 같습니다, 선생님."

"그렇다면 나한테 한번 말해 보게." 의사가 말했다. "자네들 둘 다 말이야, 둘 다! 자네들은 위층에 있는 저 아이가 바로 어젯밤 작은 창문으로 들어온 그 아이라고 맹세할 수 있겠나? 자, 말해 보게! 어서! 기꺼이 맹세를 들어 줄 테니 말이야!"

이 세상에서 가장 마음씨 좋은 사람 중 하나라고 널리 알려진 의사가 이처럼 노한 어조로 무섭게 다그치자 맥주를 마신 데다 정신적 동요로 상당히 혼미해진 자일스와 브리틀스는 망연자실한 상태가 되어 서로를 빤히 쳐다보았다.

"두 사람의 대답을 잘 들으시오, 경관. 아시겠소?" 그렇게 말하면서 의사는 경관 나리에게 극도의 예리함을 발휘하라고 요구하는 듯이 집게손가락을 굉장히 엄숙한 태도로 흔들어 댄 다음 그걸로 자기 콧등을 톡톡 두드렸다. "이제 곧 여기서 뭔가가 드러날 거요."

경관은 가능한 한 지혜로운 표정을 지어 보이더니 벽난로 가장자리에 하릴없이 기대어 놓았던 경찰봉을 집어 들었다.

"아시겠지만 이건 단순히 사람을 확인하는 문제요." 의사가 말했다.

"그렇습니다, 선생님." 경관은 대답하면서 굉장히 격렬하게 기침을 했는데, 남은 맥주를 급히 마시다가 그만 사레가 들리고 말았던 것이다.

"자, 여기 강도가 침입한 집이 있소." 의사가 말했다. "화약 연기가 자욱하고 어둡고 소란스러워 온통 정신이 없는 가운데 두 사람이 한 소년을 한순간 얼핏 보았소. 다음 날 아침 바로 그 집에 한 소년이 찾아왔고, 우연히도 한쪽 팔에 붕대를 감고 있다는 이유로 두 사람이 난폭하게 덮친 다음 — 그런데 그럼으로써 아이의 생명을 매우 위태롭게 만들었소 — 그가 도둑이라고 맹세했소. 자, 문제는 이들의 행위가 그 사실에 의해 정당화되느냐 하는 것이오. 만약 정당화되지 않는다면 이들은 어떤 처지에 떨어지게 되는 것이오?"

경관은 심오하게 고개를 끄덕였다. 그러면서 그게 법이 아니라면 무엇이 법인지 알고 싶다고 말했다.

"자네들에게 다시 묻겠네." 의사가 호통치듯이 말했다. "자네들은 그 소년이 틀림없다고 엄숙히 맹세할 수 있겠나?"

브리틀스는 의심스러운 듯이 자일스 씨를 쳐다보았고, 자일스 씨도 의심스러운 듯이 브리틀스를 쳐다보았다. 경관은 대답을 놓치지 않기 위해 손을 귀에다 댔고, 두 여자와 땜장이는 잘 듣기 위해 몸을 앞으로 기울였으며, 의사는 날카로운 시선으로 주위를 빙 둘러보았다. 바로 그 순간 대문에서 초인종이 울리더니 그와 동시에 바퀴 소리가 들렸다.

"런던 형사들이에요!" 브리틀스가 어느 모로 보나 크게 안도하는 기색으로 소리쳤다.

"뭐, 누구라고?" 의사가 반대로 깜짝 놀라며 외쳤다.

"보가(街) 형사들[1] 말이에요, 선생님." 브리틀스가 촛불을 집어 들며 대답했다. "오늘 아침에 저와 자일스 씨가 부르러 사람을 보냈거든요."

"뭐라고?" 의사가 소리쳤다.

"네, 맞습니다." 브리틀스가 대답했다. "제가 역마차 마부 편에 전갈을 보냈는데, 이제야 겨우 오는가 봅니다, 선생님."

"전갈을 보냈다고, 자네가, 응? 그렇다면 자네의…… 망할 놈의 느린 역마차들일랑 지옥에나 가라고 하게. 더 이상 할 말 없네." 의사는 그렇게 말하고는 자리를 떠났다.

---

1) 1839년까지 존재했던 런던 보가(Bow Street)의 경찰대 소속 형사들로 당시 범죄 수사 능력이 뛰어나다고 알려졌다.

31장
중대한 순간을 포함한다.

“누구십니까?” 브리틀스가 쇠사슬은 걸어 둔 채 문을 조금 열고는 손으로 촛불을 가리고 빼꼼히 내다보며 물었다.

“문을 여시오.” 밖에서 한 사내가 대답했다. “보가에서 온 형사들이오. 오늘 와 달라는 전갈을 받았소.”

이 확실한 증거에 크게 안심을 한 브리틀스는 문을 활짝 열어젖혔다. 그러자 두꺼운 외투를 입은 살집 좋은 사내가 눈앞에 나타났는데, 그는 더 이상 아무 말도 없이 걸어 들어와 마치 자기 집인 양 태연하게 현관 매트에 구두를 닦았다.

“누구 좀 보내서 내 동료를 도와주도록 하게, 젊은이, 알았나?” 형사가 말했다. “지금 마차에서 말을 돌보고 있다네. 한 오 분이나 십 분쯤 마차를 넣어 둘 차고 같은 게 있는가?”

브리틀스가 그렇다고 대답하고 건물을 가리켜 보이자 살집 좋은 사내는 대문으로 다시 나가 동료가 마차를 넣는 것을 도왔다. 그동안 브리틀스는 찬탄에 가득 찬 얼굴로 그들에게 불을 비춰 주었다. 일을 끝낸 형사들은 집으로 다시 돌아왔고, 안내를 받은 거실에서 두꺼운 외투와 모자를 벗고 원래의 제 모습을 드러냈다.

문을 두드린 사람은 중키의 뚱뚱한 인물로 쉰 살쯤 되어 보였다. 반짝반짝 빛나는 검은 머리를 상당히 바짝 깎고, 반쯤 기른 구레나룻과 둥근 얼굴에 눈이 날카로웠다. 다른 사람은 붉은 머리에 깡마른 사내로 긴 부츠를 신고, 다소 추하게 생긴 얼굴에 사악한 인상을 주는 들창코였다.

"자네 주인장한테 블래더스와 더프가 왔다고 전하게, 응?" 뚱뚱한 사내가 머리카락을 매만지고 수갑 한 벌을 탁자에 내려놓으면서 말했다. "아! 안녕하십니까, 선생. 괜찮으시다면 단둘이서 한두 마디 나눌 수 있을까요?"

이 말은 막 나타난 로스번 씨에게 던진 것이었다. 로스번 씨는 브리틀스에게 물러가 있으라고 손짓하고는 두 숙녀를 데리고 돌아왔다. 그리고 문을 닫았다.

"이분이 주인마님이시오." 로스번 씨가 메일리 부인을 가리키며 말했다.

블래더스 씨는 허리를 굽혀 인사했다. 앉으라고 권하자 그는 모자를 바닥에 내려놓고 의자에 앉으면서 더프에게도 앉으라고 손짓을 했다. 이 두 번째 신사는 상류 계층과 교제하는 게 그다지 익숙하지 않거나 아니면 좀 불편해하는 듯했는데 — 둘 중 하나일 것이다 — 그래선지 손발의 근육 이상을 몇 차례나 겪고 나서야 자리에 앉았으며, 그러고 나서도 뭔가 당혹스러운 듯 경찰봉의 머리 부분을 입안에 쑤셔 넣었다.

"자, 여기서 벌어진 강도 사건에 대해 말해 볼까요, 선생." 블래더스가 말했다. "어떤 상황이었습니까?"

로스번 씨는 시간을 벌고 싶은 듯이 이리저리 말을 돌려 가며 아주 길고 장황하게 상황을 설명했다. 그러는 동안 블래더스 씨와 더프 씨는 잘 알겠다는 표정을 지으며 가끔씩 서로를 향해 고개를 끄덕거렸다.

"물론 현장을 보고 난 뒤에야 확실히 말할 수 있겠습니다만……." 블래더스가 말했다. "당장 떠오르는 의견을 말한다면…… 이 정도까지는 단언해도 괜찮다고 생각하는데…… 이건 촌딱지의 짓이 아니라는 것입니다. 안 그런가, 더프?"

"틀림없이 그러네." 더프가 대답했다.

"숙녀분들을 위해 촌딱지라는 말을 쉽게 옮기자면, 당신 말은 그러니까 이 사건이 시골뜨기가 한 짓이 아니다 이거지요?" 로스번 씨가 미소를 지으며 말했다.

"그렇소, 선생." 블래더스가 대답했다. "강도 사건에 대해선 다 말씀하신 겁니까?"

"그렇소." 의사가 대답했다.

"자, 그럼 하인들이 떠들어 대고 있는 이 사내아이 얘긴 뭡니까?" 블래더스가 말했다.

"아무것도 아니오." 의사가 대답했다. "놀란 하인 중 하나가 그 애가 이 집을 부수고 들어오려는 시도와 뭔가 관련이 있다고 멋대로 추측했는가 본데, 그건 터무니없는 소리요. 완전히 말도 안 되는 소리지요."

"그렇담 아주 쉽게 처리할 사항이겠군요." 더프가 의견을 냈다.

"이 사람 말이 정확합니다." 블래더스가 뒷받침하듯이 고개를 끄덕이며 말했다. 그러면서 수갑을 마치 한 쌍의 캐스터네츠라도 되는 양 아무렇게나 맞부딪치며 장난을 쳤다. "어떤 앤가요? 자기가 누구라고 설명을 합니까? 어디서 온 아이지요? 하늘에서 뚝 떨어지진 않았을 테고, 안 그래요, 선생?"

"물론이지요." 의사가 초조한 듯이 두 숙녀를 힐끗 바라보며 대답했다. "난 그 애의 이야기를 전부 다 알고 있습니다. 하지만 그건 조금 이따가 이야기할 수 있을 테니, 그보다 우선 도둑들이 침입했던 장소를 한번 보시지 않겠습니까?"

"물론이지요." 블래더스가 대답했다. "먼저 현장을 살펴보고, 그다음에 하인들을 조사하는 게 좋겠소. 그게 보통 일을 처리하는 방식이오."

그리하여 등불과 촛불을 준비했고, 블래더스 씨와 더프 씨는 그 지역 경관과 브리틀스, 자일스, 그리고 요컨대 그 밖의 모든 사람들을 동반하고 복도 끝에 있는 작은 방으로 가서 창문 밖을 내다보았다. 그런 다음 밖으로 돌아 나가 잔디밭을 경유해 창문 앞에 가서 안을 들여다보았고, 그다음엔 촛불을 달라고 해서 덧창을 조사했고, 그다음엔 등불을 달라고 해서 발자국을 살펴보았으며, 그다음엔 갈퀴를 달라고 해서 덤불을 여기저기 쑤셔 보았다. 모든 사람들이 숨죽이며 지켜보는 가운데 이 모든 것을 마친 그들은 다시 집 안으로 들어왔다. 그리고 형사들의 요구에 따라 자일스 씨와 브리틀스는 전날 밤의 모험에서 그들이 했던 역할을 연극적인 방식으로 재현했다. 그들은 이것을 여섯 번 이상 연기해 보였는데, 매번 서로의 말을 반박한 것이 첫 번째 연기 때는 중요한 한 가지 사항밖에 없다가 마지막에 가서는 거의 열두 가지나 되었다. 조사가 이렇게 정점에 다다르자 블래더스와 더프는 방에서 나가 오랫동안 둘만의 회의를 열었는데, 어찌나 비밀스럽고 엄숙한지 의학상의 최고 난제를 두고 벌이는 훌륭한 의사들의 의논은 그에 비하면 단순한 애들 장난에 불과할 것이었다.

그러는 동안 의사는 옆방에서 몹시 불안해하며 방 안을 서성거렸고, 메일리 부인과 로즈는 걱정스러운 얼굴로 그를 바라보며 앉아 있었다.

"이거 정말이지……." 의사는 수없이 여러 차례 아주 빠른 속도로 방 안을 돌고 난 뒤 우뚝 멈춰 서며 말했다. "어떻게 해야 할지 모르겠군."

"불쌍한 아이의 이야기를……." 로즈가 말했다. "저 사람들한테 있는 그대로 들려주면 틀림없이 용서해 주고도 남을 거예요."

"난 그렇게 생각하지 않아요, 다정한 로즈 아가씨." 의사가 고개를 가로저으며 말했다. "난 그렇게 한다고 해서 저 사람들이나 지위가 더 높은 법관들이 그 아이를 용서해 줄 거라고 생각하지 않아요. 그들은 말할 거요, '그 앤 결국 누구냐? 도망친 아이 아니냐?' 세상의 일반적인 생각이나 개연성으로 판단할 때 그 애의 이야기는 매우 의심스러울 뿐이라오."

"선생님은 믿으셨잖아요, 틀림없이." 로즈가 끼어들며 말했다.

"물론 나는 믿어요, 이상한 이야기이긴 하지만. 아마 내가 어리석은 늙은이라서 그렇게 믿는지도 모르지요." 의사가 대답했다. "어쨌든 그럼에도 경험 많은 경찰관에게 제대로 통할 만한 이야기는 아니라고 생각하오."

"왜죠?" 로즈가 물었다.

"왜 그런가 하면 말이오, 어여쁜 반대 심문자님." 의사가 대답했다. "그들의 눈으로 볼 때 그 애의 이야기엔 불량해 보이는 점이 많기 때문이라오. 그 앤 나쁘게 보이는 부분들만 증명할 수 있고, 좋게 보이는 부분들은 하나도 증명할 수가 없소. 이 빌어먹을 친구들은 '왜'와 '어째서'를 꼭 들이대면서 아무것도 그대로 받아들이려고 하지 않을 거요. 그 애 자신이 진술했듯이 그 애는 과거 얼마 동안 도둑들과 한 패였고, 어떤 신사를 소매치기했다는 혐의로 경찰서에 끌려간 적이 있고, 또 그 신사의 집에서 어딘지 설명하거나 가리켜 보일 수 없고 그 근방조차 전혀 모르는 곳으로 강제로 끌려갔소. 그리고 그가 원하건 원하지 않건 그에 대해 폭력적인 호의를 지닌 사람들한테 이끌려 처씨로 와서는 집을 털도록 창문으로 밀어 넣어졌소. 그때 그는 집 안에 있는 사람들에게 소리를 쳐서 자신의 잘못된 상황을 바로잡으려고 했는데, 그 순간 어설픈 잡종 개 같은 집사가 튀어나와서 총으로 쏴 버렸소! 마치 그 애가 자신에게 뭔가 이로운 행동을 하는 걸 일부러 방해한 것처럼 말이오! 이 모든 걸 다 알지 않소?"

"알지요, 물론." 로즈가 의사의 격정적인 태도에 미소를 지으며 대답했다. "하지만 전 그래도 이 불쌍한 아이에게 죄를 씌울 만한 건 아무것도 없다고 봐요."

"그렇지." 의사가 대답했다. "당연히 없겠지! 당신네 여자들의 빛나는 눈에 축복이 내리기를! 당신들은 좋건 나쁘건 어떤 문제든지 오직 한쪽 면만 바라보지. 그 한쪽 면이 되는 건 언제나 당신들이 맨 처음 바라보는 면이고."

이처럼 경험에서 나온 견해를 토로한 뒤 의사는 두 손을 호주머니에 찔러 넣고 아까보다 훨씬 더 빠른 속도로 방을 왔다 갔다 하기 시작했다.

"생각을 하면 할수록……." 의사가 말했다. "저 사람들에게 아이의 이야기를 사실대로 들려주면 끝없는 곤란과 어려움이 발생할 거라는 생각이 점점 강해집니다. 그들은 분명히 그 이야기를 믿지 않을 겁니다. 실령 그들이 결국 아이한테 아무런 해를 끼치지 못하더라도 상황이 길게 이어지면서 이에 관한 의심스러운 점들이 제기되고, 또 그것들이 모두 알려지면 아이를 불행에서 구하려는 당신들의 자비로운 계획은 크게 방해받지 않을 수 없을 것입니다."

"아! 어쩌면 좋지요?" 로즈가 외쳤다. "아, 이런 참! 대체 이 사람들은 왜 부른 거지?"

"그러게 말이다, 정말!" 메일리 부인이 큰 소리로 말했다. "나라면 절대로 그 사람들을 부르지 않았을 텐데."

"확실한 건 이것뿐입니다." 로스번 씨가 마침내 일종의 자포자기 같은 차분한 태도로 자리에 앉으면서 말했다. "우리는 태연하고 과감하게 일을 밀고 나가야 합니다. 선한 목적을 위해 그렇게 한다는 것, 거기에 우리 정당성의 근거는 분명히 있습니다. 애가 열병의 징후를 강하게 보이고, 그래서 더 이상 대화를 나눌 상태가 아니라는 것, 그것이 한 가지 위안입니다. 우리는 이 점을 최대한 이용해야 합니다. 최선을 다한 결과가 나쁘게 나온다면 그건 우리 잘못이 아닙니다. 들어오세요!"

"자, 선생." 블래더스가 동료를 데리고 방으로 들어오면서 말했다. 그러더니 먼저 문을 꼭 닫고 난 후 말을 이었다. "이건 짬짜미 치기가 아닙니다."

"짬짜미 치기라니 대체 그게 뭐요?" 의사가 짜증스레 물었다.

"우린 말입니다, 숙녀분들." 블래더스는 숙녀들에게로 몸을 돌리면서 말했는데, 마치 그들의 무지는 동정해도 의사의 무지는 경멸한다는 듯한 태도였다. "하인들이 범행에 연루되었을 때 그걸 짬짜미 사건이라고 부릅니다."

"이번 일에 하인들을 의심하는 사람은 이 집에 아무도 없습니다." 메일리 부인이 말했다.

"충분히 옳으신 말입니다, 부인." 블래더스가 대답했다. "하지만 그럼에도 불구하고 하인들이 관련됐을 수도 있었던 일이지요."

"바로 그 점 땜에 더 그럴 수도 있었죠." 더프가 말했다.

"우린 이번 사건을 도시에서 온 자들의 소행으로 봅니다." 블래더스가 보고를 계속하며 말했다. "왜냐하면 범행 방식이 일급이기 때문입니다."

"정말이지 매우 그렇습니다." 더프가 낮은 목소리로 말했다.

"일을 벌인 범인은 두 명입니다." 블래더스가 계속했다.

"그리고 그들은 아이를 하나 데리고 왔습니다. 이건 창문 크기를 볼 때 명백합니다. 현재로선 이게 말할 수 있는 전부입니다. 괜찮으시다면 위층에 데리고 있다는 그 젊은 친구를 즉시 만나 보고 싶습니다."

"먼저 뭐라도 마실 걸 좀 드리는 게 좋지 않을까요, 메일리 부인?" 의사가 뭔가 새로운 생각이 떠오른 것처럼 얼굴이 밝아지면서 말했다.

"아! 그렇지요!" 로즈가 진지하게 외쳤다. "원하신다면 바로 가져다 드리도록 하겠습니다."

"아니, 이거 감사합니다, 아가씨!" 블래더스가 외투 자락으로 입을 훔치면서 말했다. "이런 종류의 일은 목이 마르게 마련이지요. 뭐든 편한 걸로 주십시오, 아가씨. 우리 때문에 일부러 준비하진 마십시오."

"뭘 드시겠습니까?" 의사가 아가씨를 따라 찬장 쪽으로 가면서 물었다.

"독주나 한 모금 주십시오, 선생, 그래도 상관없다면 말입니다." 블래더스가 대답했다. "런던에서 올 때 좀 추웠답니다, 부인. 독주는 언제나 훈훈한 느낌이 좀 더 확실히 돌게 해 주지요."

이 흥미로운 말은 메일리 부인한테 던진 것이었고, 부인은 아주 우아하게 그 말을 받아 주었다. 그렇게 말이 전해지는 동안 의사는 방에서 살짝 빠져나갔다.

"아!" 블래더스가 술잔의 가느다란 손잡이 부분을 쥐지 않고 넓은 밑바닥을 왼손의 엄지와 검지로 꽉 잡고는 가슴께로 들어 올리며 말했다. "전 평생 동안 이와 같은 일들을 수없이 많이 봐 왔답니다, 숙녀님들."

"에드먼튼 뒷골목의 그 집털이가 생각나는군, 블래더스." 더프가 동료의 기억을 도와주며 말했다.

"그것도 이번 것과 비슷한 수법이었지, 안 그런가?" 블래더스가 대꾸했다. "코주부 칙위드의 짓이었지, 그건."

"자넨 항상 그걸 그 친구 짓이라고 하는데……." 더프가 대답했다. "분명히 말하지만 그건 '가문의 총아' 놈 짓이었어. 코주부는 나만큼이나 그 사건과 관련이 없었다구."

"헛소리 작작 하게!" 블래더스가 반박했다. "내가 더 잘 알아. 그런데 자네 코주부가 자기 돈을 도둑맞았던 때를 기억하나? 그건 정말 놀라운 꼼수였지! 내가 본 어떤 소설책보다도 기발했어!"

"그게 무슨 사건이었는데요?" 무엇이든 이 달갑지 않은 손님들의 명랑한 기분의 징후를 부추기고 싶은 마음이 간절했던 로즈가 물었다.

"강도 사건이었는데 말입니다, 아가씨, 거의 아무도 해결하지 못할 뻔한 것이었지요." 블래더스가 말했다. "이 코주부 칙위드란 놈은……."

"코주부라는 말은 코가 크다는 뜻입니다, 아가씨." 더프가 끼어들었다.

"그 정도는 이 숙녀분도 당연히 아신다네, 안 그래요?" 블래더스가 물었다. "이보게 동지, 말참견은 이제 그만하게! 이 코주부 칙위드란 놈은 말입니다, 아가씨, 배틀브리지 근처에서 주막을 했었습니다. 지하실에다가 닭싸움이랑 오소리 몰이 같은 놀이판을 벌여 놓고는 그것을 보러 오는 수많은 젊은 귀족 나리들을 손님으로 받았지요. 나도 자주 가서 봤는데, 머릴 아주 잘 굴려서 놀이판을 운영하더군요. 당시 그는 도둑들과 한패가 아니었는데, 어느 날 밤 327기니나 되는 돈을 질긴 천 가방에 든 채로 도둑맞았습니다. 한밤중에 침실에서 당했는데, 한쪽 눈에 검은 안대를 댄 키가 큰 사내가 침대 밑에 숨어 들어와 있다가 돈 가방을 훔친 뒤 곧장 창문 밖으로 뛰어내렸습니다. 2층밖에 안 되는 높이였거든요. 그는 아주 재빠르게 튀었지요. 하지만 코주부도 재빠른 친구였습니다. 왜냐하면 소리를 듣고 잠이 깨서는 쏜살같이 침대에서 뛰쳐나와 도둑놈을 향해 나팔총을 쏘며 동네 사람들을 깨웠거든요. 사람들이 곧 소리치며 추격을 시작했는데, 얼마 후 수위를 살펴보다가 강도가 코주부의 총에 맞은 것을 발견했습니다. 왜냐하면 핏자국이 상당히 떨어진 어느 울타리까지 죽 나 있었기 때문입니다. 하지만 핏자국은 거기서 사라졌고, 범인은 결국 돈을 가지고 달아나 버렸지요. 그 결과 관보에 공시된 파산자 명단에 '주류 판매를 허가받은 여관업자 칙위드 씨'라는 이름이 들어갔고, 온갖 종류의 성금과 기부금, 그 밖에 뭔지 모를 많은 돈이 이 불쌍한 사람을 위해 모금되었지요. 잃어버린 돈 때문에 몹시 낙담하고 상심한 그는 머리카락을 쥐어뜯으며 삼사 일간을 길거리를 헤매고 다녔는데, 얼마나 절망스러운 모습이었던지 자살이라도 하지 않을까 많은 사람들이 걱정할 정도였지요. 그러던 어느 날 그는 아주 허둥지둥 경찰서에 달려

와서는 치안 판사와 개인 면담을 했습니다. 한참 얘기를 나누고 난 판사는 종을 울려 젬 스파이어스(젬은 일선 담당 형사였지요.)를 부르더니, 가서 칙위드 씨를 도와 그의 집을 턴 강도를 잡으라고 명령했습니다. '스파이어스, 어제 아침 그놈이 우리 집을 지나가는 걸 내가 봤소.' 칙위드가 말했죠. '그럼 왜 곧장 가서 놈을 붙잡지 않았소?' 스파이어스가 말했습니다. '난 너무나 깜짝 놀라서 이쑤시개로 건드리기만 해도 골이 빠개지고 말았을 정도였소.' 그 불쌍한 사내는 말했죠. '하지만 우린 그놈을 틀림없이 잡을 수 있을 거요. 왜냐면 밤 10시에서 11시 사이에 그놈이 또다시 지나갔기 때문이오.' 스파이어스는 이 말을 듣자마자 하루나 이틀 잠복해야 할 경우를 대비해 깨끗한 속옷 약간과 머리빗을 주머니에 챙겨 넣고 따라나섰습니다. 그리고 주막의 창문 한편 자그만 붉은 커튼 뒤에 자리를 잡고 앉아 순식간에 뛰쳐나갈 만반의 준비를 하고 모자도 벗지 않은 채 기다렸지요. 그가 거기서 밤늦게 담배를 피우고 있을 때였습니다. 갑자기 칙위드가 '저기 나타났다! 도둑 잡아라! 사람 살려!' 하고 소리를 질러 대는 겁니다. 젬 스파이어스가 즉각 달려 나가니 칙위드가 목이 터져라 외치며 거리를 따라 마구 내닫는 것이 보였습니다. 스파이어스는 냅다 좇아갔고, 칙위드도 계속 달렸고, 사람들이 모두 돌아보았지요. 저마다 '도둑이야.' 외쳐 댔고, 칙위드 자신도 내내 미친 듯이 소리를 계속 질러 댔습니다. 스파이어스는 칙위드가 모퉁이를 돌 때 그의 모습을 잠시 놓쳤는데, 이리저리 질주하다가 사람들이 몇 명 모여 있는 걸 발견하고는 그리로 뛰어갔습니다. '누가 범인이오?' '이런 빌어먹을!' 칙위드가 말했지요. '또 놓치다니!' 매우 놀라운 일이었지요. 하지만 어디에도 범인은 없었고, 그래서 그들은 주막으로 돌아왔습니다. 다음 날 아침 스파이어스는 다시 제자리에 앉아 눈에 안대를 한 키 큰 사내가 나타나기만을 기다리며 두 눈이 시리고 아프도록 커튼 뒤에서 밖을 내다보았습니다. 그러다가 마침내 눈을 한 일 분이라도 쉬도록 하기 위해 잠시 눈을 감지 않을 수 없었는데, 그렇게 한 바로 그 순간 칙위드가 '저기 나타났다!' 하고 소리를 지르는 게 들렸습니다. 스파이어스는 다시금 뛰쳐나갔고, 칙위드는 거리를 반쯤 지난 저 앞에서 달려가고 있었습니다. 전날보다도 두 배나 멀리 뒤쫓지만 범인을 또다시 놓쳐 버립니다! 이런 사태가 한두 번 더 반복해서 일어났는데, 그러자 동네 사람들의 절반은 칙위드 씨가 악마한테 강도를 당했다고, 그래서 그 악마가 이제 그를 상대로 장난을 치는 것이라고 단언했고, 나머지 절반은 불쌍한 칙위드 씨가 슬픔으로 인해 미쳐 버리고 만 것이라고 주장하기에 이르렀습니다."

"젬 스파이어스는 뭐라고 했는가요?" 의사가 물었다. 그는 형사의 이야기가 시작되고 난 직후 방으로 돌아와 있었다.

"젬 스파이어스는 말입니다." 형사가 말을 다시 이었다. "그는 오랫동안 전혀 아무 말도 하지 않은 채 겉으로는 안 듣는 척하면서 모든 걸 가만히 귀 기울여 들었습니다. 그것은 그가 자신이 하는 일을 잘 이해하고 있다는 증거였지요. 아무튼 어느 날 아침 그는 주막으로 걸어 들어가더니 코담배 갑을 꺼내면서 이렇게 말했습니다. '칙위드, 누가 강도인지 알아냈소.' '그래요?' 칙위드가 말했죠. '아, 친애하는 스파이어스, 그저 내가 복수할 수 있게만 해 주시오. 그럼 여한 없이 죽을 수 있을 거요! 아, 친애하는 스파이어스, 그 악당 놈은 어디 있소?' '이봐!' 스파이어스가 코담배를 조금 집어 그에게 내밀면서 말했습니다. '이제 허튼수작 고만 부리시지! 당신이 범인이잖아.' 정말로 그랬지요. 게다가 그는 그걸 이용해 꽤 많은 돈까지 챙겼던 겁니다. 그가 그럴듯하게 꾸미고 싶은 욕망에 그토록 집착하지만 않았더라면 결코 아무도 그 사실을 알아내지 못했을 거지요!" 블래더스는 그렇게 말하며 술잔을 내려놓고 수갑을 서로 맞부딪쳐 쨍그랑대는 소리를 냈다.

"정말이지 아주 흥미로운 이야기군요." 의사가 말했다. "자, 이제 괜찮으시다면 위층으로 올라갈까요?"

"선생만 괜찮으시다면 얼마든지 좋습니다." 블래더스가 대답했다. "로스번 씨의 뒤를 바짝 따라서 두 형사는 올리버의 침실로 올라갔다. 자일스 씨가 앞에서 촛불을 들고 일행을 인도했다.

올리버는 꾸벅꾸벅 졸고 있었는데, 상태가 더 나빠 보였고 이제까지보다 열이 많이 높았다. 의사의 도움을 받아 일이 분 동안 간신히 침대에 일어나 앉아 있었지만 무슨 일이 일어나는지 조금도 이해하지 못한 채 낯선 사람들을 쳐다보았다. 사실 그는 자기가 어디에 있는지, 또 무슨 일이 발생했는지도 기억 못 하는 것처럼 보였다.

"이 아이가 바로 그 소년이오." 로스번 씨가 조용히, 그러면서도 아주 열정적인 어조로 말했다. "개구쟁이 짓을 하느라고

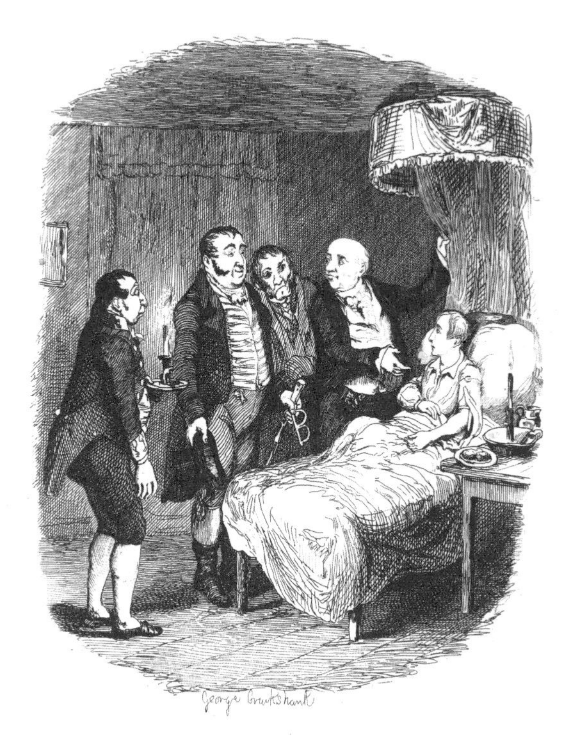

보가 형사들의 방문을 받은 올리버.

그랬는지 뒷동네의 아무개 씨네 땅에 들어갔다가 스프링총에 부상을 당해서 오늘 아침 이 집에 도움을 청하러 왔는데, 촛불을 든 저 재주 좋은 신사가 즉각 붙잡아서는 험하게 다루는 통에 내가 의사로서 증언하건대 생명이 상당히 위태로운 지경에 빠지고 말았소."

블래더스 씨와 더프 씨는 로스번 씨가 이렇게 그들의 주목을 자일스 씨한테로 이끌자 자일스 씨를 쳐다보았다. 당황한 집사는 그들을 빤히 바라보다가 올리버를 돌아보았고, 올리버를 바라보다가 로스번 씨를 돌아보았는데, 두려움과 당혹감이 뒤섞인 지극히 우스꽝스러운 표정이었다.

"자네 설마 그 사실을 부인하려는 건 아니겠지?" 의사가 올리버를 조심스레 다시 눕히면서 말했다.

"다 잘…… 잘하는 거라는 생각에서 그랬습니다, 선생님!" 자일스가 대답했다. "전 이 애가 그 아인 줄 알았습니다. 안 그랬으면 이 애 일에 참견하지 않았을 겁니다. 전 비정한 사람이 아닙니다, 선생님."

"그 아이라니 누굴 말하는 거요?" 블래더스가 물었다.

"강도가 데려온 아이 말입니다, 형사님!" 자일스가 대답했다. "그들은…… 그들은 분명히 애를 하나 데리고 있었습니다."

"그래요? 지금도 똑같은 생각이시오?" 블래더스가 물었다.

"뭘 말입니까?" 자일스가 질문한 형사를 멍하니 바라보며 대답했다.

"이 애가 바로 그 아이라고 생각하냔 말이오, 이 얼간이 양반아." 블래더스가 짜증스럽게 대답했다.

"잘 모르겠습니다. 정말이지 잘 모르겠어요." 자일스는 애처로운 얼굴로 말했다. "그 애라고 맹세하진 못하겠습니다."

"그럼 뭐라고 생각하는 거요?" 블래더스 씨가 물었다.

"뭐라고 생각해야 할지 잘 모르겠습니다." 불쌍한 자일스는 대답했다. "그 애는 아닌 것 같습니다. 사실 전 그 애가 아니라고 거의 확신합니다. 아시다시피 그 애일 리 없으니까요."

"이 사람 술 마신 겁니까, 선생?" 블래더스가 의사를 돌아보며 물었다.

"당신 같은 멍텅구리 얼뜨기는 처음 보겠소!" 더프가 더없이 경멸스러운 표정으로 자일스 씨를 바라보며 말했다.

이와 같은 짧은 대화가 오가는 동안 로스번 씨는 환자의 맥박을 짚어 보고 있었다. 하지만 이제 침대 곁 의자에서 일어나더니 만약 형사님들께서 이 문제에 대해 의심스러운 점이 아직 있다면 옆방으로 가서 브리틀스를 불러 만나 보는 게 어떻겠냐고 말했다.

이 제안에 따라 그들은 옆방으로 옮겨 갔고 브리틀스 씨를 곧 그리로 불러왔다. 브리틀스가 거기서 또다시 자신과 존경하는 상관을 새로운 상호 모순과 어불성설의 놀라운 미궁 속으로 깊숙이 빠져들게 만들었으니, 그 정도가 너무나 심해서 어떤 것도 특별히 밝혀진 게 전혀 없이 오로지 그가 지극히 혼란스러운 상태라는 사실만 분명하게 드러났다. 실제로 그의 말은 '그 순간 진짜 그 애를 눈앞에 데려다 놓는다 해도 알아보지 못할 것이다, 자신이 올리버가 그 애라고 생각한 것은 오로지 자일스 씨가 그렇게 말했기 때문이다, 그리고 자일스 씨가 바로 오 분 전에 부엌에서 자신이 좀 너무 성급했다는 생각이 몹시 든다고 고백했다.'라는 선언 외에는 도무지 믿을 수 없는 횡설수설뿐이었다.

여러 가지 기발한 추측이 무성한 가운데 급기야 자일스 씨가 정말로 누군가를 총으로 쏴서 맞힌 것이 사실이냐 하는 의문까지 제기되었다. 그가 발사한 총과 한 쌍을 이루는 다른 총을 조사해 본 결과, 그 안에 화약과 갈색 점화지 말고는 파괴적인 장전물이 전혀 없는 것으로 밝혀졌다. 이 사실은 의사를 제외한 모든 사람에게 상당히 강한 인상을 남겼는데, 왜냐면 십 분 전쯤에 총알을 빼놓은 사람이 바로 의사였기 때문이다. 하지만 새로운 사실이 남긴 인상을 누구보다도 강하게 표출한 사람은 자일스 씨였다. 지난 몇 시간 동안 자신이 동료 인간에게 치명적인 부상을 입혔다는 두려움 때문에 괴로워하던 그는 이 새로운 관점을 열렬히 받아들여 최대한 적극적으로 지지했던 것이다. 마침내 형사들은 올리버에 대해서는 더 이상 별로 괘념하지 않고 처씨의 경관을 그 집에 남겨 놓은 채 다음 날 아침에 돌아오겠다고 약속한 후 밤을 보내러 읍내로 떠났다.

다음 날 아침, 지난밤에 두 명의 남자와 한 아이가 의심스러운 정황 아래 체포되어 킹스턴 임시 유치장에 잡혀 있다는 소문이 돌았다. 따라서 블래더스 씨와 더프 씨는 킹스턴으로 갔다. 그러나 의심스러운 정황이라는 것을 조사해 본 결과, 그들이 건초 낟가리 밑에서 자다가 발견되었다는 한 가지 사실에 불과한 것으로 드러났다. 이는 비록 큰 범죄이긴 하지만 감옥행 처벌밖에 줄 수 없는 행위로, 그 밖의 다른 증거가 하나도 없는 상황에서, 국왕의 모든 백성을 포용하는 영국 법의 자비로운 눈과 사랑의 정신으로 볼 때, 잠자던 자 또는 잠자던 자들이 폭력을 수반한 강도 행위를 저질렀다는, 그래서 사형의 처벌을 받아야 마땅한 짓을 했다는 충분한 증거로는 도저히 여길 수 없는 것이었다. 그리하여 블래더스 씨와 더프 씨는 갈 때만큼이나 여전히 아는 것이 하나도 없이 그대로 돌아왔다.

간단히 요약하건대 좀 더 많은 조사와 그보다 훨씬 더 많은 대화가 있은 뒤에 지역 치안 판사는 만약 소환이 필요한 경우 올리버를 반드시 출두시키겠다는 메일리 부인과 로스번 씨의 공동 보증과 설득을 기꺼이 받아들였다. 블래더스와 더프는 두어 기니의 수고비를 받고 런던으로 돌아갔다. 다만 멀리까지 나와 맡은 이 사건에 대해 두 사람은 의견이 달랐는데, 후자의 신사는 모든 상황을 깊이 심사숙고할 때 이 강도 미수 사건은 '가문의 좋아' 짓일 수밖에 없다는 쪽이었고, 이에 맞서 전자의 신사는 사건의 그 모든 교묘한 수법으로 보아 위대한 코주부 칙위드의 짓임을 인정해야 한다고 강력히 주장했다.

그동안 올리버는 메일리 부인과 로즈, 인정 많은 로스번 씨가 합심하여 보살핀 결과 점차 건강을 회복하고 좋아졌다. 감사의 마음이 넘쳐흐르는 사람의 가슴에서 쏟아져 나오는 열렬한 기도가 하늘에 전달된다면 — 그런 기도가 전달 안 된다면 도대체 어떤 기도가 전달되겠는가? — 이 고아 소년이 그들을 위해 기원하는 축복들은 그들의 영혼에 깊이 스며들어 화평과 행복을 널리 퍼지게 했음에 틀림없다.

32장
올리버가 친절한 친구들과 함께 누리기 시작한 행복한 생활에 대하여.

올리버의 병세는 가볍거나 단순한 것이 아니었다. 팔 부상으로 인한 통증과 회복의 지체 이외에도 차갑고 습한 공기에 노출된 탓에 생긴 열과 오한이 여러 주 동안 계속 이어져 그를 몹시 쇠약하게 만들었다. 하지만 마침내 조금씩 좋아지기 시작했고, 이따금 몇 마디 말까지 할 수 있을 정도가 되었다. 그럴 때면 그는 눈물을 흘리며 자신이 다정한 두 숙녀분의 친절한 은혜를 얼마나 깊이 느끼는지, 다시 기력을 회복하고 건강해지면 감사의 마음을 보여 주기 위해 뭔가 할 수 있기를 얼마나 간절히 바라는지 말하곤 했는데, 가슴에 넘쳐흐르는 그들에 대한 사랑과 헌신의 마음을 보여 줄 수 있는 일이기만 하다면, 즉 그들의 자비로운 친절이 허비되지 않았으며 그들이 베푼 동정에 의해 불행과 죽음에서 구출된 불쌍한 소년이 마음과 영혼을 다해 그들에게 봉사하기를 열망한다는 것을 입증해 보일 수 있는 일이기만 하다면 아무리 하찮은 일이라도 좋다고 말하는 것이었다.

"불쌍한 것!" 어느 날 올리버가 창백한 입술 끝에 맴도는 감사의 말을 소리 내어 표현하려고 힘들게 애쓰는 것을 보고 로즈가 말했다. "얘야, 네가 원한다면 넌 앞으로 우릴 도와줄 기회가 많을 거야. 우린 시골로 내려갈 예정인데, 숙모님께서 너도 함께 데려가실 생각이란다. 조용한 장소, 맑은 공기, 그리고 봄철의 즐겁고 아름다운 모든 것들이 널 며칠 만에 회복시켜 줄 거야. 넌 수없이 많은 방식으로 우릴 돕게 될 거야, 네가 그 수고를 견딜 수 있다면 말이야."

"수고라고요?" 올리버가 외쳤다. "오! 다정한 아가씨, 제가 당신을 위해 일할 수만 있다면, 아가씨의 꽃밭에 물을 주거나 새를 돌보는 일로 아가씰 기쁘게 해 드릴 수만 있다면, 하루 종일 이리저리 뛰어다니더라도 아가씰 행복하게 해 드릴 수만 있다면, 그럴 수만 있다면 전 뭐든지 다 내놓겠어요!"

"넌 아무것도 내놓을 필요 없어." 메일리 양이 미소를 지으며 말했다. "왜냐면 조금 전에 말했듯이 넌 수없이 많은 방식으로 우릴 도와주게 될 거고, 우릴 기쁘게 하기 위해 네가 지금 약속하는 반만큼만 수고를 해도 우린 정말이지 몹시 행복할 테니까 말이야."

"행복하실 거라고요, 아가씨?" 올리버가 외쳤다. "아, 그렇게 말씀해 주시다니 정말로 친절하시군요!"

"넌 내가 말로 표현할 수 있는 것보다 더 많이 나를 행복하게 해 줄 거야." 젊은 숙녀가 대답했다. "다정하고 좋으신 숙모님께서 네가 우리한테 얘기한 것과 같은 그런 비참한 불행에서 누군가를 구하는 일에 도움이 되었다는 생각은 나에게 말할 수 없는 기쁨을 줄 거야. 하지만 숙모님의 자비와 연민을 받은 사람이 진정으로 감사와 애정을 느낀다는 걸 아는 것은 네가 상상하는 이상으로 더욱 나를 기쁘게 할 거란다. 내 말 이해하겠니?" 그녀는 생각에 잠긴 듯한 올리버의 얼굴을 살피며 물었다.

"오, 네, 아가씨, 그럼요!" 올리버는 열정적으로 대답했다. "하지만 전 지금 제가 배은망덕한 아이가 아닌가 생각하고 있었어요."

"누구한테 말이니?" 젊은 숙녀가 물었다.

"전에 절 그토록 잘 보살펴 주신 그 친절한 신사분과 다정한 가정부 할머니한테요." 올리버가 대답했다. "그분들이 만약 제가 얼마나 행복한지 아신다면 틀림없이 기뻐하실 거예요."

"그래, 틀림없이 그럴 거야." 올리버에게 은인이 된 아가씨가 대답했다. "그리고 로스번 씨가 벌써 친절하시게도 약속을 해 주셨단다, 네가 여행을 할 만큼 충분히 건강해졌을 때 널 데리고 그분들을 만나러 가 주시겠다고 말이야."

"정말요, 아가씨?" 올리버가 기쁨으로 얼굴이 환해지면서 외쳤다. "그분들의 친절한 얼굴을 다시 뵌다면 전 정말 기뻐서 어쩔 줄 모를 거예요!"

얼마 지나지 않아 올리버는 여행의 피로를 감당할 만큼 충분히 건강을 회복했다. 그래서 어느 날 아침 그와 로스번 씨는 메일리 부인 소유의 작은 마차를 타고 출발했다. 그들이 처씨

다리에 이르렀을 때 올리버는 몹시 창백해지면서 큰 소리를 질렀다.

"아니, 얘가 왜 이러지?" 로스번 씨는 늘 그러듯이 야단법석을 떨며 외쳤다. "뭘 보고 그러냐…… 뭘 들은 거냐…… 뭘 느낀 거야…… 뭐냐, 응?"

"저거요, 선생님." 올리버가 마차의 창밖을 가리키며 소리쳤다. "저 집이요!"

"그래, 글쎄, 그게 어쨌다는 거냐? 마부, 마차를 멈추게. 마찰 세우라고." 의사가 소리쳤다. "저 집이 어쨌다는 거냐, 얘야, 응?"

"도둑들이요…… 그들이 절 데려갔던 집이에요!" 올리버가 속삭이며 말했다.

"설마 정말이야?" 의사가 소리쳤다. "이봐, 거기! 날 좀 내려 줘!"

그러나 마부가 미처 마부석에서 내려오기도 전에 의사는 어떻게 했는지 벌써 마차에서 뛰쳐나와 있었다. 그러고는 폐가처럼 보이는 건물로 달려 내려가 미친 사람처럼 문을 걷어차기 시작했다.

"뭐야?" 추하게 생긴 작은 꼽추 사내 하나가 갑자기 문을 열어젖히며 말했다. 문이 너무나 갑자기 열리는 바람에 의사는 마지막 발길질의 힘을 못 이기고 복도 안으로 거의 고꾸라지며 나뒹굴 뻔했다. "아니, 뭣 때문에 그러는 거요?"

"뭣 때문이냐고?" 의사는 한순간 돌아볼 겨를도 없이 사내의 목덜미를 움켜잡으며 크게 외쳤다. "굉장히 큰 문제 때문이지. 강도 사건 때문이야."

"잘못하면 살인 사건도 발생할 수 있어." 꼽추 사내가 차갑게 대꾸했다. "당신 손을 안 치우면 말이야. 내 말 안 들려?"

"그래, 들린다." 의사가 붙잡은 사람을 힘껏 한차례 흔들면서 말했다. "어디 있냐…… 그 망할 자식의 빌어먹을 이름이 뭐였더라……? 싸익스, 그래, 맞아. 싸익스 어디 있냐, 이 도둑놈아?"

꼽추 사내는 극도의 놀라움과 분노에 사로잡힌 듯 빤히 노려보았다. 그러더니 교묘하게 몸을 비틀어 의사의 손아귀에서 빠져나가 끔찍한 욕설을 연달아 퍼붓고는 집으로 들어가 버렸다. 하지만 그가 문을 닫기 전에 의사는 한마디 사전 협상 없이 거실로 진입해 들어갔다. 의사는 불안한 표정으로 방 안을 둘러보았다. 가구든, 생명이 있는 것이든 없는 것이든, 심지어 찬장의 위치조차도 올리버의 묘사와 일치하는 게 하나도 없었다!

"자!" 꼽추 사내가 날카롭게 지켜보다가 말했다. "이렇게 난폭하게 내 집에 들어오다니 당신 무슨 의도야? 강도질이라도 하려는 거야, 날 죽이겠다는 거야? 뭐야?"

"쌍두마차를 타고 그런 짓을 하러 다니는 사람 봤냐, 이 멍청한 늙은 흡혈귀야?" 흥분 잘하는 의사가 말했다.

"그럼 뭘 원하는 거야?" 꼽추가 물었다. "나한테 망신당하기 전에 어서 꺼져 버리지 못해? 이 벼락 맞을 놈아!"

"내가 알아서 나갈 테니 걱정 마라." 로스번 씨는 그렇게 말하며 다른 방을 들여다봤는데, 그곳 역시 올리버가 설명한 것과는 조금도 비슷한 점이 없었다. "내 언젠가는 네놈의 죄를 밝혀내고 말 거다, 이놈아."

"그래?" 흉측한 꼽추는 비웃으며 말했다. "날 보고 싶으면 이리 와, 얼마든지 상대해 줄 테니. 내가 너 같은 놈한테 겁먹으려고 여기서 이십오 년간이나 혼자 바보처럼 산 줄 알아? 이 일의 대가를 꼭 치르게 해 주마. 내 꼭 치르게 해 주마." 이렇게 말하면서 악마처럼 흉하게 생긴 그 작은 사내는 마치 격분하여 미친 것처럼 악다구니를 내지르고 바닥을 구르며 날뛰었다.

"어리석은 꼴이 돼 버렸군, 이거." 의사는 혼잣말로 중얼거렸다. "아이가 잘못 본 게 틀림없어. 이봐! 이거나 주머니에 받아 넣고 다시 들어가 닥치고 있어." 그는 이렇게 말하며 꼽추에게 금화 한 닢을 던져 주고는 마차로 돌아갔다.

꼽추 사내는 마차 문 앞까지 따라오면서 상스럽기 짝이 없는 욕설과 저주를 계속 퍼부어 댔다. 하지만 로스번 씨가 마부에게 뭔가 이야기하려고 고개를 돌렸을 때 그가 마차 안을 들여다보고 한순간 올리버를 눈여겨봤는데, 그게 얼마나 날카롭고 사나운 시선이었는지, 그러면서 동시에 얼마나 분노와 복수심에 가득 찬 시선이었는지 그 후 몇 달 동안 올리버는 자든 깨어 있든 그 눈길을 잊지 못했다. 꼽추는 마부가 다시 마부석에 앉을 때까지 더할 나위 없이 지독한 욕설을 계속해서 퍼부었으며, 올리버 일행이 다시 길을 떠난 뒤에도 저만치 뒤에서 광적인 분노로 어쩔 줄 모르는 듯이 발로 땅을 구르며 머리카락을 쥐어뜯었다.

"난 바보 천치야!" 의사가 오랫동안 침묵을 지키다가 말했다. "너도 내가 그렇다는 걸 진작 알아채지 않았니, 올리버?"

"아뇨, 선생님."

"그럼 앞으로 그렇다는 걸 잊지 말거라."

"정말 바보라니까." 의사가 또다시 몇 분간 가만히 있다가 말했다. "설령 그곳이 맞는 장소였고, 또 악당 놈들이 거기 있었다 하더라도 나 혼자서 뭘 어떻게 할 수 있었겠어? 게다가 누군가에게 도움을 받았다 해도 무슨 좋은 결과가 있었겠어, 숨겨 놓은 내 비밀이 드러나서 어떻게 일을 쉬쉬하며 덮어 버렸는지 진술해야만 하는 상황으로 치닫는 것 말고는 말이야. 물론 그랬더라면 좋은 교훈이야 되었겠지. 난 항상 충동적으로 행동해 가지고는 꼭 이런저런 곤경에 빠진단 말이야. 난 따끔한 맛을 봐야 해."

자, 사실은 이랬다. 이 훌륭한 의사는 평생을 오로지 충동적으로 행동해 왔다. 하지만 그로 인해 특별히 어떤 곤경이나 불행에 연루되기는커녕 오히려 그를 아는 모든 사람들에게서 가장 뜨거운 존경과 경의를 받았으니, 이 사실은 그를 지배하는 충동적인 성격의 나쁜 면을 보여 주는 증거는 아니었다. 진실을 말하자면 그는 올리버의 이야기를 뒷받침할 증거를 확보할 바로 첫 번째 기회가 왔는데도 확실한 물증을 찾아내지 못한 실망 때문에 일이 분 동안 화가 좀 나 있었던 것이다. 하지만 그는 금세 기분이 풀렸고, 자기 질문에 대한 올리버의 대답이 여전히 정직하고 일관될 뿐만 아니라 이전에 그랬던 것과 마찬가지로 진지하고 진정한 태도로 진술되는 것을 보고는 그 이후로 아이의 말을 완전히 신뢰하기로 마음을 굳게 먹었다.

올리버는 브라운로 씨가 거주하는 거리의 이름을 알았으므로 그들은 곧장 그리로 마차를 몰고 갈 수 있었다. 마차가 그 거리에 접어들었을 때 올리버는 가슴이 너무나 격렬하게 뛰어서 거의 숨도 쉬기 어려울 지경이었다.

"자, 얘야, 어느 집이냐?" 로스번 씨가 물었다.

"저기요! 저기!" 올리버가 창밖을 애타게 가리키며 대답했다. "저 하얀 집요. 아! 빨리 가 주세요! 제발 좀 빨리 가 주세요! 전 죽을 것만 같아요. 너무나 떨려요."

"자, 자." 선량한 의사는 올리버의 어깨를 토닥거려 주면서 말했다. "곧 그분들을 만나게 될 거야. 그분들도 네가 무사히 잘 있는 걸 보고 이만저만 기뻐하시지 않을 거야."

"아! 그러실 거예요!" 올리버가 소리쳤다. "저한테 너무나 잘해 주신 분들이었어요. 정말 너무너무 잘해 주셨어요."

마차는 계속 굴러서 나아갔다. 그리고 멈췄다. 아니었다. 그 집이 아니었다. 다음 집이었다. 마차는 몇 바퀴 더 굴러가서 다시 멈췄다. 올리버는 창문을 올려다보았다. 행복한 기대로 가득 찬 눈물이 뺨을 타고 흘렀다.

아, 이럴 수가! 그 하얀 집은 빈집이었고, 창문에는 '세 놓음'이라는 광고지가 붙어 있었다.

"옆집을 두드려 보게!" 로스번 씨가 올리버의 팔을 자기 팔에 끼면서 소리쳤다. "옆집에 살던 브라운로 씨가 어떻게 됐는지 혹시 아시오?"

하녀는 자기는 모르지만 안에 들어가서 물어보겠다고 했다. 그녀는 곧 돌아왔다. 그러곤 말하기를, 브라운로 씨는 세간을 모두 팔고 여섯 주 전에 서인도 제도로 떠났다고 했다. 올리버는 두 손을 마주 잡은 채 힘없이 뒤로 주저앉았다.

"가정부도 함께 갔다더냐?" 로스번 씨가 잠시 가만히 있다가 물었다.

"네, 나리." 하녀가 대답했다. "노신사님, 가정부 아주머니, 브라운로 씨의 친구이신 다른 신사분, 그렇게 모두 함께 가셨답니다."

"그렇다면 다시 집으로 말 머리를 돌리게." 로스번 씨가 마부에게 말했다. "이 망할 놈의 런던에서 벗어날 때까지는 말에게 먹이를 주기 위해 멈추지도 말고 계속 가게!"

"서점 주인은요, 선생님?" 올리버가 말했다. "전 거기로 가는 길을 알아요. 그분을 만나 보고 가요, 선생님, 제발! 그분을 보고 가요!"

"불쌍한 아이야, 하루 동안의 실망으로는 이걸로 충분하다." 의사가 말했다. "우리 둘 다에게 아주 충분해. 서점 주인을 찾아가면 우린 그가 죽었다든가, 자기 집에 불을 질렀다든가, 아니면 도망갔다든가 하는 말을 들을 게 확실해. 아냐. 그냥 곧장 집으로 다시 가자!" 그리고 이와 같은 의사의 충동에 따라 그들은 집으로 갔다.

이 쓰라린 실망으로 인해 올리버는 비록 행복한 가운데 있었지만 큰 아픔과 슬픔을 겪었다. 왜냐하면 그는 병상에 누워 있는 동안 수없이 여러 번 브라운로 씨와 베드윈 부인이 그를 만나면 뭐라고 할까를 생각하면서, 그리고 그들이 자기에게 해 준 것들을 돌이켜 보는 한편으로 그들과 잔인하게 떨어진 상황을 슬퍼하며 보낸 기나긴 밤낮이 얼마나 많았는지 그들에게 이야기하는 것이 얼마나 기쁜 일일까를 생각하면서 즐거워하곤 했기 때문이다. 게다가 마침내 그가 어떻게 강제로 끌려갔는지를 설명함으로써 그들에게 자신의 결백함을 입증할 수 있으리라는 희망 또한 최근의 많은 시련 가운데서도 그에게 힘을 북돋아 주고 버티게끔 하는 역할을 했던 것이다. 그런데 이제 그들이 그렇게 먼 곳으로 가 버렸다고 생각하니, 자기가 사기꾼이요 도둑놈이라는 믿음을 — 그가 죽는 날까지 해소되지 않고 남아 있을 믿음을 — 그들이 그대로 지니고 갔다고 생각하니 그것은 거의 견딜 수 없는 고통으로 그에게 다가왔다.

그러나 이번 일에도 불구하고 그의 은인들의 행동은 전혀 달라지지 않았다. 그로부터 두 주가 지난 후 따뜻하고 화창한 날씨가 완연히 시작되고 나무와 꽃들마다 어린 새싹과 화려한 꽃봉오리를 틔워 내고 있을 때 그들은 처씨의 집을 몇 달 동안 떠나 있을 준비를 했다. 그렇게도 페이긴의 탐욕을 불러일으켰던 은제 식기들을 은행에 보내 맡기고, 자일스와 다른 하인 하나를 집을 보살피도록 남겨 두고, 그들은 올리버를 데리고 약간 멀리 떨어진 시골집을 향해 출발했다.

이 병약한 아이가 내륙 마을의 향기로운 공기와 푸른 언덕과 우거진 숲속에서 느낀 즐거움과 기쁨, 마음의 평화와 부드러운 안온함을 누가 말로 표현할 수 있으랴! 평화롭고 고요한 풍경이 답답하고 시끄러운 곳에 사는 고통에 지친 사람들의 마음속에 어떤 식으로 스며들어 그들의 찌든 가슴속 깊숙이 상쾌함을 전하는지 누가 말로 설명할 수 있으리! 복잡하고 갑갑한 거리에서 힘들게 하루하루 살아가며 변화 같은 것을 결코 바란 적이 없는 사람들, 습관이 정말로 제2의 천성이 되어 버려 자신의 좁은 일상 활동 영역을 형성하는 건물과 거리의 돌과 벽돌 하나하나까지 거의 사랑하다시피 하게 된 사람들, 이런 사람들조차도 결국에 가서 죽음의 손길을 느낄 때 자연의 얼굴을 잠깐이라도 한번 바라보기를 갈망한다고 알려져 있다. 그래서 그들이 오랫동안 고통과 즐거움을 겪으며 보낸 장면에서 멀리 떨어진 곳에 오게 되면 이내 새로운 사람으로 바뀌는 것처럼 보인다. 그럴 때 그들은 날마다 어딘가 양지바르고 푸르른 곳을 힘겹게 찾아가 하늘과 언덕과 들판과 반짝이는 물을 보고 아름다운 추억들을 마음속에 되살리는데, 이를 통해 하늘나라를 미리 맛봄으로써 몸이 빠르게 쇠약해져 가는 것을 위로받는다. 그러고서 자신의 쓸쓸한 방 창문 밖으로 평화롭게 저무는 태양빛이 그들의 침침하고 희미한 눈에서 점점 사라져 가는 것을 지켜보고는 몇 시간이 지나지 않아 그 석양빛처럼 평화로이 눈을 감고 무덤으로 들어가는 것이다! 평화로운 시골 풍경이 불러일으키는 이 기억들은 이 세상의 것들이 아니며, 이 세상의 생각이나 희망과 연관된 것들도 아니다. 이 기억들은 우리에게 영향을 끼쳐 우리가 사랑했던 이들의 무덤에 놓을 화환을 어떻게 엮어야 하는지를 가르쳐 줄 것인바, 우리로 하여금 생각을 정화하고 묵은 원한과 증오를 그 앞에 내려놓도록 할 것이다. 하지만 이 모든 것 아래에는 — 가장 생각이 깊지 못한 사람조차 그러한데 — 오래전 어느 멀고 아득한 과거에 그런 느낌을 지닌 적이 있었다는 희미하고 어렴풋한 의식이 드리워져 있는바, 이 의식은 다가올 먼 미래에 대한 엄숙한 생각을 불러일으키고 오만과 그 밑에 있는 속된 욕망을 쫓아 버린다.

그들이 간 곳은 아름다운 곳이었다. 여태껏 지저분한 사람들 무리에 섞여 소란과 악다구니의 한가운데서 살아온 올리버는 새로운 세상에 온 듯한 느낌이었다. 장미와 인동덩굴이 담장에 매달려 있었고, 담쟁이넝쿨이 나무줄기를 휘감고 올라갔으며, 정원의 꽃들이 달콤한 향기로 공기를 가득 채웠다. 바로 옆에는 자그마한 교회 묘지가 있었는데, 보기 흉한 큰 비석들이 빽빽이 들어서 있지 않고 마을 노인들이 평안히 잠든 싱싱한 잔디와 이끼로 덮인 소박한 무덤들만이 자리를 차지하고 있었다. 올리버는 자주 그곳을 거닐었다. 그러면서 어머니가 누워 있을 불쌍한 무덤을 생각하고는 이따금 땅바닥에 주저앉아 남몰래 흐느꼈다. 하지만 그러다가 눈을 들어 머리 위의 저 먼 하늘을 바라보고 어머니가 땅에 누워 있다는 생각을 멈췄으며, 어머니를 위해 슬프게, 하지만 더 이상 마음 아파함 없이 눈물을 흘리곤 했다.

행복한 나날이었다. 낮은 평화롭고 차분했으며, 밤이 되어도 두려움이나 걱정을 느끼지 않았다. 비참하게 감금당한 채 무기력하게 시간을 보내거나 저속한 사람들과 어울리는 일이 없이 오로지 즐겁고 행복한 생각들뿐이었다. 그는 매일 아침 작은 교회 근처에 사는 백발의 노신사에게 가서 읽기 연습과 쓰기를 배웠다. 노신사가 얼마나 친절하게 설명하고 또 얼마나 열성적으로 가르쳐 주는지 올리버는 노신사를 기쁘게 해 주기 위해 아무리 노력을 해도 부족하다고 느꼈다. 공부를 마치면 메일리 부인과 로즈와 산책을 하며 그들이 책에 대해 이야기하는 것을 듣거나, 아니면 어느 그늘진 곳에서 그들 곁에 앉아 로즈가 책 읽는 것을 들었는데, 할 수만 있다면 너무 어두워서 글자가 보이지 않을 때까지 계속 그렇게 있고 싶은 마음이었다. 그러고 나면 다음 날 배울 공부를 준비했다. 그는 정원이 내다보이는 작은 방에서 열심히 공부했는데, 그러다가 저녁이 서서히 다가와 두 숙녀가 다시 산책을 나가면 함께 따라 나가 그들이 나누는 모든 이야기를 더없이 즐겁게 귀 기울여 들었다. 그리고 이럴 때 혹시 그들이 원하는 꽃이 있어 그가 기어 올라가 따 줄 수 있거나 뭔가 잊은 게 있어 그가 달려가 가져다줄 수 있기라도 하면 그는 너무나 행복해했고, 그래서 더 이상 빠를 수 없을 만큼 빨리 그 일을 해냈다. 날이 완전히 어두워져서 집으로 돌아오면 젊은 숙녀는 피아노 앞에 앉아 뭔가 즐거운 곡을 연주하거나 낮고 부드러운 목소리로 숙모가 좋아하는 옛 노래를 부르곤 했다. 이런 때는 촛불을 켜 놓지 않았는데, 올리버는 창가에 앉아 감미로운 음악에 귀를 기울이며 더할 나위 없는 황홀감에 빠져들곤 했다.

그리고 일요일이 되면 지금까지 그가 보낸 일요일과 얼마나 다른 방식으로 하루가 지나갔던가! 그리고 얼마나 행복하게 지나갔던가, 더없이 행복한 그 시절의 다른 모든 날들과 마찬가지로 말이다! 아침에는 작은 교회당에 가서 예배를 드렸다. 교회당 창가에는 푸른 나뭇잎들이 살랑대었고, 밖에서는 새들이 지저귀었으며, 나지막한 현관으로는 달콤한 공기가 스며 들어와 소박한 건물 전체를 향기로 가득 채웠다. 가난한 사람들은 얼마나 깔끔하고 깨끗한 차림인지, 무릎 꿇고 기도하는 모습이 어찌나 경건한지, 그들이 거기에 함께 모인 것은 지겨운 의무가 아니라 즐거움에서 비롯된 것처럼 보였다. 그들의 찬송은 비록 거칠었을지 모르지만 진정한 것이었고, (적어도 올리버의 귀에는) 그가 전에 교회에서 들어 본 어떤 노래보다도 아름답게 들렸다. 그러고 나면 보통 때처럼 산책을 했고, 그다음엔 농부들의 깨끗한 집을 여러 곳 방문했다. 밤이 되면 올리버는 성경책을 한두 장(章) 읽었는데, 지난주 내내 공부한 것들로 이 의무를 수행할 때 느낀 자랑스러움과 기쁨은 그가 목사였더라도 그보다 더 크지 않았을 것이다.

아침이면 올리버는 6시쯤 일어나 들판을 돌아다니며 멀리 생나무 울타리들까지 뒤져 야생화 꽃다발을 만들었다. 그것을 한 아름 안고 집으로 돌아와 마음과 정성을 다해 최대한 아름다운 꽃꽂이를 만들어 아침 식탁을 장식했다. 메일리 양의 새들을 위해 따 온 신선한 개쑥갓도 있었는데, 마을 서기의 유능한 지도 아래 이 분야에 대해 공부하고 있던 올리버는 그것으로 누가 봐도 훌륭하게 새장을 꾸며 놓곤 했다. 새들을 완전히 말쑥하고 멋지게 단장해서 하루를 잘 보내도록 해 놓고 나면 대개 어려운 사람을 돕는 자그만 심부름 같은 것을 하러 마을에 갔다. 혹 그런 심부름이 없으면 이따금 풀밭에서 벌어지는 신나는 크리켓 놀이를 했으며, 그것도 없으면 늘 뭔가 있게 마련인 정원 일이나 식물 돌보는 일을 했는데, 올리버는 이 일을(원래 정원사가 본업인 마을 서기의 가르침 아래 올리버는 이 분야도 공부를 했다.) 진심에서 우러나오는 기쁜 마음으로 열심히 했다. 그러면 마침내 로즈 양이 나타나 그가 수행한 모든 것들에 대해 크게 감탄하며 수많은 칭찬을 해 주곤 했다.

그렇게 어느덧 석 달이 흘러갔다. 이 석 달은 세상에서 가장 축복받고 은총을 많이 받은 사람의 인생에서도 순전한 행복의 시기였을 테지만, 올리버의 경우에는 진정으로 더할 나위 없이 행복한 시절이었다. 한편에는 더없이 순수하고 상냥한 너그러움이, 다른 편에는 더없이 진실하고 뜨겁고 영혼에서 우러나온 감사함이 있었다. 당연히 그 짧은 기간이 끝나 갈 무렵 올리버 트위스트는 노부인과 그 조카딸에게 완전히 한 가족과 같은 존재가 되었으며, 그의 어리고 다감한 가슴이 바치는 열렬한 애정은 그를 자랑스러워하는 이들의 기쁨과 사랑으로 모자람 없는 보답을 받았다.

33장
올리버와 친구들의 행복이 갑작스러운 중단을 겪는다.

봄은 빠르게 지나가고 여름이 왔다. 처음에 도착했을 때 마을이 아름다웠다면 지금은 풍요로운 무성함의 완전한 절정 상태에 있었다. 지난 몇 달 동안 헐벗고 움츠린 모습이었던 큰 나무들이 이제는 강한 생명력과 활력을 터뜨렸으며, 초록으로 우거진 팔을 메마른 땅 위로 쭉쭉 뻗어 땡볕에 훤히 노출된 장소들을 그늘이 훌륭한 곳으로 바꿔 놓았으니, 그늘이 짙고 쾌적한 이곳에서는 저 앞 햇빛에 잠긴 넓게 뻗은 풍경을 바라볼 수 있었다. 대지는 가장 눈부신 초록빛 망토를 걸치고 가장 풍요로운 향기를 널리 퍼트렸다. 한 해의 전성기이자 가장 활기찬 때였는바, 만물이 기쁨에 넘쳐 번창하고 있었다.

작은 시골집에서는 여전히 조용한 생활이 계속되었고, 차분한 명랑함이 식구들 사이에 깃들어 있었다. 올리버는 이미 오래전에 건강하고 튼튼해져 있었다. 그러나 건강하든 병을 앓든 주위 사람들에 대한 그의 뜨거운 감정에는 아무런 변화가 없었다. 건강 상태에 따라 심경이 변하는 수많은 사람들과 달리 올리버는 고통과 시련으로 인해 기력을 상실했을 때, 그래서 자그만 보살핌이나 도움조차 간호하는 사람들에게 전적으로 의지해야 했던 때와 똑같이 여전히 상냥하고 다정하고 애정 깊은 아이였다.

어느 아름다운 밤에 그들은 보통 때보다 더 오랫동안 산책을 했다. 낮에 유달리 덥더니 이제 환한 달이 뜬 가운데 가벼운 바람이 일어서 유달리 상쾌한 느낌이었기 때문이다. 로즈 역시 아주 기분이 좋았다. 그래서 즐겁게 대화를 나누며 산책을 계속하다가 평소에 가던 곳보다 훨씬 멀리까지 갔다. 메일리 부인이 좀 피곤해했으므로 그들은 다른 때보다 더 천천히 집으로 돌아왔다. 젊은 숙녀는 소박한 보닛만 벗어 놓고 평소처럼 피아노 앞에 앉았다. 그녀는 몇 분 동안 무심히 건반을 두드리더니 마침내 낮고 아주 엄숙한 곡을 연주하기 시작했다. 그런데 곡을 연주하는 동안 그녀가 흐느껴 우는 듯한 소리가 들렸다.

"로즈, 애야!" 노부인이 말했다.

로즈는 아무런 대답도 하지 않은 채 좀 더 빠르게 연주했는데, 마치 노부인의 말을 듣고 뭔가 고통스러운 생각에서 깨어나기라도 한 것 같았다.

"로즈, 내 사랑하는 아가야!" 메일리 부인이 황급히 일어서며 소리쳤다. 그러곤 그녀에게로 몸을 굽혔다. "무슨 일이냐? 눈물을 다 흘리다니! 내 사랑하는 아이야, 무슨 슬픈 일이 있기에 그러는 거니?"

"아무것도 아니에요, 숙모님. 아무것도." 젊은 숙녀는 대답했다. "왜 그러는지 저도 잘 모르겠어요. 뭐라고 설명할 수 없어요. 하지만 기분이……."

"어디 아픈 건 아니니, 얘야?" 메일리 부인이 말을 끊으며 물었다.

"아니에요, 오, 아니에요! 아프진 않아요!" 로즈가 대답했다. 하지만 그렇게 말하는 동안 어떤 치명적인 한기가 몸을 스치고 지나가기라도 한 것처럼 부르르 몸서리를 쳤다. "곧 괜찮아질 거예요. 아, 창문 좀 닫아 주세요, 제발!"

올리버는 황급히 움직여 그녀의 요청대로 했다. 젊은 숙녀는 명랑함을 되찾으려 애쓰면서 좀 더 활기 있는 곡조를 연주하려고 해 보았다. 하지만 손가락은 맥없이 건반 위에 떨어졌다. 그녀는 두 손으로 얼굴을 감싸면서 소파에 쓰러지더니 더 이상 억누를 수 없다는 듯 눈물을 터뜨렸다.

"얘야!" 노부인이 그녀를 두 팔로 감싸 안으며 말했다. "네 이런 모습은 처음 보는구나."

"놀라지 않게 해 드리려고 했는데 어쩔 수 없었어요." 로즈가 대답했다. "정말이지 참으려고 애를 많이 썼어요. 하지만 소용이 없네요. 아무래도 제가 아픈가 봐요, 숙모님."

그녀는 정말로 아픈 게 맞았다. 촛불을 가져다 비추어 보니 그들이 집으로 돌아온 이후 그 짧은 시간 동안에 안색이 대리석처럼 하얗게 변해 버린 것이 드러났기 때문이다. 얼굴 표정의 아름다움은 조금도 사라지지 않았다. 하지만 안색은 확실히 달라져 있었다. 그리고 그 다정하고 상냥한 얼굴에 지금까지 한 번도 나타난 적이 없는 불안하고 수척한 기색이 깃들었다. 다시 일 분이 지나자 심홍빛 홍조가 얼굴 전체에 퍼졌다. 그리고 부드러운 파란 눈에 거칠고 열띤 표정이 무겁게 드리웠다. 이것은 지나가는 구름이 던진 그림자처럼 금세 다시 사라졌다. 그리고 그녀의 얼굴은 다시 한번 죽은 듯이 창백해졌다.

노부인을 걱정스럽게 지켜보던 올리버는 그녀가 로즈의 모습에 크게 놀란 것을 알아차렸다. 사실 올리버 역시 많이 놀랐다. 하지만 노부인이 가볍게 여기는 체하려고 애쓰는 것을 보고 자기도 그러려고 노력했다. 그들의 노력은 어느 정도 성공을 거두어서 이제 그만 잠자리에 들라는 노부인의 권고를 듣고 일어섰을 때 로즈는 기분이 한결 나아진 듯했다. 심지어 몸도 한결 좋아 보였는데, 그래선지 그녀는 아침에 일어나면 틀림없이 완전히 회복되어 있을 거라면서 그들을 안심시켰다.

"정말 아무 일도 아니겠지요?" 메일리 부인이 돌아왔을 때 올리버가 말했다. "로즈 양께서 오늘 밤 몸이 별로 안 좋아 보이네요. 하지만……."

노부인은 그에게 아무 말도 하지 말라고 손짓했다. 그러곤 어두운 방 한구석으로 가서 한동안 말없이 앉아 있었다. 마침내 그녀가 떨리는 목소리로 말했다.

"아무 일도 아니었으면 좋겠구나, 올리버야. 난 지난 여러 해 동안 그 애하고 지내면서 아주 행복했단다. 아마 너무 행복했는지도 몰라. 이제 내게 뭔가 불행이 닥칠 때가 됐는가도 싶구나. 하지만 그게 이건 아니길 빈다."

"이거라니요?" 올리버가 물었다.

"크나큰 불행 말이다." 노부인이 말했다. "그토록 오랫동안 나에게 위로와 행복이 되어 준 이 소중한 아이를 잃는 불행 말이야."

"아! 하느님, 안 돼요!" 올리버가 다급히 외쳤다.

"나도 꼭 그러길 빈다, 얘야!" 노부인이 두 손을 마주 쥐고 비틀며 말했다.

"정말이지 그렇게 끔찍한 일이 일어날 리 없어요." 올리버가 말했다. "두 시간 전까지만 해도 아가씨께서는 아무렇지도 않았잖아요."

"하지만 지금은 몹시 아프단다." 메일리 부인이 대답했다. "그리고 더 나빠질 게 틀림없단다. 아, 내 소중하고 소중한 로즈! 그 애 없이 난 어떻게 산다지?"

노부인이 너무나 깊은 슬픔에 빠지는 바람에 올리버는 자신의 감정을 억누르고 오히려 용기를 내어 제발 그러지 말라고 그녀를 설득했고, 또 소중한 로즈 아가씨를 위해서라도 제발 좀 더 진정하라고 간절히 부탁했다.

"생각해 보세요, 마님." 눈물을 참으려고 애썼지만 결국은 눈물이 터져 나오는 것을 어쩌지 못하며 올리버가 말했다. "아, 생각해 보세요! 로즈 아가씨가 얼마나 젊고 착하신지, 아가씨가 주위 사람들에게 얼마나 즐거움과 위안을 주는지를 생각해 보세요. 전 확신해요⋯⋯ 틀림없이⋯⋯ 정말 틀림없이⋯⋯ 마님을 위해서라도, 또 아가씨 자신을 위해서라도, 그리고 아가씨로 인해 그토록 행복한 모든 사람들을 위해서라도 아가씨는 결코 죽지 않을 거예요. 하느님께서는 절대로 아가씨가 그렇게 젊은 나이에 죽게 내버려 두시지 않을 거예요."

"쉬, 조용히!" 메일리 부인이 올리버의 머리에 손을 얹으며 말했다. "넌 아이답게 생각하는구나, 불쌍한 것. 하지만 넌 내가 해야 할 일이 무엇인지 가르쳐 주었다. 내가 잠시 그걸 잊고 있었구나, 올리버. 하지만 내가 그러는 것도 무리가 아니란다. 왜냐면 난 나이를 많이 먹어서 질병과 죽음을 충분히 봐 온지라 질병과 죽음이 뒤에 남은 사람들에게 안겨 주는 고통을 잘 알거든. 난 또 살 만큼 살아서 가장 젊고 선한 사람들조차 그들을 사랑하는 사람들의 바람과 달리 일찍 죽을 수 있다는 것을 잘 안단다. 하지만 이것은 슬픔 가운데 있는 우리에게 위안을 주기도 하지. 하느님은 공정하신 분이거든. 그리고 이런 일들은 이 세상보다 더 밝고 좋은 세계가 있다는 것을, 그리고 그곳으로 가는 길이 아주 빠르다는 것을 우리에게 감동적으로 가르쳐 준단다. 하느님의 뜻대로 이루어지길! 난 그 애를 사랑한단다. 내 사랑이 얼마나 깊은지는 오직 하느님만이 아실 거야!"

올리버는 메일리 부인이 이렇게 말하면서 마치 단 한 번의 노력으로 그러는 것처럼 비통한 심정을 즉각 억누른 다음 몸을 꼿꼿이 세우고는 침착하고 꿋꿋한 모습이 되는 것을 보고 놀랐다. 그는 또한 그녀가 이 꿋꿋한 모습을 계속 유지하는 것을 보고, 그리고 이후 이어진 그 모든 간병과 보살핌의 시기에 언제나 망설임 없이 차분하게 일을 처리하는 것을 보고 더욱 더 놀랐는데, 그녀는 자신이 해야 하는 모든 일들을 한결 같은 태도로, 심지어 겉으로 보기에 완전히 명랑하기까지 한 태도로 수행해 나갔다. 하지만 올리버는 아직 어렸고, 그래서 굳건한 정신을 지닌 사람들이 힘든 상황 아래서 얼마나 대단한 일을 해낼 수 있는지 알지 못했다. 사실 그런 정신을 소유한 사람들 자신조차 그것을 거의 모르는데 어린 그가 어떻게 알랴!

걱정 가득한 밤이 이어졌다. 아침이 되었을 때 메일리 부인의 예견은 너무나도 정확히 들어맞았다. 로즈는 위험하고 극심한 열병의 초기 단계에 있었다.

"우린 빨리 행동을 취해야 한다, 올리버. 그리고 쓸데없는 슬픔에 빠져서는 안 된다." 메일리 부인이 손가락을 입술에 대고 올리버의 얼굴을 빤히 들여다보며 말했다. "이 편지를 최대한 빨리 로스번 씨한테 보내야 한다. 이것을 읍내 장터로 가지고 가거라. 들판을 질러가는 보행자용 샛길로 가면 6킬로미터 정도밖에 안 될 거다. 거기 도착하면 말을 타고 가는 사람 편에 곧장 처씨로 편지를 보내도록 해라. 그건 여관에 있는 사람들이 맡아서 해 줄 게다. 난 네가 이 일을 잘 해낼 거라고 믿는다."

올리버는 아무 대답도 하지 않고 당장 떠나기를 갈망하는 표정으로 바라보았다.

"여기에 편지가 하나 더 있다." 메일리 부인이 잠시 생각하다가 말을 계속했다. "다만 이걸 지금 보내야 할지, 아니면 로즈의 상태를 정확히 알 때까지 기다려야 할지 잘 모르겠구나. 최악의 경우가 걱정되지 않는다면 안 보내려고 하는데 말이다."

"그것도 처씨로 보내는 건가요, 마님?" 맡은 임무를 어서 수행하고 싶어 안달이 난 올리버가 편지를 받으려고 떨리는 손을 내밀며 물었다.

"아니다." 노부인이 편지를 무심코 올리버에게 주며 대답했다. 올리버가 흘끗 보니 그가 잘 모르는 어느 시골의 훌륭한 귀족 집에 사는 해리 메일리 씨한테 보내는 편지였다.

"이것도 보낼까요, 마님?" 올리버는 조급한 태도로 올려다보며 물었다.

"아냐, 아직은 아닌 것 같구나." 메일리 부인이 편지를 도로 가져가며 말했다. "내일까지 한번 기다려 볼 생각이다."

그녀는 그렇게 말한 뒤 올리버에게 돈지갑을 주었다. 올리버는 더 이상 지체 없이 출발하여 그가 낼 수 있는 최대한의 속도로 달려갔다.

그는 신속하게 들판을 가로질러 달렸다. 이따금씩 들판 사이로 난 좁은 길을 달려가기도 했는데, 어떤 때는 길 양쪽에 높이 자란 밀 줄기에 가려 거의 안 보였다가 어떤 때는 풀 베는 사람들과 건초 만드는 사람들이 부지런히 일하는 넓은 들판으로 나왔다가 했다. 가끔씩 몇 초 동안 숨을 돌리기 위해 멈춘 것 말고는 한 번도 쉬지 않고 달려 그는 마침내 땀을 뻘뻘 흘리며 먼지를 뒤집어쓴 채 읍내 작은 장터에 도달했다.

여기서 그는 걸음을 멈추고 여관을 찾아 두리번거렸다. 하얀 은행 건물과 빨간 양조장, 노란 읍사무소가 있었다. 그리고 길모퉁이에 커다란 집이 한 채 있는데, 집 주변의 목재와 목조물을 모두 초록색으로 칠하고 앞에는 '조지'라는 간판이 붙어 있었다. 그는 이것을 보자마자 서둘러 그곳으로 갔다.

그는 대문간에서 졸고 있던 마차 기수(騎手)에게 말을 건넸다. 올리버가 원하는 것이 무엇인지 들은 마차 기수는 그를 말구종한테 보냈고, 말구종은 올리버가 전하는 이야기를 다시 다 듣고 나더니 그를 여관 주인한테 보냈다. 여관 주인은 파란 목수건과 흰 모자, 황갈색 반바지 차림에 그것과 어울리는 목이 긴 구두를 신은 키가 큰 신사로 마구간 문 옆 펌프에 기대어 은으로 만든 이쑤시개를 가지고 이를 쑤시는 중이었다.

이 신사는 발송 계산서를 작성하기 위해 매우 신중한 걸음걸이로 카운터 안에 들어갔다. 계산서를 작성하는 데 아주 오랜 시간이 걸렸는데, 그렇게 준비한 계산서 금액을 지불하고 난 뒤에도 말에 안장을 얹고 말 타고 갈 사람을 준비시키고 하느라 족히 십 분은 더 잡아먹었다. 그러는 동안 올리버는 절망에 가까운 걱정과 초조함으로 너무나 안달이 나서 할 수만 있다면 자신이 직접 말 위에 펄쩍 뛰어올라 전속력으로 다음 역참까지 질주하고 싶은 마음이었다. 마침내 모든 준비가 끝났고, 올리버는 신속히 전달해 줄 것을 신신당부하고 수없이 간청하면서 편지 꾸러미를 건네주었다. 그리하여 편지 배달부는 말에 박차를 가하며 출발해 장터의 울퉁불퉁한 포장도로를 따가닥따가닥 달려 읍내를 빠져나갔으며, 이삼 분 후에는 유료 도로를 따라 질주했다.

편지를 마침내 보냈고 시간도 허비하지 않았다는 느낌에 어느 정도 마음이 뿌듯해져서 올리버는 다소 가벼워진 심경으로 여관 마당을 달려 나왔다. 대문을 막 돌아서 빠져나갈 때였다. 그는 망토로 몸을 감싼 채 여관 문에서 나오던 키 큰 사내와 어쩌다가 부딪치고 말았다.

"아니!" 사내는 올리버를 쳐다보더니 갑자기 몸을 움츠리면서 말했다. "이런 망할, 뭐야 이거?"

"죄송합니다, 나리." 올리버가 말했다. "아주 급히 집으로 돌아가는 중이어서 나오시는 걸 미처 못 봤습니다."

"죽일 놈 같으니라구!" 사내가 커다란 검은 눈으로 아이를 노려보며 혼잣말하듯 내뱉었다. "이럴 줄 대체 누가 알았겠어! 뼈를 갈아 재로 만들어 버릴 놈! 돌로 된 관 속에서도 벌떡 일어나 내 앞길을 막아설 놈이라니까!"

"죄송합니다." 낯선 사내의 사나운 태도에 당황하여 올리버는 더듬거리며 말했다. "어디 다치신 것은 아니겠지요?"

"이 썩어 문드러질 놈!" 사내는 끔찍한 격정에 사로잡히며 이를 악문 사이로 낮게 내뱉었다. "내가 그 말 한마디만 할 용기가 있었다면 하룻밤 만에 네놈한테서 자유로워질 수 있었을 텐데. 네 머리에 저주가 쏟아지고 가슴에 끔찍한 죽음이 꽂혀라, 이 마귀 새끼야! 대체 여기서 뭘 하고 있는 거야?"

이렇게 알아듣지 못할 말을 퍼부으며 사내는 불끈 쥔 주먹을 흔들어 댔다. 그는 마치 올리버를 한 대 치기라도 할 작정인 것처럼 앞으로 다가서더니, 다음 순간 땅바닥에 쓰러져 격렬하게 몸을 마구 비틀어 대고 입에 거품을 물며 발작을 일으켰다.

올리버는 이 미친 사람(올리버는 그렇게 생각했다.)이 몸부림치는 것을 잠시 바라보다가 이내 여관으로 달려 들어가 도움을 청했다. 미친 사람이 안전하게 여관으로 실려 들어가는 것을 본 그는 집으로 발길을 돌렸다. 그리고 낭비한 시간을 벌충하려고 최대한 빠른 속도로 달리면서 조금 전에 만난 사람의 이상한 행동을 다시 떠올리고는 굉장히 큰 놀라움과 약간의 두려움에 사로잡혔다.

그러나 이 사건은 그의 기억 속에 오래 남아 있지 않았다. 집에 도착했을 때 마음을 써야 할 일이 너무 많아서 자신에 대한 생각은 기억 속에서 모두 사라져 버렸기 때문이다.

로즈 메일리의 병세는 급격히 나빠졌다. 한밤중이 되기 전에 헛소리까지 하기 시작했다. 그 지역에 사는 의사가 그녀의 곁을 줄곧 지켰는데, 그는 처음 그녀를 살펴보고 났을 때 메일리 부인을 따로 불러서 로즈의 병이 아주 놀라운 성격을 지닌 병이라고 선언했다. "사실은……." 그는 말했다. "그녀가 회복된다면 거의 기적이나 다름없을 겁니다."

그날 밤 올리버가 침대에서 벌떡 일어나 소리 나지 않게 살며시 계단으로 나가 병실에서 나는 아주 작은 소리라도 들어보려고 귀를 기울인 적이 얼마나 많았던가! 갑자기 쿵쾅거리는 발소리를 듣고 생각하기도 무서운 끔찍한 일이 바로 그 순간 일어난 것은 아닐까 두려워하며 몸을 부르르 떨면서 공포로 이마에 식은땀을 흘린 적이 얼마나 많았던가! 그가 이전까지 했던 모든 열렬한 기도들은 깊은 무덤의 가장자리에서 비틀거리고 있는 상냥한 아가씨의 생명과 건강을 간절히 기원하며 올린 그날 밤의 고뇌와 열정에 찬 기도들과 비교할 때 얼마나 미지근한 것들이었던가!

아! 우리가 깊이 사랑하는 사람이 생사의 기로에서 떠는 동안 속수무책으로 곁에 서 있어야 하는 불안감이란, 그 두렵고 극심한 불안감이란! 아! 마음속으로 마구 밀려와 강력한 이미지를 눈앞에 불러일으켜 가슴을 격렬히 뛰게 하고 숨을 가쁘게 만드는 고통스러운 생각들이란! 고통과 위험을 누그러뜨리거나 줄여 주기 위해 뭔가를 하고 싶은 뜨거운 갈망에도 불구하고 아무것도 해 줄 힘이 없다는 절망감이란! 우리의 무력함에 대한 슬픈 자각이 낳는 영혼과 정신의 좌절감이란! 어떤 고문이 이런 것들과 필적할 수 있을 것이며, 심경이 극도로 고조되고 달아오른 그 순간 어떤 생각과 노력들이 이런 것들을 완화할 수 있겠는가!

아침이 왔고, 작은 시골집은 쓸쓸하고 고요했다. 사람들은 속삭이며 이야기했고, 걱정이 가득한 얼굴들이 이따금 대문에 나타났으며, 여자와 아이들은 울면서 돌아갔다. 온종일 내내, 어두워진 후에도 몇 시간 동안이나 올리버는 정원을 조용히 왔다 갔다 했다. 그는 매 순간 눈을 들어 병실을 쳐다보았고, 마치 죽음이 그 안에 길게 누워 있는 듯이 보이는 어두운 창문을 보면서 부르르 몸서리를 치곤 했다. 밤늦게 로스번 씨가 도착했다. "견디기 힘든 일이오." 선량한 의사는 말했다. "그토록 젊고, 그토록 사랑을 받는 아가씨인데. 하지만 거의 가망이 없소."

또다시 아침이 되었다. 태양은 눈부시게, 마치 불행이나 걱정 같은 것은 아무 데도 보이지 않는다는 듯 눈부시게 빛났다. 주변의 나뭇잎과 꽃들이 하나같이 활짝 피어나고 벌어지는 가운데, 생명과 건강, 환희의 소리와 광경이 그녀를 사방에서 둘러싼 가운데 아름다운 젊은 아가씨는 병상에 누워 급속도로 쇠약해져 갔다. 올리버는 오래된 교회 묘지를 혼자 살며시 찾아갔다. 그리고 초록빛 풀에 덮인 낮은 무덤 한 곳에 앉아 그녀를 위해 말없이 울며 기도했다.

교회 묘지의 정경은 참으로 평화롭고 아름다웠다. 햇빛이 밝게 비치는 풍경에는 찬란함과 환희가 넘쳤고, 여름새들의 노래에는 명랑한 음악이, 머리 위로 쏜살같이 날아가는 떼까마귀의 날쌘 비상에는 자유로움이, 그리고 그 모든 것들에는 생명과 기쁨이 넘쳐흘렀다. 그리하여 올리버가 쓰라린 눈을 들어 주위를 둘러보았을 때 그는 본능적으로 지금은 죽음을 위한 때가 아니라는 생각을 했다. 하찮은 미물들조차 모두 기뻐하고 즐거워하는 이때 로즈는 결코 죽을 리 없고, 무덤은 춥고 우울한 겨울에나 어울리지 햇빛과 향기에는 맞지 않는 것이었다! 그는 수의란 늙고 꼬부라진 사람들을 위한 것이지 젊고 우아한 아가씨를 소름 끼치는 천으로 덮어 싸기 위한 것은 절대 아니라고 확신했다.

문득 교회의 종탑에서 울리는 조종(弔鐘) 소리가 어린애다운 이 생각들을 가차 없이 깨뜨려 버렸다. 다시 울리는 종소리! 그리고 또 한 번! 장례식을 위한 종소리였다. 한 무리의 하층민 장례객들이 교회 묘지의 문으로 들어왔는데, 하얀 상장(喪章)을 달고 있었다. 어린아이의 장례식이었던 것이다. 그들은 무덤 옆에 모자를 벗고 서 있었다. 그리고 어머니가 — 한때 어머니였던 여인이 — 늘어선 사람들 속에 섞여 슬피 울었다. 하지만 태양은 눈부시게 빛났고 새들은 계속 노래했다.

올리버는 집으로 발길을 돌렸다. 그는 아가씨가 자기한테 베풀어 준 수많은 친절에 대해 생각하면서 그런 때가 다시 돌아오기를, 그래서 자신이 얼마나 감사와 사랑이 넘치는지 그녀에게 더 이상 보여 주지 못하는 일이 결코 없기를 간절히 바랐다. 그동안 그녀를 위해 헌신적으로 봉사했던 만큼 그는 자신이 소홀했거나 생각이 부족했다고 자책할 이유가 하나도 없었다. 하지만 좀 더 열성적이고 좀 더 정성을 다할 수도 있었다고 생각되는, 그래서 못내 아쉬운 자잘한 순간들이 수백 가지나 눈앞에 떠올랐다. 우리는 주변 사람들을 대할 때 주의를 기울일 필요가 있다. 누구의 죽음이든 그것은 살아남은 몇몇 사람들로 하여금 빠뜨리고 넘어가거나 못 해 주거나 잊고 넘어간 수많은 것들과 보상할 수 있었는데 못 한 더욱 많은 다른 것들을 생각하게끔 만드는데, 그것들은 바로 우리에게 가장 쓰라린 기억이 되는 법이기 때문이다. 부질없는 회한 만큼 뼈저린 회한은 없다. 그러니 그런 회한의 고통을 겪고 싶지 않다면 시간이 있을 때 이 사실을 기억하도록 하자.

올리버가 집에 도착했을 때 메일리 부인이 작은 거실에 앉아 있었다. 그녀를 보고 올리버는 가슴이 철렁 내려앉았다. 그녀는 그동안 한 번도 조카딸의 침상을 떠난 적이 없었기 때문이다. 올리버는 병세에 무슨 변화가 일어났기에 그녀가 그렇게 방에서 나왔을까 생각하면서 두려움에 떨었다. 곧 그는 로즈가 깊은 잠에 빠졌다는 것을, 그리고 이제 잠에서 깨어나면 회복해 생명을 찾든지 아니면 그들과 작별하고 세상을 떠나든지 둘 중 하나가 될 거라는 사실을 알게 되었다.

그들은 몇 시간 동안 두려워 말도 하지 않고 귀를 기울이며 가만히 앉아 있었다. 식사는 입에 대지도 않은 채 치워졌다. 저무는 태양을 지켜보았지만 그들의 표정은 생각이 다른 곳에 가 있음을 드러내고 있었다. 태양은 점점 낮게 떨어지더니 마침내 사라질 것을 예고하는 마지막 찬란한 노을빛을 하늘과 땅 위에 던졌다. 그들의 예민한 귀는 발자국 소리가 다가오는 것을 금세 알아차렸다. 로스번 씨가 들어서자 두 사람 모두 무의식적으로 문간으로 달려갔다.

"로즈는 어떻게 됐나요?" 노부인이 소리쳤다. "어서 말해 주세요! 전 뭐든지 감당해 낼 수 있어요. 숨 막히는 불안감만 빼고요! 아, 어서 말해 주세요! 제발!"

"진정하셔야 합니다." 의사가 그녀를 부축하며 말했다. "흥분하지 마세요, 친애하는 부인, 제발."

"아, 절 놔주세요, 제발! 내 사랑하는 아이! 그 애가 죽었구나! 그 애가 죽었어!"

"아닙니다!" 의사가 열정적으로 소리쳤다. "선하고 자비로우신 하느님 덕분에 그녀는 앞으로 오랫동안 살아서 우리 모두에게 축복이 되어 줄 겁니다."

노부인은 무릎을 꿇었다. 그리고 두 손을 마주 모아 쥐려고 했다. 하지만 그토록 오랫동안 그녀를 지탱해 온 힘이 감사의 첫마디 말과 함께 하늘로 날아가 버렸다. 그녀는 그녀를 붙들려고 뻗은 로스번 씨의 친절한 팔에 쓰러지고 말았다.

34장
무대에 처음 등장하는 한 젊은 신사에 대한 소개의 성격을 띤 상세한 묘사와 올리버에게 일어나는 새로운 모험을 포함한다.

그것은 거의 감당할 수 없을 만큼 큰 행복이었다. 올리버는 이 뜻밖의 소식에 얼이 빠지고 넋이 나가서 울 수도 말을 할 수도 가만히 있을 수도 없었다. 그는 무슨 일이 일어난 것인지 이해할 능력을 거의 상실했는데, 그러다가 조용한 저녁 공기를 쐬며 오랫동안 산책을 한 뒤 한바탕 울음을 터뜨리고 나서야 비로소 정신을 차렸다. 그는 기쁜 변화가 일어났다는 사실과 견디기 힘든 무겁고 극심한 마음의 고통이 순식간에 사라졌다는 사실의 온전한 의미를 그제서야 문득 깨달은 듯했다.

그가 병실을 장식하기 위해 특별히 정성껏 꺾어 모은 꽃다발을 한 아름 안고 집으로 돌아갈 때 어둠은 빠르게 밀려오고 있었다. 길을 따라 활기차게 걷는데 뒤에서 맹렬한 속도로 다가오는 마차 소리가 들렸다. 뒤를 돌아보니 사륜 역마차 한 대가 굉장한 속도로 달려오고 있었다. 말들이 질주해 오고 길은

좁았으므로 그는 길가의 출입문에 기대고 선 채 마차가 지나가기를 기다렸다.

마차가 돌진해 지나갈 때 올리버는 하얀 취침용 모자를 쓴 사람을 흘끗 보았는데, 너무 짧은 순간이라 누군지 정확히 알아볼 수 없었지만 낯익은 사람 같았다. 그러고 일이 초가 지났는가 싶은 순간, 취침용 모자가 창문 밖으로 불쑥 튀어나오더니 아주 큰 목소리로 마부에게 멈추라고 소리를 질렀다. 마부는 최대한 급히 말고삐를 당겨 마차를 세웠다. 그러자 취침용 모자가 다시 한번 나타나 동일한 목소리로 올리버의 이름을 불렀다.

"어이, 올리버 군!" 목소리의 주인공이 외쳤다. "어떻게 되었나? 로즈 양 말이야! 올리버 군!"

"자일스 씨세요?" 올리버가 마차 문으로 달려가면서 소리쳤다.

자일스는 뭔가 대답을 하기 위해 취침용 모자를 쓴 머리를 다시 불쑥 내밀었는데, 그 순간 마차의 다른 쪽 구석에 타고 있던 한 젊은 신사가 그를 갑자기 휙 안으로 끌어당기고는 어떻게 되었냐고 다급하고 간절한 어조로 물었다.

"한마디로 말하거라!" 신사가 소리쳤다. "좋아졌냐 아니면 나빠졌냐?"

"좋아졌어요…… 아주 많이요!" 올리버가 황급히 대답했다.

"하느님, 감사합니다!" 신사는 외쳤다. "확실한 거지?"

"네, 아주 확실해요, 나리." 올리버가 대답했다. "호전된 지 겨우 몇 시간밖에 안 되었어요. 하지만 위험한 고비는 이제 모두 지나갔다고 로스번 선생님께서 말씀하셨어요."

젊은 신사는 더 이상 말을 안 하고 마차 문을 열고 뛰어나오더니 올리버의 팔을 급히 잡고는 한쪽으로 데리고 갔다.

"정말 확실한 거지? 네가 뭔가 잘못 알았을 가능성은 없는 거지, 응, 꼬마야?" 신사가 떨리는 목소리로 물었다. "거짓말로 날 속여 이루어질 수 없는 희망을 품게 만드는 건 아니지?"

"절대로 아니에요, 나리." 올리버가 대답했다. "정말이지 절 믿으셔도 돼요. 로스번 선생님께서 분명히 그녀가 앞으로 오랫동안 살아서 우리 모두에게 축복이 되어 줄 거라고 말씀하셨어요. 그렇게 말씀하시는 걸 분명히 들었어요."

올리버는 그토록 큰 행복이 시작되었던 장면을 다시 떠올리면서 눈물을 글썽였고, 신사는 고개를 돌린 채 몇 분 동안 말없이 있었다. 올리버는 그가 흐느끼는 소리를 두어 차례 들었다고 생각했다. 하지만 새로 뭔가 말을 시작해서 방해하고 싶지 않았기에 — 그 신사의 기분이 어떤지 충분히 짐작할 수 있었기 때문이다 — 꽃다발에 정신이 팔린 척하며 조금 떨어져 가만히 서 있었다.

이러는 동안 내내 자일스 씨는 하얀 취침용 모자를 그대로 쓴 채 마차의 발판에 걸터앉아 두 팔꿈치를 각각 무릎에다 받치고는 하얀 반점들이 있는 파란색 면 손수건으로 두 눈을 닦아 냈다. 이 정직한 사람의 감정이 거짓으로 꾸며 낸 것이 아니라는 점은 젊은 신사가 몸을 돌려 말을 걸었을 때 신사를 바라보는 그의 눈이 아주 빨갛게 충혈되어 있었다는 사실을 통해 충분히 증명되었다.

"자네는 계속 마차를 타고 어머니 집까지 먼저 가는 게 좋겠네, 자일스." 신사가 말했다. "난 좀 천천히 걸어가면서 어머닐 뵙기 전에 시간을 조금 갖고 싶네. 물론 내가 간다고 말씀드려도 되네."

"죄송합니다만, 해리 도련님." 자일스가 눈물로 얼룩진 얼굴을 마지막으로 한 번 더 손수건으로 닦으며 말했다. "어머님께 전하는 말씀은 마차 기수한테 맡겨 주시면 정말 크게 감사하겠습니다. 하녀들이 제 이런 모습을 보는 건 좀 적절치 못한 일일 것 같아서요. 만약 그랬다간 전 하녀들한테 더 이상 권위가 서지 않을 겁니다."

"글쎄." 해리 메일리는 미소를 지으며 대답했다. "좋을 대로 하게. 자네가 원한다면 기수한테 짐을 싣고 먼저 가게 하고 자네도 우리와 함께 뒤따라가도록 하게. 다만 먼저 그 취침용 모자를 뭐 좀 더 적당한 걸로 바꿔 쓸 수 없겠나? 안 그러면 사람들이 우릴 미친 사람들로 오해하겠어."

자일스 씨는 보기 흉한 자신의 차림새를 깨닫고는 취침용 모자를 획 낚아채듯 벗어서 주머니에 쑤셔 넣었다. 그리고 그 대신 마차에서 근엄하고 점잖은 모양의 모자를 하나 꺼내 머리에 썼다. 그러고 난 다음 기수는 마차를 끌고 떠나갔고, 자일스와 메일리 씨와 올리버는 그 뒤를 따라 천천히 걸어갔다.

함께 길을 따라 걸으면서 올리버는 큰 관심과 호기심을 가지고 새로 만난 사람을 이따금씩 흘긋흘긋 살펴보았다. 나이가 스물다섯 살 정도 되는 듯했고 중키에 잘생기고 솔직한 얼굴이었으며 편안하고 호감을 주는 태도를 지닌 사람이었다.

젊고 늙음의 차이가 있음에도 불구하고 그는 노부인과 너무나도 닮아서 조금 전에 노부인을 어머니라고 부르지 않았더라도 올리버는 두 사람의 관계를 그리 어렵지 않게 짐작했을 것이다.

그들이 집에 도착했을 때 메일리 부인은 걱정스러운 얼굴로 아들을 기다리고 있었다. 두 사람의 만남은 양쪽 모두에게 커다란 감격을 동반했다.

"어머니!" 젊은이가 속삭이는 말로 물었다. "왜 진작 저한테 편지를 쓰지 않으셨어요?"

"편질 쓰긴 썼단다." 메일리 부인이 말했다. "하지만 다시 생각해 보고는 로스번 씨의 의견을 들을 때까지 기다렸다 보내기로 마음먹었단다."

"하지만……." 젊은이가 말했다. "그랬다가 큰일이라도 났으면 어쩔 뻔했어요? 만약에 로즈가 — 차마 그 말은 하지 못하겠군요 — 만약에 로즈의 병이 다른 식으로 끝나기라도 했다면 어머니는 자신을 어떻게 용서하실 수 있었겠어요! 그리고 제가 어떻게 행복이라는 것을 다시 알 수 있었겠어요!"

"만약 일이 그렇게 잘못되었다면." 메일리 부인이 말했다. "해리야, 네 행복은 사실상 완전히 꺾이고 말았겠지. 그럴 경우 네가 여기에 오는 것은 하루 빨리 오든 늦게 오든 정말 거의 의미가 없는 일이었을 거다."

"당연히 그랬겠지요, 어머니." 젊은이가 대답했다. "아니 왜 내가 '그랬겠지요'라고 말하는 거지? 당연히 그렇지요…… 당연히요…… 어머니도 잘 아시잖아요…… 정말 잘 아시잖아요!"

"내가 아는 건 그 애가 한 남자가 줄 수 있는 가장 훌륭하고 순수한 사랑을 받을 만하다는 사실이다." 메일리 부인이 말했다. "그 애 같은 성격을 지닌 여자의 헌신과 애정은 보통의 사랑이 아니라 깊고 오래 지속될 사랑으로 보답받아야 한다는 걸 나는 알고 있다. 내가 그렇게 느끼지 않았다면, 그리고 또 그 애가 사랑하는 사람의 변심이 그 애를 비탄에 빠뜨릴 거라고 생각하지 않았다면 난 내 의무를 그토록 수행하기 어려운 것으로 느끼지 않았을 테고, 내 마땅한 도리라고 생각하는 행동 방침을 엄밀하게 따르느라 가슴속에서 그토록 많은 갈등을 겪지도 않았을 게다."

"너무 매정하세요, 어머니." 해리가 말했다. "어머닌 아직도 제가 자기 마음도 모르고 자기 영혼의 진정한 충동도 알아보지 못하는 철부지라고 생각하시나요?"

"사랑하는 아들아." 메일리 부인이 그의 어깨에 손을 얹으며 대답했다. "나는 젊은 사람한테는 오래 지속되지 않고 그리 엄격하지 않은 충동들이 많다고 본다. 그중에 어떤 것들은 충족되고 나면 오히려 그만큼 더 덧없이 사라져 버리는 것들이지. 그리고 무엇보다도 말이다." 부인은 아들의 얼굴을 빤히 응시하면서 말했다. "열정과 열의가 넘치고 야망이 있는 남자가 집안에 오명이 있는 여자를 아내로 맞는 경우, 비록 그것이 그녀의 잘못에서 비롯된 게 아니더라도 무정하고 비루한 사람들은 그녀는 물론이고 그 자식들한테까지 오명을 뒤집어씌우기 십상이란다. 그리고 그가 세상에서 이룬 성공에 정확히 비례하여 사람들은 그걸로 그를 비난하고 또 그에 대한 조롱거리로 삼으려 들 것이다. 그래서 품성이 아무리 너그럽고 좋다 하더라도 그는 언젠가 젊었을 때 맺은 그 관계를 후회할 수도 있을 것이야. 그러면 아내는 남편의 그런 생각을 알고 고통스러워하게 될 것이다."

"어머니." 젊은이가 못 참겠다는 듯이 말했다. "그렇게 행동하는 자는 이기적인 짐승 같은 놈으로 남자라고 불릴 자격도, 어머니가 말씀하신 그 여자를 맞을 자격도 없는 놈일 겁니다."

"지금은 그렇게 생각하겠지, 해리야." 어머니가 대답했다.

"앞으로도 영원히 그렇게 생각할 겁니다!" 젊은이가 말했다. "지난 이틀 동안 제가 겪은 정신적 고통은 저로 하여금 어머니께 제 사랑의 열정을 고백하지 않을 수 없게 만드는군요. 어머니도 잘 아시다시피 제 열정은 어제오늘의 것도 아니고 또 섣불리 가볍게 품은 것도 아닙니다. 저는 로즈에게, 상냥하고 다정한 로즈에게 남자가 여자에게 줄 수 있는 가장 확고한 마음을 주었습니다! 저는 그녀 말고는 인생에 대한 생각도 목적도 희망도 아무것도 없습니다. 어머니께서 제 모든 것이 달린 이 중대한 문제에 반대하신다면 그것은 제 행복과 평화를 뺏어다가 바람에 날려 버리시는 것입니다. 어머니, 이 문제에 대해, 그리고 저에 대해 다시 잘 생각해 주세요. 어머니께서 그토록 하찮게 여기시는 듯하지만 제게는 전부인 이 행복을 내박치지 말아 주세요."

"해리야." 메일리 부인이 말했다. "난 따뜻하고 섬세한 마음을 가진 너희를 너무나 소중히 생각하기 때문에 너희가 상처받지 않도록 하고자 그러는 거란다. 하지만 이 문제에 대해서 충분히, 아니 충분한 이상으로 이야기했으니 이제 그만하자꾸나."

"로즈의 판단에 맡기도록 해요, 그럼." 해리가 끼어들며 말했다. "어머니의 이런 완고한 의견을 지나치게 주장하셔서 절 완전히 방해하진 않으시겠지요?"

"그러진 않으마." 메일리 부인이 대답했다. "하지만 난 네가 먼저 잘 생각해서……."

"이미 충분히 잘 생각해 봤어요!" 해리가 짜증스레 대답했다. "어머니, 전 여러 해 동안 이 문제를 깊이 생각해 왔어요. 제가 진지한 생각을 할 수 있게 된 이후로 늘 이것에 대해 생각해 왔다구요. 제 감정은 하나도 변함없이 그대로이고, 앞으로도 그럴 겁니다. 그러니 왜 제가 제 감정을 털어놓는 걸 고통스럽게 미뤄야 합니까? 그래 봤자 아무런 이득도 없는데 말이에요. 안 돼요! 전 여길 떠나기 전에 로즈에게 제 심정을 꼭 말하겠습니다."

"그렇게 하거라." 메일리 부인이 말했다.

"어머니의 태도에는 로즈가 제 말을 냉담하게 받아들일 거라는 어떤 암시 같은 게 깃들어 있는 듯하군요, 어머니." 젊은이가 말했다.

"냉담하게는 아닐 거다." 노부인이 대답했다. "결코 그렇진 않을 거야."

"그럼 어떻게라는 거죠?" 젊은이가 다그쳤다. "혹시 다른 사람을 사랑하는 건 아니겠지요?"

"그건 아니다, 정말." 어머니가 대답했다. "내가 잘못 보지 않았다면 넌 이미 그 애의 마음을 너무나 확고하게 사로잡았어. 내가 하고 싶은 말은…….” 노부인은 아들이 말하려는 것을 막으면서 말을 계속했다. “네가 이번 기회에 네 모든 것을 걸기 전에, 네가 희망의 절정에 다다를 만큼 네 자신을 한껏 부추기기 전에, 사랑하는 아들아, 잠시만 로즈의 내력에 대해 생각해 보라는 것이다. 그리고 그 애가 자신의 의심스러운 출생을 알고 있다는 사실이 그 애의 결정에 어떤 영향을 끼칠지 한번 생각해 보라는 것이다. 그녀가 우리에게 헌신적이고, 더없이 강렬하고 고결한 마음을 지녔으며, 중요한 것이든 사소한 것이든 모든 일에서 — 항상 그녀의 특징이었던 — 완전히 자기를 희생하는 태도를 보인다는 점을 염두에 두면서 말이다.”

“무슨 말씀이시죠?”

“그건 네가 스스로 알아내도록 하거라.” 메일리 부인은 대답했다. “난 이제 그 애한테 가 봐야겠다. 하느님의 축복을 빈다!”

“오늘 밤에 다시 뵐 수 있겠지요?” 젊은이가 간절히 물었다.

“그럴 수 있을 거다.” 부인이 대답했다. “로즈를 보고 나오면 말이다.”

“제가 와 있다고 전해 주실 거죠?” 해리가 말했다.

“물론이지.” 메일리 부인이 대답했다.

“제가 얼마나 걱정했는지, 얼마나 애태우며 괴로워했는지, 그리고 얼마나 만나 보고 싶어 했는지도 말씀해 주세요. 거절 안 하고 그렇게 해 주실 거죠, 어머니?”

“그러마.” 노부인은 대답했다. “모두 다 전해 주마.” 그러고 그녀는 아들의 손을 다정하게 꽉 쥐어 준 다음 서둘러 방에서 나갔다.

이렇게 급히 주고받은 대화가 진행되는 동안 로스번 씨와 올리버는 방 한쪽 구석에 가만히 있었다. 이제 로스번 씨는 해리 메일리에게 손을 내밀어 악수를 청했고, 두 사람은 진심에서 우러나오는 반가운 인사를 교환했다. 그러고 난 뒤 의사는 젊은 친구가 던지는 여러 가지 질문에 대한 응답으로 환자의 상태에 대해 정확하고 상세하게 설명해 주었는데, 그것은 올리버의 진술을 들었을 때와 똑같이 큰 위안이 되고 희망찬 것이었다. 자일스 씨도 가방들을 옮겨다 놓느라 바쁜 척하면서 그 모든 설명을 하나라도 놓칠세라 귀를 쫑긋 세우고 열심히 들었다.

"최근엔 뭐 특별히 쏴 맞힌 것 없는가, 자일스?" 의사가 설명을 마치면서 물었다.

"특별히 없습니다, 나리." 자일스 씨가 눈 밑까지 벌게지며 대답했다.

"도둑을 잡았다든가 강도를 찾아냈다든가 하는 그런 것도 없고?" 의사가 말했다.

"아무것도 없습니다, 나리." 자일스 씨가 아주 진지하게 대답했다.

"그래?" 의사가 말했다. "그렇다니 유감일세. 자넨 그런 종류의 일을 훌륭하게 잘하는데 말이야. 그럼, 브리틀스는 어떻게 지내나?"

"그 아이는 잘 지내고 있습니다, 나리." 자일스 씨는 집사로서 평소의 어조를 회복하며 말했다. "선생님께 겸손히 인사를 전해 달라고 했습니다."

"잘 알겠네." 의사가 말했다. "자일스, 자네를 보니까 마침 생각이 나는군. 내가 급히 연락받고 떠나오기 전날에 말이야, 자네의 선하신 주인마님의 요청에 따라 자넬 위해 작은 일 하나를 처리했다네. 이쪽 구석으로 잠깐만 와 주겠나, 응?"

자일스 씨는 상당히 거드름을 피우면서도 약간 놀란 표정이 되어 구석으로 걸어갔다. 그러곤 의사와 짧게 속삭이며 면담하는 영광을 누렸는데, 그 면담이 종료되었을 때 그는 허리를 숙여 굉장히 여러 번 절을 하더니 유난히 위엄에 찬 발걸음으로 물러갔다. 면담의 내용은 거실에서는 밝혀지지 않았으나 부엌의 식구들은 즉시 그 내용을 훤히 다 알게 되었다. 왜냐하면 자일스 씨가 곧장 부엌으로 가서 맥주 한잔을 달라고 요청한 뒤에 아주 장중한 태도로 효과를 극대화하면서, 주인마님께서 예의 그 강도 미수 사건 때 그가 보인 용감한 행위를 참작하여 지역 은행에 일금 25파운드를 오직 그만이 유익하게 쓰도록 예금해 놓으셨다고 공표했기 때문이다. 이 말을 듣고 두 하녀는 두 손을 추켜올리고 하늘을 우러러보며 자일스 씨가 이제 아주 오만하게 굴기 시작할 거라고 염려했다. 하지만 이에 대해 자일스 씨는 셔츠 주름 장식을 잡아 펴면서 "아니네, 그렇지 않네."라고 대답하고는, 만약 자기가 아랫사람들에게 조금이라도 거만하게 구는 모습을 보인다면 언제든지 자기에게 그렇다고 얘기해 주면 고맙게 여기겠노라고 말했다. 그러고 나서 그는 이 못지않게 그의 겸손을 증명하는 다른 많은 이야기를 길게 늘어놓았는데, 이것들 역시 부엌 식구들에게 큰 칭찬과 갈채를 받았으며, 위대한 사람들의 말이 대개 그렇듯이 무척이나 독창적이고도 요점 있는 내용이었다.

위층에서도 남은 저녁 시간은 유쾌하게 지나갔다. 의사는 한껏 기분이 좋았고, 해리 메일리 역시 처음엔 무척 피곤하고 수심에 찬 표정이었을 수도 있었지만, 곧 이 훌륭한 신사의 명랑한 기분에 영향을 받지 않을 수 없었던 것이다. 의사의 쾌활한 기분은 아주 다양한 재담과 직업적 회고담, 풍성한 가벼운 농담들을 통해 나타났는데, 이것들은 올리버가 지금까지 들어 본 가장 우스꽝스러운 이야기들로서 그로 하여금 그만큼 한껏 웃어 대도록 만들었다. 이에 대해 의사는 만족스러워하는 모습을 역력히 드러내면서 과도할 정도로 자신을 비웃어 댔는바, 해리 메일리도 거기에 공감하여 진정으로 함께 웃지 않을 수 없었다. 그렇게 그들은 당시 상황에서 가능한 최대한의 즐거움을 함께 누렸고, 밤이 깊어서야 가볍고 감사하는 마음으로 잠자리에 들었다. 최근에 그토록 걱정과 불안을 겪은 그들에게는 그런 마음의 휴식이 몹시 필요했다.

올리버는 다음 날 아침 한결 가벼운 마음으로 일어나 지난 여러 날 동안 느꼈던 것보다 훨씬 큰 희망과 즐거움으로 여기저기 돌아다니며 늘 하던 아침 일들을 수행했다. 로즈 양의 새들을 다시금 예전의 자리에 내걸어 노래를 하게 했고, 그 아름다움과 향기로 로즈를 기쁘게 할 가장 향기로운 야생화들을 다시금 따 모았다. 근심 가득한 그의 슬픈 눈에 지난 여러 날 동안 모든 사물 — 아무리 아름다운 것들이라 해도 — 위에 드리워 있는 것처럼 보였던 우울함이 이제는 마술처럼 모두 사라지고 없었다. 이슬은 초록빛 나뭇잎들 위에서 한층 눈부시게 반짝이는 것 같았고, 바람은 나뭇잎 사이로 스치며 더욱 감미로운 음악 소리를 내는 듯했으며, 하늘도 더 파랗고 밝아 보였다. 우리 자신의 마음 상태는 외부 사물들이 우리 눈에 비치는 모습에 이토록 큰 영향을 끼치는 것이다. 자연과 동료 인간을 바라보며 모든 것이 어둡고 우울하다고 소리치는 사람들이 틀린 것은 아니다. 다만 그 음울한 색깔들은 바로 그들 자신의 비뚤어진 눈과 마음의 반영인 것이다. 진정한 색채는 섬세한 법이며, 따라서 좀 더 맑은 시선으로 보아야 한다.

한 가지 주목할 만한, 그리고 올리버도 당시 모르지 않았던 점은 바로 그의 아침 나들이가 더 이상 혼자 하는 게 아니었다는 사실이다. 해리 메일리는 꽃다발을 들고 집으로 돌아가는 올리버를 만난 첫날 아침 이후로 갑자기 꽃에 대한 열정에 사로잡히더니, 그의 어린 친구를 한참 앞지를 정도로 꽃꽂이에 대단한 심미안을 발휘하기 시작했다. 하지만 올리버는 비록 그 부분에서 좀 뒤처졌을지라도 어디에 가야 가장 아름다운 꽃을 발견할 수 있는지 잘 알았다. 그리하여 두 사람은 매일 아침 함께 그 지역을 샅샅이 뒤지고 다녔고, 그날 피어난 가장 아름다운 꽃들을 들고 집으로 돌아왔다. 로즈 아가씨의 방 창문은 이제 활짝 열려 있었다. 그녀는 풍요로운 여름 공기가 창문으로 흘러 들어와 그 신선함으로 그녀에게 생기를 불어넣어 주는 것을 매우 좋아했기 때문이다. 그 격자창 바로 안쪽에는 언제나 매일 아침 깊은 정성을 다해 만든 특별한 작은 꽃다발 하나가 물병에 꽂혀 있었다. 올리버는 그 작은 꽃병이 정기적으로 다른 꽃들로 채워지긴 하지만 이전의 시든 꽃들이 결코 버려지지 않는다는 것을 알아채지 않을 수 없었다. 그는 또한 의사가 정원에 나올 때마다 어김없이 창가의 그 특별한 자리를 올려다보고 아침 산책을 나가면서 아주 의미심장한 표정으로 고개를 끄덕거린다는 것도 알아채지 않을 수 없었다. 올리버가 이런 관찰을 하는 가운데 하루하루가 빠르게 지나갔고 로즈도 빠른 속도로 건강을 회복했다.

로즈 아가씨가 아직 방 안에서만 지내고, 그래서 이따금 메일리 부인과 짧은 거리를 걷는 것 말고는 저녁 산책 같은 게 전혀 없었지만 올리버가 시간을 한가로이 보낸 것은 아니었다. 그는 두 배나 더 열심히 그 백발 노신사의 가르침을 받는 일에 집중했고, 자신의 빠른 진보에 스스로도 놀랄 만큼 전력을 다해 공부에 힘썼다. 그가 전혀 예상치 못한 어떤 일로 인해 크게 놀라고 불안에 떨게 된 것도 바로 이렇게 공부에 전념하고 있을 때였다.

평소 그가 앉아 열심히 책을 읽는 작은 방은 집 뒤쪽의 1층에 있었다. 격자창이 있는 전형적인 시골집 방이었는데, 주변에 무리 지어 자라는 재스민과 인동덩굴이 창턱 너머까지 기어 올라와 방 안을 감미로운 향기로 가득 채웠다. 방은 정원을 내다보고 있었고, 정원은 작은 쪽문을 통해 자그만 잔디밭으로 이어졌으며, 그 너머는 온통 아름다운 목초지와 숲뿐이었다. 그 방향으로는 가까운 곳에 다른 인가가 없었고, 그래서 방에서 바라보이는 풍경은 아주 넓게 펼쳐져 있었다.

어느 아름다운 저녁, 첫 번째 어스름 빛이 땅 위에 막 내리기 시작할 때 올리버는 이 방의 창가에 앉아 독서에 열중하고 있었다. 한동안 그렇게 열심히 책을 읽었는데, 날이 유난히 무더운 데다 공부하느라 굉장히 애를 썼던 만큼 그가 차츰차츰 조금씩 조금씩 잠에 빠져 들어간 것은 그게 누구든지 간에 그가 읽던 책의 저자들에 대한 모욕은 전혀 아니었다.

때때로 우리한테 슬그머니 찾아오는 특이한 종류의 잠이 있는데, 이 잠에 빠지면 몸은 잠에 사로잡혀 있지만 정신은 주변 사물에 대한 의식을 잃지 않은 채 마음대로 돌아다닌다. 어찌할 수 없게 무거워진 몸, 힘이 빠지고 축 늘어진 상태, 그리고 생각과 동작의 통제가 완전히 불가능한 상황을 우리가 잠이라고 부른다면 이 특이한 잠도 잠이긴 하다. 하지만 이 잠의 경우에 우리는 주변에서 벌어지는 모든 것을 계속 의식하며, 그래서 그런 상태에서 꿈이라도 꾸게 되면 사람들의 실제 말소리나 그 순간 실재하는 소리들이 놀라울 정도로 아무 문제없이 꿈속의 환영과 상응하도록 조정되어 마침내 현실과 상상이 아주 기이하게 뒤섞이고, 그 결과 둘을 구분하는 일이 거의 불가능해지고 만다. 하지만 이것이 그런 종류의 잠에 따르는 가장 두드러진 현상은 아니다. 오히려 의심할 여지 없는 한 가지 사실은 비록 잠자는 동안 우리의 촉각과 시각은 죽어 있어도 자면서 우리가 하는 생각들과 우리 눈앞에서 벌어지는 꿈속의 장면들이 그저 가만히 존재할 뿐인 외부 대상으로부터 영향을 받는다는, 그것도 아주 실질적으로 영향을 받는다는 점이다. 그리고 이때 그 외부 대상은 우리가 눈을 감을 당시

멍크스와 유태인 영감.

근처에 없었을 수도 있고, 그래서 깨어 있을 때는 근처에 있다는 사실을 전혀 의식하지 못한 것들일 수 있다.

올리버는 자신이 자기의 작은 방에 있다는 것, 책들이 자기 앞의 책상에 그대로 놓여 있다는 것, 감미로운 공기가 바깥의 넝쿨 식물들 사이에서 은은하게 피어오르고 있다는 것을 완벽하게 잘 알고 있었다. 하지만 그러면서도 그는 잠들어 있었다. 갑자기 장면이 바뀌었다. 공기가 꽉 막힌 듯 답답해졌다. 그는 공포로 확 달아오르면서 자신이 유태인의 집에 다시 왔다는 생각에 사로잡혔다. 끔찍한 유태인 영감이, 그가 늘 앉던 그 구석에 앉아, 손가락으로 올리버를 가리키며, 옆에서 얼굴을 돌리고 앉아 있는 또 다른 사내에게 속삭이고 있었다.

"쉿, 이보게, 조용히!" 올리버는 유태인이 말하는 소리를 들었다고 생각했다. "그 애가 맞네, 틀림없네. 자, 그만 가세."

"맞다니!" 다른 사내가 대답하는 것 같았다. "그럼 내가 애를 잘못 봤을 수도 있다고 생각한 거요? 수많은 악마들이 이 녀석과 아주 똑같은 모습으로 둔갑하고 그 사이에 이놈이 섰다고 해도 이놈한테는 놈을 단박에 가려내게 하는 뭔가가 있소. 놈을 2미터나 되는 땅속 깊숙이 묻어 놓고 날 데려가 놈의 무덤을 지나가게 해 보시오. 아무런 표시가 없어도 난 놈이 거기 묻혔다는 걸 쉽게 알아낼 수 있을 거요. 말라죽을 염병할 놈, 난 정말 그럴 수 있을 거요!"

사내가 이렇게 말하면서 얼마나 무섭게 증오심을 드러내는 듯 보였던지 올리버는 두려움으로 잠이 깨어 벌떡 일어났다.

하느님 맙소사! 그의 심장 한가운데까지 피가 얼어붙게 만들고, 그에게서 목소리와 움직일 힘을 모두 빼앗아 가 버린 저 것은 대체 무엇이란 말인가? 저기…… 저기…… 창문에…… 눈앞 바로 가까이에…… 그가 놀라서 펄쩍 물러서기 전에는 손이 거의 닿을 수 있었을 만큼 아주 가까이에, 두 눈으로 방 안을 들여다보면서, 그리고 바로 그 순간 올리버와 시선을 마주치면서 바로 그 유태인 영감이 서 있는 게 아닌가! 그리고 그 옆에는 여관 마당에서 올리버에게 욕을 퍼부었던 바로 그 남자가 분노 때문인지 공포 때문인지, 아니면 둘 다인지 얼굴이 하얗게 질린 채 잔뜩 찌푸린 험악한 표정으로 서 있는 게 아닌가!

그것은 그저 한순간, 흘끗, 섬광이 번쩍이듯 눈앞을 스친 것에 불과했다. 다음 순간 그들은 사라져 버렸다. 그러나 그들은 올리버를 알아보았고 올리버도 그들을 알아보았다. 그리고 그들의 표정은 마치 돌에 깊이 새겨져 올리버가 태어날 때부터 눈앞에 놓여 있었던 것처럼 그의 기억에 확고하게 각인되었다. 한순간 그는 온몸이 얼어붙은 채 서 있었다. 그러다가 창문을 통해 정원으로 뛰어내리며 큰 소리로 도움을 청했다.

35장
올리버가 겪은 모험의 불만족스러운 결과와, 해리 메일리와 로즈 사이에 오간 모종의 중요한 대화를 포함한다.

올리버의 비명 소리를 듣고 집안사람들이 소리가 나는 곳으로 급히 달려갔을 때 올리버는 창백하고 흥분한 얼굴로 집 뒤의 초원 쪽을 가리키며 간신히 나오는 목소리로 안간힘을 쓰며 말했다. "유태인요! 유태인!"

자일스 씨는 무슨 말인지 이해하지 못해 어쩔 줄을 몰라 했으나, 좀 더 이해력이 빠르고 또 어머니한테서 올리버의 내력을 들은 해리 메일리는 즉시 그 의미를 알아차렸다.

"놈이 어느 방향으로 갔니?" 그는 한구석에 놓여 있는 굵직한 막대기 하나를 집어 들며 물었다.

"저쪽이요." 올리버는 유태인이 달아난 방향을 가리키며 대답했다. "저쪽으로 순식간에 사라졌어요."

"그러면 도랑에 숨었겠군!" 해리가 말했다. "따라오거라! 최대한 내 뒤에 바짝 붙어 있거라." 그렇게 말하면서 그는 생나무 울타리를 펄쩍 뛰어넘어 쏜살같이 달려갔는데, 다른 사람들이 뒤에 바짝 붙어 따라가기가 지극히 힘들 만큼 빠른 속도였다.

자일스는 나름대로 최대한 열심히 뒤따라갔다. 올리버도 뒤를 따랐다. 일이 분쯤 후에는 산책 나갔다가 막 돌아온 로스번 씨도 그들의 뒤를 따라 생나무 울타리를 뛰어넘었다. 그러다가 그는 굴러 넘어지고 말았지만, 생각보다 훨씬 민첩하게 몸을 다시 일으켜 세우고는 제법 무시 못 할 속도로 다른 사람과 같은 방향으로 쫓아갔다. 그러면서 내내 대체 무슨 일이냐고 아주 엄청나게 큰 목소리로 고함을 쳐 댔다.

그들은 모두 계속 달렸고, 한 번도 숨을 돌리기 위해 멈추지 않았다. 마침내 올리버가 가리킨 들판의 꺾어진 모퉁이로 접어들어 선두에 선 해리가 달리기를 멈추고 인근의 도랑과 생나무 울타리를 샅샅이 뒤지기 시작했다. 그제야 나머지 일행은 그를 따라잡을 여유가 생겼고, 올리버도 로스번 씨에게 그토록 격렬한 추격을 벌이게 된 상황을 설명할 수 있었다.

수색은 아무 소득이 없었다. 최근에 생긴 발자국 같은 것조차 보이지 않았다. 그들은 이제 사방으로 5킬로미터에서 6킬로미터 정도 탁 트인 들판이 내려다보이는 자그만 언덕 꼭대기에 올라가 섰다. 왼쪽으로 분지가 보이고 마을이 있었다. 하지만 올리버가 가리킨 방향으로 나아갔다가 그쪽으로 가려면 놈들은 틀림없이 넓은 벌판을 빙 돌아가야 했을 텐데, 그토록 짧은 시간에 그렇게 하는 것은 불가능한 일이었다. 한편 다른 쪽에는 울창한 숲으로 둘러싸인 목초지가 있었고, 역시 같은 이유로 그들은 그 은신처까지 도달하지 못했을 게 틀림없었다.

"네가 꿈을 꾼 것 같구나, 올리버." 해리 메일리가 말했다.

"오, 아니에요. 정말로 아니에요." 올리버는 늙은 악당의 얼굴을 떠올리는 것만으로도 몸서리가 나는 듯이 부르르 떨면서 대답했다. "꿈이라고 하기에는 너무나 분명히 봤어요. 지금 해리 아저씨를 보는 것만큼이나 분명히 그 두 사람을 다 봤어요."

"또 한 사람은 누구였니?" 해리와 로스번 씨가 동시에 물었다.

"제가 말씀드렸던 사람이요, 여관에서 갑자기 마주쳤던 바로 그 사람이었어요." 올리버가 말했다. "그때 우린 서로 뚫어져라 똑바로 쳐다봤어요. 그래서 전 그 사람이란 걸 맹세할 수 있어요."

"그들이 이쪽으로 간 거 맞니?" 해리가 물었다. "확실해?"

"그 사람들이 창가에 서 있었다는 것만큼 확실해요." 올리버가 대답했다. 그러면서 저 아래 시골집 정원과 목초지 사이에 있는 생나무 울타리를 가리켜 보였다. "키 큰 남자는 바로 저리로 뛰어넘었고, 유태인은 오른쪽으로 몇 걸음 달려가다가 저 틈새로 기어 나갔어요."

두 신사는 그렇게 말하는 올리버의 진지한 얼굴을 지켜보다가 서로를 돌아보았는데, 올리버가 말한 내용의 진실성을 충분히 확신하는 것처럼 보였다. 그러나 어느 방향을 보아도 도망치는 사람들이 급하게 밟고 지나간 듯한 흔적은 전혀 없었다. 풀이 길게 자라 있었지만, 자기네가 밟은 곳을 제외하고는 어디에도 짓밟혀 쓰러진 데가 없었다. 도랑의 양옆과 가장자리는 축축한 진흙이었는데, 그 어느 곳에서도 사람의 신발 자국은 물론이고 지난 몇 시간 사이에 동물이 밟고 지나간 듯한 조그만 흔적조차 전혀 발견할 수 없었다.

"참 이상한 일이로군!" 해리가 말했다.

"이상하다고?" 의사가 말했다. "블래더스와 더프가 있었어도 아무것도 못 찾아냈을 거네."

수색해 봤자 소용없을 게 분명해 보였음에도 불구하고 그들은 밤이 되어 더 이상 수색을 계속하는 게 불가능할 때까지 단념하지 않았다. 그리고 밤이 되어서도 마지못해 포기했다. 곧바로 자일스를 파견해 올리버가 침입자들에 대해 가능한 한 정확하게 설명한 인상착의를 가지고 마을의 여러 주막에 가서 알아보도록 했다. 둘 중에 적어도 유태인만큼은 특이한 외양을 하고 있으므로, 만약 그가 술을 마시거나 주변을 얼씬거리거나 했다면 충분히 사람들이 기억할 것이었다. 하지만 자일스는 이 수수께끼 같은 일을 해소하거나 단서가 될 만한 어떤 정보도 없이 빈손으로 돌아왔다.

다음 날 다시 수색을 시작했고 탐문도 재개했다. 하지만 전날과 똑같이 아무 소득이 없었다. 그다음 날 올리버와 메일리 씨는 읍내 장터에 갔다. 혹시 거기 가면 그들을 발견하거나 무슨 이야기를 듣지 않을까 하는 희망에서였는데, 이번에도 아무 수확이 없는 헛수고였다. 며칠 후 뒷받침하는 새로운 내용이 더 이상 없어 사람들의 놀라움이 저절로 사라져 버린 대부분의 사건들이 그러듯이 이 사건도 잊히기 시작했다.

그러는 사이 로즈는 빠르게 회복되고 있었다. 그녀는 방에서 나와 밖으로 나갈 수 있게 되었으며, 가족들과도 다시금 어울림으로써 모두의 가슴에 큰 기쁨을 안겨 주었다.

그러나 비록 이 행복한 변화가 가족 모임에 확연히 영향을 끼쳤지만, 그리고 시골집에 다시금 명랑한 목소리와 즐거운 웃음소리가 들렸지만, 전에 없던 어떤 거북함이 때때로 몇몇 식구들에게, 심지어 로즈 자신에게조차 나타나곤 했고, 올리버는 이것을 눈치채지 않을 수 없었다. 메일리 부인과 그 아들이 방 안에서 오랫동안 심각한 대화를 나누는 일이 자주 있었고, 로즈가 얼굴에 눈물 자국을 보이며 나타난 적도 한두 번이 아니었다. 이런 증상들은 로스번 씨가 처씨로 돌아갈 날을 정하고 난 뒤에 더욱 빈번해졌다. 젊은 아가씨와 누군가 다른 사람의 평화에 영향을 끼치는 어떤 일이 진행되고 있는 것이 분명해 보였다.

마침내 어느 날 아침, 로즈가 아침 식사를 하는 거실에 혼자 있을 때 해리 메일리가 들어왔다. 그러곤 약간 머뭇거리다가 잠깐 이야기를 나눠도 되겠냐며 그녀에게 허락을 구했다.

"잠깐…… 아주 잠깐이면…… 될 거야, 로즈." 젊은이는 의자를 그녀 쪽으로 끌어당기며 말했다. "내가 지금 하려는 말은 로즈 너도 이미 마음속으로 잘 알고 있는 거야. 내 가슴속 가장 소중한 희망은 너한테 다 알려져 있어, 비록 내 입으로 너한테 직접 이야기한 적은 없지만 말이야."

로즈는 그가 들어온 순간부터 매우 창백해져 있었다. 물론 그것은 최근에 병을 앓은 탓일 수도 있었다. 그녀는 고개만 한

번 살짝 숙여 보이더니, 근처에 있는 화초를 굽어보면서 그가 말을 계속하기를 조용히 기다렸다.

"난…… 난…… 벌써 여기를 떠났어야 했어." 해리가 말했다.

"맞아요, 정말로……." 로즈가 대답했다. "이렇게 말하는 걸 용서하세요, 하지만 전 당신이 그랬더라면 하는 마음이에요."

"내가 여기 온 이유는." 젊은이는 말했다. "무엇보다도 끔찍하고 고통스러운 걱정, 내 인생의 모든 소원과 희망을 걸고 있는 단 하나뿐인 소중한 사람을 잃을지도 모른다는 두려움 때문이었어. 넌 죽어 가고 있었어, 이 세상과 하늘나라 사이를 오락가락하면서 말이야. 젊고 아름답고 선한 사람들이 병마에 사로잡히면 그들의 순수한 영혼은 영원한 안식이 있는 찬란한 고향으로 자기도 모르게 끌리게 된다는 것을 우리는 알아. 또한…… 아 하느님 자비를 베푸소서……! 우리 인간 중에서 가장 훌륭하고 가장 아름다운 사람들이 너무나 자주, 한창 피어나다가 그만 시들어 버리고 만다는 것도 잘 알아."

젊은이가 이렇게 말하는 동안 상냥한 아가씨의 눈에 눈물이 고였다. 그러다가 그녀가 굽어보는 꽃 위로 눈물이 한 방울 떨어져 꽃봉오리 속에서 눈부시게 반짝이며 꽃을 더욱 아름답게 만들었는데, 그것은 마치 밖으로 흘러나온 그녀의 깨끗하고 젊은 마음이 자연의 가장 사랑스러운 것들과 서로 동질체임을 자연스럽게 주장하는 것 같았다.

"한 인간이……." 젊은이가 열정적으로 말을 이어 나갔다. "하느님의 소중한 천사처럼 아름답고 순수한 한 인간이 생과 사의 기로에서 떨고 있었어. 아! 그녀의 본성에 합당한 그 먼 세상이 눈앞에 절반쯤 펼쳐졌을 때 그녀가 슬픔과 재난 가득한 이 세상으로 다시 돌아오리라고 그 누가 기대할 수 있었겠어? 로즈, 로즈, 네가 하늘에서 온 빛이 땅 위에 드리우는 부드러운 그림자처럼 사라져 버리고 있음을 아는 것, 이승에 머무르는 이들을 위해 하느님께서 널 살려 주시리라는 희망이 없는 것, 왜 널 꼭 살려 주셔야 하는지 그 이유를 거의 대지 못하는 것, 네가 그렇게도 많은 뛰어난 사람들이 어리거나 젊었을 때 일찌감치 날아간 그 찬란한 세계에 속한다고 느끼는 것, 하지만 그렇게 가뜩 위안을 삼으면서도 사랑하는 사람들에게 널 되돌려 주십사고 기도하는 것…… 이 모든 것들은 정말 견디기 힘든 큰 괴로움이었어. 이런 생각들이 밤낮으로 날 사로잡았고, 그 생각들과 함께 얼마나 온 마음을 다해 내가 널 사랑하는지 모른 채 네가 죽어 버리면 어떻게 하나 하는 두려움과 걱정과 이기적인 후회들이 폭포처럼 걷잡을 수 없게 밀려와 내 이성과 분별력을 거의 마비시키다시피 했어. 너는 다시 살아났어. 하루하루, 아니 거의 시시각각으로 네 건강의 수액이 다시 방울방울 흘러나왔고, 그것은 네 몸 안에서 거의 고갈된 채 힘없이 돌던 가느다란 생명의 물줄기와 합쳐져 그 물줄기를 다시 높이 힘차게 흐르는 강물로 부풀어 오르게 했지. 나는 네가 거의 죽음 직전까지 갔다가 생명으로 되돌아오는 것을 나 못지않게 간절함과 깊은 애정으로 애태우며 눈물 흘렸던 다른 식구들과 함께 지켜봤어. 그런데 내가 일찍 떠나서 이런 기회를 놓치는 편이 나았을 거라고 말하다니, 그러지 마. 이 경험은 내 가슴을 모든 인간을 향해 부드러워지게 만들었으니 말이야."

"내 뜻은 그게 아니었어요." 로즈가 눈물을 흘리며 말했다. "난 그저 당신이 여기를 떠나서 높고 고상한 목표, 당신에게 잘 어울리는 삶의 목표를 추구하는 일로 다시 돌아갔더라면 하는 마음일 뿐이에요."

"네가 가진 그 같은 마음을 얻기 위해 노력하는 일보다 나한테 더 가치 있는 추구는 없어. 아마 이 세상에 존재하는 가장 고상한 사람한테도 그보다 더 가치 있는 추구는 없을 거야." 젊은이가 그녀의 손을 잡으며 말했다. "로즈, 내 사랑하는 로즈, 만약에 한 남자가 진실하고 정직하고 열렬한 사랑을 품을 수 있다면 너에 대한 내 사랑이야말로 바로 그런 사랑이야. 부디 내가 널 아내로 얻기 위해 노력해도 좋다고 말해 줘. 여러 해 동안…… 여러 해 동안…… 난 널 사랑해 왔어. 세상에서 명성을 얻은 뒤 자랑스럽게 집으로 돌아와, 그 모든 게 오로지 너와 함께 나누기 위해서 추구된 것이라고 말할 수 있기를 희망하면서 말이야. 난 백일몽을 꾸며 생각하곤 했지. 그 행복한 순간이 오면 소년 시절에 내가 했던 그 말없는 많은 애정의 표시들을 너한테 상기시키면서 서로 다짐했던 무언의 옛 약속을 실현하는 행위로서 어떻게 너에게 청혼할 것인지를 말이야! 난 아직 그런 성공의 순간에 도달하지 못했어. 하지만 오늘 나는 비록 아무런 명성도 얻지 못하고 어린 시절의 꿈도 이룬 게 없지만, 그토록 오랫동안 네 것이었던 내 마음을 고백하며 바치고자 해. 그리고 이에 대한 네 답변에 내 모든 것을 걸려고 해."

"당신은 늘 친절하고 고결하게 행동해 왔지요." 로즈가 자신을 뒤흔드는 감정을 억누르면서 말했다. "내가 무정하고 고마워할 줄 모르는 여자가 아니라는 걸 믿어 주시듯, 그렇게 내 대답도 들어 주세요."

"네 대답은 내가 널 아내로 맞기 위해 노력해도 된다는 것, 그거겠지, 그렇지, 사랑하는 로즈?"

"내 대답은……." 로즈가 대답했다. "당신이 나를 잊으려고 노력해야 한다는 거예요. 물론 깊은 우정을 나누는 오랜 친구로서가 아니라 — 왜냐면 그러면 난 깊은 상처를 받을 테니까요 — 사랑의 대상으로서 나를 잊으라는 거예요. 세상을 살펴보세요. 당신이 자랑스럽게 마음을 사로잡을 수 있는 여자들이 얼마나 많이 있는지 생각해 보세요. 나한텐 뭔가 다른 열정을 털어놓으세요. 물론 그러고 싶다면 말이에요. 그럼 내가 얼마든지 가장 진실되고 따뜻하고 충실한 친구가 되어 드릴게요."

잠시 침묵이 흘렀다. 그러는 동안 한 손으로 얼굴을 가리고 있던 로즈는 터져 나오는 눈물을 참지 않고 마음껏 쏟았다. 해리는 여전히 그녀의 다른 손을 잡고 있었다.

"그 이유가 뭐지, 로즈?" 그가 마침내 낮은 목소리로 물었다. "그렇게 마음먹은 이유가 뭐지?"

"당신한테는 그렇게 물어볼 권리가 당연히 있지요." 로즈가 대답했다. "하지만 당신이 무슨 말을 하더라도 내 결심을 바꿔 놓지는 못할 거예요. 그건 내가 꼭 지켜야 하는 의무이니까요. 난 그렇게 할 의무를 다른 사람들은 물론이고 내 자신에게도 똑같이 지고 있어요."

"너 자신에게도라니?"

"그래요, 해리. 나는 당신의 친구들이 친척도 없고 재산도 없고 이름에 오점이 있는 여자인 내가 비열하게 당신의 첫 번째 열정을 받아들이고 달라붙어 당신의 모든 희망과 계획을 방해했다고 의심하게 만들어서는 안 된다는 의무를 나 자신에게 지고 있어요. 또 나는 당신이 그 다정하고 너그러운 심성으로 인해 당신의 출셋길에 그런 커다란 장애물을 갖다 놓지 않도록 하는 의무를 당신과 당신 가족들에게 지고 있어요."

"만약 나에 대한 네 감정도 그 의무감과 일치하는 거라면……." 해리가 말을 시작했다.

"그렇진 않아요." 로즈가 얼굴이 잔뜩 빨개지며 대답했다.

"그렇다면 너도 날 사랑하긴 한다는 거지?" 해리가 말했다. "그것만 말해 줘, 사랑하는 로즈, 그것만. 그래서 이 견디기 힘든 실망의 쓰라림을 좀 덜어 줘!"

"사랑하는 사람에게 심각한 해를 끼치지 않고 그럴 수 있다면 난 아마……." 로즈가 대답했다.

"내 고백을 전혀 다르게 받아들일 수도 있었을 것이다 이 말이지?" 해리가 말했다. "적어도 그것만은 나한테 숨기지 말아 줘, 로즈."

"그래요, 그랬을 거예요." 로즈가 말했다. "하지만 잠깐만요!" 그녀는 그에게서 손을 빼며 덧붙였다. "왜 우리가 이 고통스러운 대화를 길게 끌어야 하지요? 나한테 더없이 고통스러운 이 대화를 말예요. 하지만 그럼에도 이 대화는 영원한 행복을 주는 것이기도 했어요. 왜냐면 한때 내가 당신 마음속에서 지금과 같은 높은 자리를 차지하고 있었음을 기억하는 것은 분명히 행복한 일일 테니까요. 당신이 인생에서 승리를 거둘 때마다 나는 새로운 의연함과 꿋꿋함으로 더욱 힘차게 살아갈 수 있을 거예요. 잘 가요, 해리! 이제 우리 오늘 만났던 식으로는 더 이상 만나지 말아요. 하지만 오늘의 대화로 당신이 나와 맺고 싶었던 관계가 아니라면 우리는 친밀한 사이를 유지하며 오랫동안 행복하게 지낼 수 있을 거예요. 진실하고 열렬한 마음의 기도가 모든 진리와 진실의 근원이신 분께 간구할 수 있는 그 모든 축복으로 당신의 행복과 성공을 빌겠어요!"

"한 마디만 더, 로즈." 해리가 말했다. "네가 날 거부하는 이유를 네가 직접 말해 줘. 네 입술로 직접 그 이유를 좀 말해 줘!"

"당신 앞에는 눈부신 미래가 펼쳐져 있어요." 로즈가 대답했다. "훌륭한 재능과 세력 있는 인척의 도움을 통해 공적인 삶에서 얻을 수 있는 모든 영예가 당신을 위해 준비되어 있어요. 하지만 그 인척들은 출신을 자랑스럽게 여기는 사람들이지요. 나는 날 낳아 주신 어머니를 경멸할 수 있는 사람들과 어울리고 싶지 않을뿐더러, 어머니 대신 나를 그토록 잘 돌봐 주신 분의 아들에게 불명예나 실패를 안기고 싶지도 않아요. 한 마디로 말해서……." 젊은 아가씨는 한동안 유지했던 꿋꿋함을 잃고 고개를 돌리며 말했다. "내 이름에는 세상 사람들이 무고한 사람한테까지 덮어씌우는 오점이 찍혀 있어요. 난 이것을 나 자신 말고는 아무한테도 전하지 않을 거예요. 그러면 세상의 비난은 오직 나 한 사람한테만 떨어지고 말 거예요."

"한 마디만 더, 로즈. 내 진정 사랑하는 로즈! 한 마디만 더!" 해리가 몸으로 그녀를 가로막으며 외쳤다. "만약에 내가 별로…… 그러니까 세상 사람들이 소위 불운하다고 말하는 사람이었더라면…… 그래서 어디선가 이름 없이 조용한 삶을 사는 것이 내 운명이었다면…… 만약 내가 가난하고 병약하고, 도와줄 사람도 없는 그런 사람이었더라면…… 넌 그래도 날 거절했겠니? 다시 말해 너의 그 망설임은 바로 내가 출세하여 부귀와 영예를 얻을 가능성 때문인 거지?"

"무리하게 대답을 요구하지 마세요." 로즈가 대답했다. "그런 상황은 존재하지 않아요. 그리고 앞으로도 일어나지 않을 거예요. 그런 질문으로 답을 강요하는 건 부당하고 너무한 처사예요."

"만약 네 대답이 내가 감히 추측하며 희망하는 것과 같다면……." 해리가 반박하듯이 대답했다. "그것은 내 외로운 길에 한줄기 행복의 빛을 던져 내 앞길을 밝혀 줄 거야. 몇 마디 간단하게 대답하는 것으로 세상 무엇보다도 널 더 사랑하는 사람에게 그렇게 큰 도움을 준다면 그건 가치 있는 일 아니니? 오, 로즈! 내 열렬하고 변치 않는 사랑의 이름으로, 그리고 내가 널 위해 겪은 모든 고통과 네가 앞날의 내 운명으로 정해 놓은 모든 고통의 이름으로 부탁하는데, 제발 이 질문 하나만은 대답해 줘!"

"그렇다면 대답해 드릴게요." 로즈가 말했다. "만약 당신의 운명이 달리 정해진 것이었다면, 만약 당신의 처지가 나보다 그렇게 월등히 나은 것이 아니라 아주 조금만 나았다면, 만약 내가 평화롭고 한적한 어느 시골에서 당신에게 도움과 위안을 주는 존재가 될 수 있었다면, 그래서 야망 있고 훌륭한 사람들 가운데서 당신의 오점과 흠이 되지 않을 수 있었다면 나는 이런 시련을 겪지 않았을 거예요. 나는 물론 지금 모든 점에서 행복하게, 아니 아주 행복하게 살고 있어요. 하지만 만약 그랬더라면 해리, 고백하건대 난 지금보다 더 행복했을 거예요."

이렇게 고백하는 동안 로즈의 마음에는 오래전 소녀 시절에 소중히 간직했던 옛 희망들이 분주히 떠올라 파도처럼 밀려왔다. 하지만 시들어 버린 옛 희망들이 다시 떠오를 때 늘 그러듯이 이 기억들은 눈물을 동반했고, 그렇게 하여 흘린 눈물은 그녀의 마음을 풀어 주었다.

"이렇게 약해지는 걸 어쩔 수가 없군요. 하지만 내 결심은 더 굳어질 뿐이에요." 로즈가 손을 내밀면서 말했다. "이제 정말 그만 작별해요."

"한 가지만 약속해 줘." 해리가 말했다. "이 문제에 대해서 한 번만 더, 딱 한 번만 더⋯⋯ 아마 일 년 내로, 그보다 더 빠를 수도 있겠지만⋯⋯ 너와 다시 이야기하는 걸 허락해 줘, 마지막으로 말이야."

"내 올바른 결심을 바꾸도록 강요하기 위해서라면 안 돼요." 로즈가 슬픈 미소를 지으며 대답했다. "그건 소용없을 테니까요."

"아냐." 해리가 말했다. "오히려 네가 원하는 대로 그것을 반복해서 말하는 것을 듣기 위해서라고 할 수 있어, 마지막으로 말이야! 난 내가 소유한 지위와 행운을, 그게 뭐가 됐든 전부 다 네 발밑에 펼쳐 놓고 보여 줄 거야. 그리고 만약 네가 여전히 현재와 같은 결심을 고수한다면 난 더 이상, 말로든 행동으로든 그것을 바꾸려고 하지 않겠어."

"그렇다면 그렇게 하세요." 로즈가 대답했다. "그저 한 번 더 아픔을 겪는 데 지나지 않을 테고, 또 그때쯤이면 좀 더 잘 견뎌 낼 수 있을 거예요."

그녀는 다시 손을 내밀었다. 하지만 해리는 그녀를 가슴에 끌어당겨 안고 아름다운 이마에 세차게 입을 꼭 맞춘 다음 서둘러 방에서 나갔다.

36장
매우 짧은 장이며 그 자체로는 별로 중요하지 않아 보일지 모른다. 하지만 그럼에도 앞 장의 후속편으로서, 또 나중에 때가 되면 이어질 이야기에 대한 열쇠로서 꼭 읽어야 한다.

"그러니까 자네는 여전히 마음이 안 변했다, 그래서 오늘 아침 내 여행에 동행하기로 작정했다 이건가, 응?" 해리 메일리가 의사와 올리버의 아침 식탁에 합석했을 때 의사가 말했다.

"선생님 마차 안에 자리 하나만 마련해 주신다면요." 해리의 대답이었다. "제가 마음을 바꿨다고 생각하셨나요?"

"글쎄, 사실을 말한다면 충분히 그럴 가능성이 있다고 생각했네." 의사가 대답했다. "왜냐면 자네들 젊은 친구들은 너무나 변덕스러워서 바람이 조금이라도 불 때마다 아주 빠르게 뺑글뺑글 돌아가는 저기 교회당 지붕의 풍향계도 자네들과 비교할 때 한결같음 그 자체라고 할 정도거든. 적어도 저 풍향계는 언제나 원을 그리며 돌아가지. 반면에 자네들은 사각형으로, 삐죽삐죽 각을 지어서, 그리고 온갖 종류의 기발한 지그재그를 그리면서 움직인단 말이야."

“선생님 같은 노인장들께서야 진중하고 한결같은 의지를 지니신 워낙 훌륭하신 분들이니 당연히 저희의 모자란 행동들을 조롱하실 만하죠.” 해리가 미소를 지으며 대꾸했다.

“내가 유태인인지 기독교도인지 모를 불가사의한 악당들을 뒤쫓아 내 엄숙한 직업과 늙은 두 다리에 어울리지 않게 빠른 속도로 이리저리 내달리긴 했지만.” 의사가 말했다. “그리고 일주일에 여덟 번에서 열 번 정도 뭔가 지독하게 터무니없는 짓을 해서 주변 사람들을 즐겁게 해 주곤 하지만, 내 변덕은 그 정도가 전부일세. 하지만 자넨 말이야…… 자넨 정말 한 시간도 꾸준히 같은 생각이나 의도를 지닌 적이 없지 않은가!”

“조만간 저에 대해 다르게 말씀하시게 될 겁니다.” 해리가 아무런 뚜렷한 이유 없이 얼굴을 붉히면서 말했다.

“족히 그럴 수 있길 바라네.” 로스번 씨는 대답했다. “솔직히 그럴 거라는 생각은 안 들지만 말이네. 어제 아침에 자넨 여기 머물면서 효성스러운 아들처럼 어머니를 모시고 바닷가로 가겠노라고 아주 급하게 결정을 내렸었지. 그런데 정오가 되기 전에 자넨 런던에 가야겠다면서 내가 가는 데까지 동행해 주는 영광을 베풀어 주겠다고 선언했네. 그러더니 밤이 되어서는 도대체 이유가 뭔지 숙녀들이 일어나기 전에 아침 일찍 떠나자고 졸라 댔고, 그 결과 여기 이 어린 올리버로 하여금 아침 식탁에 꼼짝 없이 붙들려 있게 만들었네, 온갖 종류의 기이한 화초를 찾아 초원을 누비고 다녀야 할 시각에 말이야. 너무하지 않니, 응, 올리버?”

“선생님과 메일리 씨께서 제가 집에 없을 때 떠나셨다면 전

몹시 가슴이 아팠을 거예요." 올리버가 대답했다.

"그래, 참 훌륭한 아이로구나." 의사가 말했다. "처씨로 돌아오면 날 한번 보러 오거라. 그런데 말이야, 해리, 농담은 이제 그만두고, 자네가 갑자기 이렇게 못 떠나서 안달하는 게 혹시 자네의 그 고위층 양반들한테서 무슨 전갈이라도 왔기 때문인가?"

"아마도……." 해리가 대답했다. "그 고위층 양반들이라는 명칭에 지극히 위엄 있는 제 숙부님을 포함시키시는 것 같은데, 그분들은 제가 여기에 온 이후로 저와 전혀 연락을 주고받지 않았습니다. 게다가 일 년 중 이맘때에는 제가 그분들을 긴급히 만나 뵐 필요가 있는 일들은 일어날 가능성이 별로 없습니다."

"글쎄." 의사가 말했다. "자넨 참 묘한 친구야. 하지만 물론 그들이 크리스마스 전 선거에서 자넬 의회에 진출하게 해 주겠지. 그런 점에서 자네의 이 갑작스러운 변덕과 변심은 정치 생활을 위한 준비로 그리 나쁘지 않아. 나름대로 의미가 있는 거지. 높은 지위를 위해서건 우승컵을 위해서건 싹쓸이 내기 경마를 위해서건 좋은 훈련은 경쟁에서 항상 바람직한 법이니까."

"하지만 만약 훈련을 받는 사람이나 (선생님의 적절한 예시를 계속 사용한다면) 경주에 참가한 말이 달릴 의사가 전혀 없다면요." 해리가 말했다. "그러면 어떻게 되는 거죠?"

"그럼 뭐, 그놈은 말이 아니라 자기와 상관없는 일에 쓸데없이 많은 수고를 처들이는 바보 당나귀겠지." 의사가 대답했다. “자네의 그 가정은 경쟁에 참가해서 달릴 게 분명한 자네와는 아무 상관이 없기 때문에 난 그놈에게 합당한 그 박물학적 지위를 조금도 망설임 없이 부여하는 바일세.”

해리 메일리는 마치 의사를 상당히 비틀거리게 만들 한두 마디 놀라운 말로 이 짧은 대화를 계속 이어 나가고 싶은 듯한 표정이었다. 하지만 단지 “글쎄요, 두고 보지요.” 라고 말하는 데 만족하고 더 이상 문제를 파고들지 않았다. 그 후 곧 사륜역마차가 문 앞에 도착했고, 자일스가 짐을 가지러 들어오자 선량한 의사는 짐 꾸리는 것을 보겠다며 방에서 부산스럽게 나갔다.

“올리버야.” 해리 메일리가 낮은 목소리로 말했다. “나랑 잠깐 이야기 좀 하자.”

올리버는 메일리 씨가 손짓하며 부르는 대로 창가의 움푹 들어간 곳으로 걸어갔는데, 슬픔과 거친 흥분기가 뒤섞인 그의 태도에 ― 그것은 그의 행동 전체에 드러나 있었다 ― 크게 놀랐다.

“넌 이제 글을 잘 쓰지?” 해리가 올리버의 팔에 손을 올려놓으며 말했다.

“그러길 바라요, 아저씨.”

“난 아마 한동안 집에 오지 못할 거다. 네가 나한테 편지를 좀…… 가령 두 주에 한 번, 격주로 월요일마다…… 써 보내 주면 좋겠다, 런던의 중앙 우체국으로 말이다. 그래 주겠니?”

“아! 물론이지요, 아저씨. 자랑스러운 마음으로 기꺼이 하겠어요.” 올리버는 그런 부탁을 받은 것에 크게 기뻐하며 소리쳐 말했다.

"난 어머니와 메일리 양이 어떻게…… 어떻게 지내는지 알고 싶다." 젊은이가 말했다. "그러니 그들이 어떻게 어디로 산책을 나가는지, 무슨 이야기를 하는지, 그녀가…… 아니 그들이…… 행복하게 아주 잘 지내는지 같은 것들을 한 장 정도로 써서 보내 주면 된다. 내 말 알아듣겠니?"

"오, 그럼요! 잘 알겠어요, 아저씨." 올리버가 대답했다.

"그리고 두 사람한테는 말하지 않았으면 좋겠구나." 해리는 말을 빨리 끝마치려는 듯 서두르며 말했다. "어머니가 알면 나한테 좀 더 자주 편지를 쓰려고 애쓰실지 모르는데, 그러면 어머니께 수고와 걱정을 끼쳐 드리는 게 돼. 너와 나, 둘만 아는 비밀로 하자꾸나. 꼭 모든 걸 다 써서 보내야 해! 너만 믿는다."

올리버는 자신이 중요한 존재가 되었다는 느낌에 한껏 우쭐하고 영광스러워하면서 비밀을 지키고 정확하게 소식을 전하겠다고 단단히 약속했다. 메일리 씨는 그를 잘 돌보고 보호해 주겠다는 약속과 다짐의 말을 여러 차례 하고 나서 그와 헤어졌다.

의사는 마차 안에 있었고, 자일스는 (그는 거기에 좀 더 남아 있기로 했다.) 열어 놓은 현관문을 손으로 잡고 있었으며, 하녀들은 정원에서 구경하며 서 있었다. 해리는 격자창을 한번 슬쩍 올려다보고는 마차에 훌쩍 뛰어올랐다.

"자, 달리게!" 그는 소리쳤다. "사정없이 빠르게 전력 질주하게! 오늘 내 기분을 맞출 수 있는 건 날아가듯 달리는 것밖에 없네."

"어이, 이봐!" 의사가 아주 황급히 앞 유리창을 내리며 소리쳤다. 그러곤 마차의 기수를 향해 외쳤다. "날아가듯 달리는 건 내 기분과는 전혀 맞지 않네. 그러니 부디 침착하고 차분하게 가 주게, 알겠나?"

기수는 미소를 짓고 모자를 살짝 만지며 알았다는 표시를 했고, 그리하여 그들은 출발했다. 하지만 마차는 로스번 씨보다 해리의 명령에 따라 내달렸으니, 로스번 씨는 즉각 머리를 창문 밖으로 내밀고 격렬하게 항의했지만 아무런 소용이 없었다.

종을 딸랑거리고 바퀴를 덜컹대면서 마차는 먼지구름에 거의 가려진 채 길을 따라 구불구불 달려갔다. 그리고 점점 멀어져 더 이상 소리가 들리지 않고 빠르게 질주하는 모습만 눈에 들어왔는데, 중간에 물체가 있거나 길이 꼬부라지는 상황에 따라 이따금 완전히 사라졌다가 다시 나타났다가 했다. 마침내 먼지구름조차 더 이상 보이지 않게 되었고, 그제서야 바라보던 사람들은 제각기 흩어졌다.

하지만 마차가 수 킬로미터나 멀어진 오랜 후에도 마차가 사라진 지점에 시선을 고정한 채 계속 바라보는 한 사람이 있었다. 해리가 눈을 들어 격자창을 쳐다보았을 때 하얀 커튼에 가려 보이지 않던 로즈가 그 커튼 뒤에 여전히 앉아 있었던 것이다.

"그는 행복하고 들뜬 것 같았어." 그녀는 마침내 말했다. "난 안 그럴까 봐 잠시 걱정했어. 내가 잘못 생각한 거였어. 그래서 아주, 아주 기뻐."

눈물은 슬픔의 표시일 뿐만 아니라 기쁨의 표시이기도 하다. 하지만 생각에 잠긴 채 창가에 앉아 여전히 같은 방향을 응시하고 있는 로즈의 얼굴을 타고 흘러내리는 눈물은 기쁨보다 슬픔에 더 가까워 보였다.

37장
독자는 과거와 딴판이 된 상황을 만나게 되는데, 이것은 부부 사이에서 드물지 않게 일어나는 일이다.

범블 씨는 구빈원 거실에서 활기 없는 벽난로를 침울하게 응시하며 앉아 있었다. 여름이었으므로 벽난로에서는 아무런 밝은 빛도 흘러나오지 않았고, 그저 희미한 햇살 몇 가닥이 차갑게 반짝이는 표면에 부딪혔다가 반사되어 비칠 뿐이었다. 천장에는 종이로 만든 파리 잡는 망이 대롱대롱 매달렸는데 그는 우울한 생각에 잠겨 이따금 눈을 들어 그것을 올려다보았다. 조심성 없는 파리들이 유혹하는 망사 주위를 배회하며 날아다니는 동안 범블 씨는 깊은 한숨을 내쉬곤 했고, 그때마다 그의 얼굴에는 한층 더 우울한 그늘이 퍼져 갔다. 범블 씨는 깊은 사색에 빠져 있었다. 아마 파리들로 인해 자신의 과거에 일어났던 어떤 일이 고통스럽게 떠올랐는지도 모른다.

보는 이의 가슴에 고소하면서도 왠지 우울한 감정을 불러일으키는 것은 비단 범블 씨의 암울한 표정만이 아니었다. 그의 다른 겉모습, 특히 신체와 밀접하게 관련된 것들도 그의 신상과 지위에 커다란 변화가 발생했음을 말해 주어 보는 이를 어리둥절하게 했다. 레이스가 달린 외투, 삼각모, 이것들은 대체 어디로 갔는가? 아랫도리에는 여전히 반바지를 입고 짙은 색 긴 면양말을 신었다. 하지만 예의 그 반바지가 아니었다. 입고 있는 외투는 옷자락이 넓은 점에서 예의 그 외투와 비슷해 보였다. 하지만 아, 얼마나 다른 외투인가! 권세 막강하던 삼각모도 온데간데없고 평범한 둥근 모자가 그 자리를 차지했다. 아, 범블 씨는 더 이상 교구 하급 관리가 아니었다.

인생에서 우리가 오르는 어떤 직위는 그것으로 얻는 실질적인 보수와 상관없이 그 직위에 딸린 외투나 조끼로부터 특별한 가치와 위엄을 획득하는 경우가 있다. 육군 원수에게는 제복이, 주교에게는 비단 앞자락이, 변호사에게는 비단 가운이, 교구 하급 관리에게는 삼각모가 있다. 주교한테서 비단 앞자락을, 아니면 교구 관리한테서 삼각모와 황금빛 레이스를 벗겨 보라. 그들은 무엇이 되는가? 인간, 그저 한 인간일 뿐이다. 그들을 승진시켜 국가의 더 높은 다른 지위에 앉혀 보라. 아무리 그래 봐야 검정 비단 앞자락과 삼각모를 벗겨 버리면 예전의 위엄을 상실한 채 대중에 대한 영향력도 많은 부분 박탈당하고 말 것이다. 위엄, 심지어 거룩함조차도 때로는 사람들이 상상하는 이상으로 외투와 조끼의 문제인 법이다.

범블 씨는 코니 부인과 결혼했고, 이제 구빈원장이 되어 있었다. 교구 하급 관리의 권좌는 다른 사람에게 넘어갔다. 그 사람에게 삼각모와 황금빛 레이스가 달린 외투, 지팡이, 이 세

가지 모두를 넘겨준 것이다.

"내일이면 그렇게 된 지 두 달이구나!" 범블 씨는 한숨을 쉬며 말했다. "아주 오래된 것 같아."

범블 씨가 이 짧은 기간으로 압축해 표현하고자 했던 것은 자신의 행복한 결혼 생활 전체였을지도 모른다. 하지만 그 한숨은…… 그것은 굉장히 많은 의미가 담겨 있는 한숨이었다.

"난 내 자신을 팔아먹었어." 범블 씨는 동일한 종류의 사색을 계속하면서 말했다. "찻숟가락 여섯 개, 설탕 집게 한 벌, 우유 단지 하나, 중고 가구 약간에다 20파운드의 돈을 받고 말이야. 아주 싼값에 넘기고 말았어. 헐값에, 터무니없는 헐값에 말이야!"

"헐값이라고!" 날카롭게 외치는 목소리가 범블 씨의 귀를 때렸다. "얼마를 치렀든 난 당신을 비싸게 산 셈이었을 거야. 정말이지 내가 당신에게 충분히 비싼 값을 지불했다는 건 하느님께서도 다 아시는 일이야!"

고개를 돌린 범블 씨는 그의 흥미로운 배우자의 얼굴과 맞닥뜨렸다. 그의 불평을 몇 마디 엿들은 그녀는 비록 그 내용을 완전하게 이해하지 못했지만 한번 되는대로 짚어서 찔러 보았던 것이다.

"이것이……." 범블 씨가 엄숙하고 감상적인 어조로 말했다. "이것이 바로 위층 작은 방에서 나를 매력 만점의 사랑스러운 멋쟁이라고 불렀던 그 목소리란 말인가? 이게 바로 온순함과 상냥함과 분별력 있는 다정함 그 자체였던 그 여자란 말인가?"

"그래, 그렇다, 이 재수 없는 양반아." 그의 내조자가 대답했다. "분별력이 좀 더 많았어야 했지만 말이야. 그랬더라면 이런 희생을 할 만큼 어리석게 굴었을 리 없을 테니까 말이야."

"희생이라고, 범블 부인?" 신사는 아주 매서운 어조로 말했다.

"당연히 그 말을 반복할 수밖에 없겠지." 부인이 대꾸했다. "정말이지 그런 말이 내 입에서 나오게 해선 결코 안 되는 것이니까 말이야."

"그런 말은 이때껏 한 번도 안 나온 걸로 난 아오, 부인." 범블 씨가 쏘아붙이듯 말했다. "입에서 그런 말이 나오려면 그런 생각이 늘 안에 있어야 하는데, 그렇지 않을 테니까 말이야. 이봐요, 범블 부인."

"뭐요." 부인이 소리쳤다.

"날 좀 한번 쳐다보시오." 범블 씨는 그녀를 빤히 노려보며 말했다. ('만약 내 이런 시선을 이겨 낸다면.' 범블 씨는 속으로 중얼거렸다. '이 여자는 뭐든지 이겨 낼 거야. 내 기억에 이 시선은 극빈자들한테 한 번도 안 통한 적이 없어. 이게 그녀한테 안 통한다면 내 힘은 이제 완전히 끝장난 게야.')

지극히 조금만 눈을 부릅떠도 극빈자들을 충분히 제압할 수 있었던 것이 그들이 제대로 얻어먹지 못해 정신 상태가 별로 강인하지 못한 탓이었는지, 아니면 전에 코니 부인이었던 범블 부인이 독수리처럼 날카로운 시선에 특별히 잘 견디는 사람이었는지는 각자 견해가 다를 수 있다. 어쨌든 사실을 말하건대 부인은 범블 씨의 험악한 시선에 전혀 압도당하지 않았을 뿐만 아니라 오히려 그것을 굉장히 경멸스럽게 받아들였고, 나아가 조롱하는, 그것도 진짜처럼 들리는 비웃음까지 터뜨렸다.

지극히 예상치 못한 이 소리를 듣고 범블 씨는 처음에 믿기지 않는 듯한 표정이었다가 나중에는 아연실색한 표정으로 바뀌었다. 그러더니 아까의 그 멍한 상태로 떨어졌는데, 거기에서 계속 헤어 나오지 못하다 마침내 반려자의 목소리를 듣고 비로소 정신을 차렸다.

"하루 종일 그렇게 주저앉아서 코나 골고 있을 거야, 응?" 범블 부인이 물었다.

"난 내가 적당하다 싶을 때까지 여기 앉아 있을 생각이오, 부인." 범블 씨가 대답했다. "그리고 코를 곤 일은 분명히 없었지만, 지금부터 기분 내키는 대로 코를 골고 하품도 하고 재채기도 하고 웃고 울고 내 맘대로 할 거요. 그게 내 특권이니까 말이오."

"뭐, 당신의 특권이라고!" 범블 부인이 형언할 수 없는 경멸을 담아 비웃으며 말했다.

"맞소, 내 그렇게 말했소, 부인." 범블 씨가 말했다. "남자의 특권이란 명령하는 것이오."

"그럼 도대체 여자의 특권은 뭐지?" 코니 씨의 미망인이었던 부인이 소리쳐 말했다.

"복종하는 것이오, 부인." 범블 씨가 큰 소리로 우렁차게 외쳤다. "작고한 당신의 불행한 남편은 당신한테 그것을 가르쳤어야 했소. 그랬더라면 아마 그는 지금 살아 있었을지도 모르오. 불쌍한 사람, 그랬으면 좋았을걸!"

범블 부인은 결정적인 순간이 마침내 도래했다는 것을, 그래서 이쪽이든 저쪽이든 지배권을 잡기 위해 일격을 가해야 하며, 그 일격은 반드시 최종적이고 확실해야 한다는 것을 한눈에 알아차렸다. 그리하여 죽은 남편에 대한 언급을 듣자마자 의자에 털썩 주저앉아 크게 비명을 지르듯 범블 씨한테 비정한 짐승이라고 외쳐 대며 눈물의 발작을 일으켰다.

그러나 눈물은 범블 씨의 영혼에 영향을 끼칠 수 없는 물질이었다. 그의 심장은 방수성이었다. 세탁 가능한 비버 가죽 모자가 비를 맞으면 오히려 질이 좋아지듯이 범블 씨의 신경도 상대방이 쏟아 내는 눈물에 의해 더욱더 질기고 강인해졌는바, 눈물이란 곧 상대방이 약하다는 표시이며 그만큼 그의 힘을 암묵적으로 인정하는 것이었으므로 그는 눈물을 보고 오히려 기분이 좋아지며 우쭐해졌다. 그는 자신의 훌륭한 부인을 대단히 만족스러운 표정으로 바라보면서, 우는 행위는 의사들에 따르면 건강에 크게 기여한다고 하니 어서 실컷 울라고 적극적으로 장려하고 권했다.

"눈물은 허파를 열고, 얼굴을 씻어 주며, 눈 운동을 하게 만들고, 화를 부드럽게 가라앉힌다는 거요." 범블 씨는 말했다. "그러니 어서 마음껏 우시오."

이처럼 유쾌한 너스레를 늘어놓으며 범블 씨는 자신의 우월함을 적절한 방식으로 주장해 보였다고 느끼는 사람이 그러듯이 벽의 못에 걸린 모자를 벗겨 내어 건달처럼 약간 삐딱하게 쓴 다음, 두 손을 주머니에 찔러 넣고는 느긋함과 장난기를 온몸에 한껏 드러낸 채 문 쪽으로 어슬렁어슬렁 걸어갔다.

그런데 코니 부인이었던 이 범블 부인은 부부 관계의 전술에서 대단히 경험이 풍부했는바, 코니 씨와 혼인 서약을 맺기 전에도 다른 훌륭한 — 역시 작고한 — 신사와 일심동체였던 적이 있었다. 그녀가 눈물 작전을 시도한 것은 그것이 손으로 공격하는 것보다 덜 수고스러웠기 때문이다. 하지만 범블 씨도 곧 알아차렸듯이 그녀는 후자의 방법을 시도할 준비가 완전히 되어 있었다.

범블 씨가 체험한 그 사실의 첫 번째 증거는 퍽! 하는 둔탁한 소리에 실려서 그에게 전달되었는데, 그 소리에 뒤이어 그의 모자가 갑자기 방의 반대편 끝으로 날아가 버렸다. 이렇게 모자를 벗기는 예비 조치를 취한 노련한 부인은 한 손으로 그의 목덜미를 꽉 움켜쥐고, 다른 손으로 머리 위에 소나기 같은 주먹질을 (비범한 힘과 숙달된 솜씨를 발휘하며) 가했다. 그러고 나서 이번엔 얼굴을 할퀴고 머리카락을 쥐어뜯음으로써 약간의 변화를 주었다. 한참 동안 이렇게 그의 죄에 대해 필요하다고 생각하는 만큼 충분히 응징을 가한 후 그녀는 그를 밀쳐 의자에 앉혔다. — 의자는 마침 그 의도에 딱 맞게 그 자리에 있었다 — 그러곤 어디 할 수 있으면 그의 특권에 대해 다시 한번 이야기해 보라고 윽박질렀다.

"일어나!" 범블 부인이 명령조로 말했다. "그리고 여기서 빨리 꺼져, 나한테 진짜로 험한 꼴 당하기 싫으면."

범블 씨는 그 진짜로 험한 꼴이란 대체 뭘까 크게 궁금해하면서 몹시 비참한 얼굴로 의자에서 일어났다. 그는 모자를 집어 들고 문 쪽을 바라보았다.

"가는 거야, 안 가는 거야?"

"물론 가요, 여보, 물론." 범블 씨는 문 쪽으로 좀 더 빨리 움직이며 대답했다. "그러니까 내 뜻은 뭐냐면…… 아, 가요, 여보! 당신이 너무나 격렬해서 난 정말로……."

그 순간 범블 부인은 접전 도중에 걷어찬 양탄자를 다시 반듯이 놓으려고 앞으로 급하게 걸어 나왔다. 범블 씨는 말하다만 문장을 두 번 다시 생각하지 않고 즉각 방에서 달아났고, 그리하여 격전지는 코니 부인이었던 범블 부인한테 완전히 넘어갔다.

"도저히 믿을 수가 없어." 범블 씨는 흐트러진 옷을 매만지고 복도를 따라 비실비실 걸어가며 말했다. "그런 여자처럼 전혀 안 보였는데. 만약 극빈자들이 이 사실을 안다면 난 교구의 웃음거리가 되고 말 거야."

범블 씨는 완전히 불의의 기습을 당해 철저히 패배하고 만 것이었다. 그는 약자를 괴롭히는 골목대장 성향이 뚜렷한 사람으로서 소소한 가혹 행위를 통해 상당히 큰 쾌감을 얻곤 했는바, 그런 점에서 결국 그는 (말할 필요도 없이) 겁쟁이였다. 이것은 결코 그의 인격에 대한 험담이 아닌데, 왜냐하면 큰 존경과 찬탄의 대상이 되는 많은 공직자들도 비슷한 약점의 지배를 받기 때문이다. 사실 이것은 오히려 그를 좋게 보이도록 하려고 한 말, 즉 그가 공직을 맡을 합당한 자격을 갖췄다는 느낌을 독자에게 심어 줄 목적으로 한 말이지 다른 뜻은 전혀 아니다.

그러나 그의 몰락은 아직 완전히 끝난 것이 아니었다. 그는 구빈원을 한 바퀴 돌아보면서 처음으로 구빈법이 정말이지 사람들한테 너무 가혹하다는, 자기 아내를 교구의 책임으로 떠맡기고 도망친 남자들은 공평하게 말하건대 결코 벌을 주어서는 안 되고 오히려 많은 고생을 한 갸륵한 개인들로서 상을 주어야 한다는 생각을 했다. 그러다가 평소 여자 극빈자들 몇 명이 동원되어 교구의 속옷 빨래를 하는 방에 이르렀는데, 마침 사람들이 대화를 나누는 소리가 흘러나오고 있었다.

"에헴!" 범블 씨는 타고난 위엄을 모두 불러 모으며 말했다. "적어도 이 여자들만큼은 내 특권을 계속해서 존경하지 않을 수 없겠지. 어이, 이봐, 거기! 이렇게 시끄럽게 굴다니 뭐 하자는 거야, 이 망할 여편네들아?"

범블 씨는 이렇게 말하며 문을 와락 열고 아주 사납고 성난 태도로 걸어 들어갔다. 하지만 다음 순간 더없이 굴욕적이고 겁먹은 태도로 바뀌고 말았는데, 왜냐하면 뜻밖에도 그의 시야에 부인 마님의 형상이 들어왔던 것이다.

"여, 여보……." 범블 씨가 말했다. "당신이 여기 있는 줄 난 몰랐소."

"내가 여기 있는 줄 몰랐다고!" 범블 부인이 되풀이해 말했다. "당신이야말로 여기서 뭘 하는 거야?"

"난 이 여자들이 이야기에 너무 빠져서 일을 제대로 안 하고 있다고 생각했소, 여보." 범블 씨는 빨래 통 앞에 있는 두 노파를 멍하니 흘끗 쳐다보며 대답했다. 그들은 구빈원장의 겸손한 태도를 보고 서로 감탄하는 말을 주고받고 있었다.

"뭐, 이 사람들이 이야기에 너무 빠져 있다고 생각했다고?"

극빈자들이 보는 앞에서 망신을 당하는 범블 씨.

범블 부인이 말했다. “그게 당신하고 무슨 상관인데?”

“아니, 여보…….” 범블 씨는 온순하게 항변하듯 말했다.

“그게 대체 당신하고 무슨 상관이냐고?” 범블 부인이 다시금 다그치며 물었다.

“그래, 당신 말이 정말 맞소, 여긴 당신 담당이니까, 여보.” 범블 씨가 인정하며 말했다. “하지만 내가 그런다고 당신이 뭐라고 하진 않을 거라고 생각했소.”

“내 말 잘 들어요, 범블 씨.” 부인이 대답했다. “우린 당신의 어떤 참견도 원하지 않아. 당신은 자신과 관계없는 일에 쓸데없이 간섭하는 걸 너무 심하게 좋아해. 그래서 구빈원에 있는 모든 사람들로 하여금 당신이 돌아서자마자 비웃게 만들고 있어, 매 순간 당신 자신을 바보로 보이게끔 하면서 말이야. 그러니 어서 꺼져, 당장!”

범블 씨는 두 노파가 미칠 듯이 열광하며 서로 즐겁게 킥킥거리는 모습을 지극히 고통스러운 심정으로 바라보면서 잠시 머뭇거렸다. 한순간의 지체도 용납하지 않는 인내심을 지닌 범블 부인은 비누 거품을 한 대접 가득 뜨더니 범블 씨에게 문 쪽으로 가라고 손짓하며, 그 풍채 좋은 몸뚱어리에 비눗물을 뒤집어쓰고 싶지 않으면 당장 떠나라고 명령했다.

범블 씨가 뭘 어떻게 할 수 있었겠는가? 그는 풀 죽은 얼굴로 주위를 한번 둘러보고는 슬금슬금 걸어 나갔다. 그가 문 앞에 이르렀을 때 두 극빈자 노파의 킥킥거리는 웃음은 주체할 수 없는 환희의 날카로운 깔깔거림으로 요란스레 터져 나왔다. 이제 더 이상 필요 없었다. 그는 극빈자들이 보는 앞에서 몰락했다. 바로 극빈자들의 눈앞에서 신분과 지위를 상실한 것이다. 그는 교구 관리의 그 드높고 장엄한 지위에서 그야말로 경멸스럽기 짝이 없는 공처가의 지극히 낮은 자리로 추락하고 만 것이다.

"겨우 두 달 만에 이 모든 게 일어나다니!" 범블 씨는 참담한 생각에 가득 차서 말했다. "두 달 만에! 두 달 전만 해도 교구 구빈원에 관한 한 난 내 자신뿐만 아니라 다른 모든 사람들의 주인이었는데, 그런데 이젠……!"

정말 너무한 일이었다. 범블 씨는 그를 위해 대문을 열어 준(그는 상념에 잠긴 채 구빈원 정문에 이르렀던 것이다.) 아이의 귀빰을 갈겼다. 그러곤 멍한 표정으로 거리로 걸어 나갔다.

그는 길거리를 번갈아 가며 오르락내리락 걸어 다녔다. 한참 움직이며 운동한 탓에 처음의 그 비탄에 찬 감정은 가라앉았는데, 그러자 급격한 감정의 변화 탓인지 갈증이 느껴졌다. 그는 수많은 주막들을 그냥 지나쳤다. 하지만 마침내 어느 샛길에 있는 주막 앞에 멈춰 섰는데, 창문 가리개 너머로 슬쩍 들여다보고 안 사실이지만 텅 빈 객실에 손님이라곤 딱 한 사람뿐이었다. 마침 그 순간 비가 쏟아지기 시작했다. 이것이 그를 결심하게 만들었다. 범블 씨는 주막 안으로 들어섰다. 그리고 카운터를 지나며 마실 것을 주문한 뒤에 길에서 들여다보았던 객실로 들어갔다.

거기에 앉아 있던 사내는 키가 크고 가무잡잡한 얼굴에 커다란 망토를 입고 있었다. 타지에서 온 사람이라는 인상을 주었는데, 옷에 묻은 흙먼지 자국은 물론이고 조금 초췌한 얼굴 표정으로 보아 제법 먼 길을 여행한 듯했다. 그는 범블이 들어서자 곁눈질로 쓱 바라보았지만, 범블이 건넨 인사에 대한 답으로 고개를 끄덕여 주지도 않았다.

범블 씨는 두 사람 몫의 위엄을 충분히 지니고 있었다. 설령 낯선 사내가 친밀하게 굴었다고 해도 그랬을 거였다. 그래서 그는 물을 탄 진을 말없이 마시면서 굉장히 거만하게 허세를 부리며 신문을 읽었다.

하지만 남자들이 그런 식으로 동석하게 될 때 매우 흔히 일어나듯이 공교롭게도 범블 씨는 이따금씩 낯선 사내를 몰래 훔쳐보고 싶은 저항할 수 없이 강력한 욕구를 느꼈다. 그리고 그가 그럴 때마다 낯선 사내도 바로 그 순간 그를 몰래 훔쳐보는 것을 발견하고는 당황하며 눈을 돌리곤 했다. 범블 씨의 어색함은 낯선 사내의 아주 특이한 눈빛 때문에 더욱 깊어졌는데, 그의 눈은 날카롭고 밝게 빛났지만 험악한 불신과 의심의 그림자가 드리워 있었고, 범블이 일찍이 본 어떤 눈과도 달랐으며, 보기에도 혐오스러웠다.

그들이 이런 식으로 서로 흘끗거리는 시선을 몇 번 마주치고 났을 때 낯선 사내가 거칠고 굵은 목소리로 침묵을 깼다.

"당신은 날 찾고 있었소?" 그가 말했다. "아까 창문으로 들여다보았을 때 말이오."

"글쎄, 내가 아는 한은 아니오. 혹시 아니겠지, 당신 이름이……." 범블 씨는 여기서 말을 멈췄다. 왜냐하면 그는 낯선 사내의 이름이 궁금했는데, 상대가 조급한 마음에 스스로 이름을 대지 않을까 생각했던 것이다.

"날 찾던 건 아니라는 걸 알겠군." 낯선 사내가 입가에 은근히 빈정거리는 표정을 지으며 말했다. "그렇잖았으면 내 이름을 알았을 테니까 말이야. 당신은 내 이름을 몰라. 내 이름이 뭐냐고 묻지도 말았으면 좋겠소."

"나쁜 의도는 없었소, 젊은이." 범블 씨가 한껏 위엄 있게 말했다.

"나쁜 짓 한 것도 없소." 낯선 사내가 말했다.

짧은 대화에 이어 다시 침묵이 흘렀다. 이 침묵도 다시 낯선 사내에 의해 깨졌는데, 그는 그때까지 앞에다 펼쳐 놓았던 오래된 신문을 옆으로 밀더니 다시 말을 꺼냈다.

"전에 당신을 본 적이 있는 것 같은데?" 그가 말했다. "당신 옷차림이 그때는 달랐소. 길거리에서 한번 지나쳤을 뿐이지만 분명히 기억하오. 당신은 그때 이곳 교구의 하급 관리였소, 안 그렇소?"

"그렇소." 범블 씨가 약간 놀라며 말했다. "교구 관리였소."

"그래, 맞소." 상대방이 고개를 끄덕이며 대꾸했다. "당신을 봤을 때 분명 그런 신분이었소."

"그래, 그랬소?" 범블 씨는 그렇게 말하며 낯선 사내를 주의 깊게 살폈다. 그리고 사생아를 낳은 남자들, 세금 미납자들, 그 밖의 구빈법 위반자들 가운데 생김새를 기억해 낼 수 있는 모든 사람을 마음속으로 급히 더듬어 보았다. "난 당신을 기억하지 못하겠는데."

"당신이 날 기억한다면 그건 기적이겠지." 상대방이 냉담하게 말했다. "그래, 당신은 지금 뭐요?"

“구빈원 원장이오.” 범블 씨는 낯선 사내가 혹시라도 부적절하게 친밀한 태도를 취하지 않도록 저지하기 위해 천천히, 위엄 있게 대답했다. “구빈원 원장이라오, 젊은이!”

“결혼하신 분이오?” 낯선 사내가 물었다.

“그렇소.” 범블 씨는 의자에서 한번 불편하게 움직거리며 말했다. “내일이면 두 달째요.”

“좀 늦게 결혼하셨군.” 낯선 사내가 말했다. “뭐, 아예 안 하는 것보다는 늦게라도 하는 게 낫지.”

범블 씨는 인류를 올바로 인도하기 위해서는 이 격언을 뒤집어 ‘늦게 하는 것보다는 아예 안 하는 게 낫다.’라고 바꿔야 마땅하다는 의견을 표명하려고 막 입을 열었는데, 그 순간 사내가 말을 가로채며 말했다.

“당신은 예전에 늘 그랬듯이 지금도 자신의 이익에 아주 민감하겠지, 안 그렇소?” 낯선 사내는 이 질문에 깜짝 놀라 두 눈을 치켜뜬 범블 씨를 날카롭게 들여다보며 말을 이었다. “주저할 것 없이 그냥 까놓고 대답하시지, 이 양반아. 아시다시피 난 당신을 잘 아니까 말이야.”

“내가 생각하기로.” 범블 씨는 한 손으로 두 눈을 가리고 당황한 태도를 역력히 드러낸 채 낯선 사내를 머리끝에서 발끝까지 살펴보며 대답했다. “결혼한 남자도 독신이나 다름없이 정직하게 돈을 벌 기회가 있으면 마다하지 않는 법이오. 교구의 관리들은 보수가 그리 많지 않은지라, 뭐라도 약간의 추가 수입이 생긴다면 그것이 점잖고 적절한 방식인 한 거절하지 않을 것이오.”

낯선 사내는 미소를 지으며 고개를 다시 끄덕였는데, 마치 자기가 사람을 잘못 보지 않았군 하고 말하는 듯했다. 그러더니 그는 종을 울렸다.

"이 잔을 다시 채워 주시오." 그는 범블 씨의 빈 잔을 주인에게 건네면서 말했다. "독하고 뜨겁게 타 오시오. 그렇게 마시는 걸 좋아하시겠지, 아마?"

"너무 독하게는 말고." 범블 씨가 묘한 헛기침을 하면서 대답했다.

"무슨 뜻인지 아시겠지, 주인장!" 낯선 사내가 메마른 어조로 말했다.

주인은 미소를 지으며 사라졌다가 잠시 후에 김이 모락모락 나는 술잔을 가지고 돌아왔다. 그것을 한 모금 꿀꺽 들이켰을 때 범블 씨는 눈에 눈물이 핑 돌았다.

"자, 내 말 잘 들으시오." 낯선 사내가 방문과 창문을 닫은 뒤에 말했다. "내가 오늘 이곳에 온 것은 당신을 찾기 위해서였소. 그런데 내 마음이 당신 생각으로 가득 차 있는 동안 악마가 이따금 자기 친구들한테 던져 주는 우연들 중 하나에 의해 바로 당신이 내가 앉아 있는 이 방으로 걸어 들어온 거요. 내가 묻는 말에 빨리 대답해 주시오. 망할 놈의 깜깜한 밤이 오기 전에 난 내가 묵기로 한 곳에 도착하고 싶소. 길은 외롭고 밤은 어두우니, 둘 다 내가 혼자일 때 증오하는 것들이오. 내 말 잘 듣고 있소?"

"듣고 있소." 범블 씨는 마치 수수께끼의 해답이라도 찾는 듯 물 탄 진을 열심히 들여다보며 말했다. "하지만 당신이 하는 말을 이해한다고 하기에는 당신도 알겠지만 지금으로선 좀 무리요."

"이해하기 쉽게 말해 주겠소." 낯선 사내가 말했다. "난 당신한테서 얻고 싶은 정보가 좀 있소. 별건 아니지만, 그래도 공짜로 달라는 것은 아니오. 자, 이걸 먼저 챙겨 넣으시오."

그렇게 말하며 그는 금화 두어 개를 탁자 위에 꺼내 범블 씨에게로 조심스럽게 밀었는데, 마치 동전이 딸랑대며 부딪치는 소리가 밖에 새어 나가는 것을 원치 않는 듯이 매우 조심스러운 동작이었다. 범블 씨가 진짜 금화인지 확인하기 위해 동전들을 꼼꼼하게 살펴본 후 크게 만족하며 조끼 주머니에 챙겨 넣자 사내는 말을 계속했다.

"당신의 기억을 더듬어…… 어디 봅시다…… 지난겨울로부터 십이 년 전으로 돌아가 보시오."

"그건 아주 오래전이오." 범블 씨가 말했다. "좋소. 그렇게 했소."

"장면은, 구빈원이오."

"좋소!"

"그리고 때는 밤이오."

"알았소."

"그리고 장소는, 쥐구멍처럼 더럽고 비좁은 방구석이오. 그게 어디든 상관없이 그곳은 비참한 화냥년들이 자신들에게 거부된 생명과 건강을 세상에 내지르는 곳이오……. 거기서 그 년들은 찍찍대는 애새끼들을 낳아 교구에 떠넘기고는 수치스러움을 감추기 위해, 망할 년들, 무덤 속으로 도망가 버리지!"

“분만실을 말하는 건가?” 범블 씨가 흥분한 낯선 사내의 설명을 완전히 이해하지 못한 채 물었다.

“그렇소.” 낯선 사내가 말했다. “거기서 사내아이 하나가 태어났소.”

“그렇게 태어나는 사내아이들은 부지기수요.” 범블 씨가 낙담한 듯 고개를 가로저으며 대꾸했다.

“염병할 악마 새끼들!” 낯선 사내가 소리쳤다. “난 한 놈에 대해 이야기하고 있소. 순하게 생기고 창백한 얼굴을 한 똥개 자식인데, 여기 이곳에서 관 짜는 장의사 — 그자가 놈의 관을 짜서 그 몸뚱일 집어넣고 못질을 해 버렸다면 딱 좋았을 텐데 — 의 도제로 보내졌다가 나중에 런던으로 — 적어도 그렇게 알려졌소 — 도망친 놈이오.”

“아니, 당신 올리버를 말하는 거군! 꼬마 트위스트 말이야!” 범블 씨가 말했다. “물론 그놈을 기억하오. 그놈보다 더 고집 센 꼬마 악당 놈은 없었…….”

“내가 듣고 싶은 건 그놈에 대한 게 아니오. 그놈에 대해서는 충분히 들어서 알고 있소.” 낯선 사내는 범블 씨가 불쌍한 올리버의 수많은 악덕에 관해 장광설을 늘어놓으려는 것을 막으며 말했다. “내가 알고 싶은 건 한 여자, 바로 그 자식의 어미를 간호했던 할망구에 대한 거요. 그 여자는 지금 어디에 있소?”

“그 여자가 지금 어디 있냐고?” 물 탄 진으로 인해 좀 익살스러워진 범블 씨가 말했다. “대답하기가 쉽지 않겠는걸. 그 여자가 지금 어디에 가 있든지 간에 그곳에는 산파 일이 없을 거요. 그러니 어쨌든 아마 실직 상태일 거요."

"그게 무슨 말이오?" 낯선 사내가 엄한 어조로 물었다.

"그 여자가 지난겨울에 죽었다는 뜻이오." 범블 씨가 대꾸했다.

범블 씨가 이 정보를 말해 주었을 때 사내는 그를 빤히 노려보았다. 그러더니 비록 한동안 시선을 거두지 않고 있었지만, 응시하는 그의 눈은 차츰 멍하니 초점을 잃어 갔다. 그는 생각에 잠긴 듯했다. 그는 한동안 이 소식에 안도해야 하는지 아니면 실망해야 하는지 모르는 것처럼 보였다. 하지만 마침내 그는 좀 더 편하게 숨을 내쉬었다. 그러곤 바라보던 눈길을 거두며 전혀 대수롭잖은 일이라고 말했다. 그는 그곳을 떠날 것처럼 자리에서 일어섰다.

그러나 범블 씨는 충분히 교활한 사람이었다. 그는 자신의 배우자가 가진 어떤 비밀을 유리하게 팔아먹을 기회가 열렸다는 것을 즉시 알아차렸다. 그는 쎌리 할멈이 죽던 밤을 잘 기억했는데, 더군다나 오늘 당한 일들로 인해 자신이 코니 부인에게 청혼한 때였던 그날 밤을 한층 쉽게 기억에 되살려 낼 수 있었다. 그리고 비록 그의 부인이 그날 밤 혼자서 들은 그 고백의 내용을 그에게 결코 털어놓지는 않았을지라도 그는 그것이 노파가 구빈원 간호원으로서 올리버 트위스트의 젊은 엄마를 시중들 때 일어났던 어떤 일과 관계있다는 것을 알 만큼은 이야기를 들었던 것이다. 그는 이런 상황을 황급히 마음속에 떠올리면서, 비밀을 감춘 듯한 태도로 낯선 사내에게, 여자 하나가 그 할망구가 죽기 바로 직전에 방 안에 단둘이서만 함께 있었는데 그가 궁금해하는 문제에 대해 뭔가 밝혀 줄 수 있을 것으로 충분히 확신한다고 몇 마디 말해 주었다.

"그 여자를 어떻게 하면 찾을 수 있소?" 낯선 사람은 허를 찔린 듯이 놀라며, 그리고 그의 모든 두려움이(그것들이 무엇이든지 간에) 이 정보에 의해 새롭게 되살아났음을 명백히 드러내며 말했다.

"오직 나를 통해서만 가능하오." 범블 씨가 대꾸했다.

"언제 가능하겠소?" 사내가 급히 소리쳤다.

"내일 가능하오." 범블 씨가 대답했다.

"그럼, 저녁 9시에." 낯선 사내는 그렇게 말하며 종잇조각을 하나 꺼내 그 위에다 흥분 상태임을 드러내는 글씨체로 강변 지역의 어느 이름 모를 주소를 적었다. "저녁 9시에 그 여자를 이리로 데리고 오시오. 아무한테도 알리지 말라는 말은 필요 없겠지. 그게 당신의 이익과 부합할 테니까."

이렇게 말하고 나서 사내는 카운터에 들러 술값을 치른 후 문 쪽으로 앞장서서 걸어 나갔다. 그는 가는 길이 서로 다르다고 짤막하게 한마디 한 뒤, 다음 날 밤 약속 시간을 다시 한번 힘주어 말하는 것 말고는 아무 인사도 없이 떠나갔다.

사내가 준 주소를 흘끗 본 교구 관료는 거기에 이름이 적혀 있지 않다는 것을 알아차렸다. 낯선 사내가 그리 멀리 가지 않았으므로 그는 이름을 묻기 위해 뒤를 쫓아갔다.

"뭐요, 왜 그러는 거요?" 범블이 그의 팔을 잡았을 때 사내는 재빨리 몸을 돌리며 소리쳤다. "왜 따라오는 거요?"

"그저 물어볼 게 하나 있어서 그러오." 범블 씨는 종이쪽지를 가리키며 말했다. "어떤 이름을 대고 당신을 찾아야 하는 거요?"

"멍크스!" 사내는 그렇게 대꾸하고는 큰 걸음으로 황급히 가 버렸다.

38장
범블 씨 부부와 멍크스 씨의 야간 면담에서 일어난 일을 설명한다.

우중충하고 답답하고 구름이 잔뜩 낀 여름날 저녁이었다. 하루 종일 금방이라도 비를 뿌릴 듯했던 구름은 느릿느릿 움직이는 짙은 수증기 덩어리로 하늘에 가득 퍼져 굵은 빗방울을 막 떨어뜨리며 사나운 폭풍우의 조짐을 보이기 시작했다. 이때 범블 씨 부부는 읍내 중심가를 빠져나와 거기서 2킬로미터쯤 떨어진, 강에 인접한 낮고 지저분한 늪지대에 허물어져 가는 집들이 드문드문 자리한 작은 동네로 발걸음을 돌렸다.

그들은 둘 다 허름하고 낡은 겉옷을 뒤집어썼는데, 그것은 아마도 빗방울로부터 몸을 보호하고 남들의 시선도 피하는 이중의 목적을 위한 것인 듯했다. 남편은 등불을 들고 있었지만 아직 불을 밝히지는 않았다. 그는 몇 걸음 앞에서 터벅터벅 걸었는데, 마치 — 길이 더러웠으므로 — 아내에게 자신의 묵직한 발자국을 밟고 오는 혜택을 누리도록 하는 것 같았다. 그들은 깊은 침묵 속에서 계속 걸어갔다. 이따금씩 범블 씨는 걸음을 늦추고 반려자가 잘 따라오는지 확인이라도 하는 듯 고개를 돌려 뒤를 돌아다보았다. 그런 다음 그녀가 뒤에 바짝 붙어서 따라오고 있다는 것을 확인하고는 걷는 속도를 조정하여 상당히 빠른 속도로 목적지를 향해 나아갔다.

그곳은 성격이 불분명한 장소와는 거리가 멀었다. 왜냐하면 그곳은 오래전부터 비천한 악당들밖에 살지 않는 동네로 알려져 왔는데, 이들은 노동을 통해 생계를 꾸리는 것처럼 이렇게 저렇게 위장했지만 사실은 주로 약탈과 범죄로 먹고살았기 때문이다. 그곳은 그야말로 오두막들의 군집이었다. 어떤 집들은 굴러다니는 벽돌로 대충 쌓았고 어떤 집들은 낡고 벌레 먹은 선박 목재로 지었는데, 순서나 배치를 위한 시도가 전혀 없이 뒤죽박죽 아무렇게나 모여 있었고, 대부분 강둑에서 1미터에서 2미터도 안 되는 곳에 자리했다. 물이 새는 배 몇 척이 진흙 벌 위로 끌어 올려져 인접한 난쟁이 담장에 꽉 묶여 있었고, 여기저기 노와 둘둘 감은 밧줄 뭉치가 널려 있었다. 이런 것들 때문에 처음에는 얼핏 이 형편없는 오두막들에 사는 사람들이 강에서 뭔가 생업을 추구하는 것처럼 보였다. 하지만 널려 있는 물건들이 얼마나 바스러지고 쓸모없는 상태인지 지나가다 한번 살펴만 보아도 그것들이 실제 사용하려는 목적이 아니라 겉치레 유지용으로 전시되어 있다는 사실을 어렵지 않게 추측할 수 있었다.

이렇게 무리를 이룬 오두막들 한가운데에 위층이 인접한 강물 위로 불룩 튀어나온 커다란 건물이 하나 있었다. 예전에 공장 같은 것으로 사용되었던 이 건물은 아마 한창 때에는 주변 가옥들에 사는 사람들에게 일자리를 제공했을 것이다. 하지만 이제는 황폐해진 지 오래였다. 쥐와 벌레와 습기의 작용이 건물을 받치고 있는 말뚝들을 갉아 먹고 썩어 문드러지게 했다. 건물의 상당 부분이 이미 물속에 잠겼고, 나머지 부분도 시커먼 강물 위로 무너질 듯 위태롭게 기울어진 채 옛 동료를 따라 물속에 가라앉는 똑같은 운명을 맞이할 좋은 기회를 기다리는 것처럼 보였다.

이 훌륭한 부부가 멈춰 선 곳은 바로 이 허물어져 가는 건물 앞이었다. 멀리서 최초의 천둥소리가 허공에 울려 퍼지며 비가 맹렬하게 쏟아지기 시작할 때였다.

"여기 어디쯤이 분명할 텐데." 범블 씨가 손에 쥔 종잇조각을 들여다보며 말했다.

"이보시오, 거기!" 위쪽에서 목소리가 소리쳤다.

소리가 난 쪽으로 고개를 쳐든 범블 씨는 3층에서 가슴 높이의 창문 너머로 내려다보는 사람의 모습을 알아보았다.

"잠깐 일 분만 그대로 계시오." 목소리가 소리쳤다. "곧 내려가겠소." 그와 함께 머리가 사라지고 창문이 닫혔다.

"저 사람이 맞아요?" 범블 씨의 훌륭한 부인이 물었다.

범블 씨는 그렇다고 고개를 끄덕거렸다.

"그럼, 내가 한 말 명심해요." 간호부장이 말했다. "그리고 가능한 한 말을 적게 하도록 조심해요. 안 그러면 당신은 금세 우리 속내를 다 드러내 보이고 말 테니까."

몹시 후회하는 표정으로 건물을 바라보던 범블 씨는 그 순간 이 모험을 계속 진행하는 게 적절한지에 대한 모종의 의구심을 막 표현하려던 참이었는데, 그때 멍크스가 나타나 그의 의도는 좌절되고 말았다. 멍크스는 그들이 서 있는 근처의 작은 문을 열고는 그들에게 들어오라고 손짓했다.

"어서 들어오라니까!" 그는 발로 바닥을 구르면서 조급하게 소리쳤다. "날 기다리게 하지 마시오!"

여자는 처음에 머뭇거렸지만 더 이상 권유하기를 기다리지 않고 대담하게 걸어 들어갔다. 뒤에 처지는 것이 창피했는지 아니면 무서웠는지 범블 씨도 즉각 뒤를 따랐는데, 매우 불안해하는 모습이 역력했고 평소 그의 주된 특징이었던 비범한 위엄도 거의 보이지 않았다.

"도대체 뭣 때문에 거기 빗속에서 꾸물대며 서 있었던 거요?" 멍크스가 그들 뒤로 문을 닫고 빗장을 건 뒤 고개를 돌려 범블을 향해 말했다.

"우린…… 우린 그저 몸을 식히고 있었을 뿐이오." 범블이 걱정스레 주위를 둘러보며 더듬더듬 말했다.

"몸을 식히는 중이었다고!" 멍크스가 대꾸했다. "이제껏 내린 비와 앞으로 내릴 비를 다 합쳐도 사람이 품고 다니는 지옥불은 끄지 못할 거요. 당신은 그렇게 쉽게 몸을 식힐 수 없을 거요. 그런 기대는 접으시오!"

멍크스는 이렇게 듣기 좋은 악담을 던진 후 갑자기 간호부장에게로 몸을 돌리더니 빤히 바라보았는데, 쉽게 겁먹지 않는 그녀조차도 계속 노려보는 그 눈길에 결국 시선을 떨구고 바닥을 내려다보지 않을 수 없었다.

"이 사람이 그 여자요, 그렇소?" 멍크스가 물었다.

"에헴! 그렇소, 그 여자요." 범블 씨가 부인의 경고를 상기하며 대답했다.

"당신은 아마도 여자들은 결코 비밀을 지킬 수 없다고 생각하는가 보지요?" 간호부장이 끼어들며 말했다. 그러면서 멍크스의 빤히 살피는 시선을 피하지 않고 맞받았다.

"여자들이 언제나 한 가지 비밀만은 탄로 나기 전까지 꼭 지킨다는 건 알고 있소." 멍크스가 경멸에 찬 어조로 말했다.

"그런 비밀이 어떤 거죠?" 간호부장이 물었다.

"자기 이름이 더럽혀지는 비밀이오." 멍크스가 대답했다. "따라서 동일한 원칙에 의거해, 어떤 여자가 교수형이나 유배를 당할 만한 비밀을 아는 당사자가 된다 할지라도 나는 그 여자가 그걸 누구에게 말할 거란 걱정은 안 하오. 난 걱정 안 하오! 내 말 알아듣겠소, 부인?"

"모르겠어요." 간호부장이 얼굴을 약간 붉히며 대꾸했다.

"당연히 모르겠지!" 멍크스가 말했다. "당신이 어떻게 알겠어?"

그는 두 동료에게 미소인지 찡그림인지 모를 묘한 표정을 지어 보이더니, 다시금 따라오라고 손짓하며 천장이 낮지만 상당히 넓은 방을 가로질러 급히 걸어갔다. 그러곤 다른 창고방들이 있는 위층으로 통하는, 차라리 사다리라고 해도 좋을 가파른 계단을 막 올라가려고 했는데, 그 순간 눈부신 번갯불이 번쩍하고 계단 구멍을 따라 흘러 들어오더니 천둥소리가 뒤따라 울리면서 무너질 듯한 건물을 중심까지 온통 뒤흔들어 놓았다.

"저 소릴 들어 보시오!" 그는 움찔 뒷걸음치며 소리쳤다. "저 소릴 말이오! 우르르 쾅쾅 부서지는 게 마치 악마들이 숨어 있는 수천 개의 동굴에서 메아리치는 것 같소! 망할 놈의 저 소리! 난 저 소리가 정말 싫소!"

그는 한동안 조용히 있었다. 그러다가 갑자기 얼굴에서 두 손을 떼며 몹시 뒤틀리고 변색된 얼굴을 드러냈는데, 이것을 본 범블 씨는 말할 수 없는 불안을 느꼈다.

"난 이따금씩 이런 발작을 일으키곤 하오." 범블 씨가 놀라는 것을 보고 멍크스가 말했다. "가끔 천둥소리 때문에 그러기도 하오. 이젠 신경 쓰지 않아도 되오. 이번 발작은 다 끝났으니까."

이렇게 말하면서 그는 앞장서서 사다리를 올라갔다. 그리고 올라간 방의 덧창들을 급히 닫더니 천장의 육중한 대들보에 도르래로 연결해 놓은 밧줄을 당겨 그 끝에 달린 등을 내렸다. 등은 아래 놓인 낡은 탁자와 세 개의 의자에 희미한 빛을 비추었다.

"자……." 세 사람이 모두 자리에 앉자 멍크스가 말했다. "빨리 용건에 들어갈수록 모두에게 좋을 거요. 이 여자는 용건이 뭔지 알고 있겠지, 안 그렇소?"

이 질문은 범블에게 던져진 것이었다. 하지만 그의 아내가 앞질러 용건에 대해 완벽히 잘 알고 있다고 대답했다.

"이 사람이 말한 게 맞소? 그 할멈이 죽던 날 밤 당신이 함께 있었고, 그 할멈이 당신한테 뭔가 말했는데……."

"당신이 말한 그 애의 어미에 관한 것이었지요." 간호부장이 말을 막으며 대답했다. "그래요, 맞아요."

"첫 번째 질문은 그 할멈이 말한 내용이 어떤 종류의 것이었느냐 하는 거요." 멍크스가 말했다.

"그건 두 번째 질문이지요." 여자가 아주 신중한 어조로 말했다. "먼저 할멈이 말한 내용이 얼마나 가치가 있는지 물어야지요."

"그걸 대체 누가 알겠소, 어떤 내용인지도 모르는데?" 멍크스가 물었다.

"그야 당신이 제일 잘 알 거라고 믿어요." 범블 부인이 대답했다. 그녀의 배우자가 충분히 증언할 수 있듯이 그녀는 담력이 모자란 여자가 아니었다.

"흥!" 멍크스가 의미심장하게, 그러면서 알고 싶은 마음이 간절한 표정으로 말했다. "돈을 받을 만큼 가치가 좀 있는 것이다 이거지?"

"아마 그렇지요." 범블 부인의 차분한 대답이었다.

"뭔가 그 여자한테서 받은 것……." 멍크스가 말했다. "그 여자가 지니고 있던 어떤 것. 뭔가……."

"먼저 값을 제시하는 게 좋을 거예요." 범블 부인이 말을 가로챘다. "이미 당신이 내가 상대해야 할 사람이라는 걸 확신할 만큼 난 충분히 들었으니까요."

배우자한테서 그가 원래 아는 것 이상으로는 비밀에 대해 얻어들은 바가 전혀 없었던 범블 씨는 목을 길게 빼고 눈을 크게 뜬 채 대화에 귀를 기울였다. 그러면서 커다란 놀라움을 있는 그대로 드러내며 아내와 멍크스를 번갈아 쳐다보았는데, 멍크스가 비밀을 넘기는 데 얼마를 원하느냐고 심각하게 물었을 때 그의 놀라움은 더욱 — 그게 가능하다면 하는 말인데 — 커졌다.

"당신한텐 얼마만큼의 가치가 있지요?" 여자가 아까와 마찬가지로 차분하게 물었다.

"전혀 가치가 없을 수도 있고, 20파운드의 가치일 수도 있겠지." 멍크스가 대답했다. "말을 해 봐요. 그래야 어느 쪽인지 알 것 아니오."

"당신이 방금 말한 액수에 5파운드를 더해서 금화로 25파운드를 줘요." 여자가 말했다. "그럼 내가 아는 것을 모두 말해 주겠어요. 그게 아니면 절대 말 못 해요."

"25파운드라고!" 멍크스가 뒤로 물러나며 크게 외쳤다.

"가능한 한 줄여서 말한 거예요." 범블 부인이 대답했다. "게다가 별로 큰 금액도 아니지요."

"듣고 나면 아무것도 아닐 수도 있는 하찮은 비밀의 대가로 큰 금액이 아니라고!" 멍크스가 참지 못하겠다는 듯이 소리쳤다. "더구나 십이 년이 넘도록 그냥 파묻혀 있던 건데!"

"이런 것들은 잘 보존되어 있다가 좋은 포도주처럼 흔히 시간이 지나면서 그 가치가 두 배가 되곤 하지요." 간호부장이 그동안 취해 온 냉정하고 단호한 태도를 여전히 잃지 않고 대답했다. "그리고 '파묻혀 있었다'라고 말했는데, 다가올 만 2000년, 아니 1200만 년 동안 땅속에 파묻혀 있다가도 마침내 이상한 이야기를 해 주고 말 사람들이…… 어떻게 해선지는 아무도 모르겠지만…… 분명히 있지요!"

"만약 그렇게 값을 치른 게 아무것도 아니라면?" 멍크스가 갈등하는 듯이 물었다.

"당신은 쉽게 돈을 되찾아 갈 수 있겠지요." 간호부장이 대답했다. "난 그저 여자에 불과하고, 이렇게 혼자, 보호도 받지 못한 채 있으니까요."

"혼자가 아니오, 여보, 보호받지 못하는 것도 아니고." 범블 씨가 두려워서 떨리는 목소리로 의견을 제시했다. "내가 여기 이렇게 있잖소, 여보." 범블 씨는 이를 달그락달그락 부딪치며 말했다. "게다가 멍크스 씨는 점잖은 신사라서 교구의 직책을 맡은 사람들한테 폭력을 쓰는 짓은 하지 않을 거요. 물론 멍크스 씨는 내가 젊은이가 아니라는 것을 잘 아오, 여보. 내가 약간, 말하자면, 팔팔한 때를 넘긴 사람이라는 것도 잘 알고. 하지만 그는 들었을 거요. 내 분명히 말하는데, 여보, 멍크스 씨는 틀림없이 들었을 거요, 내가 단호한 관리로서 한번 성질이 나면 아주 비범한 힘을 발휘하는 사람이라는 것을 말이오. 내 화만 좀 돋워 보라고 해요, 그걸로 충분할 테니."

이렇게 말하면서 범블 씨는 들고 있던 등불을 사납고 결연하게 꽉 움켜쥐는 구슬픈 시늉을 했는데, 얼굴 구석구석까지 밴 겁먹고 놀란 표정은 그가 뭔가 대단히 호전적인 행동을 하려면 정말로 약간, 아니 꽤 적지 않게 화를 돋워 줘야 할 거라는 사실을 명백히 보여 주었다. 물론 극빈자들이나 가난과 억압에 길들여진 다른 힘없는 개인 또는 개인들을 상대할 때는 전혀 달랐겠지만 말이다.

“당신은 바보야.” 범블 부인이 대답하며 말했다. “그러니 입 닥치고 있는 게 나아.”

“그렇게 큰 소리로 이야기할 거면 그는 차라리 여기 오기 전에 혀를 잘라 버리는 게 나았소.” 멍크스가 모질게 말했다. “그래! 저자가 당신 남편이라 이 말이지?”

“저 작자가 내 남편이라니!” 간호부장은 키득 웃으며 대답을 얼버무렸다.

“당신네가 들어올 때부터 그런 생각이 들었소.” 말하면서 배우자를 쏘아보는 부인의 성난 시선을 눈여겨보다 멍크스가 대꾸했다. “뭐, 그럴수록 더 좋소. 두 사람을 상대할 때 그 두 사람이 오직 한뜻이라는 것을 알면 그만큼 덜 주저하게 되니까 말이오. 진심으로 말하는 거요. 자, 보시오!”

그는 옆 주머니에 손을 쑤셔 넣더니 질긴 천으로 된 돈주머니를 꺼내 금화 25파운드를 세어 탁자 위에 올려놓고는 여자한테로 밀었다.

“자…….” 그가 말했다. “그걸 집어넣으시오. 그리고 내 느낌에 지금 지붕 위에 막 다가와 울리려고 하는 저 저주받을 천둥이 지나가면 당신 이야기를 들려주시오.”

천둥은 사실 훨씬 더 가까이에 있는 듯 거의 그들의 머리 바로 위에서 자지러지며 크게 부서졌다. 그 소리가 잦아들자 멍크스는 탁자에서 얼굴을 쳐들고는 여자가 무슨 말을 하는지 귀담아들으려고 몸을 앞으로 수그렸다. 두 남자가 한마디도 놓치지 않으려고 작은 탁자 위로 몸을 잔뜩 숙이고, 여자 역시 속삭이는 이야기가 잘 들리라고 앞으로 몸을 구부려 세 사람은 얼굴이 거의 맞닿을 정도였다. 공중에 매달린 등의 희미한 불빛이 그들에게 곧바로 내리비쳐 얼굴의 창백함과 불안한 표정이 더욱 강하게 드러났는데, 지극히 깊은 음침함과 어둠에 둘러싸인 탓에 그것은 극도로 끔찍한 형상이었다.

"우리가 쌜리 할멈이라고 부르던 여자가 죽었을 때." 간호부장이 이야기를 시작했다. "방 안엔 그녀와 나, 둘밖에 없었지요."

"정말 아무도 곁에 없었소?" 멍크스가 여전히 똑같은 공허한 목소리로 속삭이듯 물었다. "어디 다른 침대에 병든 부랑자나 등신 따위가 있진 않았소? 혹시라도 알아듣거나 엿들을 수 있는 사람이 아무도 없었소?"

"아무도 없었어요." 여자가 대답했다. "우리 둘뿐이었어요. 죽음이 그녀의 몸을 덮쳤을 때 오직 나 혼자만이 곁에 서 있었어요."

"좋소." 멍크스가 그녀를 주의 깊게 바라보며 말했다. "계속하시오."

"할멈은 어떤 젊은 여자에 대해 이야기했는데……." 간호부장은 다시 말을 이었다. "수년 전에 바로 그 방에서, 그것도 바로 할멈이 죽어 가며 누워 있던 그 똑같은 침대에서 아기를 낳은 여자라고 했어요."

"뭐요?" 멍크스가 자기 어깨너머를 흘끗 보면서 떨리는 입술로 말했다. "빌어먹을! 일이 꼭 그런 식이란 말이야!"

"아이는 어젯밤 당신이 이 사람에게 이름을 말했던 바로 그 애였어요." 간호부장은 남편을 향해 성의 없이 고개를 한 번 끄덕이며 말했다. "그런데 간호하던 쌜리 할멈이 그 애 엄마의 물건을 훔친 거예요."

"살아 있을 때 그랬답디까?" 멍크스가 물었다.

"죽은 뒤라고 했어요." 여자가 몸서리 같은 것을 치면서 대답했다. "죽은 애 엄마가 마지막 숨을 거두며 아기를 위해 잘 보관해 달라고 간청한 물건을 시체의 피가 식기도 전에 훔친 거예요."

"그걸 팔아먹었겠지요?" 멍크스가 필사적으로 간절히 소리쳤다. "그걸 팔았대요? 어디서? 언제? 누구한테? 얼마나 오래전에?"

"할멈은 자기가 훔친 이야기를 힘겹게 하고 나서." 간호부장이 말했다. "그대로 쓰러져 죽어 버렸어요."

"더 이상 아무 말도 안 하고 말이오?" 잔뜩 억눌러 오히려 더욱 끔찍하게 들리는 목소리로 멍크스가 소리쳤다. "거짓말이야! 날 농락하려고 하지 마! 뭔가 분명히 더 말했어. 그게 뭔지 알아내지 못할 거라면 당신들 둘 다 찢어 죽이고 말 거야."

"할멈은 한마디도 더 안 했어요." 여자는 낯선 사내의 난폭한 태도에 동요하는 모습을 전혀 보이지 않으며(범블 씨는 이와 아주 거리가 멀었지만) 말했다. "하지만 그녀는 한 손으로 내 가운을 격하게 붙잡았지요. 그 손은 반쯤 쥐어져 있었는데, 그녀가 죽은 것을 보고 강제로 떼어냈을 때 그 손에 더러운 종잇조각 하나가 꽉 움켜쥐어져 있는 것을 보았지요."

"그 안에 있던 것은……." 멍크스가 몸을 앞으로 쭉 빼며 끼어들었다.

"아무것도 없었어요." 여자가 대답했다. "그건 전당포의 보관증이었어요."

"뭘 맡긴 보관증이었소?" 멍크스가 물었다.

"곧 말해 줄 테니 기다려요." 여자가 말했다. "내가 판단하기에 할멈은 뭔가 좋은 일이 생기지 않을까 하는 희망으로 그 물건을 얼마 동안 가지고 있다가 전당포에 맡긴 거예요. 그러곤 저축하거나 긁어모은 돈으로 해마다 이자를 지불해 물건이 넘어가지 않게 막은 거예요. 그것에서 뭔가 생기는 게 있으면 다시 찾을 수 있도록 말이에요. 하지만 생기는 건 아무것도 없었고, 그래서 내가 말한 것처럼 그녀는 닳아서 완전히 너덜너덜해진 그 종잇조각을 손에 쥔 채 죽은 거예요. 만기일이 이틀 뒤였지요. 나 역시 언젠가 그것에서 뭔가 생기는 게 있지 않을까 하는 생각을 했고, 그래서 저당 잡힌 물건을 찾아왔지요."

"그게 지금 어디 있소?" 멍크스가 즉시 물었다.

"여기 있어요." 여자가 대답했다. 그러곤 마치 그것을 처분하게 되어 기쁘기라도 한 듯 작은 염소 가죽 주머니를 탁자 위에 급히 내던졌다. 프랑스제 시계도 겨우 들어갈 만큼 작은 주머니였는데, 멍크스는 와락 달려들어 그것을 움켜쥐고는 떨리는 손으로 열었다. 안에는 작은 로켓[2]이 들어 있었고, 그 안에 머리 타래 두 개와 금으로 된 평범한 결혼반지 하나가 있었다.

"반지 안쪽에는 '애그니스'라는 이름이 새겨져 있어요." 여

---

2) 사진이나 머리카락 같은 기념물을 넣어 목걸이 등에 매다는 금 또는 은으로 만든 작은 갑.

자가 말했다. "성을 쓸 자리가 빈칸으로 있고 그다음에 날짜가 있는데, 아이가 태어나기 일 년 전이 못 되는 때였어요. 내가 찾아낸 건 그 정도예요."

"그런데 이게 전부요?" 멍크스가 작은 꾸러미의 내용물을 꼼꼼하게 열심히 살펴본 후에 말했다.

"그래요." 여자가 대답했다.

범블 씨는 마치 이야기가 다 끝났는데 25파운드를 다시 가져가겠다는 언급이 없는 것을 보고 안심이라도 한 것처럼 숨을 한번 길게 내쉬었다. 그러더니 이제 용기를 내서 조금 전 대화가 진행되는 내내 아무런 제지도 받지 않고 콧등으로 줄줄 흘러내리던 땀을 닦았다.

"난 추측할 수 있는 것 이상으로는 그 얘기에 대해 아무것도 몰라요." 짧은 침묵이 흐른 뒤에 여자가 멍크스를 향해 말했다. "그리고 알고 싶지도 않아요. 모르는 게 더 안전하니까요. 하지만 물어보고 싶은 게 두 가지 있는데, 그래도 되겠나요?"

"물어보시오." 멍크스가 약간 놀라는 기색을 보이며 말했다. "하지만 내가 대답할지 말지는 별개의 문제요."

"그러면 문제가 세 개가 되는 셈이네." 범블 씨가 익살을 한번 부려 본답시고 말했다.

"그게 당신이 나한테서 기대했던 물건인가요?" 간호부장이 물었다.

"그렇소." 멍크스가 대답했다. "다른 질문은?"

"당신은 그걸 가지고 뭘 할 작정인가요? 나한테 불리하게 사용될 수도 있나요?"

George Cruikshank

증거 인멸.

"그런 일은 결코 없을 거요." 멍크스가 대답했다. "나한테도 불리하게 사용될 일이 없을 거요. 자, 여길 보시오! 하지만 한 발자국도 앞으로 나서지 마시오. 안 그랬다간 당신네 목숨은 갈대만도 못한 것이 되고 말 테니까."

이렇게 말하면서 그는 갑자기 탁자를 옆으로 밀치고 바닥 판자에 달린 쇠고리를 잡아당겨 커다란 뚜껑 문을 휙 들어 올렸다. 문은 범블 씨의 발치 바로 가까이에서 열렸는데, 그 바람에 이 신사는 몇 걸음 뒤로 아주 황급히 물러서야 했다.

"밑을 내려다보시오." 멍크스가 등불을 깊은 구멍 속으로 내리면서 말했다. "날 두려워할 필요 없소. 내게 그럴 마음이 있었다면 당신들이 그 위에 앉아 있을 때 충분히 소리 없이 떨어뜨려 버렸을 거요."

이렇게 안심시키는 말을 듣고 간호부장은 구멍의 가장자리로 다가섰다. 심지어 범블 씨조차 호기심에 이끌려 똑같이 행동하는 용감함을 보였다. 아래에서는 폭우로 불어난 혼탁한 물살이 빠르게 흘러가고 있었다. 퍼런 이끼가 낀 진흙투성이의 말뚝 기둥들을 때리며 소용돌이치는 물소리에 다른 소리는 하나도 들리지 않았다. 예전에 물레방아가 그 밑에 있었는데, 그 잔해 가운데 몇 개 안 남은 썩은 말뚝과 파편들 주위로 물살이 세차게 부딪치며 거품을 일으켰다. 물살은 곤두박질치듯 내닫는 자신의 앞길을 헛되이 가로막는 장애물들을 곧 벗어났으며, 그러자 새로운 힘을 얻어 더욱 쏜살같이 앞으로 달려가는 듯했다.

"저 아래로 사람의 몸을 집어 던지면 내일 아침에 어디쯤가 있을 것 같소?" 멍크스가 등불을 우물처럼 컴컴한 구멍 속에 이리저리 흔들어 대며 말했다.

"강을 따라 20킬로미터쯤 떠내려가고, 게다가 갈가리 찢겨 있겠지." 범블이 대답하며 자기 생각에 움찔 몸서리를 쳤다.

멍크스는 품 안에 급하게 쑤셔 넣었던 작은 꾸러미를 꺼냈다. 그러곤 그것을 어느 도르래의 부속품이었다가 바닥에 뒹굴고 있던 납덩어리에 묶어 강물 속에 떨어뜨려 버렸다. 그것은 곧장 수직으로 쭉 떨어지더니, 거의 들리지도 않을 만큼 작게 철썩 소리를 내며 물살을 갈랐다. 그리고 사라져 버렸다.

세 사람은 서로 얼굴을 들여다보았는데, 한결 편하게 숨을 쉬는 것 같았다.

"자!" 멍크스는 뚜껑 문을 닫으며 말했다. 문은 육중한 소리를 내며 원래의 위치로 떨어졌다. "책에서들 말하듯이 바다가 혹시 죽은 자들을 토해 낸다고 해도 금과 은붙이들은 그대로 바다 밑에 남을 테고, 저 쓰레기도 그것들 중에 있을 거요. 이제 우린 더 이상 할 얘기가 없으니 이 즐거운 모임은 그만 해산합시다."

"두말할 필요 없소." 범블 씨가 매우 신속하게 대답했다.

"당신, 머리통에다 혀를 조용히 처박아 놓을 거지, 그렇지?" 멍크스가 위협하는 표정으로 말했다. "당신 부인은 걱정 안 되는데 말이야."

"날 믿어도 될 거요, 젊은이." 범블 씨가 목례를 하고 사다리 쪽으로 조금씩 움직이며 지극히 정중하게 대답했다. "우리 모두를 위한 거니까, 젊은이. 물론 내 자신을 위해서기도 하고 말이오, 멍크스 씨."

"당신, 내 이름을 잊는 연습부터 좀 하는 게 좋겠어, 알겠소?" 범블 씨의 말에 멍크스가 말했다.

"충분히 잘 알겠소." 범블 씨는 여전히 사다리 쪽으로 물러나며 대답했다.

"그리고 혹시 어디서든 우리가 다시 만나더라도 서로 아는 체할 이유는 전혀 없는 거요, 알아듣겠소?" 멍크스가 얼굴을 찡그리며 말했다.

"어떤 일이 있어도 절대로 당신한테나 당신에 관해서나 한마디도 안 할 테니 걱정 마시오, 젊은이." 범블 씨가 말했다.

"당신을 위해서라도 그 말을 들으니 다행이오." 멍크스가 말을 덧붙였다. "당신 등에 불을 밝히시오! 그리고 최대한 서둘러 이곳을 떠나시오."

대화가 바로 그 순간에 끝난 것은 천만다행이었는데, 만약 안 그랬더라면 목례를 하며 사다리에서 15센티미터도 안 되는 곳까지 다가간 범블 씨는 그대로 곤두박질치며 아래층 방으로 떨어지고 말았을 게 틀림없기 때문이다. 그는 멍크스가 밧줄에서 떼어 손에 든 등불로부터 불을 옮겨 붙이고는 대화를 더 이상 끌려 하지 않고 말없이 아래로 내려갔으며, 그의 아내도 뒤를 따랐다. 멍크스는 계단에 멈춰 서서 빗방울 때리는 소리와 강물이 흘러가는 소리 외에는 밖에서 아무 소리도 들리지 않는다는 것을 확인하고 맨 마지막에 내려왔다.

그들은 아래층 방을 천천히 아주 조심스럽게 가로질러 갔다. 왜냐하면 멍크스는 그림자가 나타날 때마다 깜짝깜짝 놀랐고, 범블 씨는 바닥에서 30센티미터도 안 되는 높이로 등불을 들고는 숨겨진 뚜껑 문이 없는지 초조하게 주변을 살피면서 놀라울 정도로 조심스러울 뿐만 아니라 그런 체구의 신사로서는 믿을 수 없을 만큼 가벼운 발걸음으로 느릿느릿 걸었기 때문이다. 멍크스는 그들이 들어왔던 현관문의 빗장을 살며시 풀고 문을 열었다. 범블 씨 부부는 수수께끼 같은 그들의 밀회자와 고개만 한번 끄덕여 인사를 나눈 뒤 비가 내리는 캄캄한 밖으로 나왔다.

그들이 가자마자 혼자 남는 것을 견딜 수 없을 만큼 끔찍이 싫어하는 것처럼 보이던 멍크스는 아래층 어딘가에 숨어 있던 아이 하나를 소리쳐 불러냈다. 그러곤 그 아이에게 등불을 들려 앞장서게 하고 조금 전까지 있던 방으로 다시 돌아갔다.

39장
독자와 이미 안면이 있는 몇몇 존경할 만한 인물들을 소개하고, 멍크스와 유태인이 어떻게 그들의 훌륭한 머리를 맞대고 궁리했는지 보여 준다.

앞 장에서 언급한 세 명의 훌륭한 인물들이 이미 서술한 바와 같이 자그만 거래를 처리한 바로 그다음 날 저녁, 윌리엄 싸익스 씨는 낮잠에서 깨어나 아직 졸린 목소리로 밤 몇 시나 되었냐고 투덜거리며 물었다.

싸익스 씨가 질문을 던진 방은 비록 시내의 같은 지역에 위치하고 또 예전에 거처하던 곳들과 그리 멀리 떨어지지 않았지만, 처씨 원정을 나서기 전에 살던 방들 가운데 하나가 아니었다. 그곳은 외관상 이전의 거주지들과 마찬가지로 그리 바람직한 주거지가 아니었다. 초라하고 가구도 거의 딸리지 않은 아주 작은 방으로, 빛이라곤 비스듬히 경사진 천장에 난 자그만 창문으로 들어오는 게 다였으며 더럽고 비좁은 골목에 인접해 있었다. 이 훌륭한 신사 양반이 최근에 신세가 나빠졌음을 나타내는 표시는 그 밖에도 꽤 많았다. 왜냐하면 가구가 극도로 부족하고 편의 시설이나 가재도구가 전혀 없을 뿐만 아니라 여분의 겉옷이나 속옷 같은 자잘한 동산(動産)마저도 완전히 사라진 상태는 극심하게 궁핍한 형편임을 잘 말해 주었기 때문이다. 이런 징후들의 정확성을 검증할 필요가 있다면 싸익스 씨 자신의 야위고 수척한 상태가 그것을 충분히 확인해 주고도 남았을 것이다.

이 집털이 강도는 하얀 외투를 실내복 삼아 몸에 두른 채 침대에 누워 있었는데, 시체처럼 창백한 병색에 더러운 취침용 모자와 일주일 동안 시커멓게 자란 뻣뻣한 턱수염이 더해져 평소보다 조금도 나아지지 않은 흉한 몰골을 드러냈다. 개는 침대 옆에 앉아서 이따금 아쉬운 듯한 표정으로 주인을 쳐다보거나 귀를 쫑긋 세우고 있다가 길거리나 아래층에서 무슨 소리라도 나면 낮은 소리로 으르렁거리곤 했다. 창가에는 한 여자가 앉아서 강도가 평상시 입는 옷들 중 하나인 낡은 조끼를 열심히 꿰매고 있었는데, 오랫동안 밤새워 간병하느라, 또 제대로 먹지 못해 얼굴이 너무나 창백하고 초췌해져서 싸익스 씨의 질문에 대답하는 목소리만 아니었다면 그녀가 바로 이 이야기에 이미 등장했던 낸시인 것을 알아차리기가 상당히 어려웠을 것이다.

"7시가 지난 지 얼마 안 돼." 여자가 말했다. "오늘 밤은 좀 어때, 빌?"

"맹물처럼 기운이 없어." 싸익스 씨가 자기 눈과 팔다리에 저주를 퍼부으며 대답했다. "이봐, 좀 거들어 봐. 이 빌어먹을 침대에서 날 어떻게든 좀 일으켜 달라고."

병을 앓아도 싸익스 씨의 성미는 전혀 부드러워지지 않았다. 여자가 부축해 의자에 앉혀 주었을 때 그는 동작이 서투르다고 여러 가지 욕설을 내뱉으며 그녀를 후려쳤던 것이다.

"찔찔 짜는 거야, 너?" 싸익스가 말했다. "집어치워! 거기서 그렇게 훌쩍대며 서 있지 마. 고작 눈물이나 짜는 일밖에 못 할 거면 아예 꺼져 버려! 내 말 들려?"

"듣고 있어." 여자는 얼굴을 한쪽으로 돌리고 억지웃음을 터트리며 대답했다. "무슨 괜한 생각을 또 머릿속에 떠올리는 거야, 지금?"

"오호! 그래, 마음을 바꿔 먹었다 이거지, 응?" 그녀의 눈에 눈물이 글썽이는 것을 눈여겨보며 싸익스가 으르렁대듯 말했다. "아무렴, 그게 네 신상에 훨씬 좋겠지."

"아니, 빌, 당신 오늘 밤 나한테 심하게 굴기로 작정한 건 아니겠지?" 여자가 그의 어깨에 손을 올리며 말했다.

"아니냐고!" 싸익스 씨가 소리쳤다. "왜, 그럼 안 돼?"

"그토록 많은 밤을 지새우며." 여자가 여성스러운 다정한 태도로 말했는데, 그것은 그녀의 목소리에조차 감미롭고 부드러운 어조 같은 것을 불어넣었다. "그토록 많은 밤을 지새우며 난 마치 당신이 아기인 것처럼 간호하고 돌보며 인내심 있게 당신 곁을 지켰어. 그래서 오늘 저녁 처음으로 당신이 제 모습을 회복한 것을 보았어. 당신이 만약 그걸 알았더라면 방금처럼 그렇게 날 함부로 대하지 않았을 거야, 안 그래? 자, 자, 그렇다고 말해 봐."

"글쎄, 뭐, 그걸 알았다면." 싸익스가 대꾸했다. "그렇게 대하진 않았겠지. 아니, 이런 젠장, 이년이 왜 또 질질 짜는 거야?"

"아무것도 아냐." 여자가 의자에 몸을 던지며 말했다. "그냥 나한테 신경 쓰지 말아 줘. 금세 괜찮아질 테니까."

"뭐가 괜찮아진다는 거야?" 싸익스 씨가 사나운 목소리로 다그쳤다. "무슨 바보짓을 또 하는 거야? 일어나서 부지런히 일이나 해. 너희 여자들의 그 허튼수작으로 날 구워삶으려 들지 말고."

다른 때라면 이런 질책과 말하는 어조는 원하는 효과를 낳았을 것이다. 하지만 여자는 정말로 힘이 없고 기진맥진한 상태였던지라, 싸익스 씨가 평소 비슷한 상황에서 자신의 위협을 장식하곤 했던 적절한 욕설을 몇 마디 내뱉기도 전에 의자 등받이 너머로 머리를 떨구더니 그대로 기절해 버렸다. 보통 때와는 다른 — 낸시 양의 발작은 격렬한 성격을 띠지만 대개 별다른 도움 없이 혼자 몸부림치며 싸우다가 끝나곤 했던 것이다 — 이 비상 상황에서 싸익스 씨는 어떻게 해야 할지 잘 몰라 불경스러운 욕설만 몇 마디 퍼붓다가 그런 대처 방식이 전혀 효과가 없다는 것을 깨닫고는 도와 달라고 소리를 질렀다.

"아니, 무슨 일인가, 이보게?" 페이긴이 그 순간 안을 들여다보며 말했다.

"애 좀 도와주시오, 응?" 싸익스가 조급하게 대답했다. "그렇게 히죽히죽 나한테 잡소리나 하며 서 있지 말고!"

페이긴은 깜짝 놀라는 소리를 지르며 여자를 도우러 급히 달려왔다. 그와 동시에 잭 도킨스 씨(일명 약삭빠른 꾀돌이)도 그의 존경스러운 친구를 따라 방으로 들어와 들고 있던 보따

기절한 낸시를 깨우는 페이긴과 그의 동료들.

리를 황급히 바닥에 내려놓고는, 뒤에 바짝 붙어 따라오던 찰리 베이츠 군의 손에서 병을 잡아챈 뒤 눈 깜짝할 사이에 이로 마개를 따고 그 내용물을 환자의 목구멍에 조금 흘려 넣었다. 물론 그러기 전에 혹시라도 과실을 범하지 않도록 자신이 먼저 한번 맛을 보았다.

"풀무질로 그녀에게 신선한 바람 좀 쐬어 줘, 찰리." 도킨스 씨가 말했다. "그리고 손등을 세차게 때려 줘요, 페이긴, 빌이 페티코트를 풀어 주는 동안 말이에요."

이렇게 연합해서 아주 힘껏 취한 각성 조치들은, 특히 그 과정에서 주어진 임무를 유례없는 즐거운 놀이처럼 여기는 듯했던 베이츠 군이 수행한 역할은 얼마 지나지 않아 원하는 효과를 가져왔다. 여자는 점차 의식을 회복했고, 그런 다음 침대 곁의 의자로 비틀비틀 걸어가더니 베개에다 얼굴을 파묻었다. 그 결과 싸익스 씨는 방문객들과 얼굴을 마주 보고 서게 되었는데, 그들이 뜻밖에 나타난 데 대해 적지 않게 놀란 표정이었다.

"아니, 무슨 사악한 바람이 불었길래 여길 다 오셨나?" 그가 페이긴에게 물었다.

"사악한 바람은 전혀 아니네, 이보게. 사악한 바람은 아무에게도 좋은 것을 보내 주지 않지만, 난 자네가 보면 기뻐할 좋은 것들을 좀 가져왔거든. 얘, 꾀돌아, 보따리를 열거라. 그리고 오늘 아침 우리가 가진 돈을 다 털어서 구입한 여러 자잘한 것들을 빌한테 보여 주어라."

페이긴 씨의 요청에 순응하여 꾀돌이는 보따리를 풀었다.

낡은 식탁보로 만든 제법 커다란 보따리였는데, 그는 안에 든 물건들을 하나씩 하나씩 꺼내 찰리 베이츠에게 건네주었고, 찰리는 그것들을 탁자 위에 내려놓으며 그것들의 진귀하고 탁월한 품질에 대해 갖가지 찬사를 늘어놓았다.

"이런 토끼 고기 파이는 없을 거야, 빌." 어린 신사는 큼직한 고기 파이를 풀어 보이며 외쳤다. "이렇게 연한 다리에 이렇게 맛 좋은 고기는 없을 거야, 빌, 뼈까지 그냥 입에서 녹아서 따로 발라낼 필요가 없을 정도야. 이건 7실링 6펜스짜리 녹차 225그램인데, 정말 얼마나 맛이 강한지 끓는 물에 타면 찻주전자 뚜껑이 거의 날아가 버릴 정도야. 이건 비정제 설탕 680그램. 깜둥이들이 이렇게 좋은 질을 얻을 때까지 조금도 정제하지 않고 기다린 거야, 오, 정말이야! 900그램짜리 밀기울 빵이 두 개, 최고로 좋은 버터 450그램과 더블 글로스터 치즈 한 덩어리, 마지막으로 당신이 이제까지 마셔 본 가장 맛이 기막힌 술도 약간!

마지막 찬사를 떠벌리며 베이츠 군은 그의 커다란 호주머니에서 마개를 정성스레 잘 막은 큰 포도주 병 하나를 꺼냈다. 그리고 같은 순간 도킨스 씨도 들고 있던 병에서 독주 원액을 한잔 가득 따라 주었는데, 병자는 한순간도 머뭇거리지 않고 그것을 목구멍에 쭉 털어 넣었다.

"아!" 페이긴이 대단히 만족스러운 듯이 두 손을 비비며 말했다. "자넨 이제 괜찮아질 거네, 빌, 이제 괜찮아질 거야."

"괜찮아질 거라고!" 싸익스 씨가 외쳤다. "내가 그동안 스무 번도 넘게 목숨이 넘어갈 뻔했는데, 당신은 날 돕기 위해

꿈쩍도 하지 않았어. 사람을 세 주 넘게 이 상태로 내버려 두다니 대체 뭐 하자는 거야, 이 불한당 같은 배신자야!"

"아이고 얘들아, 이 친구 말하는 것 좀 들어 봐라!" 페이긴이 어깨를 으쓱해 보이며 말했다. "더구나 우리가 이렇게 맛좋……은 것들을 전부 갖다 주었건만 말이다."

"그래, 물건들은 나름대로 괜찮은 편이군." 싸익스 씨가 탁자 위를 훑어보고는 조금 누그러지면서 말했다. "하지만 당신, 뭐라고 변명할 거야, 날 여기 이렇게 먹을 것도 떨어지고, 건강도 잃고, 돈도 떨어지고, 모든 게 다 떨어진 상태로 내버려 둔 채 이 끔찍한 기간 내내 내가 저기 저 개새끼만도 못한 것마냥 전혀 거들떠보지 않은 데 대해서 말이야? ……개를 저쪽으로 쫓아 버려, 찰리."

"이렇게 웃기는 개는 정말 처음 본다니까." 베이츠 군이 시키는 대로 하면서 소리쳤다. "시장에 가는 노파처럼 음식물 냄새 맡는 것 좀 봐! 이놈은 무대로 진출하면 크게 출세할 거야, 틀림없어. 이 나라 연극계를 부흥시키기까지 할 거야." 익살스러운 기질을 이렇게 한껏 발산하고 난 베이츠 군은 결국 자신의 농담에 대해 웃음을 터뜨리고 말았는데, 얼마나 요란스레 웃어 댔는지 무섭디무서운 황소 눈깔이 (인간 혐오적인 기질을 지닌 개였는지라) 완전히 발작하여 미친 듯이 짖어 댔다. 그것을 잠재우기 위해 개 주인은 자신의 영향력을 있는 대로 모두 발휘해야 했다.

"아가리 못 닥쳐!" 여전히 화가 나서 으르렁대며 침대 밑으로 물러나는 개에게 싸익스가 소리쳤다. "자, 이 말라비틀어진 장물아비 영감탱이야, 대체 뭐라고 변명할 거냐고, 엉?"

"난 일주일 넘게 런던을 떠나 있었다네, 이보게, 일감이 있어서 말이야." 유태인이 대답했다.

"그럼 나머지 두 주는?" 싸익스가 다그쳤다. "나머지 두 주는 또 뭘 하느라고 날 구멍에 처박힌 병든 쥐새끼처럼 여기에다 내박쳐 둔 거냐고?"

"나도 별수 없었네, 빌. 여러 사람 앞에서 길게 설명할 수는 없지만 어쩔 수가 없었네, 정말이지 내 명예를 걸고 말하네."

"뭐, 당신의 뭘 건다고?" 싸익스가 극도의 혐오감을 드러내며 으르렁거렸다. "얘들아! 너희 누구든지 그 파이 한 조각만 잘라 다오. 빨리 이 역겨운 맛을 지워 버려야지 안 그러면 목구멍이 막혀 죽고 말겠다."

큼직한 파이 한 접시를 급히 공급받은 싸익스 씨는 얼마 동안 말없이 칼과 포크를 놀렸다. 그러다가 마침내 접시를 밀어내고는 꾀돌이의 술병에서 다시 한잔 가득 따라 마신 뒤 다음과 같이 유태인에게 일장 연설을 늘어놓았다.

"내가 실상이 뭔지 말해 줄 테니 잘 들으시오, 페이긴. 난 당신 일을 해 주다가 학질에 걸렸어. 당신 때문에 하게 된 그 빌어먹을 작업이 바보같이 실패한 후 오랫동안 빗속을 돌아다니며 피신하느라고 말이야. 이번 작업으로 난 목숨을 잃을 뻔했는데, 그건 곧 당신의 그 곰팡내 나는 낡은 돈 자루에 금덩이 쌓는 일을 도와주는 가장 훌륭한 일손을 당신이 잃는다는 것을 뜻했지. 그런데 당신은 내가 여기서 굶주리며 쇠약해지도록 내버려 두었어, 내가 궁할 대로 궁해져서 당신이 계획하는 어떤 일이든지 보수에 상관없이 안 할 수 없는 상태가 될 때까지 말이야. 아니라고 말하지 마. 왜냐면 그게 사실이고, 또 당신도 그걸 잘 아니까 말이야. 내가 하고 싶은 말은 이거야. 다시 한번 나한테 그렇게 대해 보라구, 그럼 만사 끝장나고 말 거야. 난 다시 이런 고생을 하느니 기꺼이 교수대에 매달리겠어. 당신도 똑같은 교수대에 매달리게 하는 즐거움을 누리기 위해서 더더욱 기꺼이 매달리겠어. 다시 한번 나한테 그렇게 해 보라고, 그럼 우리 둘 다 여섯 주도 안 돼서 허공에 대롱대롱 매달려 춤추는 신세가 되고 말 거야. 만약 그렇게 되지 않는다면 당신이 장물아비가 아니고 내 이름도 빌 싸익스가 아니야. 그뿐이야, 더 이상 할 말 없어."

"이보게, 그렇게 화내지 말게." 페이긴이 온순하게 부탁했다. "난 결코 자넬 잊은 적이 없네. 결코 한 번도 없네."

"물론 그랬겠지! 틀림없이 잊지 않았겠지." 싸익스가 신랄한 냉소를 지으며 대답했다. "당신은 내가 여기 누워서 부들부들 떨며 열에 시달리는 동안 시도 때도 없이 이런저런 궁리와 음모를 꾸미느라 바빴을 테니까. 빌은 이 일을 할 거야, 저 일도 할 거고, 몸이 회복되자마자 지독한 헐값으로 뭐든지 다 할 거야, 시키는 대로 할 만큼 완전히 궁핍해져 있을 테니까 하면서 말이야. 저 애가 아니었으면 난 벌써 죽은 목숨이었을 거야."

"그래, 말 잘했네, 빌." 페이긴이 얼른 말끝을 붙잡으며 항변하듯 말했다. "자네 방금 '저 애가 아니었으면'이라고 했지? 자네 곁에 그렇게 쓸모 있는 여자애가 있는 게 이 가엾은 페이긴 영감 말고 누구 덕분인가?"

"그래, 하느님께 맹세코 다 저 영감 때문이야!" 낸시가 급히 앞으로 나서면서 말했다. "이 꼴이 된 건 다 저 영감 때문이야, 저 영감 때문."

낸시의 출현은 대화를 새로운 방향으로 돌려놓았다. 아이들은 용의주도한 유태인 영감의 교활한 눈짓을 받고는 그녀에게 열심히 술을 권하기 시작했다. 하지만 그녀는 아주 조금씩만 받아먹었다. 그러는 동안 페이긴은 전에 없이 활기찬 태도를 보이면서 싸익스의 위협을 가볍고 유쾌한 조롱 정도로 여기는 척하고, 더 나아가 싸익스가 술병을 반복해서 기울이고 난 뒤 호의를 베풀듯 던진 한두 마디 거친 농담에 대해 진심에서 우러나온 듯이 웃어 줌으로써 싸익스 씨의 기분을 차츰 풀어 주었다.

"그래, 다 좋아." 싸익스 씨가 말했다. "하지만 난 오늘 밤 당신한테서 현금을 좀 꼭 얻어야겠어."

"난 지금 동전 한 닢도 가진 게 없네." 유태인이 대답했다.

"그럼 집에는 굉장히 많겠지." 싸익스가 대꾸했다. "거기서 좀 가져다줘야겠어."

"굉장히 많다고!" 페이긴이 두 손을 위로 쳐들며 소리쳤다. "내가 가진 거라곤 겨우……."

"당신이 얼마나 가졌는지 난 몰라. 아마 당신 자신도 잘 모르겠지, 그걸 다 세려면 꽤 긴 시간이 걸릴 테니까 말이야." 싸익스가 말했다. "하지만 난 오늘 밤 돈이 꼭 있어야겠어. 그것만은 분명히 말해 두는 바요."

"그래, 그래." 페이긴이 한숨을 내쉬며 말했다. "내가 꾀돌이한테 들려서 곧 보내 주겠네."

"그런 식으로는 안 되겠소." 싸익스 씨가 대꾸했다. "꾀돌이는 너무나 교활해서 당신이 시키기만 하면 오는 걸 깜빡 잊었네, 길을 잃었네, 경찰을 피하느라 올 수 없었네 등등 하며 뭐든 핑계를 댈 거요. 낸시한테 당신 집까지 따라가서 돈을 받아 오라고 하겠소, 확실히 하기 위해서 말이오. 그동안 난 누워서 낮잠이나 자겠소."

상당히 긴 흥정과 언쟁을 벌인 끝에 페이긴은 요청받은 가불 금액을 5파운드에서 3파운드 4실링 6펜스로 깎았고, 그러면서 자기한테 남는 돈이 집안 살림을 꾸려 나갈 18펜스뿐이라고 거듭거듭 엄숙하게 맹세하며 주장했다. 싸익스 씨는 그 이상 더 받지 못한다면 그 금액으로 만족하는 수밖에 없겠다고 뿌루퉁하게 말했고, 그리하여 꾀돌이와 베이츠 군이 음식물을 찬장에 넣는 동안 낸시는 페이긴을 따라 그의 집으로 갈 준비를 했다. 유태인은 곧 다정한 친구와 작별한 후 낸시와 아이들을 대동하고 집으로 돌아갔다. 그동안 싸익스 씨는 침대에 몸을 던지고는 젊은 숙녀가 돌아올 때까지 잠이나 자며 시간을 보내려고 차분히 마음을 가라앉혔다.

적당한 시간이 지나 그들은 페이긴의 거처에 도착했다. 그곳에서는 토비 크래킷과 치틀링 씨가 열다섯 판째 크리비지 카드놀이에 열중하고 있었는데, 치틀링 씨가 그 판에서 졌다는 것과 그 결과 그의 열다섯 번째이자 마지막 남은 6펜스를 잃음으로써 젊은 친구들에게 큰 즐거움을 주었다는 것은 말할 필요가 거의 없을 것이다. 크래킷 씨는 신분이나 지적 능력에서 자기보다 그토록 크게 열등한 신사와 어울려 놀다가 들킨 것이 다소 창피스러운 듯한 표정으로 하품을 하더니, 싸익스의 안부를 물은 다음 모자를 집어 들고 돌아갈 준비를 했다.

"아무도 안 왔었나, 토비?" 페이긴이 물었다.

"사람 다리몽둥이 하나 얼씬하지 않았소." 크래킷이 목깃을 당겨 세우며 대답했다. "김빠진 싸구려 맥주처럼 심심하기 짝이 없었소. 이렇게 오랫동안 집을 봐준 대가로 나한테 크게 한턱내야 할 거요, 페이긴. 빌어먹을, 난 정말 배심원만큼이나 따분해 죽겠소. 이 젊은 친구하고 놀아 줄 만큼 내 마음씨가 좋지 않았다면 난 벌써 뉴게이트 감옥만큼이나 깊이 잠이 들었을 거요. 정말 끔찍하게 심심했소, 맹세코 말이오!"

이렇게 말하면서, 그리고 이와 동일한 종류의 다른 강한 표현들을 내뱉으면서 토비 크래킷 씨는 자기가 딴 돈을 쓸어 모으더니, 마치 그렇게 조그만 은화 나부랭이들은 자기같이 대단한 사람의 관심거리로는 완전히 격이 떨어지는 듯 아주 거만한 태도로 그것들을 조끼 주머니에다 쑤셔 넣었다. 그런 다음 한껏 빼기는 걸음걸이로 방에서 나갔는데, 그 점잖고 우아한 모습이 얼마나 대단해 보이던지 치틀링 씨는 크래킷 씨의 다리와 긴 구두가 시야에서 사라질 때까지 찬탄하는 시선을 무수히 던지다가 마침내 좌중의 사람들에게 확언하기를, 자신은 저런 분을 한번 만나는 비용으로 6펜스짜리 동전 열다섯 개를 낸다 해도 전혀 비싸게 여기지 않는다고, 그래서 그날 잃은 돈을 새끼손가락 까딱한 것만큼이나 아무렇지도 않게 여긴다고 말했다.

“넌 참으로 별난 친구야, 톰!” 베이츠 군이 치틀링 씨의 선언을 듣고 몹시 재미있어하며 말했다.

“천만에, 전혀 안 그래.” 치틀링 씨가 대답했다. “내가 그런가요, 페이긴?”

“넌 아주 현명한 친구란다, 얘야.” 페이긴이 그의 어깨를 다독거리는 한편 다른 제자들한테 눈짓을 하며 말했다.

“그리고 크래킷 씨는 정말로 굉장한 멋쟁이죠, 안 그래요, 페이긴?” 톰이 물었다.

“그럼, 의심할 여지가 없단다, 얘야.”

“그리고 그런 분을 아는 것은 정말로 영예로운 일이지요, 안 그래요, 페이긴?” 톰이 계속 물었다.

“그럼, 정말 그렇단다, 얘야. 쟤들은 질투하는 것뿐이야, 톰, 그가 자기들은 상대해 주지 않으니까 말이야.”

“아하!” 톰이 의기양양해서 소리쳤다. “그래서 그렇구나! 그분이 내 돈을 다 따 갔어요. 하지만 난 언제라도 나가서 더 벌어 올 수 있지요, 안 그래요, 페이긴?”

“그야 물론이지. 그리고 빨리 나갈수록 더 좋겠지, 톰. 그러니 더 이상 시간을 낭비하지 말고 즉시 잃은 돈을 채워 놓거라. 꾀돌이! 찰리! 일하러 나갈 시간이다. 자! 벌써 10시가 가까워졌는데 아직 아무것도 한 게 없잖아!”

이 권고에 순종하여 아이들은 낸시에게 고개를 끄덕여 인사한 뒤 모자를 집어 들고 방에서 나갔다. 꾀돌이와 그의 명랑한 친구는 걸어가면서 치틀링을 제물로 삼아 여러 가지 재담을 즐겼는데, 사실 공정히 말해서 치틀링의 행동에는 그다지 유별나거나 특별한 점이 없었다고 해야 할 것이다. 왜냐하면 그 도시에는 지위 높은 사람들과 어울리는 것처럼 보이기 위해 치틀링 씨보다 훨씬 더 큰 값을 치르는 혈기 넘치는 젊은이들이 굉장히 많고, 또 수완 좋은 토비 크래킷과 아주 똑같은 토대 위에 자신의 명성을 세우는 (상기한 지위 높은 사람들을 형성하는) 훌륭한 신사들이 굉장히 많기 때문이다.

"자……." 아이들이 방에서 나가자 페이긴이 말했다. "가서 돈을 가져다주마, 낸시야. 이건 단지 애들이 가져오는 몇 가지 허접한 것들을 보관하는 작은 벽장 열쇠란다, 얘야. 난 내 돈을 따로 간수하는 법이 결코 없어, 왜냐면 간수할 돈이 없거든…… 하! 하! 하! ……간수할 돈이 없단다, 얘야. 이 장사는 벌이가 형편없어, 낸시야, 힘만 들고 말이야. 하지만 난 내 주위에 어린 사람들이 있는 걸 좋아하지. 그래서 이 모든 걸 감수하는 거란다, 이 모든 걸 말이야."

낸시는 장사가 어느 정도 수입을 올리는지 유태인만큼이나 잘 안다는 듯한 태도로 고개를 끄덕였다. 페이긴은 초에 불을 붙인 다음 열쇠를 손에 들고 위층으로 올라갈 준비를 했는데, 그때 아이들이 집에서 나가다가 문간에서 누군가를 맞닥뜨리는 소리가 들려와 갑자기 멈춰 섰다.

"쉿!" 유태인이 황급히 열쇠를 품 안에 숨기며 말했다. "저게 누구지? 잘 들어 봐!"

여자는 팔짱을 끼고 탁자 앞에 앉은 채 누가 왔는지 전혀 관심이 없고, 또 누가 됐든 그 사람이 오는지 가는지에 대해서도 아무 관심이 없는 것 같았다. 그러다가 중얼거리는 한 남자의 목소리가 들려왔는데, 그 소리가 귀에 닿자마자 그녀는 번개처럼 빠른 동작으로 보닛과 숄을 벗어 탁자 밑에 쑤셔 넣었다. 그러곤 그 바로 뒤에 돌아선 유태인에게 극도로 신속하고 격렬했던, 하지만 그 순간 등을 돌리고 있던 페이긴은 보지 못했던 조금 전의 행동과 아주 놀라울 정도로 대조를 이루는 축 늘어진 어조로 방 안이 덥다고 투덜투덜댔다.

"젠장!" 방해를 받은 것에 짜증이 난 것처럼 유태인이 속삭이는 소리로 말했다. "내가 아까 기다리던 사람이야. 이리 내려오는군. 그가 여기 있는 동안 돈에 대해선 한마디도 하지 말거라, 낸시. 오래 머무르지는 않을 거야. 십 분도 안 있을 거야, 얘야."

방 바깥 계단에서 남자의 발자국 소리가 들리자 유태인은 앙상한 집게손가락을 입술에 대고서 촛불을 들고 문으로 갔다. 그가 방문객과 동시에 문에 이르렀고, 방문객은 급하게 방으로 들어오는 바람에 낸시에게 가까이 와서야 그녀가 있다는 것을 알아차렸다.

그 사람은 멍크스였다.

"그저 내가 데리고 있는 젊은 애들 중 하나네." 멍크스가 낯선 사람을 보고 뒤로 물러서는 것을 알아채고 페이긴이 말했다. "꼼짝 말고 여기 있거라, 낸시."

여자는 탁자에 가까이 다가가서는 무관심하고 아무렇지도 않은 듯한 태도로 멍크스를 힐끗 쳐다보고는 시선을 다른 데로 돌렸다. 하지만 멍크스가 페이긴에게로 시선을 돌렸을 때 그녀는 매우 날카롭고 탐색하는, 뭔가 의도가 가득 찬 눈길로 그를 다시 한번 훔쳐보았다. 만약 누군가 구경꾼이 곁에 있다가 이 변화를 보았다면 두 시선이 동일한 사람에게서 나왔다는 사실을 거의 믿기 어려웠을 것이다.

"시내엔 언제 돌아왔는가?" 유태인이 손에 든 촛불을 밝게 돋우며 물었다.

"두 시간 전에 왔소." 멍크스가 대답했다.

"그 사람을 만나 봤는가?" 유태인이 물었다.

"그렇소." 상대방이 고갯짓을 하며 대답했는데, 대답하는 어조는 물론이고 그 고갯짓에도 깊은 의미가 담겨 있는 듯했다.

"뭐 좀 알아냈나?"

"큰 걸 알아냈소."

"그래…… 그럼…… 좋은 소식인가?" 페이긴이 지나치게 기대에 찬 태도를 보이면 상대방을 자극할까 봐 망설이며 물었다.

"나쁘진 않소, 어쨌든." 멍크스가 미소를 지으며 대답했다. "이번엔 내가 충분히 신속하게 움직였소. 둘이 잠깐 얘기 좀 합시다."

여자는 멍크스가 자기를 가리키고 있다는 것을 알았지만 탁자에 좀 더 가까이 다가선 채 전혀 방에서 나가려고 하지 않았다. 유태인은 자신이 그녀를 방에서 쫓아내려고 하면 그녀가 돈에 대해서 뭐라고 큰 소리로 떠들어 댈까 두려워서 그랬는지, 손가락으로 위층을 가리키고는 멍크스를 방에서 데리고 나갔다.

"지난번의 그 쥐구멍 같은 끔찍한 방은 싫소." 남자가 위층으로 올라가면서 하는 말이 여자에게 들렸다. 페이긴이 소리 내어 웃으며 뭐라고 대답했는데 그녀에게는 들리지 않았다. 바닥 널빤지가 삐걱거리는 소리로 보아 그는 동료를 3층으로 안내하는 것 같았다.

집 안에 울려 퍼지는 그들의 발자국 소리가 채 멎기 전에 여자는 신발을 살며시 벗었다. 그러곤 머리에 가운을 대충 덮어쓰고 팔까지 감싸 혹시 움직이다 그림자가 생기더라도 그녀라는 게 드러나지 않도록 한 후 문 앞에 서서 숨을 죽이며 주의를 기울였다. 위에서 들리는 소리가 멈추자마자 그녀는 방에서 미끄러지듯 나와 믿기 어려울 만큼 부드럽고 소리 없는 동작으로 계단을 올라갔다. 그러고는 위층의 어둠 속으로 사라졌다.

그녀가 있던 방은 십오 분가량 비어 있었다. 그러다 여자가 아까와 같이 유령 같은 발걸음으로 미끄러지듯 돌아왔고, 그 바로 뒤에 두 남자가 내려오는 소리가 들렸다. 멍크스는 즉시 집에서 떠났고, 유태인은 돈을 가지러 다시 위층으로 꾸물거리며 올라갔다. 그가 돌아왔을 때 여자는 떠날 준비를 하려는 것처럼 숄과 보닛을 매만지고 있었다.

"정말 오래도 걸리는군요, 페이긴." 그녀가 조급한 듯이 말했다. "돌아가면 빌이 아주 기분 좋게 날 맞아 주겠네요."

"어쩔 수 없었단다, 얘야." 유태인이 말했다. "아까 그 신사가 비단과 우단 약간을 그냥 아무것도 묻지 말고 처분해 달라고 해서 그 문제 때문에 그랬단다. 하하하! 아니, 낸시야." 유태인이 촛불을 내려놓다가 깜짝 놀라 물러서며 외쳤다. "얼굴이 왜 그렇게 창백하니?"

"창백하다고요?" 여자가 마치 그를 확실히 쳐다보려는 듯 두 손으로 눈 위를 가리며 되풀이해 말했다.

"아주 끔찍할 정도야. 혼자 뭘 하고 있었길래 그런 거냐?"

"아무것도 안 했어요, 이 답답한 곳에서 얼마 동안인지 모를 만큼 오래 앉아 있었던 것 말고는요." 여자는 무심하게 대답했다. "자! 그만 돌아가게 해 줘요. 어서."

동전 한 닢마다 한숨을 한 번씩 내쉬며 페이긴은 돈을 세어 그녀의 손에 건네주었다. 그들은 더 이상의 대화 없이 그저 '잘 자라'는 말만 나누고 헤어졌다.

큰 거리로 나왔을 때 여자는 어느 현관 층계에 주저앉았다. 한동안 그녀는 도무지 어찌할 바를 몰라 가던 길을 계속 가기 힘든 것처럼 보였다. 그러다가 갑자기 벌떡 일어나 그녀가 돌아오기를 기다리는 싸익스가 있는 곳과 정반대 방향으로 황급히 나아갔는데, 걷는 속도가 점점 빨라지더니 어느덧 맹렬히 달리는 지경에 이르렀다. 완전히 기진맥진한 상태가 된 뒤에 그녀는 숨을 돌리기 위해 멈춰 섰다. 그러더니 갑자기 정신을 차린 것처럼, 그리고 자기가 마음먹은 일을 할 능력이 없음을 비탄이라도 하는 것처럼 두 손을 쥐어틀면서 눈물을 터뜨렸다.

눈물 덕분에 안정이 되었는지, 아니면 자신의 상황이 완전히 절망적이라고 느꼈기 때문인지 아무튼 그녀는 뒤돌아섰다. 그러고는 오던 길과 반대 방향으로 한편으로는 낭비한 시간을 보충하고 다른 한편으로는 격렬하게 흐르는 자신의 생각과 보조를 맞추기 위해 아까와 거의 똑같이 굉장히 빠른 속도로 달려갔다. 그리하여 집털이 강도를 두고 왔던 집에 곧 도착했다.

싸익스 씨 앞에 나타난 그녀가 설령 동요한 기색을 드러내 보였다 하더라도 싸익스 씨는 그것을 알아차리지 못한 게 분명했다. 그는 그저 돈을 가져왔냐고 묻더니 그렇다는 대답에 만족스러운 듯이 한번 으르렁대고는 머리를 다시 베개에 떨어뜨리고 그녀의 도착으로 깨었던 잠에 다시금 빠져들었기 때문이다.

그녀한테는 다행스럽게도 싸익스는 돈이 생긴 덕분에 다음 날 먹고 마시는 쪽의 일로 굉장히 바쁜 시간을 보냈고, 또 그로 인해 그의 사납고 모진 성질이 부드러워지는 아주 유익한 효과가 발생했으므로 그는 그녀의 태도나 행동에 대해 흠잡을 시간이나 마음이 전혀 없었다. 그날 그녀는 비상한 갈등을 이겨 내고 나서야 결심할 수 있는 뭔가 대담하고 위험한 조치를 단행하기 직전인 사람에게 나타나는 그 모든 멍하고 초조한 태도를 보였는데, 스라소니처럼 날카로운 눈을 지닌 페이긴이었다면 이것을 아마 확실하게 눈치채고 즉각 경계 태세에 돌입했을 것이다. 하지만 싸익스 씨는 그런 예리한 식별력을 지니지 못한 데다 모든 사람에게 완고하고 거칠게 행동하는 것으로 표현되는 단순한 불만 이상의 섬세한 의심에 시달리는 법이 없기 때문에, 게다가 앞에서 언급한 대로 기분이 평소와 달리 아주 유쾌했기 때문에 그녀의 행동거지에서 특별한 점을 전혀 보지 못했다. 사실 그는 그날 그녀에 대해 거의 신경을 쓰지 않았기 때문에 그녀의 동요가 훨씬 더 뚜렷했다 하더라도 이를 알아채고 의심했을 가능성이 거의 없었다.

날이 저물어 감에 따라 여자의 흥분은 더욱 커졌다. 밤이 되자 그녀는 집털이 강도가 술에 취해 잠들 때까지 곁에서 간호하며 앉아 있었는데, 그녀의 뺨이 평소와 다르게 몹시 창백하고 눈에서 강렬한 불꽃이 이글거려 싸익스조차 이를 알아차리고 크게 놀랐다.

싸익스 씨는 열병으로 쇠약해져서 침대에 누운 채 발열 증세를 좀 가라앉히려고 진을 탄 뜨거운 물을 마시고 있었는데, 잔을 채워 달라고 세 번째인가 네 번째인가 낸시에게 잔을 내밀었을 때 바로 위와 같은 징후들이 처음으로 그의 눈에 포착되었다.

"아니, 이런 염병할!" 사내는 두 손으로 침대를 짚고 몸을 일으키면서 여자의 얼굴을 빤히 노려보고 말했다. "무슨 얼굴이 그렇게 다시 살아난 시체 같은 거야? 무슨 일이야?"

"무슨 일이냐니!" 여자가 대답했다. "아무 일도 없어. 왜 그렇게 빤히 쳐다보는 거야?"

"무슨 허튼수작이야, 이거?" 싸익스가 그녀의 팔을 꽉 움켜잡고 거칠게 흔들어 대며 다그쳤다. "뭐야? 뭐 하자는 거야? 무슨 생각을 하는 거야?"

"그냥 여러 가지 생각을 하는 것뿐이야, 빌." 여자가 부르르 떨면서, 그와 동시에 두 손으로 두 눈을 누르며 대답했다. "하지만 세상에! 그게 뭐 어쨌다고 그래?"

마지막 말을 할 때 그녀가 억지로 쾌활한 어조를 띤 것이 싸익스에게는 좀 전의 사납고 완고한 표정보다도 더 강렬한 인상을 준 것 같았다.

"너, 내 말 잘 들어." 싸익스가 말했다. "네가 열병에 걸려서 지금 막 열이 오르는 중이 아니라면 뭔가 심상치 않은 짓을, 그것도 뭔가 위험한 짓을 은밀히 하려는 게 분명해. 너 혹시…… 아냐, 젠장! 넌 그럴 리 없어!"

"그럴 리 없다니, 뭘?" 여자가 물었다.

"얘보다……." 싸익스는 그녀에게서 눈을 떼지 않은 채 혼자 중얼거리듯이 말했다. "얘보다 더 충직한 여자애는 없어, 아니면 벌써 석 달 전에 모가지를 따 버리고 말았을 거야. 그래, 얘가 지금 열병이 나려는 거야, 그거야."

이런 확신의 말로 스스로를 안심시키고 난 싸익스는 술잔을 바닥까지 쭉 들이켜고는 투덜투덜 욕설을 한참 뱉어 내다가 약을 달라고 했다. 여자는 굉장히 신속한 동작으로 벌떡 일어나더니 약을 재빨리, 하지만 그에게 등을 돌린 채 그릇에 따랐다. 그러곤 다 마실 때까지 약그릇을 그의 입술에 대고 받쳐 주었다.

"자……." 강도가 말했다. "이리 와서 내 곁에 앉아. 그리고 네 본래의 표정을 지어. 안 그러면 얼굴을 확 찌그러뜨려서 네가 정작 원할 때조차 절대 되찾을 수 없게 만들어 버릴 테니까 말이야."

여자는 시키는 대로 했다. 싸익스는 그녀의 손을 꽉 쥔 채 베개 위에 머리를 눕히고는 두 눈을 그녀의 얼굴에 고정했다.

눈이 감겼다가 다시 떠졌다. 그리고 한 번 더 감겼다가 다시 떠졌다. 그는 불편한 듯이 뒤척이며 자세를 바꿨다. 그러곤 다시금 졸다가 깼다가를 이삼 분씩 반복했는데, 그때마다 겁에 질린 표정으로 벌떡 일어나서 멍하니 주위를 둘러보곤 했다. 그러더니 막 다시 일어나려는 자세를 취하는가 싶은 순간 갑자기 깊고 무거운 잠에 빠져 버렸다. 그녀를 잡은 손에 힘이 풀렸고 추켜올렸던 팔이 맥없이 옆으로 떨어졌다. 그는 깊은 혼수상태에 빠진 사람처럼 누워 있었다.

"아편이 마침내 효과를 나타냈군." 여자가 침대 옆에서 일어서며 중얼거렸다. "지금도 너무 늦었을지 몰라."

그녀는 황급히 보닛과 숄을 걸쳤는데, 수면제를 먹였음에도 싸익스의 무거운 손이 어느 순간 그녀의 어깨를 꽉 붙잡을 것 같은 느낌이 드는지 이따금씩 두려운 얼굴로 둘러보았다. 그러다가 침대 위로 살며시 몸을 구부려 강도의 입술에 입을 맞추고는 소리 나지 않게 살며시 방문을 열고 닫은 뒤 서둘러서 집을 나섰다.

그녀가 큰길로 나가려면 통과해야 하는 어두운 골목길을 따라 야경꾼 하나가 9시 30분이라고 외치며 지나갔다.

"9시 30분이 지난 지 오래됐나요?" 여자가 물었다.

"십오 분만 있으면 10시를 알리는 종이 울릴 거요." 사내가 등불을 치켜들어 그녀의 얼굴을 비추며 말했다.

"한 시간 내로는 도착하지 못할 텐데." 낸시는 빠르게 그를 스쳐 지나 길을 따라 급히 미끄러져 내려가면서 중얼거렸다.

그녀는 스피탈필드에서 런던의 서부 지역 방향으로 나아갔는데, 그곳의 뒷골목과 거리는 이미 많은 가게들이 문을 닫고 있었다. 시계가 10시를 알리는 종을 쳤고, 그녀의 초조함은 더욱 커졌다. 그녀는 행인들을 팔꿈치로 이리저리 밀치면서 좁은 인도를 따라 쏜살같이 달려갔다. 그리고 건널 기회를 살피는 사람들이 무리 지어 서 있는 혼잡한 거리들을 거의 말 머리 밑으로 돌진하다시피 하며 건너갔다.

"저 여자가 미쳤군!" 사람들이 마구 내달리는 그녀를 돌아보며 말했다.

도시의 좀 더 부유한 지역에 이르렀을 때 길거리는 상대적으로 한산했다. 그래서 곤두박질치듯 내닫는 모습이 그녀가 급히 지나쳐 가는 얼마 안 되는 행인들의 호기심을 더더욱 크게 불러일으켰다. 어떤 사람들은 대체 어디를 그렇게 굉장한 속도로 서둘러 가는지 알아보려는 듯 걸음을 빨리해 뒤쫓기도 했고, 몇몇은 앞질러 가서 뒤돌아보며 줄어들지 않는 그녀의 속도에 놀라기도 했다. 하지만 그들은 하나둘 떨어져 나갔고, 그녀가 목적지 근처에 이르렀을 때는 따라오는 사람이 아무도 없었다.

그곳은 하이드 파크 근처의 조용하고 고급스러운 거리에 자리한 가족용 호텔이었다. 출입문 앞에 환히 밝혀 놓은 눈부신 등불을 따라 그곳에 도달했을 때 시계가 11시를 쳤다. 그녀는 결정을 내리지 못한 것처럼 몇 걸음 지체하면서 마음을 다잡으려고 애쓰던 참이었는데 시계 소리를 듣고 결심을 굳힌 듯했다. 그녀는 현관 안으로 걸어 들어갔다. 수위의 자리는 비어 있었다. 그녀는 확신 없는 태도로 주위를 둘러보다가 층계를 향해 나아갔다.

"이봐요, 아가씨!" 그녀의 뒤쪽 문에서 말쑥한 옷차림을 한 여자가 내다보며 말했다. "누구를 찾아왔지요?"

"이 집에 머물고 있는 숙녀분을 찾아왔어요." 여자가 대답했다.

"숙녀분이라고요!" 대답에는 경멸하는 표정이 깃들어 있었다. "어떤 숙녀분 말이지요?"

"메일리 양이라는 분이에요." 낸시가 말했다.

젊은 여자는 이때쯤 해서 낸시의 차림새를 알아차린지라 대답 대신 멸시에 찬 정숙한 표정을 지어 보이고는 남자 하나를 불러 그녀를 상대하게 했다. 낸시는 남자에게 용건을 반복해서 말했다.

"누가 찾아왔다고 말할까요?" 웨이터가 물었다.

"누구라고 이름을 대 봤자 소용없을 거예요." 낸시가 대답했다.

"무슨 일인지도요?" 남자가 말했다.

"그래요, 그것도 말할 필요 없어요." 여자가 대답했다. "난 그저 그 숙녀분을 꼭 만나야 해요."

"자!" 남자가 그녀를 문 쪽으로 밀면서 말했다. "허튼수작 부리지 마. 어서 꺼져."

"날 들어내기 전에는 못 나가!" 여자가 격렬하게 말했다. "게다가 날 들어내려면 당신네 둘 다 험한 꼴 당할 걸 각오해야 할 거야. 여기 누구 없나요?" 여자는 주위를 둘러보며 말했다. "나 같은 불쌍한 여자를 위해 간단한 말 좀 전해 줄 사람 없어요?"

이 호소는 몇몇 다른 하인들과 함께 구경하던 마음씨 좋게 생긴 남자 요리사에게 효과가 있었다. 그는 앞으로 걸어 나오더니 참견하는 말을 한마디 던졌다.

"그 여자가 하는 말을 좀 전해 주지 그러나, 조, 응?" 요리사가 말했다.

"그래 봤자 소용없잖아요?" 웨이터가 대답했다. "아가씨께서 이런 여자를 만나 줄 거라고 생각하는 건 아니겠지요, 안 그래요?"

낸시의 의심스러운 신분을 암시하는 이 말은 네 명의 하녀들의 가슴에 엄청난 양의 순결한 분노를 일으켰다. 그들은 저런 여자는 여성의 수치라고 아주 열렬하게 떠들면서 그녀를 무자비하게 시궁창에 내던져 버려야 한다고 강력하게 주장했다.

"날 어떻게든 하고 싶은 대로 하세요." 여자가 남자들을 다시 돌아보며 말했다. "하지만 내 부탁을 먼저 들어줘요. 전능하신 하느님을 걸고 부탁하는데 제발 내 말을 좀 전해 줘요."

동정심 많은 요리사가 좀 더 나서서 중재를 했고, 그 결과 처음에 나타났던 웨이터가 그녀의 말을 전해 주기로 했다.

"전할 말이 뭐야?" 사내가 한 발을 층계에 올리며 말했다.

"젊은 여자 하나가 메일리 양과 단둘이 이야기하기를 간절히 청한다고." 낸시가 말했다. "그리고 그녀가 하는 말을 한마디만 들으면 용건을 끝까지 들어야 할지 사기꾼으로 문밖에 쫓아내야 할지를 즉시 알게 될 거라고 해 주세요."

"이봐." 사내가 말했다. "당신 뻥치는 거 아냐?"

"그저 그렇게 전해 주기만 해요." 여자가 단호히 말했다.

"그리고 대답을 알려 줘요."

사내는 위층으로 달려 올라갔다. 낸시는 창백한 얼굴로 숨이 막힐 듯이 그대로 서서 순결한 하녀들이 그녀에게 들으라는 듯이 큰 소리로 마구 쏟아 내는 경멸의 표현들을 입술을 떨며 가만히 들었다. 사내가 돌아와서 젊은 여자에게 위층으로 올라가도 좋다고 말하자 하녀들은 더욱 요란스레 경멸의 말을 퍼부었다.

"이 세상에서 정숙하게 살아 봤자 아무 소용 없다니까." 첫 번째 하녀가 말했다.

"불 속에서 단련된 황금보다 놋쇠가 더 좋다니까." 두 번째 하녀가 말했다.

세 번째 하녀는 "도대체 어떤 사람들을 숙녀라고 하는지 궁금하다니깐!" 하는 말로 위안을 삼았고, 네 번째 하녀는 "부끄러운 일이야!" 하고 외쳤다. 그리고 이 선창을 따라 사중창을 외치는 것으로 네 명의 정숙한 여신들은 아우성을 끝마쳤다.

낸시는 이 모든 것을 전혀 상관하지 않고 — 왜냐하면 그녀의 마음속에는 훨씬 중요한 문제가 있었던 것이다 — 사내를 따라서 손발을 부들부들 떨며 천장에 달린 등불이 빛을 밝히는 어느 작은 곁방으로 갔다. 사내는 그녀를 남겨 놓고 물러갔다.

40장
앞 장에서 이어지는 내용으로 기이한 면담을 다룬다.

낸시는 길거리에서, 그리고 런던의 가장 고약한 매음굴과 범죄 소굴에서 인생을 탕진했다. 하지만 그녀에게는 아직 여자로서의 본성이 약간 남아 있었다. 그래서 그녀는 자신이 막 들어온 문의 반대편 문으로 가벼운 발걸음이 다가오는 소리를 들었을 때 그 작은 방에서 다음 순간 펼쳐지게 될 두 사람의 커다란 대조를 생각하고 스스로에 대한 깊은 수치감으로 가득 차면서 자신이 면담하고자 찾아온 여자의 존재를 견딜 수 없을 것처럼 움츠러들고 말았다.

그러나 이런 건강한 감정들과 싸우는 것이 있었으니, 그것은 바로 고상하고 자신 있는 사람들 못지않게 가장 미천하고 타락한 존재들도 지니고 있는 결점인 자존심이었다. 도둑과 악당들의 불행한 동료이자 비천한 범죄 소굴의 부랑자 같은 존재, 교수대의 그늘 아래 사는 감방과 감옥선의 인간쓰레기들과 친구인 이 타락한 여자조차도 강한 자존심으로 인해 한 줄기 희미한 여성다운 감정을 나약한 것으로 여겨 드러내 보이지 않으려고 했다. 하지만 바로 이 여성다운 감정이야말로 사실은 황폐한 삶으로 인해 그녀가 아주 어릴 때부터 그 흔적이 너무나 많이 지워진 인간다운 본성과 그녀를 연결해 주는 유일한 감정이었다.

그녀는 앞에 나타난 사람이 호리호리한 몸매의 아름다운 아가씨라는 것을 알아차릴 만큼만 살짝 눈을 들었다. 그러고는 다시 바닥으로 눈길을 던진 채 무심한 척 고개를 홱 젖히며 말을 시작했다.

"당신을 만나기가 무척이나 어렵군요, 아가씨. 내가 만약 다른 많은 사람들이 그랬을 것처럼 화가 나서 가 버렸다면 당신은 언젠가 후회했을 거예요, 그것도 아주 당연히 말이에요."

"당신한테 불쾌하게 행동한 사람이 있었다면 정말 미안합니다." 로즈가 대답했다. "마음에 담지 말고 잊어 주세요. 자, 왜 저를 만나고 싶어 했는지 말해 보세요. 제가 바로 당신이 만나려던 사람이니까요."

이렇게 대답하는 친절한 어조와 상냥한 목소리, 부드러운 태도, 거만하거나 불쾌해하는 기색이 전혀 없는 말투, 이 모두가 전혀 예상치 못했던 것들이었다. 여자는 울음을 터뜨리고 말았다.

"오, 아가씨, 아가씨!" 그녀는 격정적으로 꼭 마주 잡은 두 손을 얼굴 앞으로 내밀며 말했다. "당신 같은 사람들이 세상에 더 많다면 나 같은 사람들은 훨씬 줄어들 거예요…… 정말 그럴 거예요…… 정말!"

"앉으세요." 로즈가 진심으로 말했다. "당신이 가난이나 불행에 처해 있다면 제가 할 수 있는 한 진정으로 기꺼이 도와드리겠어요. 정말이지 그러겠어요. 앉으세요."

"그냥 서 있게 해 줘요, 아가씨." 여자가 여전히 눈물을 흘리며 말했다. "그리고 나한테 그렇게 친절하게 말하지 말고 내가 누군지 좀 더 알 때까지 기다려요. 밤이 벌써 늦어지고 있어요. 저기…… 저…… 저 문은 닫혀 있나요?"

"네, 닫혔어요." 로즈가 혹시 도움이 필요할 경우 문에 좀 더 가까이 있으려는 것처럼 몇 걸음 뒤로 물러서며 말했다. "왜요?"

"왜냐하면……." 여자가 말했다. "난 지금 내 목숨과 다른 사람들의 목숨을 당신 손에 맡기려는 참이기 때문이에요. 난 어린 올리버가 펜턴빌에 있는 집에서 나왔을 때 그를 유태인 페이긴 영감의 집으로 끌고 간 그 여자예요."

"당신이요?" 로즈 메일리가 말했다.

"그래요, 나예요, 아가씨!" 여자가 대답했다. "내가 바로 당신이 이야기 들었던 그 가증스러운 여자예요. 도둑들과 함께 살고, 내 눈과 감각이 런던 거리를 처음으로 인식했다고 기억하는 그 순간부터 지금까지 그보다 나은 삶을 모르고 지낸, 그들이 하는 말보다 더 친절한 말을 들어 보지 못한, 아, 정말이에요! 그런 여자예요. 내가 꺼려지는 걸 감출 필요 없어요, 아가씨. 나는 당신이 내 모습을 보고 생각하는 것보다 더 어리지만 그런 것엔 충분히 익숙해져 있어요. 내가 혼잡한 인도를 따라 걸어갈 때면 가장 가난한 집 여자들조차도 뒤로 물러서지요."

"이 무슨 끔찍한 이야긴가요!" 로즈가 낯선 상대로부터 자기도 모르게 주춤 물러서며 말했다.

"당신은 무릎 꿇고 하늘에 감사드리세요, 귀하신 아가씨." 여자가 외쳤다. "당신은 어린 시절에 당신을 돌보고 지켜 줄 친구들이 있었고 추위와 굶주림, 난장판과 술주정, 그리고…… 그리고…… 그 모든 것보다 더 나쁜 것의 한복판에 처해 본 적이 결코 없었지요, 요람에 있을 때부터 그랬던 나와는 달리 말이에요. 요람이라는 말을 썼지만, 내 요람은 뒷골목과 시궁창이었지요, 내 임종의 자리가 그럴 것처럼 말이에요."

"당신이 너무 불쌍해요!" 로즈가 목이 메는 듯한 목소리로 말했다. "당신 말을 들으니 가슴이 찢어지는 것 같아요!"

"하느님께서 당신의 선한 마음씨를 축복하시기를!" 여자가 대답했다. "내가 때때로 어떤 사람이 되는지를 안다면 당신은 정말로 날 불쌍히 여길 거예요. 그건 그렇고, 난 오늘 당신에게 내가 엿들은 것을 말해 주려고 내가 여기 있는 걸 알면 틀림없이 날 죽여 버릴 사람들한테서 몰래 도망쳐 나왔어요. 혹시 멍크스라는 사람을 아나요?"

"아뇨." 로즈가 말했다.

"그는 당신을 알아요." 여자가 대답했다. "그리고 당신이 여기에 있는 것도 알아요. 내가 당신을 찾아낸 것도 그가 이곳에 대해 이야기하는 걸 들었기 때문이에요."

"난 한 번도 그런 이름을 들어 본 적이 없는데요." 로즈가 말했다.

"그렇다면 그가 우리들 사이에서는 가명을 쓰는가 보군요." 여자가 대답했다. "나도 그럴 거라고 짐작은 했어요. 얼마 전쯤인데, 올리버가 강도질을 하도록 당신 집에 강제로 밀어 넣어진 그날 밤이 얼마 지나지 않았을 때 나는 그 사람이 좀 의심스러워서 그 사람과 페이긴이 어둠 속에서 나누는 대화를 엿들었어요. 그들의 이야기를 듣고 내가 몇 가지 사실을 알아냈는데, 멍크스가…… 내가 당신한테 물었던 그 사람 말이에요……."

"네." 로즈가 말했다. "알아요."

"그 멍크스가……." 여자가 말을 계속 했다. "우리가 올리버를 처음 잃어버린 날 우리네 아이들 두 명과 함께 있는 올리버를 우연히 보게 되었고, 그 즉시 올리버가 바로 자기가 찾던 애라는 사실을 알았다는 거예요. 왜 올리버를 찾고 있었는지는 듣지 못했지만요. 그는 페이긴과 계약을 맺었는데, 올리버를 다시 찾아오면 일정 금액을 주고, 올리버를 도둑으로 만들면 더 많은 금액을 주겠다고 했어요. 이 멍크스는 뭔가 자신의 목적을 위해 그걸 바라는 것 같았어요."

"무슨 목적일까요?" 로즈가 물었다.

"내가 그걸 알아낼 생각으로 귀를 바짝 기울였을 때 벽에 비친 내 그림자를 그가 봤어요." 여자가 말했다. "그때 들키지 않고 제때 몸을 피해 달아날 수 있었을 사람은 나 말고는 별로 없을 거예요. 나는 용케 잘 피했고, 어젯밤까지는 그 사람을 보지 못했어요."

"그래서요, 어젯밤 또 무슨 일이 있었나요?"

"이야기해 주지요, 아가씨. 어젯밤에 그가 다시 왔어요. 두 사람은 다시 위층으로 올라갔고, 나는 내 그림자의 모습이 나와 다르게 보이도록 몸을 감싼 뒤 문 앞에 가서 다시 엿들었어요. 내가 들은 멍크스의 첫마디는 이거였어요. '그렇게 해서 그 애의 신원을 밝혀 줄 유일한 증거물은 강바닥에 가라앉았고, 그 어미한테서 그것들을 받은 할망구는 관 속에서 썩고 있다 이거요.' 그들은 웃음을 터뜨리며 그가 일을 성공적으로 해냈다고 이야기했어요. 멍크스는 아이에 대해 이야기하다가 몹시 흥분하면서, 이제 그 어린 악마 녀석의 돈을 안전하게 차지하게 되었지만 다른 방식이었다면 더 좋았을 거라고 말했어요. 아이를 몰아대서 도시에 있는 모든 감옥을 거치게 하고, 그를 이용해 큰 수입을 벌어들이고 난 뒤에 페이긴이 쉽게 꾸며 낼 수 있는 어떤 죽을죄를 짓게 해서 교수대에 매달리게 만들면 아비의 유언에 있는 오만한 허세를 뭉개 버리고 얼마나 신나는 일이었겠냐면서 말이에요."

"이게 다 무슨 이야기지요!" 로즈가 말했다.

"다 사실이에요, 아가씨, 비록 내 입술에서 나온 이야기지만요." 여자가 대답했다. "그런 다음 멍크스는 내 귀에는 지극히 평범하지만 당신은 못 들어 봤을 욕설을 뱉으면서 말했어요. 자기 목숨을 위태롭게 하지 않고 아이를 죽여 자신의 증오심을 만족시킬 수 있다면 그렇게 할 거다, 하지만 그럴 수 없으니 평생 어느 순간에고 그와 마주칠 것에 대비하겠다, 그런데 그의 출생과 과거를 이용하면 아직 그에게 해를 끼칠 여지가 있다라고 말이에요. 그러면서 그는 '간단히 말해서 페이긴,

당신이 아무리 유태인이라 해도 내가 내 동생 올리버를 위해 궁리해 낼 그런 덫은 결코 놓아 본 적이 없을 거요.'라고 덧붙였어요."

"그의 동생이라고요!" 로즈가 외쳤다.

"분명히 그렇게 말했어요." 낸시가 불안하게 힐끗 주위를 돌아보며 말했다. 사실 이야기를 시작한 이래로 그녀는 그러기를 거의 멈추지 않았었는데, 싸익스의 환영이 눈앞에 끊임없이 어른거렸기 때문이다. "그리고 더 있어요. 그는 당신과 다른 숙녀분에 대해 이야기하고는 올리버가 당신 손안에 들어간 것이 꼭 하늘이나 악마가 그를 방해하려고 장난이라도 친 것 같다고 말했어요. 그러면서 웃으며 그나마 위로가 되는 점도 있다고 말했는데, 당신의 이 두 발 달린 강아지가 누구인지 알기 위해서 당신은 만약 돈이 있다면 수백만 수십만 파운드라도 아까워하지 않고 기꺼이 내놓을 텐데 전혀 그런 줄 모르고 있다고 했어요."

"정말로." 로즈가 몹시 창백해지면서 말했다. "그 사람이 진지하게 그런 말을 했다는 말인가요?"

"이 세상 누구보다도 진지하고 성난 어조로 말했어요." 여자가 고개를 저으며 대답했다. "증오심이 뻗칠 때 그는 더없이 진지해지는 사람이에요. 난 그보다 더 나쁜 짓을 저지르는 사람들을 많이 알아요. 하지만 난 이 멍크스가 하는 말을 한 번 듣느니 차라리 그런 사람들이 한꺼번에 떠드는 말을 열두 번 듣겠어요. 밤이 늦어지고 있어요. 집에 도착했을 때 이런 일을 하고 왔다는 의심을 사서는 안 돼요. 서둘러 돌아가야 해요."

"하지만 내가 뭘 할 수 있지요?" 로즈가 말했다. "당신이 없으면 내게 이 이야기가 무슨 소용인가요? 돌아간다고요! 당신이 그토록 끔찍하게 묘사한 친구들한테 왜 돌아가겠다는 건가요? 내가 옆방에서 즉시 모셔 올 수 있는 신사분에게 이 이야기를 다시 해 준다면 반 시간도 안 걸려 당신을 어딘가 안전한 곳에 데려다줄 수 있을 거예요."

"난 돌아가길 원해요." 여자가 말했다. "돌아가야만 해요, 왜냐하면…… 당신처럼 순결한 아가씨에게 어떻게 그런 걸 설명할 수 있을지? ……왜냐하면 내가 당신한테 이야기한 사람들 가운데 한 남자가 있기 때문이에요. 그들 중 가장 절망적인 남자인데, 난 그를 떠날 수 없어요. 안 돼요. 심지어 내가 지금 살고 있는 이 삶에서 구제받는다 해도 난 그를 떠날 수 없어요."

"당신이 전에 이 사랑스러운 아이를 위해 편을 들어 주었다는 사실." 로즈가 말했다. "오늘 이렇게 큰 위험을 무릅쓰고 당신이 엿들은 이야기를 해 주러 여기에 온 것, 당신의 말이 모두 진실이라고 믿게 만드는 당신의 태도, 역력히 드러나는 당신의 뉘우치고 부끄러워하는 마음, 이 모든 것으로 보아 나는 당신이 아직 새로운 삶을 시작할 수 있다고 믿어요. 오!" 아가씨는 진심에 가득 차서 두 손을 모으고는 뺨을 타고 흘러내리는 눈물을 그대로 보이며 말했다. "당신과 같은 한 여자로서 간청하는 이 말을 부디 외면하지 말아요. 동정과 연민의 목소리로 당신한테 이렇게 호소하는 사람은 아마 내가 처음…… 처음일 거라고 믿는데 부디 그런 내 말을 들어주세요.

더 나은 삶을 살도록 당신을 구할 수 있게 해 줘요."

"아가씨……." 여자가 풀썩 무릎을 꿇으며 말했다. "다정하고 상냥하고 천사 같은 아가씨, 그런 말로 나를 축복한 사람은 정말로 당신이 처음이에요. 여러 해 전에 내가 그런 말을 들었다면 아마 나는 죄악과 슬픔의 삶에서 돌아섰을 거예요. 하지만 지금은 너무 늦었어요, 너무나요!"

"회개와 보상은 아무리 늦어도 결코 늦지 않아요." 로즈가 말했다.

"그렇지 않아요." 여자가 마음속의 고통으로 몸부림치며 소리쳤다. "난 이제 그를 떠나지 못해요! 나 때문에 그를 죽게 할 수는 없어요."

"왜 당신 때문에 그가 죽는다는 거지요?" 로즈가 물었다.

"어떤 것도 그를 구할 수 없을 테니까요." 여자가 큰 소리로 말했다. "내가 당신한테 한 말을 다른 사람들에게 해서 그들이 붙잡힌다면 그는 틀림없이 죽게 될 거예요. 그는 가장 대담한 사람이고, 또 아주 잔인하게 행동해 왔거든요!"

"그런 남자를 위해." 로즈가 외쳤다. "미래의 모든 희망과 당장의 확실한 구원을 포기하다니, 어떻게 그럴 수 있지요? 그건 미친 짓이에요."

"그게 뭔지 난 잘 몰라요." 여자가 대답했다. "내가 확실히 아는 건 오직 그게 그렇다는 것, 그리고 나만 그런 게 아니라 나처럼 타락하고 비참한 수백 명의 다른 여자들도 그렇다는 것뿐이에요. 난 돌아가야 해요. 내가 저지른 잘못에 대한 하느님의 진노 때문인지 모르겠지만, 난 온갖 고통과 학대를 받으면서도 이 사람한테 다시 끌리곤 해요. 내가 마침내 그의 손에 죽게 될 거라는 걸 알더라도 난 아마 틀림없이 그럴 거예요."

"내가 어떻게 해야 하지요?" 로즈가 말했다. "당신을 이렇게 떠나가게 해서는 안 되는데 말이에요."

"날 보내 줘야 해요, 아가씨. 당신이 그러리라는 걸 난 알아요." 여자가 일어서며 대답했다. "당신은 내가 가는 걸 막지 않을 거예요. 내가 당신의 선량함을 믿었고, 또 당신한테 요구할 수도 있었을 약속 같은 걸 아무것도 강요하지 않았으니까 말이에요."

"그렇다면 당신이 해 준 이야기는 무슨 소용이 있죠?" 로즈가 말했다. "이 수수께끼 같은 일을 조사해야 하잖아요. 그러지 않고 어떻게 당신이 나에게 밝힌 이 비밀이 당신이 그토록 간절히 돕고 싶어 하는 올리버한테 도움이 되겠어요?"

"당신 주변에는 이 이야기를 듣고 비밀을 지켜 주면서 어떻게 해야 할지 충고해 줄 친절한 신사분이 분명히 있을 거예요." 여자가 대답했다.

"하지만 필요한 경우에 어디서 당신을 다시 만날 수 있지요?" 로즈가 물었다. "이 무서운 사람들이 어디에 사는지 알고 싶어서 그러는 건 아니에요. 그저 이 시각 이후로 어느 일정한 시간에 당신이 걷거나 지나다닐 장소를 알고 싶어요."

"내 비밀을 확실히 지키고, 당신 혼자서나, 아니면 비밀을 아는 단 한 사람하고만 오겠다고, 날 감시하거나 미행하지 않겠다고 약속할 수 있나요?" 여자가 물었다.

"엄숙히 약속하겠어요." 로즈가 대답했다.

"매주 일요일 밤 11시부터 시계가 자정을 칠 때까지……."
여자가 주저하지 않고 말했다. "런던교 위를 걷고 있겠어요, 죽지 않고 살아 있다면 말이에요."

"잠깐만 기다려요." 여자가 서둘러 문 쪽으로 움직이자 로즈가 가로막으며 말했다. "당신의 처지를, 그리고 당신이 그것을 벗어날 기회가 있다는 것을 한 번만 더 생각해 보세요. 당신은 나에게 도움을 청할 권리가 있어요, 자발적으로 정보를 가져다준 사람으로서는 물론이고 거의 구제 불능의 상태로 떨어진 여자로서도 말이에요. 한마디만 하면 구원받을 수 있는데도 당신은 그 강도 무리와 그 남자한테로 돌아갈 건가요? 무슨 마력이 당신을 사로잡았길래 당신은 그들에게 돌아가서 사악하고 비참한 삶에 매달리려고 하는 거지요? 아! 내가 당신의 심금을 울릴 방법이 아무것도 없단 말인가요! 내가 이 끔찍한 애착에 맞서 호소할 만한 게 당신한테 전혀 남아 있지 않은 건가요!"

"당신처럼 젊고 선하고 아름다운 아가씨들도." 여자가 흔들림 없이 대답했다. "누군가에게 마음을 내주면 그 사랑은 당신들로 하여금 어떤 일이든 서슴지 않고 하게 만들 것입니다. 당신처럼 집과 친구들과 다른 구혼자들 같은 마음을 가득 채워 줄 것들이 다 있는 사람도 말이에요. 그러니 나처럼 관 뚜껑 말고는 확실한 지붕이 없고, 병상이든 임종의 자리든 구호소 간호원 외엔 아무런 친구가 없는 여자들이 어떤 사내에게 우리의 타락한 마음을 내주고 그 사람으로 하여금 우리의 비참한 인생 내내 빈자리로 있던 부분을 채우게 하는 경우엔 더더욱 바로잡히리라는 기대를 할 수 없는 것 아니겠어요? 우리를 불쌍히 여기세요, 아가씨…… 여자로서 오직 하나의 감정만 남았는데, 그것이 무거운 심판에 의해 위안과 자랑스러움이 아니라 걱정과 고통의 새로운 수단이 되어 버린 데 대해 우리를 불쌍히 여기세요."

"그럼……." 로즈가 잠시 가만히 있다가 말했다. "돈이라도 좀 받으세요. 그거라도 있으면 정직한 삶을 살 수 있지 않겠어요? 적어도 우리가 다시 만날 때까지라도 말이에요."

"한 푼도 받을 수 없어요." 여자가 손을 내저으며 대답했다.

"당신을 도우려는 나의 모든 노력에 마음을 닫아 버리지 마세요." 로즈가 가만히 앞으로 다가서며 말했다. "난 정말로 당신을 돕고 싶어요."

"아가씨, 당신이 날 돕는 최선의 방법은." 여자가 자기 두 손을 마주 잡고 비틀며 대답했다. "아마 이 자리에서 당장 날 죽여 주는 걸 거예요. 나는 오늘 밤 내가 어떤 존재인지에 대한 생각으로 과거 어느 때보다 슬픔을 느꼈고, 그래서 내가 지금까지 살아온 지옥 같은 곳이 아닌 이 자리에서 죽는다면 그것만으로도 큰 기쁨일 테니까요. 상냥한 아가씨, 하느님께서 당신을 축복하시기를, 그리고 내가 내 머리 위에 쌓아 올린 치욕만큼 당신의 머리에 많은 행복을 내려 주시기를!"

이렇게 말하고 큰 소리로 흐느끼면서 불행한 여자는 돌아서서 떠나갔다. 로즈 메일리는 실제라기보다 빠르게 스쳐 간 한 자락 꿈에 더 가까웠던 기이한 만남에 압도당한 채 의자에 털썩 주저앉아 종잡을 수 없는 생각을 추스르려고 애썼다.

41장
새롭게 발견한 것들을 포함하며, 놀라운 일도 불행과 마찬가지로 혼자 오는 법이 없음을 보여 준다.

로즈의 상황은 정말이지 평범치 않은 시련과 어려움을 지닌 것이었다. 그녀는 올리버의 이력을 둘러싼 비밀을 밝히고 싶은 더없이 간절하고 뜨거운 욕망을 느꼈지만, 다른 한편으로 방금 대화를 나눈 그 불행한 여자가 그녀를 젊고 순수한 아가씨로 믿고 비밀을 털어놓은 신뢰의 마음을 신성하게 여기지 않을 수 없었다. 그 여자의 말과 태도는 로즈 메일리의 심금을 울리며 감동을 주었다. 그래서 그녀가 보호하는 어린 올리버에 대한 사랑과 함께 그 진실성과 열렬함에서 사랑 못지않게 강렬한 감정을 느꼈으니, 그것은 바로 그 버림받은 여자를 설득하여 참회와 희망의 길로 가게 해 주고 싶은 간곡한 바람이었다.

그들은 런던에 사흘간만 머물렀다가 멀리 해변 지역으로 가서 몇 주를 보낼 작정이었다. 그날은 그 사흘 가운데 첫날이었고, 자정 무렵이었다. 그녀는 과연 마흔여덟 시간 내에 취할 수 있는 것으로 어떤 행동 방침을 정할 것인가? 또는 의심을 일으키지 않고 어떻게 여행을 연기할 수 있을 것인가?

로스번 씨가 그들과 함께 있었고, 남은 이틀 동안도 그럴 예정이었다. 하지만 로즈는 그 훌륭한 신사의 급한 성질을 너무나 잘 알았다. 먼저 분노부터 터뜨리면서 올리버의 납치를 도왔던 이 여자를 격노하며 대할 것이 불을 보듯 뻔했다. 그래서 그녀가 여자를 변호하며 설명할 때 누군가 경험 많은 사람이 지지해 주는 상황이 아닌 한 그에게 비밀을 안심하고 털어놓기는 불가능했다. 바로 이런 이유들 때문에 그녀는 메일리 부인에게 비밀을 알리는 데도 지극히 신중을 기하고 조심스럽게 행동하고자 했는바, 메일리 부인의 첫 번째 충동은 틀림없이 이 훌륭한 의사와 이 문제에 대해 상의하는 것일 터였기 때문이다. 누군가에게 법률적 자문을 받는 것 또한 설령 그녀가 그 방법을 알았다 하더라도 역시 동일한 이유로 거의 생각할 수 없는 일이었다. 해리한테 도움을 구해 볼까 하는 생각이 떠오르기도 했다. 하지만 이것은 그들이 마지막으로 헤어질 때의 기억을 불러일으켰고, 그가 그때쯤엔 그녀를 잊고 행복하게 잘 지낼지도 모르는데 — 이런 생각을 연이어 할 때 그녀의 눈에는 눈물이 고였다 — 그런 때에 그를 다시 부른다는 것은 그녀로서 해서는 안 될 짓 같았다.

이런 여러 가지 고민으로 마음이 어지럽고 생각들이 연달아 머릿속에 떠오를 때마다 한쪽으로 기울었다가 다음 순간 다른 쪽으로 기울고, 또 그다음 순간엔 전부 다 안 되겠다고 떨쳐 버리면서 로즈는 근심 가득한 불면의 밤을 보냈다. 다음 날 혼자서 좀 더 심사숙고를 해 본 뒤 그녀는 해리의 의견을 들어 보자는 자포자기에 가까운 결론에 이르렀다.

'이곳으로 다시 돌아오는 게 그에게 고통스러운 일이라면.' 그녀는 생각했다. '나한테는 얼마나 더 고통스러운 일이겠어! 하지만 그는 오지 않을 수도 있어. 그냥 편지만 보낼지도 몰라. 설령 오더라도 나를 만나지 않으려고 애쓸지도 몰라……. 지난번 떠나갈 때처럼 말이야. 그때 그가 그럴 거라고는 거의 생각 못 했지. 하지만 우리 둘 다에게 그게 차라리 나았어.' 여기서 로즈는 펜을 떨구고 마치 그녀의 전갈을 담을 바로 그 종이에게 그녀가 우는 것을 보여서는 안 된다는 듯이 고개를 돌렸다.

그녀가 펜을 집어 들었다가 다시 내려놓기를 오십 번이나 하면서 한마디도 쓰지 못한 채 편지의 첫 문장을 어떻게 시작할지 생각에 생각을 거듭할 때였다. 자일스 씨의 보호를 받으며 산책하러 거리로 나갔던 올리버가 숨을 헐떡이며 격렬한 흥분 상태에서 황급히 방으로 뛰어 들어왔는데, 뭔가 새로운 놀랄 거리가 생겼음이 역력한 모습이었다.

"왜 그렇게 놀라서 허둥지둥대는 거니?" 로즈가 앞으로 나가 그를 맞으며 물었다.

"전 정말 어쩔 줄 모르겠어요. 숨이 막혀 죽을 것만 같아요." 아이가 대답했다. "아, 세상에! 제가 마침내 그분을 만나보게 될 것을 생각하니, 그리고 내가 말한 게 모두 진실이라는 것을 아가씨께서 알게 될 것을 생각하니, 정말!"

"난 네가 우리에게 진실이 아닌 것을 말했다고 한 번도 생각한 적이 없단다." 로즈가 그를 진정시키며 말했다. "그런데 뭣 때문에 그러니? ……누구 얘기를 하는 거지?"

"그 신사분을 봤어요." 올리버가 제대로 말을 하지 못하면서 대답했다. "저한테 그토록 잘해 주셨던 그 신사분…… 우리가 그토록 자주 이야기했던 그 브라운로 씨를요."

"어디서?" 로즈가 물었다.

"마차에서 나오시는 걸 봤어요." 올리버가 기쁨의 눈물을 흘리며 대답했다. "그리고 어느 집으로 들어가셨어요. 그분께 말을 걸지는 못했어요…… 말을 걸 수가 없었어요. 왜냐면 그분은 절 못 봤고, 저는 너무나 떨려서 그분 앞으로 다가갈 수가 없었거든요. 하지만 자일스가 저를 위해 그분이 거기 사시는지 물어봤고, 그 집 사람들이 그렇다고 했어요. 자, 이것 보세요." 올리버는 종잇조각 하나를 펼쳐 보이며 말했다. "여기 주소가 있어요. 그분이 사시는 곳이에요…… 전 곧장 이곳으로 갈 거예요! 아, 세상에, 이런! 그분을 만나서 다시 그분의 말씀을 들을 때 어떻게 해야 하지?"

이 말을 비롯해 굉장히 많은 두서없는 기쁨의 외침들로 인해 주의력이 적지 않게 산만해진 가운데 로즈가 종이에 적힌 주소를 보니 스트랜드에 있는 크레이븐가(街)라고 되어 있었다. 그녀는 즉시 이 새로운 상황을 이용하기로 결심했다.

"서둘러!" 그녀가 말했다. "전세 마차를 불러오게 하고, 나와 함께 갈 준비를 해라. 내가 일 분도 지체하지 않고 널 그리로 곧장 데리고 가마. 숙모님께는 그냥 우리가 한 시간 동안 외출하겠다고만 말씀드리자. 자, 최대한 빨리 준비를 하거라."

올리버는 서두르라고 재촉할 필요가 전혀 없었으니, 오 분도 채 지나지 않아 그들은 벌써 크레이븐가로 가고 있었다. 그곳에 도착했을 때 로즈는 노신사에게 그를 맞이할 준비를 시킨다는 구실로 올리버를 마차에 남겨 둔 채 하인을 통해 그녀의 명함을 올려 보내면서 아주 긴급한 용건으로 브라운로 씨를 만나고 싶다고 요청했다. 하인은 곧 돌아오더니 어서 위층으로 올라오시라고 말을 전했다. 하인을 따라 위층으로 올라간 메일리 양은 암녹색 외투를 입은 자비로운 얼굴의 노신사에게 안내되었다. 그 노신사에게서 별로 떨어지지 않은 곳에 또 다른 노신사가 앉아 있었는데, 난징 무명 바지에 각반을 찬 그는 특별히 자비로워 보이지는 않았으며 깍지 낀 두 손을 두꺼운 지팡이 꼭대기에 올려놓고 그 위에 턱을 받치고 있었다.

"아이고, 이런……." 암녹색 외투를 입은 노신사가 황급히 일어서며 아주 정중하게 말했다. "이거 죄송합니다, 아가씨…… 난 뭔가 귀찮은 부탁을 하러 온 사람인 줄 알았습니다…… 부디 용서해 주기 바랍니다. 어서 앉으세요."

"선생님께서 브라운로 씨 맞으시죠?" 로즈가 다른 신사를 흘끗 보았다가 그녀에게 말을 건 신사를 다시 바라보며 말했다.

"그게 제 이름 맞습니다." 노신사가 말했다. "이 사람은 제 친구 그림윅 씨입니다. 그림윅, 몇 분간만 자리를 좀 비켜 주겠나?"

"제가 믿건대……." 메일리 양이 끼어들며 말했다. "지금 이 시점에서는 이 면담을 위해 저 신사분께서 방을 나가는 수고를 하시지 않아도 될 듯합니다. 제가 들은 게 정확하다면 저분도 제가 말씀드리고자 하는 일에 대해 알고 계실 테니까요."

브라운로 씨는 고개를 살짝 끄덕였다. 아주 뻣뻣한 인사를 한 번 하며 의자에서 일어났던 그림윅 씨는 다시 한번 아주 뻣뻣한 인사를 하고는 의자에 도로 주저앉았다.

"제 이야기를 들으시면 선생님께서는 아주 크게 놀라실 거예요, 틀림없이 말입니다." 로즈가 어쩔 수 없이 당황스러워하며 말했다. "하지만 선생님은 예전에 제 아주 소중한 어린 친구에게 커다란 자비와 친절을 베풀어 주신 분이시니, 저는 선생님께서 그 아이에 대한 이야기를 다시 듣는 데 관심이 있으시라고 확신합니다."

"오, 그래요!" 브라운로 씨가 말했다. "그 아이의 이름이 뭔지 물어도 될까요?"

"올리버 트위스트라고 알고 계신 아이입니다." 로즈가 대답했다.

그녀의 입술에서 그 이름이 나오자마자 탁자에 놓인 커다란 책을 살펴보는 척하고 있던 그림윅 씨는 쾅 하고 아주 큰 소리를 내며 책을 뒤집어엎었다. 그러고는 의자에 풀썩 등을 기대더니 모든 표정을 얼굴에서 지우고 오직 완전한 놀라움의 표정만 남긴 채 오랫동안 멍하니 허공을 응시했다. 그러다가 마치 감정을 그토록 많이 드러낸 것이 부끄럽기라도 한 듯 몸을 홱, 말하자면 경련을 일으키듯이 움직여 이전의 자세로 돌아가 앞을 똑바로 바라보면서 깊은 저음의 긴 휘파람을 불었다. 그 휘파람 소리는 끝에 가서 허공으로 날아가는 것이 아니라 그의 뱃속 가장 깊은 구석으로 잦아드는 것처럼 들렸다.

브라운로 씨도 마찬가지로 크게 놀랐는데, 다만 자신의 놀라움을 그림윅 씨처럼 기괴한 방식으로 표현하지는 않았다. 그는 의자를 메일리 양 쪽으로 좀 더 가까이 끌어당긴 뒤 다음과 같이 말했다.

"아가씨, 부탁합니다만 당신이 말한 나의 그 친절과 자비는 다른 사람은 전혀 모르는 것들인바, 이 문제에서 완전히 제쳐 놓기 바랍니다. 그리고 내가 한때 그 불쌍한 아이에 대해 품을 수밖에 없었던 부정적인 견해를 바꿔 놓을 증거를 제시할 능력이 당신에게 있다면 제발 뭐든지 나한테 알려 주면 고맙겠습니다."

"나쁜 놈이었지! 그놈이 나쁜 놈이 아니라면 난 내 머리통을 먹어 버리겠어." 그림윅 씨가 복화술 같은 능력을 발휘해 얼굴 근육을 전혀 움직이지 않은 채 으르렁거리듯 말했다.

"그 아인 고결한 본성과 따뜻한 마음을 가진 아이예요." 로즈가 얼굴을 붉히며 말했다. "그리고 뭔가 깊은 뜻이 있어서 그 아이한테 나이에 맞지 않는 힘든 시련을 주었지만, 하느님께서는 그 아이의 가슴에 그 애보다 여섯 배 이상 나이를 먹은 많은 어른들도 자랑스러워할 만큼 훌륭한 심성과 감성을 심어 주셨어요."

"난 예순한 살밖에 안 되었소." 그림윅 씨가 여전히 딱딱한 얼굴로 말했다. "그런데 악마의 수작이 아닌 한 이 올리버 녀석은 적어도 열두 살은 됐을 테니 그 말은 나한테 적용되지 않는다고 하겠소."

"내 친구에게 신경 쓰지 말아요, 메일리 양." 브라운로 씨가 말했다. "그가 하는 말은 진심이 아니랍니다."

"아니오, 진심이오." 그림윅 씨가 으르렁댔다.

"아닙니다, 진심이 아니에요." 브라운로 씨가 차츰 분노에 사로잡히는 모습을 역력히 드러내며 말했다.

"만약 진심이 아니라면 내 머리통을 먹어 버리겠소." 그림윅 씨가 으르렁댔다.

"만약 진심이라면 그는 머리통이 박살 나서 떨어져 나가도 될 사람이오." 브라운로 씨가 말했다.

"어디 그렇게 내 머리통을 박살 내겠다고 나서는 사람을 꼭 만나 보고 싶소." 그림윅 씨는 지팡이로 바닥을 두드리면서 대꾸했다.

여기까지 이르러 두 노신사는 각자 코담배를 맡았다. 그런 다음에 서로 악수를 했으니 그것이 그들의 변함없는 관습이었다.

"자, 메일리 양……." 브라운로 씨가 말했다. "당신의 자애로운 마음씨가 그토록 관심을 두고 있는 문제로 돌아갑시다. 당신이 그 불쌍한 아이에 대해 어떤 정보를 가지고 있는지 말해 주겠소? 다만 서두 삼아 먼저 내가 몇 마디 하자면, 난 내 힘이 미치는 한 모든 수단을 다 써서 그 아일 찾으려 했소. 그리고 그 애가 날 속이고 예전 동료들의 꼬임에 넘어가 내 돈을 가지고 달아났다는 내 첫인상은 내가 이 나라를 떠나 있는 동안 상당히 퇴색한 상태요."

그동안 생각을 가다듬을 시간이 있었던 로즈는 곧 올리버가 브라운로 씨의 집을 떠난 이래로 그에게 닥쳤던 일들을 몇 마디 자연스러운 말로 이야기해 줬다. 그리고 낸시한테서 들은 정보는 그 신사에게만 들려주기 위해 따로 남겨 두고, 지난 몇 달 동안 올리버의 유일한 슬픔은 옛 은인이자 친구인 브라운로 씨를 만날 수 없는 것이었다는 점을 확실히 증언하며 말을 맺었다.

"하느님, 감사합니다!" 노신사가 말했다. "이것은 정말 나한테 커다란 행복이오, 커다란 행복. 하지만 당신은 아직 그 아이가 지금 어디에 있는지는 말해 주지 않았소, 메일리 양. 당신에게 불평하는 걸 용서해 주시오……. 하지만 왜 그 아이를 데려오지 않았소?"

"그는 지금 집 앞에 세워 둔 마차에서 기다리고 있답니다." 로즈가 대답했다.

"이 집 앞이라고요!" 노신사가 소리쳤다. 그와 동시에 그는 급히 방에서 달려 나갔고, 계단을 내려가서 마차 발판을 올라간 다음 말 한마디 없이 곧장 마차 안으로 들어갔다.

브라운로 씨가 나가고 방문이 닫혔을 때 그림윅 씨는 고개를 들더니 의자의 뒷다리 하나를 회전축으로 삼고는 의자에 그대로 앉은 채 지팡이와 탁자의 도움을 받아 빙그르르하고 세 번을 확실하게 돌았다. 이 선회 동작을 수행한 후 그는 의자에서 일어나 절름거리는 걸음으로 최대한 빨리 방 안을 왔다 갔다 했는데, 최소한 열두 번은 그렇게 했다. 그러더니 갑자기 로즈 앞에서 걸음을 멈추고 아무런 예고도 없이 그녀에게 입을 맞추었다.

“쉿!” 이 괴상한 행동에 젊은 숙녀가 다소 깜짝 놀라 일어섰을 때 그가 말했다. “두려워 말아요. 난 당신의 할아버지뻘은 될 만큼 나이를 먹었으니까. 당신은 마음씨가 고운 아가씨야. 내 맘에 들어. 그들이 저기 오는군!”

실제로 그가 능숙한 솜씨로 몸을 던져 단번에 원래의 자리로 돌아갔을 때 브라운로 씨가 올리버를 데리고 돌아왔다. 그림윅 씨는 올리버를 아주 인자하게 맞아 주었다. 그 순간의 기쁨이 로즈가 그동안 올리버를 위해 걱정하고 근심했던 그 모든 것에 대한 유일한 보상이었다 할지라도 그녀는 충분히 보답을 받은 셈이었을 것이다.

“그런데 우리가 잊어서는 안 될 사람이 또 있지.” 브라운로 씨가 그렇게 말하며 종을 울렸다. “베드윈 부인을 어서 이리 올라오라고 하게.”

늙은 가정부는 더없이 신속하게 호출에 응하여 문간에서 살짝 무릎을 굽히며 절한 뒤 지시를 기다렸다.

“아니, 요즘 눈이 점점 나빠지는군, 베드윈.” 브라운로 씨가 다소 안달이 난 듯이 말했다.

“글쎄, 요즘 그렇답니다, 나리.” 노파가 대답했다. “사람의 눈이란 제 나이쯤 되면 해가 갈수록 나빠지게 마련이니까요, 나리.”

“그거야 나도 할 수 있는 말이오.” 브라운로 씨가 대꾸했다. “하지만 안경을 쓰고 좀 보시오, 내가 오라고 한 이유가 뭔지. 그래 주겠소?”

노파는 안경을 찾으려고 호주머니를 뒤지기 시작했다. 하지만 올리버의 인내심은 이 새로운 시련을 이겨 내지 못했으니, 그는 첫 충동을 더 이상 누르지 못하고 그녀의 품 안으로 뛰어들었다.

"아이고, 하느님, 이게 누구야!" 노파는 그를 껴안으며 소리쳤다. "내 착한 아이 아냐!"

"사랑하는 유모 할머니!" 올리버도 소리쳤다.

"돌아올 거라고 했죠…… 전 돌아올 줄 알았다고요." 노파는 그를 품에 꼭 안고 말했다. "이 훌륭한 모습 좀 보세요, 정말로 다시 신사의 아들 같은 옷차림을 한 이 모습을요! 아가, 이 길고 긴 세월 내내 대체 어디 가 있었니? 아! 여전히 귀여운 이 얼굴, 하지만 이젠 창백하지 않구나. 여전히 부드러운 이 눈, 하지만 이젠 슬프지 않구나. 저는 이 얼굴과 눈을, 그 조용한 미소를 한 번도 잊은 적이 없답니다. 매일매일 저는 이 얼굴을, 제가 젊고 명랑했을 때 일찍 하늘나라로 간 제 소중한 아이들의 얼굴과 함께 나란히 떠올리곤 했지요." 이렇게 말을 늘어놓으면서 한순간은 올리버를 떼어 놓고 얼마나 컸는지 바라보다가 다음 순간은 그를 꼭 껴안은 채 손가락을 머리카락 사이에 넣고 다정하게 쓰다듬다가 하며 이 착한 부인은 올리버의 목에 얼굴을 파묻고 웃다가 울다가를 번갈아 했다.

브라운로 씨는 그녀와 올리버가 서로 회포를 풀도록 방에 내버려 두고 로즈를 다른 방으로 안내했다. 그리고 거기서 그녀가 낸시와 면담한 이야기를 전부 들었는데, 그는 적잖이 놀라고 당혹스러워했다. 로즈는 또한 자신의 친구인 로스번 씨에게 먼저 이 이야기를 털어놓지 않은 이유도 설명했다. 노신사는 그녀가 신중하게 행동했다고 여겼으며, 그 훌륭한 의사와 직접 엄숙하게 상의하는 일을 기꺼이 떠맡았다. 이 계획을 실행할 기회를 빨리 얻을 수 있도록 노신사가 그날 저녁 8시에 호텔을 방문하기로 약정했고, 그러는 동안 메일리 부인에게 여태까지 일어난 모든 일을 조심스럽게 알려 주기로 했다. 이런 예비 조치들이 결정되고 난 후 로즈와 올리버는 집으로 돌아왔다.

로즈는 착한 의사가 터뜨릴 분노의 크기를 결코 과대평가한 것이 아니었다. 낸시의 이야기를 듣자마자 그는 위협과 저주가 뒤섞인 말을 무수히 쏟아 내며 그녀를 블래더스와 더프 씨의 기막힌 협동 수사의 첫 희생물로 만들겠노라 위협했고, 실제로 모자를 쓰고 이 대단한 사람들의 도움을 얻으러 뛰쳐나갈 준비까지 했다. 만약 브라운로 씨가 한편으로는 그 자신이 화를 잘 내는 기질이었던 만큼 의사 못지않게 격렬히 흥분하며 맞서고 다른 한편으로는 의사의 성급한 의도를 단념시키기에 가장 적절할 듯한 논리적 주장과 설명을 제시하며 만류하지 않았더라면, 그는 틀림없이 그 결과를 한순간도 고려하지 않은 채 첫 번째 광분 상태에서 자신의 결심을 행동으로 옮기고 말았을 것이다.

"그렇다면 도대체 뭘 어떻게 해야 하죠?" 두 사람이 로즈와 메일리 부인이 있는 방으로 들어갔을 때 성미가 격한 의사가 말했다. "이 모든 남녀 부랑자들에게 사례하기로 의결하고, 우리의 존경의 자그만 표시이자 올리버에게 행한 그들의 친절에 대한 약소한 감사의 뜻으로 한 사람당 100파운드가량씩

받아 주십사 간청이라도 해야 하는가요?

"꼭 그런 것은 아니지요." 브라운로 씨가 웃으면서 대답했다. "하지만 우리는 조용히 그리고 아주 조심스럽게 일을 진행해야 합니다."

"조용히 조심스럽게라고요!" 의사가 외쳤다. "난 놈들을 깡그리 다 잡아다가 그냥……."

"놈들을 깡그리 잡는 문제야 어떻든 상관없습니다." 브라운로 씨가 끼어들어 말했다. "다만 그러는 것이 우리가 염두에 둔 목적을 이룰 방법인지를 생각해 봐야 합니다."

"무슨 목적 말이오?" 의사가 물었다.

"그거야 단순 명료하게 말해서 올리버의 부모가 누군지 밝히고, 만약 이 이야기가 사실이라면 부정하게 탈취당한 그의 유산을 되찾아 주는 것이지요."

"아!" 로스번 씨가 손수건으로 달아오른 얼굴을 닦으며 말했다. "내가 깜빡 잊고 있었군요."

"자, 보세요." 브라운로 씨가 말을 계속했다. "이 불쌍한 여자를 완전히 논외로 제쳐 놓되, 그녀의 안전을 해치지 않으면서 이 악당들을 법의 심판을 받게 하는 게 가능하다고 가정합시다. 그게 우리에게 어떤 도움이 되겠습니까?"

"십중팔구 그중 몇 놈은 적어도 교수형을 당하게 할 수 있겠죠." 의사가 의견을 냈다. "나머지는 유형을 보낼 수 있을 거고."

"좋습니다." 브라운로 씨가 미소를 지으며 대답했다. "하지만 틀림없이 그들은 때가 되면 스스로 그런 운명을 자초할 겁니다. 그런데 우리가 개입해서 그들의 운명을 앞당긴다면 그것은 제가 보기에 매우 돈키호테 같은 행동이며, 우리 자신의 이익에, 아니 적어도 올리버의 이익에…… 결국 마찬가지지만…… 반대되는 행동이라고 하겠습니다."

"어째서 그렇지요?" 의사가 물었다.

"이런 이유로 그렇습니다. 우리는 이 멍크스라는 사람을 굴복시키지 않으면 이 비밀의 진상을 밝히는 데 극도로 어려움을 겪을 게 아주 분명합니다. 그를 굴복시키는 일은 오직 술책을 통해서만, 그리고 그가 강도들한테 둘러싸여 있지 않을 때 붙잡아야만 가능합니다. 왜냐하면 경찰을 시켜 그를 체포해 봤자 우리에겐 그에게 불리한 증거가 없기 때문입니다. 심지어 그는 (우리가 아는 한, 또는 현재 드러난 사실로 보건대) 강도질에도 전혀 연루되어 있지 않습니다. 그가 무죄로 석방되지 않는다 해도 부랑자나 떠돌이로 감옥에 구금되는 것 이상의 처벌을 받을 가능성은 아주 희박합니다. 물론 그 이후로 그의 입은 아주 완강히 닫혀 있을 게 뻔하고, 그럼 우리의 목적과 관련해 그는 귀머거리에 벙어리, 장님에 천치인 것보다 못한 존재가 될 겁니다."

"그렇다면……." 의사가 성미 급하게 말했다. "선생께 다시 묻겠는데, 선생은 그 여자한테 한 약속을 꼭 지켜야 한다고 여기는 게 마땅하다고 생각합니까? 가장 선하고 친절한 의도로 한 약속이지만 사실은……."

"그 점은 거론하지 않아도 돼요, 사랑스러운 아가씨." 브라운로 씨가 막 입을 열려는 로즈를 가로막으며 말했다. "그 약속은 꼭 이행될 거요. 저는 그것이 우리 일을 조금도 방해하지 않을 거라고 생각합니다. 하지만 정확한 행동 방침을 정하기 전에 우리는 먼저 이 여자를 만나 볼 필요가 있습니다. 법에 맡기지 않고 우리가 직접 그를 처리한다는 조건하에 그녀가 이 멍크스를 지목해 줄 수 있는지 확인하고, 만약 그럴 의향이 없거나 그러지 못할 상황이라면 적어도 우리가 그를 찾아낼 수 있도록 그가 자주 다니는 곳과 인상착의에 대한 설명을 확보하기 위해서 말입니다. 그녀는 다음 일요일 밤에나 만날 수 있는데, 오늘이 화요일입니다. 저는 그때까지 우리가 완전히 조용하게 지낼 것을, 그리고 올리버한테도 이 문제를 비밀로 할 것을 제안합니다."

로스번 씨는 닷새나 꼬박 기다리는 것을 포함한 이 제안을 얼굴을 이리저리 마구 찡그리며 들었지만, 그 순간 더 나은 행동 방침이 떠오르지 않는다는 것을 인정하지 않을 수 없었다. 게다가 로즈와 메일리 부인이 매우 강력하게 브라운로 씨의 편을 들었으므로 브라운로 씨의 제안은 만장일치로 통과되었다.

"저는 또한 제 친구 그림윅의 도움을 청하고 싶습니다." 브라운로 씨가 말했다. "그는 괴팍하긴 하지만 명석한 사람이어서 우리에게 실질적인 도움을 줄 수 있을 겁니다. 그가 변호사 교육을 받았다는 점도 말하고 싶습니다. 소송 사건을 맡아 재판 진행 신청을 한 게 이십 년 동안 단 한 번밖에 없었기 때문에 혐오감에 차서 변호사직을 그만두긴 했지만요. 이게 그 친구를 추천하는 말인지 아닌지는 여러분이 판단해 주시기 바랍니다."

"나는 선생의 친구분을 부르는 데 반대하지 않겠습니다. 다만 나도 내 친구를 부른다는 조건하에 그렇습니다." 의사가 말했다.

"투표에 붙이기로 하지요." 브라운로 씨가 말했다. "친구분이 누굽니까?"

"여기 이 부인의 아드님이자 이 아가씨의…… 오랜 친구입니다." 의사가 메일리 부인을 향해 몸짓을 하고 그녀의 조카딸에게 의미심장한 시선을 던지며 말을 맺었다.

로즈는 얼굴이 아주 빨개졌지만 이 발의에 대해 아무런 반대의 목소리도 입 밖에 내지 않았다.(아마 무의미한 소수 의견이라고 느낀 듯했다.) 그 결과 해리와 그림윅 씨가 위원회에 추가되었다.

"우리는 물론 런던에 머물겠습니다." 메일리 부인이 말했다. "이 조사를 성공적으로 수행할 가능성이 조금이라도 남아 있는 한 말입니다. 우리 모두가 그토록 깊은 관심을 가지는 대상을 위해 난 어떤 수고나 비용도 아끼지 않겠습니다. 한 가닥이라도 희망이 남아 있다고 제게 확실히 말씀만 해 주시면 저는 열두 달이라도 기꺼이 여기에 머물러 있겠습니다."

"좋습니다!" 브라운로 씨가 대답했다. "그리고 제가 여러분의 얼굴을 둘러보건대, 어떻게 해서 제가 올리버의 이야기를 확인해 줄 곳에 마침 있지 않고 그렇게 갑자기 영국을 떠났는지 묻고 싶은 마음이 크신 듯합니다. 이에 대해 한 가지 부탁 말씀을 드리자면, 적당하다고 여겨지는 때가 되면 묻지 않으셔도 제가 먼저 이야기해 드릴 테니 그때까지는 아무것도 묻지 말아 주십시오. 절 믿어 주십시오, 정말 그럴 만한 이유가 있어서 이렇게 부탁을 드립니다. 왜냐하면 만약 그렇게 하지 않을 경우 자칫 결코 실현될 수 없는 희망을 불러일으키고, 또 이미 충분할 만큼 무수히 깔려 있는 어려움과 실망들만 더 증가시킬 수 있기 때문입니다. 자! 저녁 식사가 준비되었다고 합니다. 그리고 옆방에 계속 혼자 남아 있는 어린 올리버가 지금쯤 우리가 그와 함께 지내는 게 지겨워져서 뭔가 그를 세상 밖으로 떠밀어 보내려는 음흉한 음모를 꾸미기 시작했다고 생각하고 있을지도 모릅니다."

이렇게 말한 뒤 노신사는 메일리 부인에게 손을 내밀어 그녀를 저녁 식사가 차려진 방으로 안내했고, 로스번 씨도 로즈를 이끌고 뒤따라갔다. 그리하여 위원회는 당분간 실질적인 해산 상태에 들어갔다.

42장
올리버의 옛 친구 하나가 결정적인 천재적 재능을 드러내면서 대도시의 대중 인사가 된다.

낸시가 싸익스 씨를 진정시켜 재운 뒤 자기 스스로 부여한 임무를 위해 로즈 메일리에게 급히 가던 날 밤 그레이트 노스로(路)[3]를 통해 런던으로 향하고 있는 두 사람이 있었으니, 이들은 본 전기(傳記)의 서술자가 주의를 약간 기울일 필요가 있는 인물들이다.

그들은 한 쌍의 남자와 여자였는데, 아마 사내 녀석과 계집이라고 부르는 것이 더 적절할지도 모른다. 왜냐하면 남자는 팔다리가 길고 안짱다리에다 비틀비틀 걷는 깡마른 사람으로 정확한 나이를 짐작하기가 어려운, 즉 아직 소년이었을 때는 자라다 만 어른처럼 보이고 어른이 거의 다 되었을 때는 너무 웃자란 소년처럼 보이는 그런 인간들 중 하나였기 때문이다.

---

3) 당시 북쪽에서 런던 시내로 들어가는 간선 도로.

여자는 아직 어렸지만 등에다 끈으로 묶어 맨 무거운 보따리의 무게를 감당할 만큼 건장하고 튼튼한 체격이었다. 그녀의 동료는 짐을 별로 지지 않고, 평범한 손수건으로 싼 충분히 가벼워 보이는 작은 꾸러미 하나만 어깨에 걸친 작대기에 대롱대롱 매달고 있을 뿐이었다. 이러한 상황은 유난히 긴 그의 다리 길이와 결합하여 그로 하여금 동료보다 여섯 걸음 정도는 아주 쉽게 앞서갈 수 있게 해 주었는바, 그는 이따금씩 고개를 홱 돌려 마치 그녀가 느리다고 비난하고 좀 더 분발하라고 재촉하는 것처럼 그녀를 돌아보곤 했다.

이렇게 그들은 런던에서 질주해 나오는 우편 마차들에 길을 내주기 위해 옆으로 비켜설 때를 제외하고는 시야에 들어오는 어떤 사물에도 주의를 기울이지 않은 채 먼지 많은 길을 따라 힘겹게 나아갔다. 그러다가 하이게이트 아치 길 아래를 지나갈 때 앞서가던 사내가 걸음을 멈추더니 못 참겠다는 듯이 동료를 향해 소리쳤다.

"자, 빨리 좀 올 수 없냐? 넌 참말로 게으름뱅이구나, 샬럿."

"짐이 무겁단 말이야, 정말로." 여자가 힘들어서 숨을 거의 헐떡이며 다가와 말했다.

"무겁다고! 무슨 소리 하는 거야? 니가 태어난 이유가 뭔데?" 남자가 작은 보따리를 다른 쪽 어깨로 옮기며 대꾸했다. "아이고, 저런, 또 쉬는 것 봐라! 나 원 참, 너만큼 사람 인내심을 바닥나게 하는 사람은 세상에 또 없을 거다!"

"아직도 멀었어?" 여자가 길가 비탈에 기대고 앉아 땀이 줄줄 흘러내리는 얼굴로 올려다보며 물었다.

"멀었냐니! 거의 다 왔다구." 다리가 긴 여행자는 앞을 가리키며 말했다. "저기를 봐! 저게 런던의 불빛들이야."

"적어도 3킬로미터 이상은 족히 되겠어." 여자가 낙담한 듯이 말했다.

"3킬로미터든 30킬로미터든 상관하지 마." 노어 클레이폴이 말했다. 이자는 바로 그였던 것이다. "일어나서 따라오기나 해, 안 그럼 발로 차 버리고 나 혼자 갈 거야."

노어의 빨간 코가 화가 나서 더욱 빨개졌고, 또 그 말과 함께 그가 위협을 실행에 옮길 준비가 완전히 된 것처럼 길을 건너갔으므로 여자는 더 이상 아무 말 없이 일어나 그와 나란히 서서 터벅터벅 앞으로 나아갔다.

"오늘 밤 어디서 머물 작정이니, 노어?" 몇백 미터쯤 걸었을 때 그녀가 물었다.

"내가 그걸 어떻게 알아?" 걷느라고 성질이 상당히 나빠진 노어가 대답했다.

"가까운 데면 좋겠다." 샬럿이 말했다.

"안 돼, 가까운 데는 안 돼." 클레이폴 씨가 대답했다. "잘 들어! 가까운 데는 안 돼, 그러니 생각도 마."

"왜 안 돼?"

"내가 안 된다고 하면 안 되는 거야, 왜냐고 묻거나 설명할 필요 따윈 없다고." 클레이폴 씨가 위엄을 부리며 대답했다.

"글쎄, 뭐, 그렇게 성질까지 낼 필요는 없잖아." 그의 동료가 말했다.

"도시 밖에 있는 맨 첫 번째 주막에서 묵다가 혹시라도 뒤

쫓아 온 싸워베리가 늙은 코를 들이밀고 나타나 우릴 수갑에 채워 마차로 끌고 가기라도 하면 꼴이 아주 좋을 거야, 안 그래?" 클레이폴 씨가 비아냥거리는 어조로 말했다. "안 돼! 난 내가 찾을 수 있는 가장 좁은 거리들 사이로 들어가 눈에 띄지 않도록 할 거야. 그리고 우리가 발견할 수 있는 가장 후미진 집을 만날 때까지 멈추지 않을 거야. 젠장, 넌 내가 머리가 좋다는 걸 행운으로 알고 감사해야 해. 만약 우리가 처음에 일부러 반대쪽 길로 갔다가 시골길을 가로질러 되돌아오지 않았다면 넌 일주일 전에 잡혀서 꼼짝없이 갇힌 신세가 되었을 거야, 이 아가씨야. 바보인 너야 그래도 싸지만 말이야."

"내가 너만큼 영리하지 못하다는 건 나도 알아." 샬럿이 대답했다. "하지만 전부 내 책임으로 돌려 나 혼자만 갇혔을 것처럼 말하지 마. 내가 갇히면 너도 어쨌든 갇혔을 거잖아."

"금고에서 돈을 훔친 건 너야, 너도 그걸 잘 알잖아." 클레이폴 씨가 말했다.

"그건 사랑하는 노어 널 위해 한 거였어." 샬럿이 대답했다.

"내가 그 돈을 받았냐?" 클레이폴 씨가 물었다.

"아니. 너는 날 믿고 나한테 가지고 있으라고 했지, 사랑스러운 사람답게 말이야." 그렇게 말하면서 아가씨는 그의 턱밑을 톡톡 치고 그의 팔에 팔짱을 꼈다.

여자의 말은 정말이었다. 하지만 누군가를 맹목적이고 바보같이 믿는 것은 클레이폴 씨의 성격이 아니었으므로, 이 신사를 정당하게 대우하기 위해서라도 꼭 말해 둘 필요가 있는 것은 그가 샬럿을 이렇게까지 신임한 것은 만약 그들이 추격을 당해 잡히는 경우 돈이 그녀에게서 발견되도록 하기 위해서였다는 점이다. 그럼으로써 그는 도둑질을 하지 않았다고 주장할 기회를 얻어 빠져나갈 가능성이 크게 열릴 것이었다. 물론 이 시점에서 그는 자신의 속셈을 설명해 줄 생각이 전혀 없었으므로 두 사람은 아주 다정하게 함께 계속 걸어갔다.

이처럼 조심스러운 계획에 따라 클레이폴 씨는 쉬지 않고 계속해서 나아가 마침내 이즐링턴의 에인절[4]에 도착했고, 거기서 그는 지나다니는 행인들의 무리와 마차들의 숫자를 보고 런던이 본격적으로 시작되는구나 하고 현명하게 판단을 내렸다. 가장 붐비는 거리가 어디인지, 따라서 가장 피해야 할 거리가 어디인지 살펴보기 위해 잠시 멈췄던 그는 세인트 존 스로로 건너가 곧 복잡하고 더러운 길이 뒤얽힌 누추한 곳으로 깊숙이 들어갔다. 그레이스 인 레인과 스미스필드 사이에 있는 그곳은 런던 중심부에서도 개발의 손길이 닿지 않아 도시의 가장 궁벽하고 열악한 지역으로 남아 있는 곳이었다.

이런 거리들을 통과해 노어 클레이폴은 샬럿을 뒤에 질질 끌다시피 하며 걸어갔는데, 때로는 어떤 작은 주막의 전체적인 외부 성격을 한눈에 파악하기 위해 하수도 쪽으로 내려서기도 했고, 때로는 마음속에 그린 주막의 어떤 모습으로 인해 그곳이 자기 목적에는 너무 대중적이라고 믿고 그냥 빠른 걸음으로 지나쳐 가기도 했다. 마침내 그는 이제까지 보았던 어떤 곳보다 더 더럽고 외관이 초라한 어느 주막 앞에서 걸음을

4) 그레이트 노스로의 종착지이자 북쪽에서 런던으로 오는 역마차의 종점.

멈췄다. 그러곤 길을 건너가 반대편 인도에서 집을 살펴본 후 그날 밤 거기서 묵겠다는 의도를 자비롭게 표명했다.

"그러니 그 보따릴 나한테 줘." 노어는 그렇게 말하며 여자의 어깨에서 짐을 풀어 자기 어깨에 걸머졌다. "그리고 넌 내가 너한테 말할 때 빼고는 입 닥치고 있어. 이 집 이름이…… 세 명의 저…… 절…… 절 뭐라는 거야?"

"절름발이." 샬럿이 말했다.

"세 명의 절름발이라." 노어가 반복해 말했다. "간판도 아주 맘에 드는군. 자, 그럼! 내 뒤에 바짝 붙어서 따라와." 이 명령과 함께 그는 덜거덕거리는 문을 어깨로 밀고 안으로 들어갔고, 동료도 뒤를 따랐다.

주막 입구의 바에는 젊은 유태인 외에는 아무도 없었는데, 그는 카운터에 두 팔꿈치를 괸 채 더러워진 신문을 읽고 있었다. 그는 노어를 아주 빤히 쳐다보았고, 노어 역시 그를 아주 빤히 쳐다보았다.

노어가 자선 학교 학생 복장을 했다면 유태인이 그렇게 눈을 크게 뜨고 바라볼 이유가 좀 있었을 수도 있다. 하지만 노어는 학교 표지가 달린 상의를 벗어 버리고 가죽 바지에 짧은 작업복을 입었으므로 그의 겉모습이 주막에서 그렇게 큰 주목을 끌 만한 이유는 특별히 없었다.

"여기가 세 명의 절름발이입니까?" 노어가 물었다.

"그거시 이 집 이듬 맞슴니다." 유태인이 대답했다.

"시골에서 올라오다가 길에서 만난 한 신사분이 이 집을 추천해 주셨습니다." 노어가 말했다. 그러면서 샬럿을 쿡 찔렀는데, 아마 다른 사람의 존경을 이끌어 내는 이 지극히 교묘한 책략에 주의를 기울이라고 하는 한편 너무 놀라는 표정을 짓지 말라고 경고하기 위해서인 것 같았다. "오늘 밤 여기서 묵을까 합니다."

"그럿 수 인는지 잣 모드게꾼요." 바니가 말했다. 주막을 지키는 시중꾼은 바로 그였다. "하지만 가서 한번 무더보게씀니다."

"먼저 객실로 안내하고, 가서 알아보는 동안 차가운 고기 요리 조금하고 맥주 한잔 가져다주쇼, 아시겠수?" 노어가 말했다.

바니는 그 말에 응해 그들을 자그만 뒷방으로 안내하고 요구한 음식물을 그들 앞에 차려 주었다. 그러고 난 뒤 그는 여행객들에게 그날 밤 묵을 수 있겠다는 말을 전하고는 다정한 두 사람이 식사를 즐기도록 내버려 두고 나갔다.

자, 이 뒷방은 카운터가 있는 방 바로 뒤 몇 계단 아래에 있어서 이 집의 관계자라면 누구든지 뒷방 벽에 있는 바닥에서 약 1미터 50센티미터 높이의 한 쪽짜리 유리창을 가린 자그만 커튼을 걷고 별로 들킬 위험 없이(유리창은 엿보는 사람이 그것과 커다란 수직 기둥 사이로 몸을 들이밀어야 할 만큼 벽의 어두운 모서리에 있었다.) 뒷방 손님들을 내려다볼 수 있었다. 뿐만 아니라 칸막이벽에 귀를 대면 대화의 내용까지 웬만큼 분명하게 알아들을 수 있었다. 주막집 주인이 이 염탐 장소에서 눈길을 거둔 지 오 분이 안 되었을 때, 그리고 바니가 위에서 언급한 전갈을 전하고 막 돌아왔을 때 페이긴이 저녁 일과를 수행하는 도중에 어린 제자들 몇몇의 안부를 알아보기 위해 주막으로 들어왔다.

"쉿!" 바니가 말했다. "옆방에 낯선 자드디 이써요."

"낯선 자들이라고!" 유태인 영감이 속삭이는 소리로 반복해 말했다.

"그래요! 게다가 좀 묘한 자드디에요." 바니가 덧붙였다. "시고데서 온나왔다는데 영감밈 쪽 계열에 속하능 것 같아요, 내가 잣못 보지 않아따면 마디에요."

페이긴은 이 전갈을 아주 관심 있게 듣는 것 같았다. 그는 걸상에 올라가 조심스럽게 유리창에 눈을 대고는 은밀히 안을 들여다보았다. 클레이폴은 접시에 든 찬 쇠고기 요리와 잔에 든 흑맥주를 먹고 있었는데, 곁에 인내심 있게 앉아 있는 샬럿에게는 병자에게 하듯이 아주 소량으로 나눠 주면서 자기는 내키는 대로 마구 먹고 마셔 댔다.

"아하!" 페이긴은 바니를 돌아보며 속삭였다. "저 친구 낯짝이 맘에 드는군. 우리한테 쓸모가 있을 것 같아. 여자 길들이는 법을 벌써 알잖아. 이보게, 찍소리도 내지 말게, 쟤네들이 하는 얘기 좀 들어 보게 말이야…… 자 좀 들어 보자구."

그는 다시 유리창에 눈을 갖다 대고 칸막이벽에 귀를 붙인 채 무슨 늙은 악귀한테나 있을 법한 진지하고도 교활한 표정으로 주의 깊게 엿들었다.

"그러니까 난 신사가 될 작정이야." 클레이폴 씨는 두 다리를 내뻗으며 대화를 계속 이어 나갔는데, 페이긴은 늦게 도착해서 대화의 시작 부분은 미처 듣지 못했다. "빌어먹을 그 낡은 관은 이제 더 이상 상종하지 않고 난 신사로 살아갈 거야,

샬럿. 그리고 니가 원한다면 너도 숙녀로 만들어 줄 수 있어."

"나도 그러면 무척 좋을 거야, 내 사랑 노어." 샬럿이 대답했다. "하지만 금고를 매일 털 수는 없잖아, 또 언제나 안 잡히진 않을 거고."

"금고 따윈 지옥에나 가라고 해!" 클레이폴 씨가 말했다. "금고 말고도 털 것은 널려 있으니깐."

"무슨 말이야?" 그의 동료가 물었다.

"호주머니, 여자들 손가방, 집, 우편 마차, 은행!" 클레이폴 씨가 흑맥주의 술기운으로 흥이 올라서 말했다.

"하지만 그 모든 걸 다 할 수는 없잖아, 내 사랑 노어."

"난 그런 걸 할 수 있는 사람들과 사귈 기회를 잡을 거야." 노어가 대답했다. "그들은 우리를 이런저런 방면에서 유용한 존재로 만들어 줄 수 있을 거야. 글쎄, 너만 해도 여자 오십 명 값어치는 하잖아. 넌 내가 허락만 하면 세상에 다시없을 만큼 지독하게 교활하고 속임수 많은 사람이 되잖아."

"어머, 니가 그렇게 말해 주다니 얼마나 좋은지 모르겠어!" 샬럿이 그의 못생긴 얼굴에 입을 쪽 맞추며 외쳤다.

"자, 그만, 됐어. 너무 다정하게 굴지 말라구, 내가 성질 낼 경우를 대비해서 말이야." 노어가 아주 엄숙하게 그녀한테서 떨어지며 말했다. "난 어떤 패거리의 두목이 되어서 약탈품을 헌납받고, 녀석들 몰래 뒤를 쫓아다닐 셈이야. 수익만 많으면 그 일은 나한테 딱 어울릴 거야. 우리가 이런 분야의 신사와 친해질 수만 있다면, 내 분명히 말하는데, 니가 갖고 있는 그 20파운드 은행권 지폐를 내줘도 아깝지 않을 거야…… 특히나 우리는 그걸 어떻게 처분해야 하는지 잘 모르니까 말이야."

이런 의견을 표현한 후에 클레이폴 씨는 깊은 지혜가 깃든 얼굴로 흑맥주 잔을 들여다보았다. 그러곤 내용물을 충분히 흔들어 댄 다음 샬럿에게 은혜를 베풀듯이 고개를 끄덕여 주고 한 모금 들이켰는데, 그럼으로써 굉장히 원기를 회복한 것처럼 보였다. 그가 한 모금 더 마실까 곰곰이 생각하던 참에 갑자기 문이 열리며 낯선 사람이 나타나 그를 방해했다.

낯선 사람은 페이긴 씨였다. 그는 아주 상냥한 표정을 짓고는 허리를 크게 숙여 절하며 앞으로 나아왔다. 그러곤 가장 가까운 탁자에 자리를 잡고 앉더니 히죽히죽 웃는 바니에게 마실 것을 주문했다.

"기분 좋은 밤이오, 젊은이. 하지만 이맘때 치고는 좀 쌀쌀하군." 페이긴이 두 손을 비비면서 말했다. "시골에서 왔는가 보오, 젊은이?"

"어떻게 아셨수?" 노어 클레이폴이 물었다."런던에는 먼지가 그렇게 많지가 않다오." 페이긴이 노어의 신발과 샬럿의 신발, 그들의 두 보따리를 순서대로 가리키며 말했다.

"당신 참 날카로운 사람이구먼." 노어가 말했다. "하하하! 저 말하는 것 좀 들어 봐, 샬럿!"

"글쎄, 이보게, 이 도시에서는 날카로울 필요가 있다네." 유태인이 목소리를 낮추어 은밀하게 속삭이듯이 대답했다. "그건 진리라네."

페이긴은 이 말에 이어 오른쪽 집게손가락으로 자기 코의 옆면을 톡톡 쳤는데, 노어는 이 동작을 흉내 내려고 시도해 봤지만 그의 코가 그 목적에 합당할 만큼 충분히 크지 않았던 탓에 완전히 성공하지는 못했다. 그렇지만 페이긴 씨는 그 노력을 자신의 의견에 완전히 동조한다는 뜻의 표현으로 해석하는 듯했고, 그래서 마침 바니가 들고 온 술을 아주 친밀한 태도로 권했다.

"아주 좋은데요, 이거." 클레이폴 씨가 입맛을 다시며 말했다.

"그렇고말고!" 페이긴이 말했다. "물론 이런 걸 정기적으로 마시려면 금고나 호주머니, 여자 손가방, 집, 우편 마차, 은행 같은 걸 늘 털어야 한다네."

클레이폴 씨는 자신이 했던 말에서 그대로 뽑은 이 말을 듣자마자 의자에 풀썩 등을 기대고 앉아 잿빛처럼 창백하고 극도의 공포에 사로잡힌 얼굴로 유태인과 샬럿을 번갈아 쳐다보았다.

"이보게, 내 말에 신경 안 써도 되네." 페이긴이 의자를 좀 더 바짝 당겨 앉으며 말했다. "하하하! 자네 말을 우연히 들은 게 그저 나였다는 건 다행이었네. 그게 그저 나였다는 건 아주 다행이었다구."

"내가 훔친 게 아니에요." 노어가 더 이상 자유로운 신사처럼 두 다리를 쭉 뻗지 않고 의자 밑으로 최대한 오그려 감춘 채 더듬거리며 말했다. "다 저 여자가 한 짓이에요. 니가 지금 그걸 가지고 있잖아, 샬럿, 너도 알잖아."

"이보게, 누가 가지고 있든, 또 누가 했든 상관없네!" 페이긴이 대답했다. 그러면서도 매처럼 날카로운 눈으로 여자와 보따리 두 개를 흘끗 쳐다보았다. "나 자신이 그런 쪽에 몸을 담고 있거든. 그래서 그것 때문에 자네가 맘에 든다네."

"그런 쪽이라니 어떤 쪽 말이지요?" 클레이폴 씨가 안색을 약간 되찾으며 물었다.

"그런 쪽의 사업 있잖나." 페이긴이 대답했다. "게다가 이 집 사람들도 다 그렇다네. 자넨 아주 집을 정확히 잘 맞춰 찾아온 거네. 여기서 자넨 더할 나위 없이 안전할 걸세. 이 도시에서 이 절름발이보다 더 안전한 곳은 없거든. 물론 내가 안전하게 지켜 줄 때 그렇다는 뜻이지. 난 자네와 저 아가씨가 맘에 든다네. 내가 이렇게 확실히 말한 이상 자네는 마음을 놓아도 되네."

이러한 보장을 듣고 노어 클레이폴은 마음이 혹시 좀 편해졌을지 모르지만 몸만큼은 그렇지 않은 게 분명했다. 왜냐하면 그는 이리저리 뒤척이면서 여러 가지 기이한 자세로 몸을 비틀어 대는 한편 두려움과 의심이 뒤섞인 눈으로 그의 새 친구를 바라보았기 때문이다.

"내 좀 더 말해 주겠네." 페이긴이 친밀하게 고개를 끄덕여 주고 격려의 말을 중얼거림으로써 여자를 안심시킨 뒤에 말했다. "자네의 훌륭한 소망을 만족시켜 주고 자네에게 적절한 길을 찾아 줄 것으로 생각되는 친구가 나한테 하나 있다네. 그의 도움을 받으면 자넨 어떤 것이든 가장 적합하다고 여겨지는 사업 분야를 곧바로 택할 수 있을 것이며, 그런 다음 나머지 것들을 모두 배워 나갈 수 있을 걸세."

"당신 말하는 게 진심인 것처럼 보이긴 하는데." 노어가 대답했다.

"거짓말해서 나한테 무슨 이익이 있다고 그러겠는가?" 페이긴은 어깨를 으쓱하며 물었다. "자! 밖에 나가서 둘이 잠깐 이야기 좀 하세."

"우리가 수고스럽게 움직일 필요는 없습니다." 노어가 두 다리를 조금씩 다시 내뻗으면서 말했다. "그동안 이 여자에게 짐을 위층으로 갖다 놓으라고 하면 될 테니까요. 샬럿, 저 보따리들 좀 처리해!"

굉장히 위엄 있게 던진 이 명령에 샬럿은 조금도 이의를 제기하지 않고 곧바로 복종했다. 그녀는 꾸러미들을 들고 가능한 한 빠르게 걸어 나갔고, 그러는 동안 노어는 열린 문을 잡고 그녀를 지켜보았다.

"상당히 잘 다스려 놓았지요, 안 그래요?" 그가 다시 자리에 앉으며 무슨 야수라도 길들여 놓은 사람의 어조로 물었다.

"아주 완벽하네." 페이긴이 어깨를 두드려 주며 대답했다. "이보게, 자넨 천재야."

"글쎄, 아마 내가 천재가 아니었다면 여기에 와 있지도 않겠지요." 노어가 대꾸했다. "하지만 말입니다, 꾸물대다가는 그녀가 돌아올 거예요."

"그래, 자네 어떻게 생각하나?" 페이긴이 말했다. "내 친구가 자네 마음에 든다면 그와 한패가 되는 것보다 자네한테 더 좋은 일은 없지 않겠는가?"

"사업을 잘하는 사람인가요? 그게 문제잖아요!" 노어가 작은 두 눈 가운데 하나를 찡긋하며 응답했다.

"그 분야의 일인자라네. 많은 일꾼들을 고용하고 있는데,

업계에서 최고 수준들만 모였다네."

"완전히 도시 출신들인가요?" 클레이폴 씨가 물었다.

"그중에 촌놈은 하나도 없다네. 그 친구가 요즘 일손이 좀 모자라기에 망정이지, 그렇지 않으면 심지어 내 추천이라 해도 자넬 아마 안 받아 줄 걸세." 페이긴이 대답했다.

"우리가 가진 걸 내줘야 하나요?" 노어가 자기 바지 주머니를 툭 치며 말했다.

"아마 그러지 않고는 불가능할 걸세." 페이긴이 아주 단호한 태도로 대답했다.

"하지만 20파운드면…… 아주 많은 돈이잖아요!"

"그게 자네가 처분할 수 없는 은행권일 때는 그렇지도 않지." 페이긴이 대꾸했다. "번호와 날짜를 따로 적어 둔 것이겠지, 아마? 그럼 은행에서는 지불이 정지되었을걸? 어쩌나! 그 친구한테도 별 가치가 없겠어. 외국으로나 나가야 할 테니 시장에서 큰 값을 받고 팔지도 못할 거고 말이야."

"그 사람을 언제 만나 볼 수 있나요?" 노어가 의심쩍어하며 물었다.

"내일 아침."

"어디서요?"

"여기서."

"흐음!" 노어가 말했다. "보수는 어떤가요?"

"신사처럼 사는 거지…… 숙식 제공에 담배랑 술은 무료고…… 자네가 버는 것의 반과 아까 그 아가씨가 버는 것의 반을 내면 되네." 페이긴이 대답했다.

유태인 영감과 모리스가 서로를 이해하기 시작하다.

노어 클레이폴의 탐욕은 그 크기가 절대 작은 편이 아니었으므로 그가 만약 완전히 자유로운 입장이었다면 이 옹골찬 조건에 동의를 했을지 극히 의심스럽다. 하지만 거절할 경우 새 친구가 그를 즉시 경찰에 넘겨 버릴 수도 있다는 것을 (그리고 더욱 험한 꼴을 당할 수도 있다는 것을) 머릿속에 떠올리고는 조금씩 마음을 접은 뒤 마침내 그 정도면 적당한 조건 같다고 말했다.

"하지만 말입니다." 노어가 덧붙여 말했다. "내 여자 친구는 일을 굉장히 많이 할 수 있을 거거든요. 그러니 난 아주 가벼운 일을 맡고 싶습니다."

"근사한 좀도둑질 같은 그런 것 말인가?"

"아! 뭐, 그런 종류인 셈이죠." 노어가 대답했다. "현재 나한테 어떤 일이 어울린다고 생각합니까? 지칠 만큼 너무 힘들지도 않고 또 너무 위험하지도 않은 그런 것으로 말입니다. 그런 거면 딱 좋겠는데!"

"이보게, 난 자네가 남을 미행하는 일 같은 것에 대해 말하는 걸 들었네." 페이긴이 말했다. "내 친구는 그런 일을 잘할 사람을 찾고 있다네, 아주 간절히 말일세."

"글쎄, 그런 말을 하긴 했지요. 그리고 뭐, 가끔씩 그런 일에 손대는 걸 마다하진 않겠어요." 클레이폴 씨가 대답했다. "하지만 아시다시피 그것만으로는 벌이가 안 되잖아요."

"그래, 맞아!" 유태인은 생각에 잠기면서, 혹은 잠기는 척하면서 말했다. "그래, 벌이가 안 될지도 몰라."

"그럼 뭐가 있을까요?" 노어가 걱정스럽게 유태인을 응시하며 물었다. "뭔가 살그머니 수행하는 업종으로, 확실한 일거리가 있고 집에 있는 것보다도 위험이 크지 않은 그런 것 없나요?"

"늙은 부인네들은 어떤가?" 페이긴이 물었다. "그들의 가방이나 보따리 낚아채서 길모퉁이로 달아나는 방식인데 상당히 많은 돈을 벌 수 있다네."

"그들은 소리를 마구 질러 대고 때로는 할퀴기도 하지 않나요?" 노어가 고개를 가로저으며 물었다. "그 일은 내가 바라는 것과 맞지 않는 것 같아요. 다른 쪽으로 뭐 가능한 거 없나요?"

"잠깐!" 페이긴이 노어의 무릎에 손을 얹으며 말했다. "꼬맹이 털어먹기."

"그게 뭔데요?"

"이보게, 그 꼬맹이들 있잖나." 페이긴이 말했다. "엄마들이 6펜스나 1실링짜리 동전들을 손에 쥐여서 심부름 보내는 어린애들 말이야. 털어먹기라는 건 바로 그 꼬마 애들의 돈을 빼앗는 것이지…… 걔들은 항상 손에 돈을 들고 있거든. 그런 다음 녀석들을 하수도에다 처박아 버리고는 마치 애 하나가 넘어져서 다친 것 말고는 아무 일도 아닌 것처럼 아주 천천히 걸어서 자리를 뜨는 거야. 하하하!"

"하하!" 클레이폴 씨는 기뻐서 미칠 듯이 발길질을 허공에 해 대며 요란스레 웃었다. "오오! 바로 그거예요!"

"그래, 틀림없네." 페이긴이 대답했다. "자네는 애들이 항상 심부름을 다니는 캠든 타운, 배틀 브리지, 그리고 그 비슷한 동네들에 좋은 담당 구역을 지정받을 수 있을 거네. 그래서 원하는 만큼 많은 꼬맹이들을 하루 중 어느 때건 털 수 있을 거네. 하하하!"

이렇게 말하며 페이긴은 클레이폴 씨의 옆구리를 쿡 찔렀고, 두 사람은 함께 길고도 요란스러운 웃음보를 한바탕 터뜨렸다.

"아, 그거 정말 괜찮군요!" 좀 진정이 된 노어는 샬럿이 돌아왔을 때 말했다. "내일 언제가 좋을까요?"

"10시 어떤가?" 페이긴이 물었다. 클레이폴 씨가 좋다고 고개를 끄덕이자 그는 덧붙였다. "내 훌륭한 친구한테 자네 이름을 뭐라고 말할까?"

"볼터 씨라고 합니다." 이런 위급 상황에 미리 대비하고 있었던 노어는 바로 대답했다. "모리스 볼터 씨입니다. 여긴 제 아내 볼터 부인입니다."

"볼터 부인, 만나서 영광입니다." 페이긴이 기괴한 정중함으로 머리를 숙이며 말했다. "하루빨리 부인을 좀 더 잘 알게 되길 소망하는 바입니다."

"이 신사분 말씀이 안 들려, 샬럿?" 클레이폴 씨가 호통치듯 말했다.

"응, 잘 들려, 내 사랑 노어!" 볼터 부인이 대답하며 페이긴에게 손을 내밀었다.

"그녀는 일종의 다정한 애칭처럼 나를 노어라고 부른답니다." 방금 전까지 클레이폴이었던 모리스 볼터 씨가 페이긴을 돌아보며 말했다. "이해하시죠?"

"오, 그럼, 이해하네…… 완전히 이해하네." 페이긴이 대답했는데, 이 말만큼은 진실이었다. "잘 자게! 잘 자시오, 부인!"

안녕히 있으라는 여러 가지 작별의 말을 잔뜩 늘어놓은 뒤 페이긴은 방에서 나갔다. 노어 클레이폴은 그의 훌륭한 부인 마님께 똑바로 잘 들으라고 명령한 뒤 지극히 거만하고 우월한 태도로 자신이 조금 전에 협의한 내용을 설명하기 시작했는데, 그 태도는 단호한 남성의 한 사람으로서는 물론이고 런던과 인근 지역의 꼬맹이 털어먹기에 특별히 임명된 존엄성을 제대로 인식하는 신사로서도 아주 잘 어울리는 것이었다.

43장
약삭빠른 꾀돌이가 어떻게 곤경에 처하게 되었는지 보여 준다.

"그러니까 당신 친구란 사람은 바로 당신 자신이었군요, 그렇지요?" 클레이폴 씨, 일명 볼터가 페이긴과 맺은 계약에 따라 다음 날 페이긴의 집으로 옮겨 갔을 때 물었다. "젠장, 어젯밤 그런 것 같더라니깐!"

"이보게, 누구나 다 자기가 바로 자신의 친구인 셈 아닌가." 페이긴이 특유의 한껏 얼러 대는 미소를 지으면서 대답했다. "자기 자신만큼 좋은 친구는 어디에도 없는 법이니까 말이야."

"가끔 안 그럴 때도 있죠." 모리스 볼터가 세상 물정에 밝은 사람 같은 태도를 취하며 대답했다. "아시다시피 아무한테도 적이 아니면서 자기 자신한테는 적인 사람이 간혹가다 있으니까요."

"그런 건 믿지 말게." 페이긴이 말했다. "사람이 자신의 적이 된다면 그건 그저 너무 지나치게 자신의 친구가 되려다 그런 것일 뿐 자기 자신 말고 다른 모든 사람을 걱정해 주다가 그런 게 아니라네. 흥, 웃기지 말게! 그런 것은 본질적으로 없는 법이야."

"설령 있다 하더라도 있어서는 안 될 것이지요." 볼터가 대답했다.

"당연히 그래야지. 어떤 마술사는 3이 마법의 숫자라고 하고, 또 어떤 자는 7이라고 하지. 하지만 이보게 친구, 둘 다 아니네, 둘 다 아냐. 마법의 숫자는 1이라네."

"하하하!" 볼터가 소리쳤다. "언제나 1이지요."

"이보게, 우리 같은 작은 공동체에서는 말이야." 자신의 이 명제를 좀 더 한정 지을 필요를 느낀 페이긴이 말했다. "모두를 포함하는 공동의 1번을 사용한다네. 다시 말해 자네는 나를, 그리고 다른 젊은 친구들 모두를 똑같이 1번으로 여기지 않고서는 자네 자신을 1번으로 생각할 수 없다는 말이네."

"아니, 무슨 그따위 말이!" 볼터 씨가 외쳤다.

"자, 보게." 페이긴은 볼터가 끼어드는 것을 무시하는 척하며 말을 계속했다. "우리는 서로 너무 뒤엉켜 있고 이해관계가 너무 일치하기 때문에 그러지 않으면 안 된다네. 예를 들어 자네의 목적은 1번, 그러니까 자네 자신을 돌보는 것이겠지."

"물론이죠." 볼터 씨가 대답했다. "그건 제대로 말씀하셨어요."

"좋아! 그런데 자넨 1번인 나를 돌보지 않고서는 1번인 자네 자신을 돌볼 수가 없다네."

"당신은 2번이라고 해야죠." 이기적인 본성을 풍부하게 타고난 볼터 씨는 말했다.

"아니, 1번이 맞네." 페이긴이 대꾸했다. "자네가 자네한테 중요한 만큼 나도 똑같이 자네한테 중요하다네."

"이거 보세요." 볼터 씨가 끼어들며 말했다. "당신은 아주 친절한 분이고 나도 당신을 매우 좋아합니다. 하지만 우린 그렇게 말할 정도로 아주 절친한 사이는 아니라고요."

"자, 한번 생각해 보게." 페이긴은 어깨를 으쓱하고 두 손을 앞으로 뻗으며 말했다. "그저 한번 생각해 보라고. 자네가 썩 훌륭한 일을, 그래서 내가 자네를 좋아하게 될 일을 하나 했다고 치세. 하지만 동시에 그 일이 자네 모가지에 목도리를 매게 할 일이라고 하세. 묶기는 정말 아주 쉽지만 풀기는 정말 대단히 어려운 목도리…… 쉽게 말해서 교수형 밧줄을 말이네."

볼터 씨는 마치 너무 꽉 죄어 불편한 느낌이라도 드는 것처럼 목수건에 손을 갖다 댔다. 그리고 내키지 않는 어조지만 내용을 수긍하며 뭐라고 중얼거렸다.

"교수대는 말이야." 페이긴이 말을 계속했다. "이보게, 교수대는 말이야, 아주 짧고 급하게 꺾어지는 모퉁이를 가리키는 흉측한 표지판이라네. 큰길을 질주하던 수많은 대담한 친구들이 바로 그 모퉁이에서 멈췄다 사라져 버렸지. 따라서 편안한 길로 계속 가는 것, 그래서 교수대에서 멀리 떨어져 있는 것이 자네한테 1번 목적이라고 할 수 있지."

"물론 그렇지요." 볼터 씨가 대답했다. "그런데 그런 얘긴 뭣 땜에 하는 거예요?"

"그저 내 말뜻을 자네한테 분명하게 전달하기 위해서라

네.” 유태인은 두 눈썹을 추켜올리며 말했다. “자네의 그 목적을 이루기 위해서 자넨 나한테 의지해야 하네. 나 또한 내 자그만 사업을 완전히 안온하게 유지하기 위해서는 자네한테 의지해야 하네. 첫 번째 것은 자네의 1번이고, 두 번째 것은 내 1번이지. 자네가 자네의 1번을 중요하게 여기면 여길수록, 자넨 내 1번도 더욱더 소중히 보살펴야 하는 거네. 따라서 내가 처음에 말한 내용으로 마침내 돌아온 셈인데…… 1번을 중시하는 게 우리 모두를 하나로 묶어 준다네. 우리가 모두 함께 망할 작정이 아니라면 반드시 그래야만 하는 것이라네.”

“맞는 말이군요.” 볼터 씨가 생각에 잠긴 듯이 대답했다. “아! 당신은 정말로 교활한 괴짜 영감입니다!”

페이긴 씨는 자신의 능력에 대한 이 찬사가 단순한 칭찬이 아니라는 사실을 기쁘게 알아차렸다. 그것은 곧 새로 고용한 이자에게 자신의 교활하고 천재적인 능력에 대한 인상을 정말로 강렬하게 심어 주었다는 증거였는바, 서로 막 알기 시작할 무렵에 그자가 이런 의식을 마음에 지니는 것은 굉장히 중요했다. 그토록 바람직하고 유익한 인상을 더욱 강화하기 위해 그는 일종의 후속타로 자기 사업 활동의 크기와 범위를 볼터에게 다소 상세하게 알려 주었는데, 사실과 허구를 자신의 목적에 가장 잘 들어맞게 서로 뒤섞고 그 효과를 아주 교묘하게 조작했다. 그 결과 볼터 씨의 존경심은 눈에 띌 정도로 크게 증가했을 뿐만 아니라 동시에 적당한 정도의 두려움까지 가미되어 섞였으니, 볼터에게 이런 두려움이 생기는 것은 페이긴으로서는 지극히 바람직한 일이었다.

"굉장히 큰 손실을 당한 가운데서도 나에게 위로가 되는 것은 바로 서로에 대한 우리의 이러한 상호 신뢰라네." 페이긴이 말했다. "어제 아침에 나는 제일 훌륭한 일꾼을 잃고 말았다네."

"설마 죽었다는 말은 아니겠지요?" 볼터 씨가 소리쳤다.

"아니네, 아냐." 페이긴이 대답했다. "그렇게까지 나쁜 소식은 아니야. 그토록 나쁘진 않네."

"뭐, 난 그가……."

"체포되었다네." 페이긴이 끼어들어 말했다. "그래, 체포되었네."

"무슨 아주 특별한 일로 그랬나요?" 볼터 씨가 물었다.

"아니네." 페이긴이 대답했다. "별것 아니었네. 소매치기 미수 혐의로 고발당했는데, 그의 몸에서 은제 코담배 갑이 나온 것뿐이네…… 그런데 그건 자기 거라네, 이보게, 자기 거야. 코담배를 무척 좋아해서 그걸 들이마시곤 했거든. 그들은 담뱃갑 주인을 안다고 생각했는지 오늘까지도 그를 유치장에 잡아 두고 있다네. 아, 담뱃갑 오십 개의 가치가 있는 녀석인데! 그를 구해 내기 위해서라면 그 정도의 돈은 기꺼이 지불할 텐데. 자넨 꾀돌이를 알았어야 하네, 이보게, 자넨 꾀돌이를 알았어야 해."

"글쎄요, 하지만 뭐, 알게 되겠죠. 안 그래요?" 볼터 씨가 말했다.

"그건 자신할 수가 없다네." 페이긴이 한숨을 쉬며 대답했다. "그들이 새로운 증거를 얻지 못하면 즉결 심판을 받게 될 거고,

그럼 여섯 주 정도 후엔 돌아오겠지. 하지만 만약 새로운 증거가 나오면 유람살이를 하게 될 거네. 게다가 그들은 그가 얼마나 영리한 앤지 잘 알기 때문에 종신빨을 내릴 걸세. 약삭빠른 꾀돌이한테 결코 종신빨보다 낮은 형을 내리진 않을 거야."

"유람살이니 종신빨이니 대체 무슨 뜻이죠?" 볼터 씨가 물었다. "나한테 그런 식으로 말해야 무슨 소용이 있다고 그래요? 그냥 알아듣기 쉬운 말로 하라구요."

페이긴은 이 불가사의한 표현들을 일반적인 말로 옮겨 주려고 막 입을 열었는바, 그 결과 볼터 씨는 곧 이 표현들이 '종신 유배형'을 의미한다는 것을 이해할 수 있었을 것이다. 하지만 그 순간 베이츠 군이 두 손을 바지 주머니에 넣고 얼굴은 반쯤 희극적인 비통한 표정으로 찡그린 채 들어오는 바람에 대화가 갑자기 중단되고 말았다.

"다 끝났어요, 페이긴." 찰리가 새로 온 동료와 인사를 나눈 뒤 말했다.

"그게 무슨 소리냐?"

"그들이 담뱃갑 주인을 찾아냈어요. 그리고 두세 명이 더 와서 신원을 확인한다니 꾀돌이는 유배행이 확정된 셈이에요." 베이츠 군이 대답했다. "난 상복 한 벌을 모자에 상장까지 달아서 완전히 차려입어야겠어요, 페이긴, 그가 길을 떠나기 전에 방문해야 하니까 말이에요. 잭 도킨스가…… 천하제일의 잭이…… 꾀돌이가…… 약삭빠른 꾀돌이가…… 평범한 2.5페니짜리 재채기 상자 하나 때문에 유배선을 타다니! 난 언제나 그가 최소한 시곗줄과 인장이 달린 금시계 정도는 털다가 걸릴 거라고 생각했는데. 아, 그는 부자 노신사라도 한 명 확실하게 약탈해서 명예도 영광도 없는 평범한 좀도둑이 아니라 신사처럼 멋지게 마감했어야 했는데!"

이렇게 자신의 불행한 친구에 대한 감정을 표출하면서 베이츠 군은 제일 가까이 있는 의자에 분하고 낙담한 표정으로 털썩 주저앉았다.

"아니, 왜 그 애가 명예도 영광도 없다고 말하는 게냐?" 페이긴이 제자를 성난 시선으로 쏘아보며 외쳤다. "그 앤 언제나 네놈들 가운데 솜씨가 최고였잖아! 무슨 일에서든 네놈들 중 그 앨 따라잡거나 근처라도 갈 수 있는 놈은 한 놈도 없잖아! 안 그래?"

"그래요." 베이츠 군이 애석함으로 목이 쉬어서 대답했다. "한 놈도 없죠."

"그럼 왜 그따위 소릴 하는 거야?" 페이긴이 화를 내며 대답했다. "뭣 때문에 그렇게 찔찔 짜는 거냐구?"

"왜냐면 그건 기록에 안 남잖아요, 안 그래요?" 찰리가 애석함이 가득한 나머지 존경스러운 스승에게 정면으로 맞설 만큼 격해져서 말했다. "왜냐하면 그건 기소장에 나오지 않잖아요. 아무도 그가 어떤 사람이었는지 절반도 모를 거잖아요. 《뉴게이트 월력》[5]에 그에 대해 뭐라고 적히겠어요? 아니, 아예 안 실릴지도 몰라요. 아이고, 세상에 이런, 어떻게 이런 일

---

5) 18세기 말부터 발행된 일종의 부정기 간행물로 뉴게이트 감옥에 수감된 악명 높은 범죄자들의 전기가 포함되어 있었다.

이 있을 수 있지!"

"하하하!" 페이긴이 오른손을 내뻗고 볼터 씨를 돌아보며 소리쳤다. 그러면서 마치 중풍이라도 걸린 것처럼 온몸을 흔들어 대며 발작적으로 낄낄거렸다. "이보게, 재네들이 자기 직업에 대해 얼마나 큰 자부심을 가졌는지 좀 보게나. 참으로 아름답지 않은가?"

볼터 씨는 고개를 끄덕여 동의를 표시했다. 페이긴은 만족감을 역력하게 드러내며 찰리 베이츠의 슬픔을 몇 초 동안 감상한 뒤 어린 신사에게로 걸어가 어깨를 토닥여 줬다.

"걱정 말거라, 찰리." 페이긴이 달래듯이 말했다. "다 알려질 거다. 분명히 다 알려질 거야. 그 애가 얼마나 훌륭한 애였는지 사람들은 모두 알게 될 거야. 그 애 자신이 그걸 보여 줄 거야. 그래서 옛 친구들과 스승들을 부끄럽게 하지 않을 거야. 게다가 그 애가 얼마나 어린지를 생각해 보거라! 그 나이에 종신 유배형을 받다니 찰리야, 얼마나 대단한 영예냐!"

"글쎄, 그건 명예지요, 맞아요!" 찰리가 약간 위안이 되는 듯이 말했다.

"그가 원하는 건 내가 다 해 줄 거다." 유태인이 말을 계속했다. "그가 콩밥집에 있는 동안 신사처럼 지내게 해 줄 거란다, 찰리야. 신사처럼 말이야! 매일 맥주를 마시고 주머니에 용돈도 두둑이 있을 거야, 만약 쓸 수 없다면 던졌다 받으며 놀기라도 하게 말이야."

"그럴 리가요, 하지만 정말 그렇게 해 줄 거예요?" 찰리 베이츠가 소리쳐 물었다.

"그럼, 그렇게 해 주고말고." 페이긴이 대답했다. "게다가 큰 가발[6]도 한 사람 쓸 거다, 찰리야. 말재주가 제일 기막힌 놈으로 골라서 변호를 맡길 거야. 그 애가 원한다면 자길 변호하는 연설도 직접 하게 해 줄 거고, 그럼 우리는 신문에서 그걸 전부 읽을 수 있을 거야. '약삭빠른 꾀돌이…… 날카롭게 터져 나오는 웃음소리…… 여기서 법정은 포복절도했다.' 어떠냐, 찰리, 응?"

"하하하!" 베이츠 군은 웃음을 터뜨렸다. "정말 엄청 신나는 일일 거예요, 안 그래요, 페이긴? 정말이지 꾀돌이는 그들을 단단히 골탕 먹일 거예요, 안 그래요?"

"먹일 거예요, 라니!" 페이긴이 소리쳤다. "당연히 그래야지…… 반드시 그럴 거야!"

"아, 정말 틀림없이 그럴 거예요." 찰리가 두 손을 비벼 대며 반복해서 말했다.

"벌써 그 모습이 눈에 선하게 보이는 것 같구나." 유태인이 제자를 바라보며 큰 소리로 말했다.

"나도 그래요." 찰리 베이츠도 소리쳤다. "하하하! 나도 그래요! 내 영혼을 걸고 말하는데, 정말 전부 눈앞에 선하게 보여요, 페이긴. 이거 정말 재미있군! 정말 더없이 재미있어! 큰 가발들이 모두 엄숙한 표정을 지으려고 애쓰는 가운데 잭 도킨스가 그들을 향해 궤변을 늘어놓겠지요, 마치 자신이 만찬을 마친 뒤 건배사를 하는 판사의 아들이기라도 한 것처럼 허

6) 법정에 나올 때 가발을 쓰는 판사나 변호사를 지칭한다.

물없고 편안한 태도로 말이에요…… 하하하!"

요컨대 페이긴 씨가 베이츠 군의 괴팍한 성질을 교묘하게 아주 잘 맞춰 주었기 때문에 이 어린 친구는 처음에는 감옥에 간 꾀돌이를 희생자라는 관점에서 바라보는 마음이 다소 강했으나 이제는 그를 지극히 비범하고 절묘한 희극적 장면의 주인공으로 여기게 되었고, 그 결과 옛 동료가 자신의 능력을 발휘할 기막힌 기회를 갖게 될 그 시간이 어서 빨리 오기를 조급하게 기다리는 심정이 되었다.

"그 애가 오늘 어떻게 지내는지 알아보아야 할 텐데, 뭔가 유용한 방법 같은 걸 써서 말이야." 페이긴이 말했다. "어디 보자."

"내가 가 볼까요?" 찰리가 물었다.

"절대 안 돼." 페이긴이 대답했다. "미쳤구나, 얘야, 단단히 미쳤어, 네 발로 걸어서 거길 가려고 하다니 그곳이 어떤…… 안 된다, 찰리, 안 돼. 한 번에 하나를 잃는 것으로 충분해."

"물론 당신이 직접 갈 작정은 아니겠죠, 설마?" 찰리가 익살스러운 시선으로 짓궂게 바라보며 말했다.

"그것도 별로 적절한 방법은 아닐 거야." 페이긴이 고개를 가로저으며 대답했다.

"그렇담 새로 온 이 친구를 보내는 게 어때요?" 베이츠 군이 노어의 팔에 손을 얹으며 물었다. "아무도 이 앨 모를 테니까요."

"그래, 맞아. 본인만 꺼리지 않는다면……." 페이긴이 맞장구를 쳤다.

"꺼리다니요!" 찰리가 끼어들며 말했다. "이 친구한테 꺼릴 게 뭐가 있겠어요?"

"정말 아무것도 없지." 페이긴이 볼터 씨를 돌아보며 말했다. "이보게, 정말 아무것도 없네."

"오, 아마 그렇겠죠, 아시다시피 말이에요." 노어가 문 쪽으로 뒷걸음을 치며, 그리고 놀라서 정신을 바짝 차린 듯이 고개를 가로저으며 말했다. "아뇨, 안 돼요…… 그런 건 안 해요. 그건 내 분야가 아녜요, 그건 아녜요."

"이 친구 분야가 뭔데 그러죠, 페이긴?" 베이츠 군이 노어의 껑충한 체구를 몹시 혐오스러운 듯이 훑어보며 물었다. "뭔가 문제가 생기면 줄행랑을 치고 모든 게 잘될 때는 먹을 걸 전부 처먹는 것, 그게 이 친구 담당 분야인가요?"

"넌 상관 마." 볼터 씨가 대꾸했다. "그리고 네 윗사람한테 함부로 굴지 마라, 꼬마야, 안 그럼 이상한 곳에다 처박아 버릴 테다."

베이츠 군은 이 엄청난 협박을 듣고 크게 웃음을 터뜨렸는데, 어찌나 격렬하게 웃어 댔는지 한참이 지난 뒤에야 비로소 페이긴은 둘 사이에 끼어들어 경찰서를 방문하는 것이 조금도 위험한 일이 아니라고 볼터 씨에게 설명할 수 있었다. 이 설명에 따르면, 볼터 씨가 관여한 그 조그만 사건이나 그의 인상착의는 아직 런던에 전혀 알려지지 않았을 것이므로 그가 피신하기 위해 런던에 온 사람이라는 의심을 받을 가능성은 거의 전무했다. 게다가 적당히 위장만 한다면 경찰서는 런던의 그 어느 곳만큼이나 그가 방문하기에 안전한 장소라고 할 수 있는데, 왜냐하면 모든 곳들 가운데 경찰서야말로 그가 제 발로 찾아갈 것이라고 생각할 가장 마지막 장소일 것이기 때문이었다.

부분적으로 이런 설명에 설득되기도 했지만, 더 크게는 페이긴에 대한 두려움에 압도당해 볼터 씨는 마침내 아주 마지못한 태도로 경찰서 탐방 임무를 떠맡기로 동의했다. 페이긴의 지시에 따라 그는 즉시 자기 옷을 벗고 짐마차꾼의 작업복과 우단 바지, 가죽 각반을 차려입었는데, 모두 유태인이 항상 준비해 두고 있는 물건들이었다. 볼터는 또 유료 도로 통행표가 잔뜩 꽂힌 중절모와 마차꾼의 채찍도 동일한 공급처를 통해 갖췄다. 이렇게 차리고 그는 코벤트 가든 청과물 시장에서 빠져나온 시골 촌놈이 호기심을 채우려다 그런 것처럼 경찰서 안으로 어슬렁대며 걸어 들어가기로 했다. 필요한 만큼 충분히 어색하고 못생기고 뼈만 앙상한 친구였으므로 페이긴은 그가 촌뜨기 역을 완벽하게 소화해 내지 못할지 모른다는 염려를 조금도 하지 않았다.

채비를 다 마친 후 그는 약삭빠른 꾀돌이를 알아볼 필수적인 특징이나 표시에 대한 설명을 듣고 베이츠 군을 따라 어둡고 구불구불한 길을 지나서 보가(街) 바로 근처까지 갔다. 찰리 베이츠는 볼터에게 경찰서의 정확한 위치를 알려 주면서, 통로를 따라 곧장 걸어가 안마당에 이르면 오른쪽 계단 위쪽의 문을 열고 들어가되 방으로 들어갈 때 모자를 벗어야 한다고 상세하게 설명한 다음, 어서 서둘러 가 보라고 지시를 내렸다. 그리고 헤어진 바로 그 지점에서 그가 돌아오기를 기다리겠다고 약속했다.

노어 클레이폴, 혹은 독자가 원한다면 모리스 볼터는 베이츠 군한테서 받은 지시를 꼼꼼하게 따랐는데, 그 지시가 지극히 정확해서 — 그만큼 베이츠 군은 그 장소를 굉장히 잘 알고 있었다 — 도중에 질문이나 방해를 받는 일이 전혀 없이 치안 판사가 있는 곳에 곧바로 도달할 수 있었다. 그는 주로 여자들로 이뤄진 많은 사람들 속에서 이리저리 떼밀렸는데, 이들은 더럽고 곰팡내 나는 방 안에 우글우글 모여 있었다. 방의 상단에는 난간으로 다른 곳과 분리해 놓은, 바닥보다 약간 높은 연단이 있었고, 왼쪽 벽에는 죄수들이 서는 피고석이, 가운데에는 증인석이, 오른쪽에는 치안 판사석이 각각 자리했다. 마지막에 언급한 이 존귀한 자리는 보통 사람들의 시선을 차단하는 칸막이를 쳐 놓아서 미천한 일반 대중은 의자에 앉은 위엄 가득한 판사님들의 모습을 상상으로만(물론 그럴 수 있다면 하는 말인데) 그려 보아야 했다.

피고석에는 여자 두 명밖에 없었는데, 그들은 자신들을 찬탄하며 바라보는 친구들에게 고개를 끄덕여 주고 있었고, 그러는 동안 서기가 두 명의 경찰관과 탁자 위로 몸을 구부린 평복 차림의 남자에게 증언 선서문 같은 것을 읽어 주고 있었다. 간수 한 사람은 피고석 난간에 기대고 서서 커다란 열쇠로 자기 코를 아무 생각 없이 계속 톡톡 쳐 댔는데, 그러다가 하릴없는 구경꾼들 사이에 대화를 나누려는 경향이 지나치게 커지면 하던 동작을 멈추고 조용히 하라는 명령을 선포하여 소란을 진압하곤 했다. 그는 또한 삐쩍 마른 아기가 엄마의 숄에

덮여 반쯤 숨이 막힌 채 희미하게 우는 소리를 내어 법의 엄숙함을 방해하면 엄마를 준엄하게 바라보며 "아기를 데리고 나가시오."라고 명령했다. 방 안은 답답하고 불쾌한 냄새가 났으며, 사방 벽이 때가 묻어 더럽고 천장은 시커멓게 변색이 되어 있었다. 벽난로 선반 위에는 연기에 그을린 낡은 흉상이 있고, 피고석 위쪽에는 먼지로 뒤덮인 시계가 걸렸는데, 방 안에 있는 것들 중 유일하게 제대로 돌아가는 것은 그 시계뿐이었다. 타락이나 궁핍, 또는 이 둘과의 일상적인 부대낌은 방 안의 모든 생명체들 위에 — 그들을 역겨운 듯이 내려다보는 모든 무생물체들 위에 두껍게 낀 기름 찌끼만큼이나 — 불쾌하기 짝이 없는 오점을 새겨 놓았기 때문이다.

노어는 꾀돌이를 찾기 위해 열심히 주위를 둘러보았다. 그러나 그 출중한 인물의 어머니나 누이로 상당히 잘 어울림직한 여자들이 몇 명 있고 그의 아버지와 굉장히 닮았다고 추정할 만한 남자도 두어 명이나 있었지만, 노어가 받은 도킨스 씨에 대한 묘사에 부합하는 사람만은 어디에도 보이지 않았다. 노어는 피고석의 여자들이 재판에 회부한다는 판결을 받고 허세를 부리며 끌려 나갈 때까지 상당히 긴장하고 불안한 상태로 기다렸다. 그러다가 마침내 또 다른 죄수 하나가 나타나는 것을 보고 금세 안도를 했으니, 그자가 바로 자신이 찾아온 대상임에 틀림없음을 즉시 느꼈던 것이다.

그는 정말로 도킨스 씨였다. 평소처럼 커다란 외투의 소맷자락을 걷어 올리고 왼손은 호주머니에 넣고 오른손은 모자를 든 채 뭐라고 설명할 길 없는 건들거리는 걸음걸이로 발을 질질 끌며 간수보다 앞장서서 방으로 들어왔다. 그리고 피고석에 자리를 잡고 서서는 또렷이 들리는 큰 목소리로 무엇 때문에 자신이 여기 이 불명예스러운 자리에 서게 되었는지 알려 달라고 요구했다.

"입 닥치지 못해?" 간수가 말했다.

"난 영국 국민이야, 안 그래?" 꾀돌이가 대꾸했다. "내 기본권은 다 어디로 갔어?"

"네 기본권은 곧 누리게 될 테니 걱정 마." 간수가 쏘아붙였다. "톡톡히 매운 맛과 함께 말이야."

"만약 그렇게 되지 않을 경우 내무 대신이 저 매부리[7]들한테 뭐라고 말하는지 어디 한번 두고 보자구." 도킨스 씨가 대답했다. "자! 지금 문제가 뭐야? 치안 판사들이 이 사소한 일을 빨리 처리해 주면 고맙겠어, 날 붙잡아 둔 채 신문만 읽지 말고 말이야. 왜냐면 내가 시내에서 신사 한 분과 약속이 있거든. 나는 약속을 잘 지키는 사람이고, 또 사업상의 일들에서 시간을 아주 잘 엄수하는 사람이기 때문에 만약 내가 제시간에 안 가면 그 사람은 그냥 가 버리고 말 거야. 그렇게 되면 아마 날 잡아 둔 자들은 손해 배상 소송을 당해 아주 꼴좋겠지. 아, 어디 한번 보자고, 정말 한번 보자고!"

이 시점에서 꾀돌이는 이후로 진행될 조치들에 대해 아주 각별히 유의하는 척하면서 간수에게 "판사석에 앉은 저 두 교활한 영감들의 이름"이 뭔지 알려 줄 것을 요구했다. 이 말에

---

7) 치안 판사를 지칭하는 범죄 은어.

구경꾼들은 굉장히 흥겨운 자극을 받아 만약 베이츠 군이 그 자리에 있었다면 그랬을 것처럼 아주 신나게 웃어 댔다.

"거기 조용히들 해!" 간수가 소리쳤다.

"무슨 사건이야?" 판사들 중 하나가 물었다.

"소매치기 건입니다, 나리."

"저 애가 전에도 여기 잡혀 온 적이 있는가?"

"이미 여러 번 왔어야 하는 놈입니다." 간수가 대답했다. "다른 데는 모두 거칠 대로 거친 놈입니다. 제가 잘 아는 놈입니다, 나리."

"오호! 당신이 날 안다고, 당신이?" 약삭빠른 꾀돌이가 간수의 진술에 주목하며 소리쳤다. "진짜 웃기는군. 이건 명예훼손감이야, 정말."

여기서 또 한 번 웃음이 터졌고, 또 한 번 조용히 하라는 명령이 선포되었다.

"자, 증인들은 어디 있소?" 서기가 말했다.

"아! 맞아." 꾀돌이가 덧붙였다. "증인들 어디 있어? 나도 좀 만나 보고 싶다고."

이 소망은 곧 충족되었다. 왜냐하면 경찰관 하나가 앞으로 나와 피고가 군중 속에서 신원 미상인 어느 신사의 호주머니를 털려는 것을 보았다고 진술했기 때문이다. 그에 따르면, 피고는 실제로 그 신사의 호주머니에서 손수건을 하나 빼냈는데, 아주 낡은 손수건이라서 그랬는지 그걸로 자기 얼굴을 한 번 닦은 후 조심스레 다시 집어넣었다. 이런 이유로 경찰관은 꾀돌이에게 다가가 즉시 체포했고, 몸을 수색한 결과 뚜껑에 주인의 이름이 새겨진 은제 코담배 갑을 전술(前述)한 이 꾀돌이의 몸에서 발견했다. 궁정 인명록을 조사해 담뱃갑 주인의 신원이 밝혀졌고, 바로 그 자리에 나와 있었다. 이 신사는 맹세하며 진술하기를 그 담뱃갑이 자기 것이 맞으며 전날 앞에서 언급된 군중 속을 빠져나가는 순간 잃어버렸다고 했다. 그는 또한 인파 속에서 한 어린 신사가 유난히 열심히 길을 헤치고 나아가는 것을 보았는데, 그 어린 신사가 바로 눈앞에 있는 피고라고 말했다.

"증인에게 물어볼 말이 있느냐, 꼬마야?" 판사가 말했다.

"난 그자와 대화를 나누는 천한 짓으로 내 자신의 격을 떨어뜨리고 싶지 않소." 꾀돌이가 대답했다.

"아무것도 할 말이 없는 게냐?"

"할 말 없냐고 물으시는 나리 말씀이 안 들려?" 간수가 아무 말이 없는 꾀돌이를 팔꿈치로 쿡 찌르며 물었다.

"미안하네만……." 꾀돌이가 정신이 팔린 듯 멍한 태도로 쳐다보며 말했다. "자네 지금 나한테 뭐라고 말을 걸었는가?"

"이렇게 완전히 막무가내인 꼬마 건달은 처음 봅니다요, 나리." 간수가 씩 웃으며 말했다. "무슨 할 말이 없냐고, 이 꼬맹이 녀석아?"

"없어." 꾀돌이가 대답했다. "여기서는 없어. 왜냐면 여기는 정의의 전당이 아니거든. 게다가 내 변호사는 지금 하원 부의장하고 아침 식사를 하는 중이라고. 하지만 다른 곳에선 난 뭔가 할 말이 있을 거야. 그건 내 변호사도 마찬가지고, 내가 아는 수많은 고위층분들도 마찬가지야. 그분들로 말하자면 저기 매부리들로 하여금 차라리 세상에 태어나지 않았더라면 하고 바라거나, 아니면 오늘 아침 나한테 횡포를 부리러 여기 나오기 전에 하인들을 시켜 모자걸이 못에다 목을 매달고 죽었어야 했는데 하고 후회하게 할 분들이야. 내가 말이야…….”

“그만! 이놈은 두말할 것 없이 재판 회부야!” 서기가 말을 중단시키고 말했다. “끌고 가.”

“따라와.” 간수가 말했다.

“오, 그래! 따라가 주지.” 꾀돌이가 손바닥으로 모자를 털면서 대답했다. “아하! (판사석을 향해) 당신들 겁에 질린 표정을 지어 봤자 아무 소용 없어. 난 당신들한테 자비를 베풀지 않을 거야, 어림 반 푼어치도 없어. 당신들은 반드시 대가를 치르게 될 거야, 이 훌륭하신 양반들아. 난 세상없어도 당신들과 처지를 바꾸지 않겠어! 난 이제 당신들이 무릎 꿇고 애원을 한다 해도 그냥 풀려나가지 않을 거야. 자, 간수, 날 감옥으로 데려가! 어서 데려가라고!”

이렇게 마지막 말을 던지면서 꾀돌이는 목덜미를 잡힌 채 끌려 나갔다. 그는 이번 일을 의회 차원의 사건으로 만들겠다는 위협을 계속 떠벌려 대더니, 안마당에 이르자 금세 환희와 자기만족에 가득 찬 표정으로 간수의 얼굴을 쳐다보며 씽긋 웃었다.

꾀돌이가 자그만 독방에 갇히는 것을 보고 노어는 베이츠 군과 헤어졌던 장소로 최대한 빨리 돌아갔다. 거기서 그는 얼마 동안 기다린 뒤에야 베이츠 군과 합류할 수 있었는데, 이 젊은 신사는 안전한 구석에서 조심스레 주변을 둘러보며 그의 새 친구가 혹시라도 부적절한 사람에게 미행당하지 않았는지 확인할 때까지 신중을 기하며 몸을 드러내지 않았던 것이다.

두 사람은 페이긴 씨에게 꾀돌이가 그동안의 교육에 완전히 부응하는 행동을 통해 눈부신 명성을 획득해 가고 있다는 고무적인 소식을 전하고자 서둘러서 함께 집으로 돌아갔다.

44장
냅시가 로즈 메일리에게 한 약속을 이행할 시간이 도래한다. 하지만 실패한다.

비록 교활한 꾀와 시치미 떼기의 모든 기술에서 능수능란한 여자였지만 낸시는 자신이 결행한 일에 대한 자의식으로 인해 마음에 일어나는 동요를 완전히 감출 수는 없었다. 그녀는 간교한 유태인과 잔인한 싸익스 둘 다 그동안 그녀를 의심할 구석이 없는 신뢰할 만한 동료로 완전히 믿고 다른 모든 사람들한테는 감추었던 계략들을 그녀에게는 털어놓곤 했다는 사실을 떠올렸다. 물론 그 계략들은 사악하고 그것을 꾸민 자들도 무모하기 그지없었으며, 그녀를 조금씩 조금씩 끌어들여 죄와 불행의 수렁에 점점 더 깊이 빠지게 한 페이긴에 대한 원한은 뼈에 사무치는 것이었다. 하지만 그래도 그녀는 심지어 페이긴에 대해서조차 마음이 약해지는 때가 이따금 있었으니, 그녀의 폭로로 인해 그토록 오랫동안 피해 왔던 가혹한 형벌의 손아귀에 붙잡힘으로써 그가 결국 그녀 때문에 파멸을 맞이하게 된다는 점이 — 그런 운명을 맞아도 지극히 당연한 인간이지만 — 여전히 주저되었던 것이다.

그러나 이런 것들은 한 가지 목적에 마음을 확고히 고정하고 어떤 경우에도 흔들리지 않겠다고 단단히 결심했음에도 불구하고 옛 동료들이나 친밀한 관계들로부터 자신을 완전히 떼어 내지 못했을 때 일어나는 심적 망설임에 불과했다. 오히려 싸익스에 대한 걱정이야말로 그녀로 하여금 아직 시간이 있는 동안 돌아서게 할 수 있는 강력한 요인이었을 것이다. 하지만 그녀는 그들이 자신의 비밀을 엄중히 지켜야 한다는 조건을 내걸었고, 그를 노출시킬 만한 단서를 아무것도 흘리지 않았으며, 심지어 그를 위해 자신을 둘러싼 모든 죄악과 비참함으로부터 도망칠 수 있는 기회까지 거절했으니 그 이상 뭘 더 할 수 있겠는가! 그녀의 결심은 확고했다.

비록 모든 정신적 갈등이 이런 결론으로 귀결되었음에도 그것들은 여전히 그녀의 마음속에 자꾸만 떠올랐고 또 그 흔적을 남겼다. 그녀는 며칠도 안 되어서 창백하고 수척해졌다. 때때로 자기 앞에서 일어나는 일에 전혀 주의를 기울이지 않았으며, 예전 같으면 제일 크게 떠들어 대었을 대화에도 전혀 참여하지 않았다. 어떤 때는 재미있는 일도 없는데 웃어 댔고, 아무 이유 없이 또는 아무 의미 없이 소란을 피웠다. 또 어떤 때는 — 대개는 소란을 피운 지 한순간도 지나지 않아서였다 — 우울한 표정으로 말없이 앉아 두 손으로 얼굴을 받친 채 생각에 잠기곤 했는데, 그녀가 이 상태에서 깨어나고자 안간힘을 쓰는 모습은 그녀가 불안한 상태이며 동료들이 의논

중인 문제들과 전혀 다른 동떨어진 문제들에 사로잡혀 있다는 것을 다른 징후들보다 훨씬 더 강력하게 드러내 주었다.

때는 일요일 밤이었고 가장 가까운 교회에서 시간을 알리는 종소리가 들렸다. 싸익스와 유태인은 이야기를 나누다가 멈추고 귀를 기울였다. 낮은 의자에 웅크리고 앉아 있던 여자도 고개를 쳐들고 귀를 기울였다. 11시였다.

"자정 한 시간 전이군." 싸익스가 덧문을 올리고 밖을 내다본 뒤 다시 자리로 돌아오며 말했다. "게다가 어둡고 음산한 날씨야. 작업하기 딱 좋은 밤인데 이거."

"아아!" 페이긴이 대답했다. "참으로 아쉽네, 빌, 이보게, 당장 준비된 일거리가 하나도 없으니 말이야."

"바른말 한번 했군." 싸익스가 퉁명스럽게 대답했다. "정말 아쉽군, 나도 모처럼 일할 기분인데 말이야."

페이긴은 한숨을 쉬며 낙심한 표정으로 고개를 저었다.

"사정이 좋아지는 대로 낭비한 시간을 보충해야 해. 내가 아는 건 그것뿐이야." 싸익스가 말했다.

"그래, 말 잘했네, 이보게." 페이긴이 용기를 내어 싸익스의 어깨를 두드려 주며 대답했다. "자네가 그렇게 말하니 힘이 나는군."

"뭐, 힘이 난다고!" 싸익스가 소리쳤다. "흥, 그러시겠지."

"하하하!" 페이긴이 마치 그런 동의라도 위안이 되는 것처럼 웃었다. "오늘 밤 자네답게 구는구만, 빌! 아주 자네다워."

"말라빠진 그 늙은 발톱이 내 어깨에 닿으면 난 나답게 느껴지지 않으니 저리 치우라구." 빌이 유태인의 손을 뿌리치면서 말했다.

“그게 자넬 초조하게 만드는가 보군, 빌…… 체포당하는 걸 떠올리게 하는가 보지?” 페이긴이 기분 나빠 하지 않기로 작정하고 말했다.

“악마한테 붙잡히는 느낌이라고.” 싸익스가 대꾸했다. “당신 같은 얼굴을 한 사람은 절대 또 없을 거야, 당신 아버지가 아니라면 말이야. 그리고 아마 그는 지금쯤 희끗희끗한 붉은 수염을 지옥 불에 그슬리고 있겠지, 당신이 아비 따위도 없이 악마한테서 곧장 태어난 게 아니라면 말이야. 물론 당신이 그런 존재라 해도 난 조금도 놀라지 않겠지만.”

페이긴은 이러한 찬사에 대해 아무런 대답도 하지 않고, 그 대신 싸익스의 옷소매를 잡아당기며 낸시를 가리켰다. 그녀는 두 사람의 대화가 진행되는 틈을 이용해 보닛을 쓰고 막 방을 빠져나가려는 참이었다.

“이봐!” 싸익스가 소리쳤다. “낸시. 이 밤중에 어딜 가려고 하는 거야?”

“멀리 안 가.”

“무슨 그따위 답이 있어?” 싸익스가 대꾸했다. “어디 가는 거야?”

“말했잖아, 멀리 안 간다고.”

“나도 말했잖아, 어디 가냐고?” 싸익스가 쏘아붙였다. “내 말 안 들려?”

“어디 가는지 나도 몰라.” 여자가 대답했다.

“그렇담 내가 알려 주지.” 싸익스는 여자가 가고 싶은 데 가는 걸 정말로 반대하는 마음이 있어서라기보다는 그냥 완고한 성질이 발동해서 말했다. “아무 데도 못 가. 자리에 앉아.”

“나 몸이 좀 안 좋아. 전에 말했잖아.” 여자가 대꾸했다. “바람 좀 쐬고 싶단 말이야.”

“창밖으로 머릴 내밀어.” 싸익스가 대답했다.

“그걸로는 충분하지가 않단 말이야.” 여자가 말했다. “거리로 나가서 쐬고 싶어.”

“그럼 바람 쐬지 마.” 싸익스가 대답했다. 그렇게 못 박으며 그는 자리에서 일어나 문을 잠그고 열쇠를 뽑았다. 그러곤 그녀의 머리에서 보닛을 낚아채어 낡은 옷장 위로 던져 버렸다. “자…….” 강도는 말했다. “이제 그 자리에 조용히 죽치고 있어, 알았어?”

“보닛이 없다고 못 나가는 그런 문제가 아냐.” 여자가 아주 창백해지면서 말했다. “왜 그러는 거야, 빌? 나한테 지금 무슨 짓을 하는지 알기나 하는 거야?”

“뭐, 무슨 짓! 아니 이런!” 싸익스가 페이긴을 돌아보며 소리쳤다. “저년이 제정신이 아냐, 안 그렇소? 그렇지 않고서야 나한테 감히 이런 식으로 말할 리 없어.”

“내가 정말로 미쳐 날뛰게 만들지 마.” 여자가 뭔가 격렬하게 터져 나오려는 것을 강제로 억누르는 듯 두 손을 가슴에 대고 중얼거렸다. “날 좀 가게 해 줘…… 당장…… 즉시.”

“안 돼!”

“날 보내라고 말해 줘요, 페이긴. 그러는 게 좋을 거예요. 그게 그에게 좋을 거라고요. 내 말 안 들려요?” 낸시는 발로 바닥을 쾅쾅 구르며 소리쳤다.

"네 말이 안 들리냐고?" 싸익스가 되받아 말하며 의자에서 돌아앉아 그녀를 마주 보았다. "오냐, 잘 들린다! 그래, 삼십 초만 더 지껄여 봐라, 개가 네 목을 물어뜯어 그놈의 깩깩거리는 목소릴 찢어발기게 만들 테니. 대체 뭐에 씌운 거야, 이 망할 년아? 뭐야?"

"날 가게 해 줘." 여자가 아주 진지하게 말했다. 그러더니 문 앞 바닥에 주저앉으며 말했다. "빌, 날 가게 해 줘. 당신은 지금 무슨 짓을 하고 있는지 몰라. 정말 몰라. 단 한 시간 동안만이라도…… 보내 줘…… 제발!"

"이년이 완전히 미쳐서 헛소릴 하는 게 아니라면." 싸익스가 그녀의 팔을 거칠게 잡으며 소리쳤다. "내 팔다릴 하나씩 하나씩 다 잘라 내도 좋아! 일어나!"

"날 보내 줄 때까진 못 일어나…… 날 보내 줄 때까진…… 절대…… 절대로 못 일어나!" 여자가 악쓰며 말했다. 싸익스는 일 분쯤 기회를 살피면서 지켜보다가 갑자기 그녀의 두 손을 붙잡아 결박하고는 몸부림치며 저항하는 그녀를 끌고 옆에 있는 작은 방으로 갔다. 거기서 자기는 긴 의자에 앉고 그녀는 작은 의자에 주저앉힌 다음 힘으로 눌러 꼼짝 못 하게 했다. 그녀는 12시를 알리는 종이 울릴 때까지 몸부림치고 애원하기를 번갈아 계속했는데, 12시가 넘자 지쳐서 완전히 기진맥진했는지 더 이상 고집을 피우지 않았다. 싸익스는 많은 욕을 섞어 가며 그날 밤 나가려는 수작을 더 이상 부리지 말라고 경고한 후 그녀를 혼자 천천히 쉬도록 내버려 두고 페이긴한테 돌아갔다.

"휴!" 집털이 강도는 얼굴에서 땀을 닦아 내며 말했다. "정말 지독하게 이상한 계집이라니까!"

"정말 그런 것 같네, 빌." 페이긴이 생각에 잠기며 대답했다. "정말 그런 것 같아."

"저년이 뭣 땜에 오늘 밤 갑자기 나가고 싶어 했다고 생각하시오?" 싸익스가 물었다. "자, 당신은 나보다 재를 더 잘 알잖소. 왜 그런 것 같소?"

"고집, 여자의 고집 때문인 것 같네, 이보게."

"글쎄, 나도 그런 것 같소." 싸익스가 으르렁대듯이 말했다. "저 앨 길들여 놓았다고 생각했는데 예전과 하나도 안 달라졌단 말이야."

"오히려 더 나빠졌어." 페이긴이 생각에 잠겨 말했다. "이렇게 사소한 일로 재가 저러는 건 처음 보네."

"나도 그렇소." 싸익스가 말했다. "내 생각엔 재 핏속에 아직 염증기가 남아 있는 것 같소. 그게 빠져나가야 하는데 안 그런 거야…… 그렇잖소?"

"충분히 그럴 수 있지."

"또다시 저렇게 난리를 피우면 귀찮게 의사를 부를 것 없이 내가 직접 피를 좀 뽑아 줘야겠어." 싸익스가 말했다.

페이긴은 이 치료 방법에 깊이 찬성한다는 표시로 고개를 끄덕거렸다.

"그녀는 내가 쓰러져 누워 있을 때 낮이고 밤이고 줄곧 곁을 지키며 간호를 해 줬소. 그야말로 음흉한 늑대 같은 당신은 얼씬도 안 하는 동안 말이야." 싸익스가 말했다. "게다가 우린 그동안 내내 아주 궁핍했소. 내 생각에 저 앤 이렇게 저렇게 많이 시달리며 고생했을 거요. 더구나 너무 오랫동안 여기 갇혀 있었던 탓에 답답하니 짜증도 났을 거고…… 안 그렇소?"

"바로 그거네, 이보게." 유태인이 속삭이는 말로 대답했다. "쉿!"

그가 이렇게 말하는 순간 여자가 나타나 아까 있던 자리에 다시 가서 앉았다. 눈은 부어오르고 충혈되어 있었다. 그녀는 앞뒤로 몸을 흔들어 대다가 고개를 뒤로 젖히더니 조금 후에 웃음을 터뜨렸다.

"아니, 쟤가 이제 다른 방향으로 튀고 있네!" 싸익스가 극도로 놀라는 표정을 짓고 동료를 돌아보며 외쳤다.

페이긴은 그 순간만큼은 신경 쓰지 말고 가만히 있으라고 고갯짓을 했다. 몇 분이 지나자 여자는 평소의 태도로 돌아갔다. 페이긴은 여자가 다시 발작을 일으킬 염려는 없다고 싸익스한테 속삭이고는 모자를 집어 들고 작별 인사를 했다. 방문 앞에 이르렀을 때 그는 걸음을 멈추더니 주위를 둘러보면서 어두운 계단을 내려가는 동안 누구 불 좀 비춰 줄 사람 없냐고 물었다.

"가서 영감 불 좀 비춰 줘." 싸익스가 파이프에 담배를 채우며 말했다. "영감이 혼자 목을 부러뜨려서 구경꾼들을 실망시키면 애석한 일일 테니까 말이야. 가서 불 좀 비춰 줘."

낸시는 촛불을 들고 아래층까지 노인을 따라갔다. 그들이 복도에 이르렀을 때 그가 손가락을 입술에 대더니 여자에게 바짝 다가서며 속삭이는 소리로 말했다.

"뭐니, 낸시, 응?"

"무슨 말을 하는 거예요?" 여자가 똑같이 속삭이는 어조로 대답했다.

"이 모든 것의 이유 말이다." 페이긴이 대답했다. "만약에 저 친구가 말이다……." — 그는 말라빠진 집게손가락으로 계단 위쪽을 가리켰다 — "너한테 너무 심하게 군다면(그는 짐승 같은 놈이야, 낸시, 정말 야수처럼 잔인한 놈이야.) 왜 있잖니, 네가……."

"내가 뭘요?" 페이긴이 그녀의 귀에 거의 닿을 만큼 입을 바짝 대고 두 눈으로 그녀의 눈을 들여다보며 말하다가 멈췄을 때 여자가 말했다.

"지금은 신경 쓸 것 없다. 나중에 다시 얘기하기로 하자. 난 너의 확실한 친구야, 낸시, 아주 충직한 친구지. 나한텐 조용하고 은밀한 수단이 늘 준비되어 있어. 만약 네가 널 개처럼 대하는…… 개처럼이라! 아니지, 개보다도 못하겠지, 왜냐면 그놈은 이따금 자기 개의 비위는 맞춰 주니까 말이야……그런 놈들한테 복수를 하고 싶다면 나한테 오거라. 정말이지 나한테 오거라. 그놈은 뜨내기로 만난 잡놈이지만 난 오래전부터 아는 사이잖니, 낸시야."

"난 당신을 잘 알죠." 여자가 조금도 감정을 드러내지 않으며 대답했다. "잘 가요."

그녀는 페이긴이 그녀의 손을 잡으려고 손을 내밀었을 때 움찔 뒤로 물러섰지만 차분한 목소리로 다시금 잘 가라는 인사를 하고는 그가 던지는 작별의 시선에 알겠다는 듯이 고개를 한 번 끄덕여 준 뒤 문을 닫았다.

페이긴은 머릿속에 활발히 떠오르는 몇 가지 생각에 몰두한 채 집을 향해 걸어갔다. 그는 낸시가 집털이 강도의 잔인한 학대에 넌더리가 나서 누군가 새 남자 친구에게 애정을 품게 되었다는 생각을 — 그날 밤 일어난 일들이 그 생각을 확실하게 굳혀 주는 역할을 했지만 그것을 통해서라기보다는 이미 그전부터 시간을 두고 조금씩 — 하게 되었다. 그녀의 태도가 바뀐 것, 빈번하게 혼자 외출하는 것, 예전엔 그토록 열성이었던 패거리의 관심사들에 상대적으로 무관심해진 것, 여기에 더하여 그날 밤 특정한 시간에 집을 나가지 못해 필사적으로 안달을 부린 것, 이 모든 것이 그의 추측을 뒷받침했으니 이 추측은 적어도 그에게는 거의 확실한 것이 되었다. 이 새로운 애정의 대상은 그가 부리는 자들 중 하나가 아니었다. 낸시 같은 보조자와 함께라면 그자는 가치 있는 획득물이 될 것이다. 따라서(페이긴은 그렇게 논리를 폈다.) 지체 없이 확보해야 할 대상이었다.

그가 또 하나 노리는 한층 음흉한 목적이 있었다. 싸익스는 너무나 많은 것을 알고 있었다. 게다가 그의 폭언과 조롱은 그동안 페이긴의 마음속에, 비록 그 상처를 감추고는 있었지만 뿌리 깊은 원한이 자라게 했다. 틀림없이 낸시는 만약 자신이 싸익스를 떨쳐 버리면 광분한 그가 자신을 가만히 내버려 두지 않을 뿐만 아니라 자신이 새로이 마음을 준 대상에게 반드시 — 손발을 부러뜨려 불구로 만든다든가 목숨을 끊어 놓는

다든가 하는 식으로 — 격렬한 분노를 터뜨리고 말리라는 점을 잘 알 것이었다. '조금만 설득하면…….' 페이긴은 생각했다. '세상 무엇보다도 쉽게 그녀로 하여금 그를 독살하는 일에 동의하게 만들 수 있을 거야. 여자들은 그런 목적을 이루기 위해서 예전부터 그런 짓을, 아니 그보다 더한 짓도 늘 해 왔거든. 그럼 위험한 악당 놈, 내가 증오하는 이 녀석은 사라지고 그 대신 다른 놈을 확보하는 셈이 되는 거지. 그리고 그녀의 범죄를 내가 알고 있으니 그녀에 대한 내 영향력은 무한해지고 말이야.'

집털이 강도의 방에서 혼자 앉아 있던 짧은 시간 동안에 페이긴의 머릿속을 스쳐 갔던 생각들은 바로 이런 것들이었다. 그리고 그는 그것들을 염두에 두고서 그 직후에 기회를 포착하여 낸시와 헤어질 때 몇 마디 파편적인 암시를 통해 속을 떠보았던 것이다. 그때 그녀는 놀라는 표정을 전혀 짓지 않았고, 또 그의 말뜻을 이해할 수 없다는 듯한 태도도 취하지 않았다. 여자는 그의 말을 분명히 알아들을 것이었다. 헤어질 때 그녀의 시선은 그 점을 확실히 보여 주었다.

하지만 싸익스의 목숨을 제거하자는 음모를 듣고 그녀는 못 하겠다고 물러설지도 모른다. 그런데 그거야말로 달성해야 할 주요 목표들 중 하나였다. '어떻게 하면…….' 페이긴은 집을 향해 천천히 나아가며 생각했다. '그녀에 대한 내 영향력을 강화할 수 있을까? 내가 새로운 지배력을 획득할 방법이 뭐 없을까?'

그런 자들의 머릿속은 방책들이 풍부한 법. 그녀한테 고백을 강요할 것 없이 감시자를 붙여서 그녀의 바뀐 연정의 대상이 누군지 알아낸 다음, 그녀가 그의 계략에 참여하지 않으면 (그녀가 정말 이만저만 두려워하는 게 아닌) 싸익스한테 전모를 폭로하겠다고 협박을 한다면 그녀의 동의를 쉽게 얻어 낼 수 있지 않겠는가?

"그래, 그럴 수 있을 거야." 페이긴은 소리가 거의 입 밖에 날 정도로 크게 말했다. "그러면 감히 거절하지 못할 거야. 절대로 못 할 거야, 절대로! 다 해결됐어. 방도는 준비되었으니 착수만 시키면 돼. 넌 곧 꼼짝없이 잡히고 말 거야!"

그는 조금 전에 떠나온 자기보다 더 대담한 악당이 있는 집을 향해 위협적인 손짓과 함께 음흉한 시선을 던진 뒤 가던 길을 계속 갔다. 그러면서 앙상한 두 손을 너덜너덜한 옷의 주름 밑에서 바쁘게 움직였는데, 마치 손가락 동작 하나하나로 혐오하는 원수를 으깨기라도 하는 것처럼 옷 안쪽을 손으로 꽉 움켜쥐고 세차게 비틀었다.

45장
노어 클레이폴은 페이긴에게서 비밀 임무를 부여받는다.

다음 날 아침 유태인 영감은 일찌감치 일어나서 자신의 새 동료가 나타나기를 초조하게 기다렸다. 새 동료는 끝없이 계속될 것처럼 오랫동안 꾸물댄 뒤에야 마침내 모습을 드러냈는데, 곧장 아침 식탁에 달려들어 게걸스럽게 먹어 대기 시작했다.

"볼터." 페이긴이 의자를 당겨 맞은편에 앉으며 말했다.

"네, 저 여기 있어요." 노어가 대답했다. "무슨 일이에요? 식사를 다 마칠 때까지는 내게 뭘 해 달라는 부탁 같은 걸 하지 말아요. 이곳의 큰 문제는 바로 그거라니까. 밥 먹을 시간을 충분히 주는 법이 결코 없단 말이야."

"먹으면서 이야기는 할 수 있잖아, 안 그래?" 페이긴이 친애하는 젊은 친구의 탐욕스러움을 마음속 저 밑바닥으로 저주하며 말했다.

"아, 그럼요, 이야기는 할 수 있지요. 이야길 할 때 난 더 잘 먹거든요." 노어는 엄청나게 큰 빵 조각을 잘라 내며 말했다. "샬럿은 어디 있죠?"

"나갔네." 페이긴이 말했다. "오늘 아침에 다른 아가씨와 함께 내보냈어, 우리 둘만 있고 싶어서 말이야."

"아!" 노어가 말했다. "나가기 전에 버터 바른 토스트 좀 만들어 놓으라고 했으면 좋았을걸. 뭐, 할 수 없지. 자, 이야길 해 봐요. 먹는 덴 방해가 안 될 테니까."

실제로 뭐든지 그를 방해할 염려는 별로 없어 보였으니, 그는 분명코 엄청나게 많이 먹어 치울 결심을 단단히 한 모습으로 앉아 있었기 때문이다.

"이보게, 자네 어제 일을 썩 잘했어." 페이긴이 말했다. "훌륭해! 첫날에 6실링하고도 9.5페니나 벌다니! 꼬맹이 털어먹기로 자넨 큰 부자가 되겠어."

"0.5리터짜리 단지 세 개하고 우유 깡통 하나도 했다는 걸 빼먹지 말아요." 볼터 씨가 말했다.

"그럼, 그래야지, 이보게. 단지들은 아주 기막힌 솜씨였어. 하지만 우유 깡통이야말로 정말 완벽한 대가급 업적이었네."

"내 생각에도 초보치고는 상당히 잘한 것 같아요." 볼터 씨가 자기만족에 빠져 덧붙였다. "단지들은 집 밖의 난간에서 집어 왔고 우유 깡통은 술집 바깥에 혼자 서 있었어요. 그게 비를 맞으면 녹이 슬거나 감기에 걸릴까 봐 걱정이 되길래 말이에요, 안 그래요? 하하하!"

페이긴은 아주 진심으로 따라 웃는 척했다. 볼터 씨는 한바탕 실컷 웃어 대고 빵을 연달아 크게 물어뜯어 버터 바른 첫 번째 큼지막한 빵 조각을 해치웠다. 그러곤 두 번째 빵 조각에 달려들었다.

"볼터, 난 자네가 말이야." 페이긴이 식탁 너머로 몸을 기울이며 말했다. "날 위해 자그만 일을 하나 해 줬으면 하네. 아주 조심하고 주의할 필요가 있는 일이라서 그러네, 이보게."

"이거 보세요." 볼터가 대꾸했다. "날 위험한 데 밀어 넣거나 그놈의 경찰서 같은 데로 다시 보내거나 할 생각은 말라고요. 그건 나한테 안 맞는 일이에요, 안 맞는 일. 내 말 분명히 알아 두세요."

"눈곱만큼도 위험할 게 없는 일이라네…… 아주 눈곱만큼도 말이야." 유태인이 말했다. "그저 여자 하나를 몰래 따라다니기만 하면 되네."

"늙은 여잔가요?" 볼터 씨가 물었다.

"젊은 여자라네." 페이긴이 대답했다.

"뭐, 그런 일이라면 내가 잘할 수 있지요." 볼터가 말했다. "난 학교 다닐 때 진짜로 끝내주는 비밀 염탐꾼이었거든요. 그런데 뭣 때문에 여잘 따라다니는 거죠? 혹시 나보고……."

"자네가 뭘 특별히 할 것은 없고 그저 나한테 그 여자가 어딜 가고, 누굴 만나는지, 그리고 가능하다면 무슨 이야기를 하는지 알려 주기만 하면 되네. 그게 길거리면 어느 길인지, 집이면 어느 집인지 등을 기억해 두면서 자네가 모을 수 있는 모든 정보를 나한테 가져다주기만 하면 되네."

"보수는 얼마나 줄 거예요?" 노어는 컵을 내려놓고 고용주의 얼굴을 빤히 쳐다보며 물었다.

“자네가 잘만 해내면, 이보게, 1파운드 주겠네. 1파운드나 말이네.” 페이긴은 볼터가 가능한 한 이 미행 건에 관심을 갖기를 바라면서 말했다. “게다가 이건 값나가는 수확을 얻을 게 전혀 없는 이런 종류의 일에 대해서 내가 아직까지 준 적이 없는 액수이네.”

“그 여자가 누구예요?”

“우리 패거리 중 하나라네.”

“이런, 맙소사!” 노어가 코끝을 추켜올리며 소리쳤다. “그 여자한테 의심스러운 구석이 생겼나 보죠, 그렇죠?”

“그 애가 새로운 친구들을 몇 명 사귀고 있는데 말이야, 이보게. 그들이 누구인지 꼭 알아야 하겠거든.” 페이긴이 대답했다.

“알겠어요.” 노어가 말했다. “그저 그들이 점잖은 사람들이라면 그들과 알고 지내는 기쁨을 누리기 위해서다, 뭐, 그런 거겠죠, 엥? 하하하! 좋아요, 맡겠어요.”

“내 그럴 줄 알았네.” 페이긴이 자기 제안이 성공한 것에 고무되어 소리쳤다.

“물론 그래야죠, 물론.” 노어가 대답했다. “그 여자 지금 어디 있어요? 어디서 기다려야 하나요? 어디로 가야 하죠?”

“그것들은, 이보게, 곧 다 말해 주도록 하겠네. 적당한 때에 그녀를 지목도 해 주고 말이야.” 페이긴이 말했다. “자넨 준비나 하고 나머진 나한테 맡기게.”

그날 밤과 다음 날 밤, 그리고 다시 그다음 날 밤 염탐꾼 노어는 구두를 신고 마차꾼의 복장을 갖추고 앉아 페이긴의 말이 떨어지는 즉시 출동할 준비를 하고 있었다. 여섯 날 밤이, 길고 지루한 여섯 날 동안의 밤이 그냥 지나갔다. 매일 밤 페이긴은 실망한 얼굴로 집에 돌아와 아직 때가 안 되었다는 이야기만 짧게 전했다. 일곱째 날 밤 그는 큰 기쁨을 감추지 못하는 표정으로 다른 날보다 일찍 돌아왔다. 일요일이었다.

"오늘 밤은 그 애가 틀림없이 밖에 나갈 거야." 페이긴이 말했다. "그것도 우리가 생각하는 바로 그 용건으로 말이야. 왜냐면 그 앤 하루 종일 혼자 있었고, 걔가 무서워하는 사내는 새벽까지 안 돌아올 거거든. 날 따라오너라. 빨리!"

노어는 아무 말도 없이 벌떡 일어났다. 유태인이 어찌나 강렬한 흥분 상태에 빠졌던지 그도 영향을 받아 함께 흥분했던 것이다. 그들은 은밀히 집을 빠져나와 미로 같은 거리를 이리저리 서둘러 지나 마침내 어느 주막 앞에 도착했다. 노어는 자기가 런던에 도착하던 날 밤 묵었던 바로 그 주막이라는 것을 알아차렸다.

11시가 지났고 주막 문은 닫혀 있었다. 페이긴이 낮게 휘파람을 한 번 불자 경첩 위로 문이 살그머니 돌며 열렸다. 두 사람은 소리 없이 들어갔고 그들 뒤로 문이 닫혔다.

페이긴과 문을 열어 준 젊은 유태인은 속삭이는 말조차 삼간 채 몸짓으로만 대화를 나누더니, 노어에게 유리창을 가리켜 보이며 그쪽으로 올라가서 옆방에 있는 사람을 살펴보라고 신호했다.

"저게 그 여잔가요?" 노어가 거의 숨소리보다 작은 소리로 물었다. 페이긴은 그렇다고 고개를 끄덕였다.

"얼굴이 잘 안 보여요." 노어가 속삭였다. "고개를 수그린 데다가 촛불이 등 뒤에 있단 말이에요."

"잠시 그대로 있거라." 페이긴이 속삭였다. 그가 바니에게 손짓하자 젊은 유태인은 물러갔다. 다음 순간 바니는 옆방에 나타났다. 그는 심지를 잘라 내는 척하면서 촛불을 적당한 자리에 옮겨 놓았다. 그리고 여자에게 말을 걸어 얼굴을 들게 했다.

"이제 잘 보여요." 염탐꾼이 소리쳤다.

"확실히 알아보겠니?"

"1000명 가운데 섞여 있어도 문제없어요."

옆방 문이 열리고 여자가 나오자 노어는 황급히 유리창 앞에서 내려왔다. 페이긴은 그를 커튼이 쳐진 작은 칸막이 뒤로 끌고 갔다. 그들이 숨을 죽이고 있을 때 여자가 그들이 숨은 곳으로부터 1미터도 안 되는 지점을 지나 그들이 들어왔던 문으로 나갔다.

"잠깐만!" 문을 잡고 있던 젊은 유태인이 소리쳤다. "이제 됐어!"

노어는 페이긴과 눈짓을 주고받고 쏜살같이 달려 나갔다.

"왼쪽으로." 바니가 속삭였다. "왼쪽으로 가. 그리고 길 건너편에서 쫓아가."

노어는 그렇게 했다. 가로등 불빛 속에 벌써 상당히 떨어져 저 앞에서 총총히 사라져 가는 여자의 모습이 보였다. 그는 신중을 기하며 최대한 가까이 따라잡은 뒤에 그녀의 행동을 좀 더 잘 살필 수 있도록 길 반대편으로 건너갔다. 그녀는 초조하게 두세 번 주위를 둘러보았고, 한번은 뒤를 바짝 따라오는 남자 둘을 먼저 보내기 위해 걸음을 멈추기도 했다. 앞으로 나아가면서 점점 용기가 생겼는지 좀 더 안정되고 확실한 걸음걸이로 걷는 것 같았다. 염탐꾼은 그녀에게서 눈을 떼지 않은 채 일정한 거리를 유지하면서 계속 뒤따라갔다.

46장
약속을 지키다.

교회 시계탑이 11시 45분을 알리는 종을 울렸을 때 두 사람의 형체가 런던교 위에 나타났다. 빠르고 날쌘 걸음으로 나아오는 한 사람은 여자의 모습이었는데, 마치 누군가 만나기로 약속한 사람을 찾는 것처럼 열심히 주위를 두리번거렸다. 또 다른 사람은 사내의 형상으로 최대한 어두운 그늘을 찾아 몸을 숨긴 채 살금살금 따라오고 있었다. 그는 좀 떨어진 거리에서 그녀와 걷는 속도를 맞춰 걸으며 그녀가 멈추면 멈추고 그녀가 다시 움직이면 살그머니 따라 움직였는데, 미행에 그렇게 열중한 가운데서도 절대로 그녀보다 빨리 걷는 일이 없도록 했다. 이렇게 두 사람이 미들섹스에서 써리 쪽으로 다리를 건넜을 때 여자가 간절한 시선으로 행인들을 살펴보다가 실망한 듯이 돌아섰다. 그 움직임은 갑작스러운 것이었지만 그녀를 감시하던 사내는 이 때문에 놀라거나 당황하지 않았다.

그는 교각 위의 움푹 들어간 곳들 중 하나로 슬쩍 피신해 들어가 난간 너머로 상체를 구부려 몸을 더욱 잘 숨긴 다음, 그녀가 반대편 인도로 지나가기를 기다렸다. 그녀가 아까와 같은 거리만큼 앞섰을 즈음 그는 조용히 미끄러져 나와 다시 뒤를 따라갔다. 다리 거의 중간쯤에서 그녀는 멈춰 섰다. 사내 역시 멈춰 섰다.

아주 어두운 밤이었다. 날씨가 고약한 날이었으므로 그런 시각에 그런 곳을 돌아다니는 사람은 거의 없었다. 어쩌다 있더라도 아주 빠르게 서둘러 지나갔으므로 그 사람이 여자나 그 감시자를 눈여겨보았을 가능성은 물론이고 두 사람이 그의 눈에 띄었을 가능성조차 거의 없었다. 두 사람은 또한 런던의 빈민 계층 사람들이 귀찮게 달라붙어 구걸할 만한 그런 차림새도 아니었다. 머리라도 눕히려고 차가운 구름다리 밑이나 문짝 없는 오두막 같은 데를 찾아서 그날 밤 우연히 다리 위를 지나던 그들은 지나가는 누구한테도 말을 걸지 않고 또 말을 걸어오는 사람 하나 없이 그저 조용히 그곳에 서 있을 뿐이었다.

강 위에는 엷은 안개가 드리워져 있었다. 이로 인해 여기저기 선착장 근처에 정박한 작은 배들 위에서 타오르는 모닥불의 빨간 화염이 더욱 선명하게 보였고 강둑 위의 어두컴컴한 건물들은 더욱 어둡고 흐릿하게 보였다. 강 양안의 연기에 그을린 낡은 창고들은 빽빽하게 밀집한 지붕과 박공들 위로 육중하고 음울하게 솟아올라 자신들의 꼴사나운 형체조차 비추지 못할 만큼 시커먼 강물을 찌푸린 얼굴로 험악하게 내려다보고 있었다. 기나긴 세월 그 오래된 다리의 거대한 수호자 역할을 해 온 유서 깊은 성 구세주 교회의 탑과 성 매그너스 교회의 첨탑이 어둠 속에서 부옇게 보였다. 하지만 다리 아래에 숲을 이룬 선박들과 그 너머로 여기저기 빽빽하게 늘어선 교회 첨탑들은 거의 모두 시야에서 가려져 있었다.

여자가 안절부절못하며 다리 이쪽에서 저쪽까지 — 숨어 있는 감시자가 면밀히 관찰하는 가운데 — 몇 차례 왔다 갔다 했을 때 성 바오로 교회의 육중한 종소리가 또다시 하루가 흘러갔음을 알렸다. 혼잡한 대도시에 자정이 찾아온 것이다. 궁궐, 저급한 지하 술집, 감옥, 정신 병원, 출산과 임종의 방들, 건강과 질병의 방들, 뻣뻣한 시체의 얼굴과 고요히 잠든 어린아이 얼굴…… 이 모든 것 위에 자정이 찾아든 것이다.

자정이 지난 지 이 분도 채 못 되었을 때였다. 다리에서 얼마 떨어지지 않은 곳에서 한 젊은 숙녀가 백발이 희끗한 신사를 대동하고 전세 마차에서 내려 마차를 돌려보내고는 다리를 향해 곧장 걸어왔다. 그들이 다리의 인도 위로 올라서자 여자는 깜짝 놀라는 듯하더니 곧 그들을 향해 다가갔다.

숙녀와 노신사는 주위를 둘러보며 앞으로 걸어왔다. 그들은 뭔가 아주 미미한 기대, 그것도 실현될 가능성이 거의 없는 일에 대한 희미한 기대를 지닌 사람들의 태도로 다가왔는데, 새로운 동행자가 그들 앞에 갑자기 나타난 것은 바로 그때였다. 그들은 깜짝 놀라 소리를 지르며 멈춰 섰지만 이내 소리를 억눌렀다. 왜냐하면 정확히 바로 그 순간 시골 사람 옷차림을 한 남자가 바짝 — 그들과 실제로 스치며 부딪칠 정도였다 — 다가왔기 때문이다.

“여기서는 안 돼요.” 낸시가 황급히 말했다. “여기서는 당신들과 이야기하는 게 두려워요. 저기…… 큰길에서 벗어난 곳으로…… 저 층계 밑으로 가요!”

이렇게 말하면서 그녀는 그들과 함께 가고 싶은 방향을 손으로 가리켰는데, 그때 시골 사람이 뒤돌아보며 도대체 뭣 때문에 인도를 전부 차지하고 있는 거냐고 거칠게 항의하고는 지나가 버렸다.

여자가 가리킨 층계는 써리 쪽 강둑에 있는 것으로 다리 끝의 성 구세주 교회가 있는 쪽이었으며, 강에서 올라오는 나루터 역할을 하는 계단이었다. 시골 사람 모습을 한 사내는 눈에 띄지 않게 그리로 급히 가더니, 그곳을 한순간 살펴본 다음 아래로 내려가기 시작했다.

이 계단은 다리의 일부였고, 세 개의 층계참으로 이루어져 있었다. 두 번째 층계참 바로 밑에서 왼쪽 돌벽은 아래쪽으로 내려가며 템스강을 향하는 장식용 벽기둥을 형성하며 끝난다. 벽이 끝나는 지점의 아래쪽 층계들은 옆으로 넓어지는데, 그래서 누구든지 벽의 모서리만 돌아서면 한 계단이라도 그 위쪽에 있는 사람들은 그를 절대로 볼 수 없다. 시골 사람은 이 지점에 이르러 주위를 급히 둘러보았다. 그리고 이보다 더 숨기 좋은 곳이 없는 데다가 썰물 때라 공간이 많았으므로 그는 장식 벽기둥을 등지고 옆으로 슬쩍 미끄러져 들어가 가만히 기다렸다. 그는 그들이 그 이상 아래로는 내려오지 않을 거라고, 설령 그들의 이야기를 엿듣지 못하더라도 최소한 안전하게 다시 뒤따라갈 수는 있을 거라고 깊이 확신했다.

이 구석진 장소에서 시간이 얼마나 느릿느릿 기어갔던지, 그리고 그가 기대했던 것과는 너무나 다른 이 밀회의 동기를 간파해 내고 싶은 열망이 얼마나 앞섰던지 염탐꾼은 두어 번 넘게 일이 수포로 돌아갔다고 단정하며, 그들이 훨씬 위쪽에 멈춰 섰거나 아니면 어딘가 전혀 다른 장소로 가서 그들만의 비밀스러운 대화를 나누고 있다고 믿었다. 그가 위쪽 길가로 다시 올라가기 위해 은신처에서 막 나오려는데, 바로 그 순간 발자국 소리가 들리더니 뒤이어 귀가 닿을 만큼 가까운 곳에서 목소리가 들려왔다.

그는 몸을 똑바로 펴고 벽에 바짝 붙었다. 그리고 숨을 거의 멈춘 채 주의 깊게 귀를 기울여 들었다.

"이 정도면 충분히 내려왔소." 신사의 것임에 틀림없는 목소리가 말했다. "난 이 아가씨가 더 이상 내려가는 걸 허락할 수 없소. 다른 사람들이라면 당신을 불신하는 마음이 너무 커서 이만큼도 따라오지 않았을 거요. 하지만 당신도 보다시피 난 기꺼이 당신의 비위를 맞춰 주고자 하오."

"내 비위를 맞춰 준다고요!" 신사를 따라오게 한 여자가 소리쳐 말했다. "나리는 정말로 사려가 깊으시군요. 내 비위를 맞춰 주고자 하다니! 그런데, 뭐, 이건 중요한 게 아니지."

"자, 보시오." 신사가 좀 더 친절한 어조로 말했다. "뭣 때문에, 무슨 목적으로 당신은 우리를 이 이상한 곳으로 데려온 거요? 왜, 뭣 때문에 불빛이 비치고 사람들이 오가는 저 위에서 이야기를 나누지 못하게 하고, 이 어둡고 음산한 구석으로 우릴 데리고 온 거냐 이 말이오?"

"아까 말했잖아요." 낸시가 대답했다. "거기서는 당신들과 이야기하는 게 두렵다고요. 왜 그런지는 모르겠지만……." 여자가 부르르 몸서리를 치며 말했다. "저는 오늘 밤 두려움과 공포가 너무나 심해 서 있지도 못할 지경이에요."

"뭐가 두려운 것이오?" 신사가 그녀를 동정하는 듯한 표정으로 물었다.

"저도 잘 몰라요." 여자가 대답했다. "저도 알았으면 좋겠어요. 죽음에 대한 끔찍한 생각들, 피 묻은 수의들, 불이 붙은 것처럼 내 몸을 타들어 가게 만드는 두려움, 이런 것들이 온종일 날 사로잡고 있었어요. 밤에 시간을 보내려고 책을 읽는데 그런 것들이 활자가 되어 나타났어요."

"상상이오." 신사가 그녀를 달래며 말했다.

"상상이 아니에요." 여자가 쉰 목소리로 대답했다. "맹세하지만 '관'이라는 단어가 책의 매 쪽마다 커다랗게 검은 글씨로 쓰여 있었어요…… 정말이에요. 게다가 오늘 밤 거리에서 내 옆으로 관이 하나 지나가기도 했어요."

"그야 전혀 특별할 게 없는 일이오." 신사가 말했다. "나도 자주 지나친다오."

"그건 진짜 관들이었겠지요." 여자가 대꾸했다. "이건 그런 게 아니었어요."

그녀의 태도에 너무나도 심상치 않은 무언가가 깃들어 있어 숨어 있는 염탐꾼은 그녀가 하는 말을 들으면서 살이 오그라들고 피가 얼어붙는 느낌이었다. 그는 젊은 숙녀가 상냥한

미행.

목소리로 그녀를 진정시키면서 그런 무서운 공상의 제물이 되지 않도록 마음을 단단히 먹으라고 간청하는 것을 들었을 때보다 더 큰 안도감을 느낀 적이 결코 없었다.

"그녀한테 친절하게 말해 주세요." 젊은 숙녀가 자신의 동행자에게 말했다. "불쌍한 사람! 그녀한테는 그게 필요한 것 같아요."

"당신네들의 그 신앙심 깊은 거만한 사람들은 오늘 밤 내 모습을 보면 고개를 빳빳이 쳐들고 지옥 불과 천벌에 대해 설교를 늘어놓겠지요." 여자가 소리쳤다. "아, 다정한 아가씨, 하느님의 백성이라고 자처하는 사람들이 왜 당신처럼 우리 불쌍한 존재들을 너그럽고 친절하게 대하지 않는 거지요? 젊고 아름답고, 또 그들이 잃어버린 모든 것을 가진 당신이야말로 그토록 겸손할 필요 없이 오히려 약간 거만하게 굴어도 될 사람이건만 말이에요?"

"아아!" 신사가 말했다. "터키인[8]도 기도할 때는 세수를 깨끗이 한 다음 얼굴을 동쪽으로 돌린다고 하오. 그런데 이 고결하다는 작자들은 세상을 비난하는 손으로 미소가 다 지워질 만큼 박박 얼굴을 문질러 씻은 후에 역시 어김없이 천국의 가장 어두운 쪽을 향해 그 얼굴을 돌린다오. 이슬람교도와 바리새인[9] 가운데 나보고 택하라면 전자를 권하겠소!"

신사의 이 말은 젊은 숙녀한테 하는 것처럼 보였는데, 아마

---

8) 이슬람교도를 지칭하는 표현.

9) 신약 성경에 나오는 형식적이고 위선적인 유태교도.

낸시한테 마음을 가다듬을 시간을 주려는 목적이기도 한 성싶었다. 신사는 곧바로 이어서 낸시에게 말을 걸었다.

"당신은 지난주 일요일 밤에는 여기 나오지 않았소." 그가 말했다.

"올 수가 없었어요." 낸시가 대답했다. "강제로 붙잡혀 있었어요."

"누구한테 말이오?"

"빌한테요…… 지난번 이 아가씨한테 말한 사람 말이에요."

"오늘 밤 우리를 이리로 오게 한 그 문제로 다른 사람과 연락하고 있다는 의심을 받은 건 아니겠지요?" 노신사가 걱정스럽게 물었다.

"아니에요." 여자가 고개를 가로저으며 대답했다. "그에게 이유를 말하지 않고 나 혼자 밖에 나오기는 굉장히 어려워요. 지난번에도 나오기 전에 아편을 타서 마시게 하지 않았다면 아가씨를 만날 수 없었을 거예요."

"당신이 돌아가기 전에 그가 깨었던가요?" 신사가 물었다.

"아뇨. 그리고 그이건 다른 누구건 날 의심하는 사람은 아무도 없어요."

"좋아요." 신사가 말했다. "자, 그럼 내 말을 잘 들으시오."

"어서 하세요." 그가 잠시 말을 멈추자 여자가 대답했다.

"이 젊은 숙녀가 당신이 약 두 주 전에 해 준 이야기를 나한테, 그리고 확실히 신뢰할 만한 다른 몇몇 친구들한테 전했소." 신사가 말을 시작했다. "솔직히 고백하건대 난 처음엔 당신을 액면 그대로 믿어도 되는지 의심했소. 하지만 지금은 그래도 된다고 굳게 믿소."

"그래요, 절 믿어도 돼요." 여자가 진지하게 말했다.

"다시 말하건대 난 그렇다고 굳게 믿고 있소. 내가 기꺼이 당신을 신뢰한다는 것을 증명하기 위해 숨김없이 말하는데, 우리는 이 멍크스라는 자의 두려움을 이용해 그로 하여금 그 비밀을, 그게 무엇이든지 간에 고백하도록 만들 작정이오. 그러나 만약…… 만약……." 신사가 말했다. "그를 붙잡을 수 없거나, 또는 붙잡는다 하더라도 우리 바람대로 그가 움직이지 않는 경우에 당신은 그 유태인을 우리한테 넘겨줘야 하오."

"페이긴을요?" 여자가 움찔 물러서며 소리쳤다.

"그자는 당신이 넘겨줘야만 하오." 신사가 말했다.

"그건 못 해요! 절대로 못 해요!" 여자가 대답했다. "그는 악마지만, 아니 나한테는 악마보다 더 나쁜 사람이지만 난 그건 절대로 못 하겠어요."

"못 하겠소?" 신사가 말했는데, 그는 이런 대답을 충분히 예상한 것처럼 보였다.

"절대로요!" 여자가 대답했다.

"왜 그런지 말해 주겠소?"

"한 가지 이유 때문이에요." 여자가 단호히 대꾸했다. "그리고 그 이유는 이 아가씨께서 알고 또 지지해 주기로 한 거예요. 난 이분이 그래 주시리라고 믿어요, 나한테 약속을 했으니까요. 그리고 또 한 가지 다른 이유가 있어요. 그 사람이 비록 타락한 삶을 살아왔지만 나 역시 같은 삶을 살아왔어요. 우리 가운덴 그렇게 타락한 길을 함께 걸어온 사람들이 많아요. 그런 그들을 나는 배반할 수 없어요. 그들도…… 그들 중 누구라도…… 나를 배반할 수 있었지만 안 그랬어요, 비록 나쁜 사람들이라 할지라도 말이에요."

"그렇다면……." 신사가 마치 자기가 목표했던 지점에 도달하기라도 한 듯 재빨리 말했다. "멍크스를 내 손에 넘겨주고 그에 대한 처리도 나한테 맡기시오."

"그가 다른 사람들을 밀고하면 어떻게 하죠?"

"그런 경우라도 그에게서 진실을 자백받기만 하면 거기서 문제를 종결짓겠다고 약속하오. 올리버의 짧은 과거에는 세상에 드러내면 고통스러울 어떤 사정들이 있음에 틀림없소. 그래서 일단 진실을 알아내기만 하면 그자들은 처벌하지 않도록 하겠소."

"만약 알아내지 못한다면요?" 여자가 가정하며 물었다.

"그렇더라도……." 신사가 말을 계속했다. "당신의 동의 없이는 페이긴을 법의 심판대에 넘기지 않겠소. 물론 그런 경우난 당신으로 하여금 동의하게 할 만한 이유들을 제시할 수 있을 것으로 생각하오."

"아가씨께서도 약속해 주시는 건가요?" 여자가 물었다.

"네, 약속해요." 로즈가 대답했다. "진심과 믿음을 다해 서약합니다."

"멍크스는 당신들이 이 일을 어떻게 알게 되었는지 절대로 알아차리지 못할 거라는 거죠?" 여자가 잠시 가만히 있다가 말했다.

"절대로 알 수 없을 거요." 신사가 대답했다. "우리가 가진

정보를 아주 신중히 사용해서 그가 추측조차 전혀 못 하게 하겠소."

"전 어릴 때부터 거짓말쟁이였고, 또 거짓말쟁이들 속에서 살았어요." 여자가 다시 한번 잠시 침묵하다가 말했다. "하지만 두 분의 말을 믿겠습니다."

믿어도 틀림없다는 보장을 두 사람한테서 들은 후 여자는 그날 밤 살짝 빠져나온 — 사실은 미행당하기 시작한 — 주막의 이름과 위치 등을 묘사하기 시작했는데, 너무나 작은 목소리로 이야기를 해서 염탐꾼은 그녀가 하는 말의 대강조차 파악하기 힘들 때가 많았다. 그녀가 이따금씩 말을 멈추는 것으로 보아 신사는 그녀가 알려 주는 정보 가운데 몇 가지를 급하게 적는 것 같았다. 주막의 구체적인 위치, 남의 눈에 띄지 않고 그곳을 제일 잘 지켜볼 만한 자리, 멍크스가 습관처럼 자주 나타나는 밤의 요일과 시각 등을 충분히 설명하고 났을 때 그녀는 멍크스의 생김새와 특징을 좀 더 분명하게 기억해 내기 위해 잠시 생각에 잠기는 듯했다.

"그는 키가 커요." 여자가 말했다. "그리고 체격이 다부진 편이지만 뚱뚱하진 않아요. 사람의 눈을 피하는 듯한 걸음걸이인데, 걸을 때 어깨너머를 처음엔 이쪽으로 다음엔 저쪽으로 계속해서 돌아보곤 합니다. 그걸 잊지 마세요. 왜냐면 그의 두 눈은 어떤 사람보다도 훨씬 더 얼굴 안쪽으로 푹 꺼져 들어가 있어서 그것 하나만으로도 그를 알아볼 정도니까요. 얼굴이 검은 편이고 머리카락과 눈도 마찬가지예요. 나이가 스물여섯이나 여덟 정도밖에 안 되었을 테지만 초췌하고 말라비틀어진 얼굴이에요. 입술은 자주 이빨 자국으로 흉하게 얼룩지고 일그러져 있어요. 왜냐면 지독한 발작을 일으키곤 하거든요. 어떤 때는 자기 두 손을 물어뜯어 온통 상처투성이로 만들기까지 한답니다…… 아니 왜 그렇게 놀라시는 거죠?" 여자가 갑자기 말을 멈추며 물었다.

신사는 자기가 그랬는지 잘 모르겠다고 서둘러 대답하고는 이야기를 계속하라고 청했다.

"방금 알려 드린 내용 중 어떤 것들은 아까 말한 그 술집에 있는 사람들한테서 알아낸 거예요." 여자가 말했다. "제가 그 사람을 본 건 두 번밖에 안 되는 데다 두 번 다 그는 커다란 망토로 몸을 감싸고 있었거든요. 그 사람을 알아볼 만한 특징으로 제가 말씀드릴 수 있는 것은 다 말씀드린 것 같아요. 아, 잠깐만요." 그녀가 덧붙였다. "목에, 그가 얼굴을 돌릴 때 목수건 밑으로 그 일부가 보일 만큼 목의 아주 위쪽에……."

"커다란 붉은 흉터가, 물이나 불에 덴 화상 자국 같은 게 있지 않소?" 신사가 소리쳤다.

"아니 어떻게?" 여자가 말했다. "그 사람을 아시는군요!"

젊은 숙녀도 놀라서 외치는 소리를 냈고, 잠시 동안 그들은 조용히 있었다. 얼마나 조용한지 그들의 숨소리가 염탐꾼한테 똑똑히 들릴 정도였다.

"그런 것 같소." 신사가 침묵을 깨면서 말했다. "당신이 묘사한 대로라면 그런 것 같소. 두고 봅시다. 많은 사람들이 기이하게도 서로 닮곤 하지요. 그러니 다른 사람일 수도 있소."

별것 아니라는 듯한 태도로 신사는 이런 뜻을 표명하면서 숨어 있는 염탐꾼 쪽으로 한두 걸음 가까이 다가섰다. 이 사실을 염탐꾼은 "틀림없이 그자야!"라고 중얼거리는 그의 목소리가 또렷하게 들리는 것을 통해 알 수 있었다.

"자……." 신사가 말했는데, 그 소리로 보아 종전에 있던 자리로 다시 돌아가는 것 같았다. "아가씨, 당신은 우리에게 지극히 귀중한 도움을 주었소. 난 당신 처지가 이것으로 인해 좀 더 좋아지기를 바라오. 내가 도울 만한 게 뭐 없겠소?"

"아무것도 없습니다." 낸시가 대답했다.

"그렇게 고집 피우며 거절만 하지 말아요." 신사가 훨씬 더 완고하고 무정한 마음이라도 감동시킬 만한 깊은 친절함이 깃든 목소리로 대답했다. "한번 생각해 보시오. 말해 봐요."

"아무것도 없습니다, 나리." 여자가 눈물을 글썽이며 말했다. "저를 돕기 위해 하실 수 있는 건 아무것도 없습니다. 전 정말이지 희망이 전혀 없는 사람입니다."

"당신은 스스로를 희망의 울타리 밖에다 던져 두고 있소." 신사가 말했다. "당신의 과거는 황무지처럼 낭비된 삶이었소, 젊음의 활기를 잘못 사용하고 창조주께서 딱 한 번 베푼 뒤 절대 다시는 안 주시는 진정 소중한 보물들을 아무렇게나 써 버리면서 말이오. 하지만 미래만큼은 희망을 품을 수 있을 것이오. 난 우리가 당신한테 마음과 정신의 평화를 줄 힘이 있다고 말하는 건 아니오. 왜냐하면 그것은 당신이 찾고자 할 때만 오는 것이니까. 하지만 당신에게 영국이나, 혹은 당신이 여기 남는 게 두렵다면 어디 다른 외국에 조용하고 안전한 피신처를 마련해 주는 것은 우리의 능력 범위 내에 있을 뿐만 아니라 우리의 가장 간절한 소망이기도 하오. 아침이 밝기 전에, 이 강이 첫 햇살을 받고 깨어나기 전에 우린 당신을 옛 동료들의 손이 전혀 닿지 않는 곳으로 데려가서 당신의 아무런 자취도 남지 않도록 해 줄 수 있소, 마치 당신이 이 순간 지구상에서 사라지기라도 한 것처럼 말이오. 자! 난 당신이 돌아가서 옛 동료 그 누구와 한마디라도 나누거나 옛 근거지 그 어느 곳을 한 번이라도 다시 쳐다보거나, 당신에게 역병이자 죽음이나 다름없는 그 공기를 다시 들이마시게 하고 싶지 않소. 모든 것을 버리고 떠나시오, 시간과 기회가 있을 때 말이오!"

"그녀는 이제 우리 말대로 할 거예요." 젊은 숙녀가 소리쳐 말했다. "망설이는 중이에요, 틀림없어요."

"그렇지 않은 것 같소, 아가씨." 신사가 말했다.

"맞습니다, 나리, 전 망설이고 있지 않아요." 여자가 잠깐 갈등하다가 대답했다. "전 제 과거의 삶에 쇠사슬처럼 묶여 있습니다. 전 지금 그것을 혐오하고 싫어하지만 버리고 떠날 수는 없습니다. 돌아서기에는 너무나 멀리 온 것임에 틀림없어요…… 하지만 잘 모르겠어요. 왜냐면 그런 이야기를 들은 게 얼마 전이었다면 전 그걸 일소에 부치고 말았을 텐데 지금은……." 그녀는 황급히 주위를 둘러보며 말했다. "하지만 두려움이 다시 밀려오는군요. 그만 집으로 가야겠어요."

"집이라고요!" 젊은 숙녀가 '집'을 크게 힘주어 말했다.

"네, 집으로요, 아가씨." 여자가 대답했다. "보잘것없지만 내 인생 전부를 바쳐 나 자신을 위해 꾸려 놓은 집으로 말이에요. 그만 헤어져요. 이러다가 들키거나 눈에 띄겠어요. 가세요! 어서! 제가 당신들께 뭔가 도움을 드렸다면, 바라는 건 그저 제가 혼자 제 갈 길로 가도록 내버려 두라는 것뿐이에요."

"더 이상 소용없겠소." 신사가 한숨을 쉬며 말했다. "여기에 이렇게 지체하고 있으면 그녀의 안전을 위태롭게 만들 수 있소. 이미 그녀의 계획보다 훨씬 더 오래 붙들어 둔 건지도 모르오."

"네, 맞아요." 여자가 재촉하듯 말했다. "벌써 그랬어요."

"이 불쌍한 사람이 다다를 인생의 종착점은 과연 어떤 것일까요!" 젊은 숙녀가 소리쳤다.

"어떤 것이냐고요!" 여자가 말을 그대로 받으며 대답했다. "저 앞을 보세요, 아가씨. 저 시커먼 강물을 보세요. 저 같은 여자가 걱정해 주거나 슬퍼해 줄 사람 하나 없이 저 강물 속에 뛰어드는 이야기를 얼마나 읽어 보셨나요? 지금부터 몇 년 후가 될지, 아님 단 몇 달 후가 될지는 모르겠지만 저도 결국에는 그렇게 되고 말 거예요."

"그런 식으로 말하지 마세요, 제발." 젊은 숙녀가 흐느끼며 대답했다.

"그 소식이 당신 귀에는 결코 닿지 않을 거예요, 다정한 아가씨. 하느님께서 그런 끔찍한 일은 막아 주시기를!" 여자가 대답했다. "잘 가세요, 잘 가세요!"

신사가 돌아섰다.

"이 지갑이라도." 젊은 숙녀가 소리쳤다. "이거라도 날 위해서 제발 받아 주세요, 어렵거나 곤란할 때 조금이라도 도움이 되게 말이에요."

"싫어요!" 여자가 대답했다. "내가 도와 드린 건 돈 때문이 아니에요. 이 사실을 내가 마음속에 그대로 간직하게 해 주세요. 하지만…… 당신이 몸에 지닌 물건이라면 하나 주세요. 그런 거라면 하나 받고 싶어요…… 아뇨, 아뇨, 반지는 말고…… 장갑이나 손수건 같은 것…… 친절하신 당신의 물건으로 내가 기념하며 간직할 만한 것이면 돼요, 아가씨. 네, 좋아요. 정말 고마워요! 하느님께서 축복해 주시기를. 잘 가세요, 잘 가세요!"

여자가 격하게 흥분한 상태이고, 또 행여 발각이라도 되면 그녀가 학대와 폭행을 당할까 걱정이 되었는지 신사는 그녀가 간청하는 대로 그만 헤어지기로 결심한 것 같았다. 돌아서서 올라가는 발걸음 소리가 들렸고 목소리도 그쳤다.

다리 위로 곧 젊은 숙녀와 동행의 모습이 나타났다. 그들은 층계 꼭대기에서 멈춰 섰다.

"잠깐, 들어 보세요!" 젊은 숙녀가 귀를 기울이며 소리쳤다. "그녀가 부르지 않았나요? 목소리가 들린 것 같았어요."

"아니오, 아가씨." 브라운로 씨가 슬픈 얼굴로 뒤를 돌아보며 대답했다. "그녀는 꼼짝 않고 있다오. 우리가 갈 때까지 그렇게 있을 거요."

로즈 메일리는 더 있으려고 머뭇머뭇했지만, 노신사가 그녀의 팔을 끼고는 부드럽게 힘을 주어 끌고 갔다. 그들이 사라지자 여자는 돌계단 한편에 거의 큰대자로 쓰러지다시피 했다. 그러곤 가슴속의 고뇌를 비통한 눈물로 쏟아 냈다.

얼마 후에 그녀는 일어섰다. 그리고 힘없이 비틀거리는 발걸음으로 큰길로 올라갔다. 놀란 마음으로 엿듣던 염탐꾼은 그 후 몇 분 동안 제자리에 꼼짝 않고 있다가 조심스레 주위를 여러 번 살펴보고 아무도 없는 것을 확인한 뒤 숨어 있던 곳에서 천천히 기어 나왔다. 그러곤 아까 내려올 때와 같은 방식으로 벽의 그늘 속에 몸을 숨긴 채 살그머니 위로 올라갔다.

층계 꼭대기에 이르렀을 때에도 노어 클레이폴은 두어 번 넘게 둘러보며 아무도 보는 사람이 없다는 것을 확인한 후, 최대한의 속도로 그곳을 빠져나와 두 다리가 낼 수 있는 가장 빠른 속도로 유태인의 집을 향해 달려갔다.

47장
치명적인 결과.

날이 밝기까지 두 시간 가까이 남은 시각이었다. 일 년 중 가을 이 시간은 진정으로 한밤중이라고 일컬을 만한 때였으니, 길거리는 그야말로 인적 하나 없이 고요했다. 소리들마저 잠들어 버린 듯했고 방탕과 난봉도 비틀비틀 집으로 돌아가 꿈속에 곯아떨어졌다. 이처럼 적막하고 고요한 시간에 페이긴은 잠을 자지 않고 낡은 의자에 그대로 앉아 있었다. 얼굴이 얼마나 일그러지고 창백했던지, 또 두 눈이 얼마나 빨갛게 충혈되었던지 그는 사람이라기보다는 차라리 무덤에서 막 나온 축축한 모습으로 악령의 괴롭힘을 받는 어떤 소름 끼치는 유령에 더 가까웠다.

그는 찢어진 낡은 이불을 둘러쓰고 불 꺼진 벽난로 앞에 웅크린 채 얼굴을 옆 탁자 위에 놓인 사그라져 가는 촛불 쪽으로 향하고 앉아 있었다. 오른손을 입술까지 들어 올린 그는 생각에 잠긴 채 길고 시커먼 손톱을 물어뜯었는데, 이빨 없는 잇몸 양쪽으로 개나 쥐의 엄니라고 해도 될 만큼 흉측한 송곳니가 몇 개 드러나 보였다.

바닥에 깐 매트리스에는 노어 클레이폴이 사지를 쭉 펴고 누워 깊은 잠에 빠져 있었다. 이따금 노인은 한순간 그에게로 시선을 돌렸다가 다시금 촛불을 바라보곤 했는데, 오랫동안 타들어 간 촛불의 심지가 거의 둘로 접힐 만큼 길게 늘어지고 뜨거운 촛농이 탁자에 흘러내려 잔뜩 덩어리를 이룬 것으로 보아 뭔가 다른 생각에 깊이 빠진 것이 분명했다.

실제로 그랬다. 자신의 중요한 계획이 좌절된 데 대한 굴욕감, 낯선 자들과 감히 내통한 계집에 대한 증오심, 자기를 넘겨 주기를 거부한 그녀의 진실성에 대한 완전한 불신, 싸익스에게 복수를 못 하게 된 극심한 실망감, 경찰에 발각되고 파멸하여 죽게 될 것에 대한 두려움, 그리고 이 모든 것으로 인해 불붙은 격렬하고 끔찍한 분노. 이런 격정적인 생각들이 서로 꼬리를 물고 빠르게 끊임없이 소용돌이치면서 페이긴의 머릿속을 스쳐 지나갔으며, 그러는 동안 마음속에서는 온갖 사악한 생각들과 세상에서 가장 음험한 결심들이 꿈틀꿈틀 똬리를 틀었다.

그는 조금도 자세를 바꾸지 않은 채 시간에 대해 전혀 개의하지 않는 것처럼 앉아 있었는데, 그러다가 길에서 들려오는 발자국 소리에 그의 예민한 귀가 반응하며 퍼뜩 정신을 차린 듯했다.

"마침내 왔군." 그가 메마르고 열에 들뜬 입을 닦으며 중얼거렸다. "마침내 왔어!"

그렇게 말하는 순간 초인종이 조용히 울렸다. 그는 살그머니 1층 현관으로 올라갔다. 그리고 금세 얼굴을 턱까지 가리고 겨드랑이에 보따리 하나를 낀 사내를 데리고 돌아왔다. 사내가 의자에 앉아 외투를 벗어 던지자 싸익스의 우락부락한 체구가 드러났다.

"자!" 그가 보따리를 탁자에 내려놓으며 말했다. "그걸 잘 맡아서 최대한 높은 값을 받아 주시오. 손에 넣느라고 어려움깨나 먹었소. 세 시간 전에 끝내고 올 줄 알았는데."

페이긴은 보따리를 들어 찬장에 넣고 잠근 다음 아무 말 없이 다시 앉았다. 하지만 그러는 동안 한순간도 강도에게서 눈을 떼지 않았으며, 이제 둘이 정면으로 얼굴을 마주 보고 앉게 되자 더욱 뚫어져라 싸익스를 응시했다. 입술이 얼마나 격렬하게 떨렸는지, 그를 지배하는 격정으로 인해 얼굴이 얼마나 이지러졌는지 집털이 강도는 자기도 모르게 의자를 뒤로 밀치고는 정말 깜짝 놀란 표정으로 그를 훑어보았다.

"또 뭐요?" 싸익스가 소리쳤다. "뭣 땜에 사람을 그렇게 쳐다보는 거요?"

페이긴이 오른손을 들더니 부들부들 떨리는 집게손가락을 허공에 흔들었다. 하지만 너무나 강렬한 격정에 사로잡혀 한동안 말문을 열지 못했다.

"젠장!" 싸익스가 경악한 표정으로 손을 품 안에 넣고 더듬으며 말했다. "이 영감이 미쳤군. 이거 조심하지 않으면 안 되겠어."

"아니네, 아니야." 페이긴이 마침내 목소리를 되찾고 대답했다. "그게 아니네…… 자네 때문이 아냐, 빌. 난 자네한테는 아무…… 아무 불만 없네."

"오, 그러셔, 그러시다 이 말이지?" 싸익스가 험악하게 노려보며 말했다. 그러면서 보란 듯이 권총을 좀 더 꺼내기 편한 주머니에다 옮겨 넣었다. "다행이군, 우리 둘 중 하나한텐 말이야. 그게 누군지야 상관할 바 없지만."

"자네한테 할 말이 있네, 빌." 페이긴이 의자를 가까이 끌어당기며 말했다. "나보다 자네한테 더 고약한 이야기라네."

"그래?" 강도가 못 미더워하는 태도로 대꾸했다. "말해 보시오! 서두르시오, 안 그럼 낸시는 내가 죽은 줄 알 거요."

"죽은 줄 안다고!" 페이긴이 소리쳤다. "걔는 벌써 그 문제를 마음속으로 확실히 결정해 놓았다네."

싸익스는 굉장히 당혹스러운 기색으로 유태인의 얼굴을 들여다보았다. 하지만 거기서 수수께끼 같은 그 말에 대한 만족스러운 설명을 읽어 내지 못하자 커다란 손으로 영감의 코트 목깃을 꽉 움켜쥐고는 한바탕 호되게 흔들어 댔다.

"똑바로 말 못 하겠어, 엉?" 그가 말했다. "안 그럼 아예 숨통을 확 끊어 버릴 테다. 아가리 똑바로 열고 쉬운 말로 뭔지 잘 얘기해. 자, 털어놔, 벼락 맞을 이 늙은 똥개 자식아, 어서 털어놔!"

"만약에 저기 누워 있는 저 친구가……." 페이긴이 말하기 시작했다.

싸익스는 마치 그때까지 보지 못했던 것처럼 고개를 돌려 노어가 자고 있는 쪽을 바라보았다. "그래, 뭐야!" 그가 자리에 다시 앉으며 말했다.

"만약 저 친구가 말이네." 페이긴이 말을 이었다. "우리 모두를 까바쳐서…… 밀고하려 한다고…… 그러니까, 먼저 그런 목적에 맞는 적당한 사람들을 찾아낸 다음, 길거리에서 그들과 만나 우리 생김새를 자세히 설명하고, 우리를 알아볼 모든 특징과 우리를 제일 쉽게 찾아낼 수 있는 술집을 전부 알려 주었다고 가정하세. 게다가 이 모든 것 외에도 우리 모두가 다소간 관여하고 있는 계획까지 밀고하려 한다고 치세…… 그것도 자발적으로…… 붙잡히거나 함정에 빠지거나 재판을 받거나 목사의 꾐에 빠지거나 독방에 갇혀 빵과 물만 먹는 신세가 되거나 해서가 아니라…… 자발적으로, 스스로 마음이 내켜 가지고 밤에 몰래 빠져나가서 우리에게 가장 적대적인 사람들을 만나 우릴 까바치려 했다고 치세. 무슨 말인지 알아듣겠나?" 유태인이 분노로 두 눈을 번뜩이며 소리쳤다. "저 친구가 그 모든 짓을 했다고 가정하세, 그럼 어떻게 하겠나?"

"어떻게 하겠냐라니!" 싸익스가 무지막지한 욕설을 내뱉으며 대답했다. "저놈이 내가 올 때까지 목숨이 붙어 있다면 놈의 골통을 쇠로 된 내 구두 뒷굽으로 짓이겨서 대가리의 머리카락 수만큼 잘게 갈아 버릴 거야!"

"만약에 내가 그랬다면 어떻게 할 텐가?" 페이긴이 거의 고함을 지르듯이 소리쳐 물었다. "너무나 많은 것을 알고, 그래서 나 말고도 수많은 사람들을 교수형 당하게 할 수 있는 내가 했다면 말이야!"

"글쎄, 몰라." 싸익스가 생각만으로도 얼굴이 하얗게 질린 채 이를 악물고 대답했다. "감방에서 뭔가 쇠고랑을 찰 만한 짓을 저지른 다음, 당신과 함께 재판을 받으러 법정에 나갔을 때 그 쇠고랑으로 당신을 덮쳐 사람들이 보는 앞에서 대갈통을 박살 내 버릴 거야. 난 힘이 아주 엄청나다구." 강도는 억센 근육질의 팔을 들어 보이며 중얼거렸다. "짐을 가득 실은 짐마차가 깔아뭉갠 것처럼 당신 머리통을 으깨 버리는 건 일도 아냐."

"정말 그럴 건가?"

"내 안 그럴 것 같아?" 집털이 강도가 말했다. "한번 시험해 봐, 그럼."

"만약에 그게 찰리나 꾀돌이, 혹은 벳이나……."

"누구든 마찬가지야." 싸익스가 짜증스럽게 대답했다. "누가 됐든 똑같은 꼴을 당하게 해 줄 거야."

페이긴은 강도를 빤히 노려보았다. 그러더니 손짓으로 조용히 있으라고 한 다음, 바닥의 침상 위로 몸을 구부려 자는 사람을 흔들어 깨웠다. 싸익스는 의자에 앉아서 몸을 앞으로 기울이고 두 손을 무릎 위에 올려놓은 채 이 모든 질문과 준비가 결국 무엇으로 이어질지 몹시 궁금한 듯이 바라보았다.

"볼터, 볼터! 불쌍한 녀석!" 페이긴이 기대감에 찬 악마 같은 얼굴로 싸익스를 쳐다보며 천천히 뚜렷하게 힘주어 말했다. "몹시 지쳤군…… 너무 오랫동안 그녀를 감시하느라고 지쳤어…… 그녀를 감시하느라고 말이야, 빌."

"대체 무슨 말이야?" 싸익스가 뒤로 물러나며 물었다.

페이긴은 아무 대답도 하지 않고 자는 사람한테로 다시 몸을 숙이더니 그를 잡아 일으켜 앉혔다. 노어는 자신의 가명이 몇 차례 반복해 불리고 난 뒤에야 눈을 비비고 크게 하품을 하며 졸린 얼굴로 주위를 둘러보았다.

"다시 한번 그 얘길 해 다오…… 다시 한번, 이 친구가 들을 수 있도록 말이야." 유태인은 싸익스를 가리키며 말했다.

"뭘 말하라는 거예요?" 노어가 졸려서 뿌루퉁하게 몸을 흔들며 물었다.

"그 얘기 말이야…… 낸시에 대한 것." 페이긴은 싸익스가 이야기를 충분히 다 듣기 전에는 집을 뛰쳐나가지 못하게 하려는 것처럼 그의 손목을 꽉 움켜잡으며 말했다. "넌 그 애 뒤를 따라갔지?"

"네."

"런던교까지?"

"네."

"거기서 그 애가 두 사람을 만났다고?"

"네, 그랬어요."

"신사 한 사람과, 그 애가 예전에 자기 발로 찾아갔던 어떤 숙녀였다고? 그들은 그 애한테 친구들 모두를 넘기라고 했지, 멍크스부터 시작해서 말이야…… 그녀는 멍크스를 넘기기로 했고…… 그의 인상착의를 묘사해 달라니까 그렇게 했고…… 또 우리가 자주 가고 만나는 집이 어디냐고 물어보니까 말해 줬고…… 그 집을 감시하기 제일 좋은 자리가 어디냐고 하니까 말해 줬고…… 사람들이 언제 거기에 모이냐고 하니까 말해 줬지. 이 모든 것을 그 애가 다 말해 줬지. 한마디 협박도 없었는데, 뭐라고 졸라 대는 말조차 전혀 없었는데, 그 앤 모든 것을 다 이야기했지…… 그렇지…… 안 그래?" 페이긴은 극심한 분노로 반쯤 미친 듯이 소리쳤다.

"맞아요." 노어가 머리를 긁적이며 대답했다. "정확히 다 그대로예요!"

"그들이 뭐라고 말했다고? 지난 일요일에 대해서 말이야."

"지난 일요일에 대해서라!" 노어가 생각을 더듬으며 대답했다. "아니, 아까 다 말했잖아요."

"다시 말해 봐. 다시 말이야!" 페이긴이 싸익스를 잡은 손을 더욱 세게 움켜쥐고 다른 손을 높이 휘두르며 소리쳤다. 그의 입술에서 거품이 날렸다.

"그들은 여자한테 물었어요." 노어가 말했다. 그는 잠이 좀 더 깨면서 싸익스가 누군지 알아보기 시작한 것 같았다. "지난 일요일에 왜 약속한 대로 나오지 않았냐고 물었어요. 그녀는 올 수 없었다고 대답했어요."

"왜 그랬대…… 왜? 그걸 말해 봐."

"왜냐하면 자기가 전에 말했던 남자인 빌한테 강제로 집에 붙들려 있었기 때문이라고 했어요." 노어가 대답했다.

"그 남자에 대해 또 뭐라고 했지?" 페이긴이 소리쳤다. "그녀가 전에 말했던 그 남자에 대해 또 뭐라고 했냐고? 그걸 말해 봐, 그걸 말이야."

"글쎄, 자기가 어디 가는지 그에게 말하지 않고는 문밖에 쉽게 나올 수 없다고 했어요." 노어가 말했다. "그래서 처음 그 숙녀를 만나러 가던 날은 그에게…… 하하하! 그 얘길 들었을 때 난 소리 내 웃을 뻔했어요. 정말로요…… 아편 탄 것을 마시게 했다고 했어요.”

“지옥 불에 타 죽을 년!” 싸익스가 유태인을 사납게 뿌리치면서 소리쳤다. “이거 놔!”

그는 영감을 거칠게 내팽개치고는 방에서 뛰쳐나갔다. 그러곤 미친 듯이 난폭하게 계단을 달려 올라갔다.

“빌, 빌!” 페이긴이 황급히 그의 뒤를 쫓아가며 소리쳤다. “한마디만. 딱 한마디만.”

집털이 강도가 현관문을 열고 나갈 수 있었다면 이 한마디는 나누지 못했을 것이다. 하지만 문이 열리지 않아 강도는 헛되이 욕설과 폭력을 퍼부었고, 그사이 유태인이 헐떡이며 올라왔다.

“이 문 열어.” 싸익스가 말했다. “나한테 말 걸지 마. 위험할 수 있어. 문 열어, 어서!”

“내 말 한마디만 듣게.” 페이긴이 자물쇠에 손을 얹으며 대답했다. “자네 혹시 너무…….”

“너무 뭐?” 상대방이 대꾸했다.

“너무…… 폭력적으로…… 나가진 않을 거지, 빌?”

날이 막 밝아 오는 중이었고, 두 사람이 서로의 얼굴을 볼 정도의 빛은 충분했다. 그들은 짤막한 시선을 교환했다. 두 사람의 눈에는 불길이 타올랐고, 그것은 오해할 여지가 전혀 없었다.

“내 말은 말이야.” 페이긴이 이젠 어떤 위장도 소용없음을 느꼈다는 것을 감추지 않고 말했다. "안전을 위해 너무 폭력적으로 굴진 말게. 솜씨 있게 하게, 빌. 너무 격하게 하진 말게."

싸익스는 아무 대답도 하지 않은 채 페이긴이 자물쇠를 열어 준 문을 활짝 열어젖히고 고요한 거리로 달려 나갔다.

한번 쉬거나 한순간 생각해 보지도 않은 채, 한차례 좌로든 우로든 고개를 돌리거나 하늘을 올려다보거나 땅을 내려다보지도 않은 채, 오직 무자비한 결의에 차서 앞만 똑바로 보면서, 이를 너무나 단단히 악문 탓에 꽉 눌린 턱이 살을 뚫고 튀어나올 것 같은 형세로 강도는 곤두박질치듯 계속 내달렸다. 자기 집 문 앞에 도착할 때까지 한마디도 중얼거리지 않고 근육 하나도 이완시키지 않았다. 그는 열쇠로 문을 조용히 열고는 계단을 살그머니 걸어 올라갔다. 그러곤 방에 들어가 문을 이중으로 잠근 뒤, 무거운 탁자를 들어다 문 앞에 받쳐 놓고 침대의 커튼을 열어젖혔다.

여자는 옷을 반쯤 입은 채로 침대에 누워 있었다. 그가 들어오는 소리에 이미 잠에서 깨어난 상태였다. 그녀는 깜짝 놀란 얼굴로 황급히 몸을 일으켰다.

"일어나!" 사내가 말했다.

"아, 빌, 당신이야!" 여자가 그가 돌아온 것을 기뻐하는 표정으로 말했다.

"그래." 사내의 대답이었다. "일어나."

촛불이 하나 타고 있었지만 사내는 그것을 촛대에서 홱 잡아 빼서 벽난로 받침쇠 밑으로 내던졌다. 여자는 창밖으로 이른 아침의 희미한 빛이 비치는 것을 보고 커튼을 걷으려고 일어섰다.

“그냥 놔둬.” 싸익스가 손을 내밀어 그녀를 막으며 말했다. “내가 해야 할 일을 하기에는 이 정도 빛이면 충분해.”

“빌!” 여자가 놀란 목소리로 낮게 말했다. “왜 날 그런 눈으로 쳐다보는 거야!”

강도는 콧구멍을 벌름거리고 가슴을 들썩이면서 몇 초 동안 그녀를 응시하며 앉아 있었다. 그러더니 그녀의 머리와 목을 움켜잡고는 방 한가운데로 끌고 가서 문 쪽을 한번 바라본 뒤 커다란 손으로 입을 틀어막았다.

“빌, 빌!” 여자가 극도의 격렬한 공포와 싸우며 숨 막히는 소리로 말했다. “난…… 비명이나 소릴 지르지 않을게…… 절대로…… 내 말 좀 들어 봐…… 나한테 말해 봐…… 내가 뭘 어쨌기에 그러는지 말해 줘!”

“너 스스로 잘 알잖아, 이 악마 같은 년아!” 강도가 숨죽인 목소리로 대답했다. “넌 오늘 밤 미행당했어. 네가 한 말은 하나도 빠짐없이 다 들통났어.”

“그렇다면 제발, 내가 당신의 목숨을 살렸듯이 당신도 내 목숨을 살려 줘.” 여자가 그에게 매달리며 대답했다. “빌, 사랑하는 빌, 당신은 설마 날 죽일 만큼 무자비한 사람은 아니겠지. 아! 내가 당신을 위해 포기한 그 모든 것을 생각해 봐. 오늘 밤만 해도 난 얼마나 포기했는지 몰라. 조금만 생각할 시간을 가져 보고 이 끔찍한 죄를 저지르지 마. 난 이 손을 놓지 않을 거야, 당신은 날 떨쳐 버릴 수 없어. 빌, 빌, 제발, 당신 자신을 위해, 그리고 날 위해, 내 피를 흘리기 전에 멈춰! 난 당신한테 진실하게 행동했어. 내 죄 많은 영혼을 걸고 맹세하건대 정말이야!"

사내는 두 팔을 빼내려고 격렬하게 몸부림쳤다. 하지만 여자가 두 팔로 그의 팔을 꽉 낀 채 죄고 있어서 아무리 그녀를 잡아 뜯어도 두 팔을 떼어 낼 수 없었다.

"빌……." 여자가 그의 가슴에 머리를 기대려고 애쓰며 소리쳤다. "그 신사와 그 친절한 숙녀는 오늘 밤 내가 인생을 홀로 평화롭게 마칠 수 있는 집을 외국 어딘가에 마련해 주겠노라고 했어. 내가 그들을 다시 만나 무릎을 꿇고 당신한테도 똑같은 자비와 친절을 베풀어 달라고 부탁할 수 있게 해 줘. 우리 둘 다 이 끔찍한 곳을 떠나 각자 헤어져서 좀 더 나은 삶을 살아가도록 해. 기도할 때 말고는 우리가 어떻게 살았는지 다 잊어버리고 절대로 더 이상 서로 만나지 않으면서 말이야. 죄를 뉘우치는 데는 아무리 늦어도 결코 늦지 않아. 그들이 그렇게 말했고…… 나도 지금 그렇게 느껴…… 하지만 우리는 시간이 필요해…… 약간의, 약간의 시간이 말이야!"

집털이 강도는 팔 하나를 빼냈다. 그리고 권총을 잡았다. 총을 쏘면 틀림없이 즉시 발각되고 말리라는 생각이 격분한 가운데서도 머릿속을 스쳐 지나갔다. 그는 그걸로, 자신의 얼굴에 거의 닿을 만큼 위로 치켜든 얼굴을, 있는 힘을 다해 두 차례 내려쳤다.

그녀는 비틀거리다가 쓰러졌다. 이마에 찍힌 깊은 상처에서 피가 줄줄 흘러내려 앞이 거의 보이지 않았지만 그녀는 힘겹게 몸을 일으켜 무릎을 꿇고는 품 안에서 하얀 손수건을…… 바로 로즈 메일리의 손수건을…… 꺼냈다. 그러곤 마주 잡은 두 손으로 그것을 그녀의 약한 기력이 허락하는 한 높이 하늘을 향해 쳐들고 그녀의 창조주에게 자비를 비는 기도 한마디를 간신히 속삭였다.

그것은 눈 뜨고 보기에 참으로 소름 끼치는 형상이었다. 살인자는 벽 쪽으로 비틀비틀 물러서며 손으로 눈을 가리더니 묵직한 몽둥이 하나를 집어 들어 그녀를 내려쳤다.

48장
싸익스의 도망.

드넓은 런던의 각 지역에 밤이 내리덮인 이후로 어둠의 장막 밑에서 저질러진 모든 악행 가운데 이것은 가장 악랄한 짓이었다. 아침 공기에 악취를 풍기며 깨어나는 모든 끔찍한 행위들 가운데 이것은 가장 역겹고 잔인한 짓이었다.

태양이 — 단순히 빛만이 아니라 새로운 생명과 희망, 신선함을 인간에게 가져다주는 눈부신 태양이 — 혼잡한 도시 위에 밝고 빛나는 찬란함을 뿌리기 시작했다. 값비싼 색유리 창이든 종이로 메꾼 창문이든 대성당의 둥근 지붕이든 썩어 가는 지붕 틈새든 태양은 똑같이 햇살을 비추었다. 태양은 살해당한 여자가 쓰러져 있는 방도 밝게 비추었다. 어김없이 비추었다. 살인자는 햇빛을 막아 보려고 했다. 하지만 햇빛은 아랑곳하지 않고 흘러 들어왔다. 어둑한 새벽빛 속에서도 충분히 소름 끼치는 광경이었는데, 이제 온통 눈부시게 빛나는 햇빛

속에서 얼마나 더 섬뜩한지!

그는 움직이지 않았다. 움직이기가 두려웠다. 신음 소리가 한차례 나면서 여자의 손이 까닥거렸다. 분노에 공포가 겹쳐 그는 다시 내려치고 또 내려쳤다. 그는 바닥의 깔개를 던져 시체를 덮어 보았다. 하지만 여자의 두 눈을 상상으로 떠올리는 것은, 그 눈이 자신을 쫓아 움직이는 것을 상상하는 것은 마치 피 웅덩이가 햇빛에 반사되어 천장에서 춤추며 떠는 것을 바라보기라도 하는 듯 위를 노려보고 있는 그 두 눈을 직접 보는 것보다 더 무서웠다. 그는 깔개를 다시 홱 걷어 치웠다. 시체가 드러났다. 그저 피투성이 살덩어리에 불과했다. 그 이상 아무것도 아니었다. 하지만 얼마나 끔찍한 살덩어리고, 얼마나 많은 피였는지!

그는 성냥을 그어 난로에 불을 지피고 몽둥이를 거기에 쑤셔 넣었다. 몽둥이 끄트머리에 묻은 머리카락이 불꽃을 내며 가벼운 재로 변하더니 공기에 실려 굴뚝 위로 소용돌이치며 날아갔다. 모질고 독한 그였지만 그것조차 무서웠다. 하지만 몽둥이를 놓지 않고 그것이 불에 타 부러질 때까지 기다렸다. 그런 다음 석탄불 위에 올려놓고 끝까지 태워 재만 남겼다. 그는 몸을 씻고 옷을 문질러 닦았다. 지워지지 않는 자국들이 있었지만 그 부분은 잘라서 태워 버렸다. 핏자국이 방 도처에 얼마나 많이 튀었는지! 개의 다리까지 온통 피범벅이었다.

이러는 동안 내내 그는 단 한 번도 시체에게 등을 보이지 않았다. 그랬다, 단 한 순간도 안 보였다. 준비가 다 끝나자 뒷걸음질로 문을 향해 움직이면서 그는 개가 발을 다시 더럽혀 범죄의 새로운 증거를 길거리로 가져가지 않도록 개를 질질 끌고 갔다. 그는 문을 가만히 닫고, 자물쇠를 채우고, 열쇠를 뺀 다음 집을 떠났다.

그는 길을 건너가 창문을 올려다보고 밖에서는 아무것도 보이지 않는다는 것을 확인했다. 창문엔 여전히 커튼이 쳐져 있었다. 그녀가 아까 다시는 못 보게 될 햇빛을 들이기 위해 열려고 했던 커튼이었다. 시체는 거의 그 바로 밑에 놓여 있었다. 그는 그걸 잘 알고 있었다. 맙소사, 햇빛이 바로 그 지점에 얼마나 쏟아지고 있었는지!

그가 힐끗 위를 쳐다본 것은 한순간이었다. 방에서 빠져나왔으니 이젠 안심이었다. 그는 개한테 휘파람으로 신호를 보내고 재빨리 걸어서 사라졌다.

그는 이즐링턴을 지나 휘팅턴[10] 기념비가 있는 하이게이트의 언덕을 큰 걸음으로 올라갔다. 거기서 확실한 목표도 없고 어디로 갈지도 정하지 않은 채 하이게이트 힐로 접어들었는데, 그 길로 내려가기 시작하자마자 다시 오른쪽으로 꺾어졌다. 그리고 들판을 가로지르는 오솔길을 따라가다가 캔 숲 가장자리를 지나갔고, 그렇게 하여 햄스테드 히스 황야로 나왔다. 헬스 계곡 옆 골짜기를 가로질러 간 다음, 그는 반대편 둑으로 올라가 햄스테드와 하이게이트의 마을들을 연결하는 도로를 건넌 뒤 황야의 나머지 부분을 따라서 노스 엔드의 들판

10) 리처드 휘팅턴(1358~1423). 자수성가하여 런던 시장까지 역임한 유명한 인물.

을 향해 나아갔다. 그리고 그 들판 한곳의 생나무 울타리 밑에 누워 잠을 잤다.

그는 금세 다시 일어나서 길을 떠났다. 멀리 시골로 가지 않고 큰길을 타고 다시 런던을 향해 나아갔는데, 그러더니 다시 되돌아갔고, 그러다가 이미 지나왔던 지역의 다른 부분을 통과했으며, 그런 다음 이리저리 들판을 헤매고 다니다 도랑가에서 누워 쉬고, 벌떡 일어나 어딘가 다른 곳을 향해 나아간 뒤 또다시 같은 행동을 반복하고…… 그런 식으로 그는 정처 없는 방황을 계속했다.

가까우면서도 사람들이 별로 안 모이는 곳으로 먹고 마실 것을 얻을 만한 데가 어디 가면 있을까? 헨던. 그래, 그리 멀지도 않고 사람들도 거의 안 다니는 아주 훌륭한 곳이야. 그는 그곳으로 걸음을 향했다. 때로는 달리고, 때로는 심사가 이상하게 뒤틀려 달팽이 같은 속도로 늑장을 부리거나 아니면 아예 멈춰 서서는 생나무 울타리를 지팡이로 하릴없이 후려치면서 나아갔다. 하지만 그곳에 도착했을 때 그가 만나는 사람들은 모두 — 문간에 서 있는 아이들조차 — 그를 의심스럽게 바라보는 것 같았다. 비록 오랜 시간 음식물을 전혀 입에 대지 못했지만 그는 빵 한 조각 술 한 모금 사 먹을 용기를 내지 못한 채 다시 돌아섰다. 다시 한번 그는 햄스테드 히스 황야로 돌아와 어디로 갈지 모른 채 배회했다.

그는 한없이 먼 거리를 헤매고 다녔지만 여전히 똑같은 장소로 돌아와 있었다. 아침과 정오가 지나고 이제 날이 저무는 중이었지만 그는 여전히 이리저리, 오락가락, 빙글빙글 맴돌

왔고, 여전히 똑같은 자리를 배회하고 있었다. 마침내 그는 그곳을 벗어나 해트필드로 방향을 잡고 나아갔다.

밤 9시쯤 되었을 때 지쳐서 기진맥진한 사내와 평소에 없던 무리한 운동으로 다리를 절며 비트적거리는 개는 조용한 마을의 교회 옆 언덕을 내려와 좁은 거리를 터벅터벅 걸어서 어느 자그만 주막으로 기어 들어갔다. 주막의 가물가물한 불빛이 그들을 그리로 이끌었던 것이다. 바에는 난롯불이 지펴져 있었고 시골 노동자 몇 명이 그 앞에서 술을 마시고 있었다. 그들은 낯선 손님에게 자리를 내주었지만 그는 제일 구석진 곳에 앉아서 혼자 먹고 마셨다. 아니 차라리 개와 함께 먹었다고 하겠는데, 개한테 이따금 음식을 한 조각씩 던져 주었던 것이다.

그곳에 모인 사람들의 대화는 인근의 토지와 농부들에 대한 것으로 흘렀다. 그러다 그 이야깃거리가 모두 소진되자 지난 일요일에 장례를 치른 어느 노인의 나이에 대한 것으로 옮겨 갔다. 그 자리에 있던 젊은 사람들은 죽은 노인의 나이가 아주 많았다고 여기는 반면, 동석한 노인네들은 아직 상당히 젊은 편이었다고 공언했다. 백발의 할아버지 하나는 자기보다 나이가 많지 않았다면서 몸조심을 잘했더라면, 몸조심만 좀 잘했더라면 최소한 십 년이나 십오 년은 더 살았을 거라고 말하기도 했다.

이 대화에는 주의를 끌거나 놀랄 만한 내용이 아무것도 없었다. 강도는 음식 값을 치르고 나서 구석에 그대로 앉아 눈길을 끌지 않고 조용히 있다가 잠에 빠져들었는데, 마침 새로 온 사람이 요란스럽게 문을 열고 들어오는 바람에 반쯤 잠에서 깼다.

그는 괴상한 사내였는데, 반은 행상인에 반은 엉터리 약장수로 숫돌, 칼 가는 혁대, 면도날, 면도용 비누, 마구용 연고, 개나 말 치료약, 싸구려 향수류, 화장품 같은 각종 물건들을 상자에 넣어 등에 둘러메고 걸어서 시골을 돌아다니며 팔고 다니는 자였다. 그가 들어온 것을 계기로 시골 사람들은 이런 저런 친근한 농담들을 늘어놓기 시작했는데, 농담은 그가 저녁 식사를 마칠 때까지 수그러들지 않았다. 식사를 마친 그는 자신의 보물 상자를 열고는 교묘한 수완으로 그 유쾌한 분위기를 영업에 활용하기 시작했다.

"그런데 저 물건은 뭔가? 먹어도 괜찮은 건가, 해리?" 시골 사람 하나가 히죽 웃더니 구석에 있는 어떤 합성물 덩어리를 가리키며 물었다.

"이 물건으로 말하자면……." 사내가 덩어리 하나를 꺼내며 말했다. "그야말로 확실하고 진귀한 합성 비누로 모든 종류의 더럼, 녹, 때, 곰팡이, 반점, 얼룩, 자국, 오점 따위를 비단, 공단, 린넨, 고급 아마포, 광목, 무명, 면직물, 융단, 능직물, 옥양목, 인견, 모직물 등등 모든 천에서 싹싹 지워 주는 명물이랍니다. 포도주 자국, 과일 자국, 맥주 자국, 물 자국, 페인트 자국, 역청 자국, 그 어떤 자국이든지 이 확실하고 진귀한 합성 비누로 한 번만 쓱 문지르면 깡그리 없어지지요. 정조를 더럽힌 숙녀분이 있다면, 이것을 하나 꿀꺽 삼키기만 하면 단번에 모든 게 깨끗이 해결이 됩니다. 왜냐면 독약이니까요. 이것을 증명해 보고 싶은 신사분이 있다면, 그저 자그만 조각 하나만 집어삼켜 보면 즉각 모든 의심이 다 사라질 겁니다. 권총 총알만큼이나 효과 만점이니까요. 게다가 맛은 훨씬 더 고약하기 짝이 없는지라 이것을 먹는 게 더욱 명예로운 행위가 되지요. 자, 한 덩어리에 1페니입니다. 이 모든 효험에도 불구하고 한 덩어리에 단돈 1페니입니다!"

두 사람이 즉각 구입을 했고, 청중 가운데 여러 명은 망설이는 모습이 뚜렷했다. 행상인은 이것을 보고 더욱 더 장황하게 떠벌렸다.

"이건 만들자마자 전부 팔리는 물건이랍니다." 사내는 말했다. "물방아가 열네 개에 증기 기관 여섯 개, 화학 전지 한 개가 쉬지 않고 돌아가며 만들어 대는데도 수요를 따라가지 못해요. 일꾼들이 너무나 고되게 일하다가 죽어 나갈 정도인데도 말입니다. 과부들한테는 곧장 연금이 지급되는데, 아이 한 명당 연간 20파운드, 쌍둥이일 경우엔 할증금이 따로 지급되지요. 자, 한 덩어리에 1페니! 0.5페니짜리 동전 두 개도 좋고, 4분의 1페니짜리 동전 네 개도 기쁘게 받습니다. 한 덩어리에 단돈 1페니입니다! 포도주 자국, 과일 자국, 맥주 자국, 물 자국, 페인트 자국, 역청 자국, 진흙 자국, 핏자국까지 싹입니다! 여기 계신 한 신사분의 모자에 얼룩이 있군요, 제가 깨끗이 지워 드리겠습니다, 저한테 맥주 한잔 내시기도 전에 말입니다."

"아니!" 싸익스가 깜짝 놀라 일어서며 소리쳤다. "그 모자 이리 내!"

"제가 깨끗이 지워 드리지요, 선생." 사내가 좌중을 향해 눈을 찡긋하며 대답했다. "모자를 가지러 방을 건너오시기도 전에 말입니다. 자, 신사 여러분, 이 신사분 모자에 있는 시커먼 얼룩을 보세요. 1실링짜리 동전보다 크진 않지만 0.5크라운짜리 동전보다 두껍게 밴 얼룩입니다. 이게 포도주 자국이든 과일 자국이든 맥주 자국이든 물 자국이든 페인트 자국이든 역청 자국이든 진흙 자국이든, 아니면 핏자국이든……."

사내는 더 이상 말을 잇지 못했다. 싸익스가 무시무시한 저주를 퍼부으며 탁자를 뒤엎고, 그에게서 모자를 빼앗은 뒤 집 밖으로 뛰쳐나갔기 때문이다.

살인자는 하루 종일 자신도 어쩔 수 없게 따라다니던 뒤틀린 감정과 망설임을 그대로 지닌 채 달아나다가 아무도 쫓아오지 않는 것을 깨닫고 또 주막에 있던 사람들 대부분이 자기를 성미 고약한 술주정뱅이쯤으로 여길 거라고 생각하며 발길을 다시 읍내 쪽으로 돌렸다. 거리에 서 있는 어느 역마차의 눈부신 등불 빛을 피해서 멀찌감치 그 옆을 지나가던 그는 그것이 런던에서 온 우편 마차이며 지금 자그만 우체국 앞에 서 있다는 사실을 알아차렸다. 그는 무슨 소식이 도착했을지 거의 확신했지만, 그래도 길을 건너가서 귀를 기울였다.

마차 문 앞에 배달부가 우편 행낭을 기다리며 서 있었다. 그때 사냥터지기 같은 옷차림을 한 사내가 나타났고, 배달부는 그에게 인도 위에 준비해 놓았던 바구니를 건네주었다.

"당신네 사람들 거라네." 배달부가 말했다. "어이, 거기 안에, 빨리 좀 못 해, 엉? 망할 놈의 행낭, 그저께 밤에도 준비가 안 돼 있더니. 이래서 되겠냐구, 이거!"

"런던에 뭐 새로운 소식 없나, 벤?" 사냥터지기가 말들을 좀 더 잘 감상하려고 뒷창 쪽으로 물러서며 물었다.

"없네, 내가 아는 한 없어." 배달부가 장갑을 끼며 대답했다. "곡물 값이 조금 올랐고. 스피탈필드 쪽에서 살인 사건이 있었단 이야기도 들었지만 확실하진 않아."

"아, 그건 정말 사실이라네." 마차 안에서 창밖을 내다보던 신사 한 사람이 말했다. "게다가 아주 끔찍한 살인 사건이었다네."

"그렇습니까, 나리?" 배달부가 모자를 살짝 만져 경의를 표하며 대답했다. "남자인지 여자인지 아시는지요, 나리?"

"여자였다네." 신사가 대답했다. "추정하기로는……."

"자, 벤." 마부가 조급하게 다그치며 말했다.

"망할 놈의 행낭." 배달부가 말했다. "거기 안에, 지금 자는 거야 뭐야?"

"지금 갑니다!" 우체국 직원이 달려 나오며 소리쳤다.

"지금 온다고!" 배달부가 으르렁거렸다. "흥. 재산 있는 어떤 젊은 여자도 날 좋아한다면서 늘 그딴 소리를 늘어놓는데, 언제 올지 와 봐야 아는 거지. 자, 좀 잡아 주게. 그래, 되……었어!"

마부의 나팔 소리가 몇 가락 경쾌하게 울리고 마차는 사라졌다.

싸익스는 길거리에 그대로 서 있었는데, 방금 들은 이야기에 영향을 받거나 감정적 동요를 일으키는 것이 전혀 없이 그저 어디로 갈지 망설이기만 하는 듯했다. 마침내 그는 또다시 발길을 되돌렸다. 그리고 해트필드에서 세인트 올번스로 이어지는 길을 따라 나아갔다.

그는 한동안 끈질기게 걸어갔다. 하지만 읍내를 벗어나 고독하고 어두운 길로 들어서자 뼛속까지 떨게 만드는 공포와 두려움이 덮쳐 오는 것을 느꼈다. 앞에 있는 사물들은 실체건 그림자건, 정지했든 움직이든 모두 뭔가 무서운 모습을 한 형상으로 보였다. 하지만 이런 두려움은 그를 끊임없이 괴롭히는 느낌, 바로 그날 아침의 소름 끼치는 형상이 그의 뒤꿈치 바로 뒤에서 따라오고 있다는 느낌에 비하면 아무것도 아니었다. 그는 어둠 속에서 그 형상의 그림자를 더듬어 볼 수 있었고, 그 윤곽을 세밀한 부분까지 포착했으며, 성큼성큼 따라오는 그 걸음걸이가 얼마나 뻣뻣하고 근엄해 보이는지 알아차릴 수 있었다. 그 옷자락이 나뭇잎에 스치는 소리가 들리고, 불어오는 바람결마다 그녀가 마지막으로 내지른 낮은 비명 소리가 실려 왔다. 그가 멈추면 그것도 같이 멈춰 섰다. 그가 달리면 그것도 따라왔다. 하지만 함께 달리진 않았다. 그랬다면 차라리 마음을 놓았을 것이다. 그것은 강해지거나 약해지는 법이 결코 없는 한줄기 느리고 음울한 바람에 실려 그저 생명의 기계 장치를 단 시체처럼 따라왔다.

때때로 그는 필사적인 결심을 하고는 유령을 마주 보다 죽는 일이 있더라도 그것을 쫓아 버릴 작정으로 홱 돌아섰다. 하지만 머리카락이 곤두서고 피가 얼어붙기만 했는바, 유령은 그와 함께 돌아선 다음 곧바로 그의 등 뒤에 가 있었다. 유령은 그날 아침 내내 눈앞에 있었으나 이제는 등 뒤에 있었다. 그것도 언제나. 그는 강둑에 등을 기대고 서 보았지만 그것이 차가운 밤하늘을 배경으로 그의 머리 위쪽에 뚜렷하게 서 있는 것을 느꼈다. 그는 길바닥에 몸을 던져 등을 바닥에 대고 누워 보았다. 그러자 그것은 그의 머리맡에 말없이, 똑바로, 가만히 서 있었다. 피로 비문을 쓴 살아 있는 묘비처럼 말이다.

그 누구도 살인자가 벌받지 않고 도망치는 것에 대해 말하면서 신의 섭리가 잠자고 있음에 틀림없다는 식으로 이야기해서는 안 되리라. 고통스러운 공포로 가득 찬 그 기나긴 일 분 동안에는 수백 번의 격렬한 죽음이 깃들어 있었다.

그가 지나가던 들판에 하룻밤 몸을 누일 만한 헛간이 하나 있었다. 문 앞에 포플러 나무가 세 그루 서 있었는데, 나무들 때문에 안은 매우 어두웠고, 바람이 나무들 사이로 음울하게 울부짖으며 신음 소리를 냈다. 그는 날이 다시 밝을 때까지는 더 이상 걸을 수 없는 지경이었다. 그래서 안으로 들어가 벽 가까이 몸을 붙이고 누웠다. 하지만 결과는 새로운 고문을 당하는 것뿐이었다.

왜냐하면 이제 그전까지 그를 괴롭히던 환영보다 더욱 소름 끼치는 환영이 눈앞에 끊임없이 나타났기 때문이다. 크게 부릅뜨고 노려보는 두 눈이, 너무나 광채가 없고 너무나 유리알 같아 상상으로 떠올리기보다 차라리 직접 보는 게 더 견디기 쉬웠던 그 눈이 어둠 속 한가운데에 나타났다. 그 자체로는 빛나지만 아무것도 밝혀 주지 않는 눈이었다. 두 개밖에 안 되는 눈이었지만 그것은 도처에 있었다. 보지 않으려고 눈을 감으면 이번에는 그 방의 광경이 모든 낯익은 물건들과 함께 — 정말이지 기억으로 방 안의 모습을 떠올렸다면 잊고 넘어갔을 그런 것들까지 — 눈앞에 나타났다. 물건들은 평소의 자리에 그대로 있었다. 시체도 바로 그 자리에 있었고, 그 눈도 그가 몰래 빠져나올 때 보았던 표정 그대로였다. 그는 일어나서 들판으로 달려 나갔다. 그 형상이 등 뒤에서 따라왔다. 그는 헛간으로 되돌아와 다시 한번 웅크리고 누웠다. 몸을 다 눕히기도 전에 두 눈이 거기 있었다.

그가 그렇게 그곳에서 사지를 부들부들 떨고 땀구멍마다 식은땀을 흘리며 자신 외엔 아무도 알 수 없는 끔찍한 공포에 사로잡혀 있을 때 갑자기 멀리서 사람들이 외쳐 대는 소리가, 놀라서 위험을 알리는 요란하게 뒤섞인 함성이 밤바람에 실려 왔다. 그 고독한 장소에서 사람의 소리는 무엇이든, 그게 정말로 위험을 알리는 것이라 할지라도 그에겐 반가운 것이었다. 그는 신변에 위험이 닥칠 것을 느끼자 힘과 원기를 되찾았다. 그러곤 벌떡 일어나서 바깥으로 달려 나갔다.

드넓은 하늘이 온통 불이 붙은 것 같았다. 넓게 펼쳐진 화염이 허공으로 솟아올라 소나기 같은 불꽃을 뿌리고 겹겹이 위아래로 너울대면서 수 킬로미터 주변의 하늘을 밝게 비추는 한편 구름 같은 연기를 그가 서 있는 방향으로 날려 보내고 있었다. 새로운 사람들의 목소리가 함성에 가세하면서 소리는 더욱 커졌다. 위험을 알리는 종소리와 육중한 물체들이 떨어지는 소리, 마치 먹이를 만나 힘이 솟은 것처럼 새로운 장애물을 휘감고 높이 치솟으며 탁탁 갈라지는 화염 소리 사이로 "불이야!" 하는 외침이 들려왔다. 그가 바라보는 동안 소리는 점점 커졌다. 사람들이 — 남녀 가릴 것 없이 — 불빛이, 소동과 법석이 거기 있었다. 그것은 그에게 새로운 생명의 솟구침과도 같았다. 그는 앞으로 곧장 곤두박질치며 내달렸다. 가시나무와 덤불을 헤치고, 그의 앞에서 사방에 울려 퍼지도록 크게 짖어 대며 질주하는 개처럼 미친 듯이 울타리 출입문과 담장을 뛰어넘으며 돌진했다.

그는 그곳에 도착했다. 옷을 반쯤 걸친 사람들이 이리저리 날뛰고 있었는데 어떤 사람들은 놀란 말들을 마구간에서 끌어내려 애쓰고, 어떤 사람들은 소들을 마당과 헛간 등에서 몰아내고, 또 다른 사람들은 불꽃이 소나기처럼 떨어지고 시뻘겋게 타들어 간 대들보들이 무너져 내리는 가운데 불더미 속에서 뭔가를 들고 나왔다. 한 시간 전만 해도 문과 창문들이 있던 자리는 뻥 뚫린 채 격렬하게 타오르는 불덩어리를 그대로 보여 주었고, 벽들이 흔들흔들거리다가 불구덩이 속으로 무너져 내렸으며, 불에 녹은 납과 쇠가 땅바닥에 허옇고 뜨겁게 쏟아져 흘렀다. 여자들과 아이들은 비명을 질러 댔고, 남자들은 시끄럽게 외치고 격려하는 말로 서로 기운을 북돋았다. 소방 펌프가 철거덕대는 소리와 뿜어져 나온 물줄기가 활활 타는 나무에 쉬시싯거리며 떨어지는 소리가 엄청나게 으르렁거리는 소음을 더욱 시끄럽게 만들었다. 싸익스도 목이 쉴 때까지 소리를 질러 댔다. 그리고 끔찍한 기억과 자기 자신으로부터 도망쳐 군중이 가장 밀집한 곳으로 뛰어들었다.

그날 밤 그는 이리저리 몸을 날렸다. 때로는 펌프를 잡고 물을 뿌리고 때로는 연기와 화염을 헤집고 내달리는 등 소리가 가장 크고 사람들이 가장 많은 곳이면 어디든 달려들어 조금도 쉬지 않고 맹렬히 움직였다. 사다리를 오르락내리락하고, 건물 지붕에 올라가고, 그의 무게로 인해 바르르 떨며 흔들리는 마룻바닥을 뛰어넘고, 떨어지는 돌과 벽돌 밑으로 뛰어드는 등 그는 그 큰 화재의 모든 현장에 있었다. 하지만 그는 불사신이어서 아침이 다시 밝고 연기와 시커멓게 탄 폐허만 남을 때까지 어느 한군데 긁히거나 멍든 데가 없었고, 지친 기색도 생각하는 기미도 전혀 보이지 않았다.

이런 광적인 흥분이 끝나자 이제 자신의 범죄에 대한 무서운 의식이 열 배나 더 강하게 돌아왔다. 그는 의심스러운 눈으로 주위를 둘러보았다. 사람들이 여기저기 무리 지어 이야기를 나누고 있었는데 자신이 그들의 화제가 될까 봐 두려웠던 것이다. 개는 의미 있는 그의 손짓에 순종했고, 둘은 살그머니 함께 자리를 떴다. 그가 소방 펌프 근처를 지나갈 때 그곳에 앉아 있던 사람들 몇 명이 음식을 함께 먹자며 불렀다. 그는 빵과 고기를 조금 먹었다. 그리고 맥주를 한 모금 마시는데, 런던에서 온 소방수들이 살인 사건에 대해 이야기하는 것이 들렸다. "범인이 버밍엄으로 갔다고 하더군." 한 사람이 말했다. "하지만 곧 잡히고 말 거야. 수색대를 파견했고, 내일 밤이면 나라 전체에 소문이 쫙 퍼질 테니까 말이야."

그는 황급히 그곳을 떠나 거의 땅바닥에 쓰러질 지경이 될 때까지 한없이 걸었다. 그런 다음 샛길에 드러누워 자다 깨다 하며 불안한 선잠을 오래도록 잤다. 그는 다시금 마음을 정하지 못하고 망설이면서, 그리고 또다시 고독한 밤을 보낼 것에

개를 죽이기로 작정한 싸익스.

대한 두려움에 짓눌린 채 방황을 계속했다.

갑자기 그는 런던으로 돌아가겠다고 자포자기하는 결심을 했다.

"어쨌든 거기에는 누군가 말할 상대라도 있을 거야." 그는 생각했다. "게다가 숨기 좋은 곳도 있고. 이렇게 시골로 추적을 하고 있으니, 날 거기서 잡을 거라곤 절대로 생각하지 못할 거야. 한두 주 가만히 숨었다가 페이긴한테 돈을 뜯어내 프랑스로 튀면 되잖아? 빌어먹을, 한번 해 보는 거야."

지체 없이 그는 이 충동에 따라 행동했다. 그래서 인적이 가장 드문 길을 택해 가며 돌아가는 여행길에 올랐고, 런던에서 얼마 떨어지지 않은 곳에 숨었다가 어스름이 깔릴 무렵 우회도로를 통해 런던에 들어간 뒤 목적지로 정한 지역까지 곧장 나아갈 작정이었다.

하지만 개가 문제였다. 만약 그의 인상착의가 나돌고 있다면 없어진 개가 아마 그를 따라갔으리라는 사항도 틀림없이 적혀 있을 것이었다. 그럼 바로 그 때문에 거리를 지나가다가 체포될 수도 있었다. 그는 개를 물에 빠뜨려 죽이기로 마음먹고 연못을 찾아 두리번거리며 계속 걸었고, 그러면서 도중에 무거운 돌을 하나 집어서 손수건에 묶었다.

이런 준비가 진행되는 동안 개는 주인의 얼굴을 올려다보았다. 본능적으로 그 목적을 어느 정도 알아차렸는지, 아니면 곁눈질로 바라보는 강도의 시선이 평소보다 더 험악한 탓이었는지 아무튼 개는 보통 때보다 좀 더 뒤에 떨어져서 슬금슬금 걸으며 몸을 잔뜩 움츠린 채 느릿느릿 뒤따랐다. 주인이 작은 연못 가장자리에 멈춰 서서 뒤를 돌아보며 부르자 개는 즉각 걸음을 멈췄다.

"내가 부르는 소리 안 들려? 이리 와!" 싸익스가 소리쳤다.

개는 순전히 습관의 힘에 이끌려 다가왔다. 하지만 싸익스가 손수건을 목에 묶으려고 몸을 구부리자 개는 낮게 으르렁대는 소리를 내며 뒤로 펄쩍 물러섰다.

"돌아와!" 강도가 말했다.

개는 꼬리를 흔들어 보일 뿐 꼼짝도 하지 않았다. 싸익스는 당기면 죄어드는 올가미를 만든 다음에 개를 다시 불렀다.

개는 앞으로 나오다가 다시 물러서더니 한순간 가만히 섰다가 몸을 홱 돌려 최대한 빠른 속도로 달아나 버렸다.

강도는 휘파람을 거듭해서 불어 댔고, 개가 돌아올 거라고 기대하며 땅바닥에 앉아 기다렸다. 그러나 개는 나타나지 않았고, 결국 그는 다시 여행길에 올랐다.

49장
멍크스와 브라운로 씨가 마침내 만난다. 그들이 나눈 대화와 그 대화를 중단시킨 소식.

브라운로 씨가 전세 마차를 타고 와 자기 집 앞에 내려 현관문을 조용히 두드렸을 때는 땅거미가 막 내려앉기 시작할 무렵이었다. 문이 열리자 건장한 남자 하나가 마차에서 내려 현관 계단 한쪽에 자리를 잡고 섰으며, 마부석에 앉았던 또 다른 남자 하나가 역시 내려와 계단의 다른 쪽에 섰다. 브라운로 씨가 신호를 보내자 두 사람은 세 번째 사내를 마차에서 잡아 내린 뒤 양옆을 낀 채 재빨리 집 안으로 데리고 들어갔다. 이 사내는 멍크스였다.

그들은 계속 그렇게 아무 말 없이 계단을 걸어 올라갔고, 브라운로 씨가 맨 앞에 서서 그들을 뒷방으로 안내했다. 마지못한 기색이 역력한 채 올라가던 멍크스는 방문 앞에서 멈춰 섰다. 두 남자는 지시를 기다리는 듯 노신사를 바라보았다.

"이 사람은 어떤 선택을 해야 할지 잘 아오." 브라운로 씨가 말했다. "그가 만약 머뭇거리거나 당신들 명령 없이 손가락 하나라도 움직인다면 곧바로 끌고 나가 경찰을 불러 내 이름을 대고 중죄인으로 고소하시오."

"어떻게 감히 나를 두고 그런 말을 할 수 있지요?" 멍크스가 물었다.

"어떻게 감히 날 그렇게 하게끔 자극할 수 있지, 젊은이?" 브라운로 씨가 단호한 얼굴로 그를 마주 보며 대답했다. "자네, 이 집에서 달아날 만큼 제정신이 아닌가? 그를 놓아주시오. 자, 젊은이. 자네가 가는 건 자네 자유네, 우리도 따라갈 자유가 있고 말이야. 하지만 내가 가장 엄숙하고 신성하게 여기는 모든 것을 걸고 경고하건대, 자네가 길에 발을 내딛는 순간, 바로 그 순간 자넨 사기와 강도 혐의로 체포당할 거네. 내 결심은 확고하고 움직일 여지가 없네. 만약 자네 결심도 그러하다면 자네가 당할 모든 불행의 책임은 자네 자신한테 있네!"

"무슨 권한으로 이 불한당들을 시켜 날 거리에서 납치해 이리로 끌고 온 거요?" 멍크스가 옆에 서 있는 두 사내를 한 사람씩 돌아보며 물었다.

"내 권한으로 그랬네." 브라운로 씨가 대답했다. "이 사람들은 나한테서 면책권을 부여받았네. 자네, 자유를 빼앗긴 것에 대해 불평하는데…… 자넨 이리로 따라오는 동안 자유를 되찾을 힘과 기회가 충분히 있었네. 하지만 자넨 조용히 있는 게 상책이라고 생각했던 거지…… 다시 말하는데, 법의 품 안에 몸을 던져 보호받고 싶으면 얼마든지 그러게. 나 역시 법에 호소할 테니. 다만 돌이킬 수 없게 너무 멀리 나간 뒤에 나한테 관용을 베풀어 달라는 간청 따윈 하지 말게. 그땐 이미 다른 사람들 손에 권한이 넘어가 있을 테니까 말이야. 자네가 스스로 뛰어든 그 나락에 내가 떼밀었다고도 하지 말게."

멍크스는 당황한 기색이 역력했고, 더구나 놀라기까지 한 모습이었다. 그는 망설였다.

"빨리 결정하게." 브라운로 씨가 더없이 단호하고 차분하게 말했다. "자네가 만약 나의 공개적인 고발을 원한다면, 그래서 내가 몸서리치며 예상은 할 수 있어도 막을 도리는 없는 극한적인 법의 처벌에 자넬 맡기기를 원한다면 다시 한번 말하는데, 자넨 그 길을 알 테니 그대로 하게. 하지만 그렇지 않다면, 그래서 내 인내심에, 그리고 자네가 극심한 해를 끼친 사람들의 자비심에 호소하고 싶다면 한마디도 지껄이지 말고 저 의자에 가서 앉게. 이틀 동안 내내 자넬 기다리고 있던 의자이니까."

멍크스는 뭐라고 알아들을 수 없는 소리를 중얼거렸지만 여전히 주저했다.

"신속히 결정하게." 브라운로 씨가 말했다. "내 말 한마디면 자네의 선택권은 영원히 사라져 버릴 테니."

여전히 사내는 망설였다.

"난 협상할 마음이 없네." 브라운로 씨가 말했다. "게다가 난 다른 사람들의 소중한 이익을 대변하고 있으므로 그럴 권리도 없네."

"혹시……." 멍크스가 더듬거리는 혀로 물었다. "혹시…… 다른…… 중도 방안은 없나요?"

"없네."

멍크스는 초조한 시선으로 노신사를 바라보았으나 그의 얼굴에서 엄중함과 결연함 이외엔 아무것도 읽어 내지 못하자 방으로 걸어 들어가더니 어깨를 으쓱해 보이고는 의자에 앉았다.

"밖에서 문을 잠그시오." 브라운로 씨가 호송원들에게 말했다. "그리고 내가 종을 울리면 들어오시오."

사내들은 시키는 대로 했고, 이제 두 사람만이 남았다.

"이거 참 황공하군요, 선생님." 멍크스가 모자와 망토를 벗어 던지며 말했다. "우리 아버지의 가장 오랜 친구한테서 이런 대접을 받다니 말이에요."

"내가 자네 부친의 가장 오랜 친구였기 때문에 그나마 이 정도인 거네, 젊은이." 브라운로 씨가 대꾸했다. "그러네, 행복했던 내 젊은 시절의 희망과 소원이 자네 부친, 그리고 그와 한 핏줄이었던 아름다운 사람, 젊은 나이에 하늘나라로 떠나 나를 고독하고 쓸쓸한 사내로 이승에 남겨 둔 바로 그 여인과 밀접하게 엮여 있었기 때문이네. 그리고 아직 소년이었던 자네 부친이 자신의 유일한 누이가 임종하던 날 아침 — 그날 그녀는 내 젊은 아내가 될 예정이었지만 하늘의 뜻은 그게 아니었지 — 나와 함께 임종의 침상 옆에 무릎 꿇고 앉았기 때문이네. 또한 시들어 버린 내 가슴이 그때부터 그에게 연연하며 그가 범한 모든 시행착오에도 불구하고 그가 죽을 때까지 변함없는 애정을 쏟았기 때문이고, 옛 기억과 회상들이 내 가슴을 가득 채우고, 심지어 자네 모습마저도 그에 대한 옛 생각들을 떠올리게 했기 때문이네. 그래, 바로 이 모든 것들 때문이네, 내가 마음이 약해져서 자네를 지금…… 그래, 에드워드 리포드, 바로 지금마저…… 이렇게 부드럽게 다루는 것은 말이야. 그리고 그 성씨를 지닌 자네의 부끄러운 행위에 대해 얼굴을 붉히는 것도 바로 그 때문이네."

"내 성씨가 그것과 무슨 상관이죠?" 멍크스는 상대방의 소용돌이치는 감정을 반은 침묵으로, 그리고 반은 완고한 표정으로 놀라워하며 바라보다가 말했다. "그 성씨가 나한테 무슨 가치가 있다고 그러는 거죠?"

"아무 가치도 없겠지." 브라운로 씨가 대답했다. "자네한텐 아무 가치도 없는 것이겠지. 하지만 그건 바로 그녀의 성씨였어. 그리고 오랜 세월이 지난 지금도 여전히 나에겐 — 비록 늙은이가 되었지만 — 짜릿한 흥분을 불러일으키는 이름이야. 낯선 사람이 입에 올리는 것만 듣고도 감동했던 지난날처럼 말이야. 난 자네가 이름을 바꾼 것을 아주…… 정말 아주…… 다행스럽게 여기네."

"흥, 참으로 감격스러운 얘기군요." 멍크스가(그의 가명을 그대로 사용하자면) 오랜 침묵 끝에 말했는데, 그동안 그는 뿌루퉁하고 반항적으로 몸을 앞뒤로 홱홱 움직여 댔고 브라운로 씨는 손으로 얼굴을 가린 채 앉아 있었다. "그런데 나한테 뭘 원하는 거요?"

"자네에겐 동생이 하나 있지." 브라운로 씨가 정신을 차리고 말했다. "거리에서 내가 자네 뒤로 다가가 귀에다 그 이름을 속삭이는 것만으로도 깜짝 놀라서 경계하며 여기까지 순순히 따라오게 만든 그 동생 말이야."

"난 동생 같은 건 없어요." 멍크스가 대답했다. "내가 외아들이라는 건 당신도 잘 알잖아요. 왜 나한테 동생 이야길 하는 거죠? 나만큼이나 당신도 잘 알고 있잖아요."

"난 알지만 자넨 모를 수도 있는 걸 내가 말해 줄 테니 잘 듣게." 브라운로 씨가 말했다. "자넨 곧 내 이야기에 관심을 갖게 될 걸세. 나는 자네가 가문의 자존심과 가장 천박하고 편협한 야망에 의해 어린 소년에 불과한 자네의 불쌍한 부친에게 강요된 불행한 결혼의 유일한, 하지만 지극히 부자연스러운 소산이라는 사실을 잘 알고 있네."

"험한 말은 듣기 거북한데 관두시죠." 멍크스가 조롱하듯이 웃으며 끼어들었다. "알고 계신 사실만으로도 내겐 충분합니다."

"하지만 나는 또한 잘못 맺어진 그 결합이 낳은 비참함과 장기간 서서히 이어진 고통과 고뇌도 잘 안다네." 노신사는 말을 계속 이었다. "나는 그 불행한 부부가 제각기 무거운 쇠사슬을 질질 끌며 두 사람 모두에게 지옥이나 다름없는 세상을 얼마나 힘겹고 피곤하게 살아갔는지도 잘 아네. 냉담하고 의례적인 태도가 어떻게 노골적인 비아냥거림으로 변했는지, 무관심이 어떻게 싫은 감정으로 바뀌었는지, 그 싫은 감정이 어떻게 혐오감으로, 그리고 다시 혐오감이 어떻게 증오심으로 바뀌었는지도 잘 알고 있네. 두 사람은 마침내 철거덕거리는 쇠사슬의 굴레를 둘로 비틀어 쪼갰고, 오직 죽음만이 그 연결 고리를 끊어 버릴 수 있는 원한의 파편을 지닌 채 서로 멀리 떨어진 곳으로 숨었네. 그러곤 새로운 사람들과 어울리며 자신들이 취할 수 있는 가장 쾌활한 표정으로 원한의 파편을 감추고자 했네. 자네 어머니는 그 일에 성공했지. 그래서 곧 모든 걸 잊어버렸네. 하지만 자네 부친의 가슴속에서 그것은 여러 해 동안 녹슬고 부식되며 그대로 남아 있었다네."

"그래요, 두 사람은 헤어졌어요." 멍크스가 말했다. "그래서 어쨌다는 거죠?"

"그들은 그렇게 얼마 동안 헤어져 살았지." 브라운로 씨가 대답했다. "그동안 자네 모친은 유럽 대륙에서 경박한 삶의 즐거움에 흠뻑 빠져서 자기보다 꼬박 십 년이나 아래인 어린 남편을 완전히 잊어버렸네. 자네 부친은 인생에 대한 전망을 상실한 채 고국에서 우울한 나날을 이어 갔는데, 그러던 그는 새로운 친구들을 사귀게 되었네. 적어도 이 상황까지는 자네도 이미 다 알 거네."

"몰라요." 멍크스가 시선을 다른 데로 돌리고 발로 바닥을 구르며 모든 것을 부인하기로 작정한 사람처럼 말했다. "난 몰라요."

"자네의 그 태도는 자네의 행동 못지않게 자네가 그것을 결코 잊지 않았다는 것을, 아니 언제나 그것에 대해 원한의 감정을 품어 왔다는 것을 분명히 확인시켜 주는군." 브라운로 씨가 대답했다. "난 십오 년 전, 그러니까 자네가 아직 열한 살이 넘지 않았고 자네 부친은 서른하나밖에 안 되었을 때 — 다시 말하지만 자네 부친은 그 아버지의 강요로 결혼했을 당시 어린 소년에 불과했네 — 이야기를 하고 있네. 자, 내가 자네 부친의 기억에 오점을 남긴 사건들로 꼭 되돌아가야만 하겠는가, 아니면 그럴 필요 없이 곧바로 나한테 진실을 고백할 텐가?"

"난 아무것도 고백할 게 없어요." 멍크스가 대꾸했다. "원하신다면 이야길 계속하든지 알아서 하세요."

"그럼 잘 듣게." 브라운로 씨가 말했다. "자네 부친의 그 새 친구란 퇴역한 해군 장교였는데, 부인이 반년 전쯤에 죽고 두 아이와 함께 혼자가 된 사람이었네…… 자식이 좀 더 많았지만 다행히도 그중 둘만이 살아남았던 거지. 두 아이는 모두 딸이었네. 하나는 열아홉 살의 아름다운 아가씨였고, 다른 하나는 겨우 두세 살밖에 안 된 어린애였지."

"그게 나하고 무슨 상관이죠?" 멍크스가 물었다.

"그들은 시골의 어느 한 지역에 살고 있었네." 브라운로 씨는 멍크스가 끼어드는 것을 듣지 못한 듯이 말을 계속했다. "자네 부친이 방황하던 중 우연히 찾아 들어가 거주하던 곳이었지. 서로 알게 되고, 친해지고, 이어서 우정으로 빠르게 관계가 발전했네. 자네 부친은 보기 드물게 재능이 많은 사람이었네. 자기 누나의 영혼과 용모를 지니고 있었지. 늙은 퇴역 장교는 자네 부친을 점점 더 잘 알게 되면서 그를 아주 좋아하게 되었네. 일이 거기서 끝났더라면 좋았을 걸세. 하지만 그의 딸 또한 자네 부친을 사랑하게 되었다네."

노신사는 잠시 멈췄다. 멍크스는 시선을 바닥에 고정한 채 입술을 깨물고 있었다. 이것을 본 그는 곧 다시 이야기를 시작했다.

"일 년이 지난 뒤 자네 부친은 그 딸과 약혼을, 아주 엄숙히 결혼을 약속한 사이가 되었지. 순진한 아가씨의 최초의 진실하고 열정적이고 유일한 사랑의 대상으로서 말이야."

"당신 이야기는 정말 한없이 길군요." 멍크스가 의자에서 초조하게 몸을 뒤척이며 투덜거렸다.

"이건 슬픔과 시련과 불행을 담은 진실한 이야기이네, 젊은이." 브라운로 씨가 대답했다. "그런 이야기들은 대개 긴 법이라네. 만약 순전히 기쁨과 행복만 있다면 아주 짧은 이야기였을 거네. 마침내 자신의 이익과 지위를 다지기 위해 자네 부친을 희생시켰던 — 다른 사람들도 자주 그렇게 희생되곤 하지. 드문 일이 아니니까 — 부유한 친척 가운데 한 사람이 사망했는데, 그는 자신이 앞장서서 야기한 그 불행을 보상하기 위해 모든 슬픔에 대한 만병통치약이라고 그가 믿는 것, 즉 돈을 자네 부친한테 남겨 주었네. 자네 부친은 즉시 로마로 떠나야 했지. 그 친척이 요양을 위해 그곳에 갔다가 일을 아주 뒤죽박죽으로 남겨 놓은 채 거기서 그대로 사망했기 때문이네. 그는 로마에 도착했는데 거기서 치명적인 병에 걸리고 말았네. 그 소식은 파리에 있는 자네 모친에게 전해졌고, 그러자 자네 모친은 즉시 자네를 데리고 로마로 달려갔지. 자네 모친이 도착한 다음 날 그는 아무 유언도…… 아무 유언도…… 남기지 않은 채 죽었고, 그래서 전 재산은 자네 모친과 자네한테 돌아갔네."

이야기가 이 대목에 이르렀을 때 멍크스는 비록 말하는 사람한테 시선을 향하고 있진 않았지만, 가만히 숨을 죽인 채 아주 강렬하고 간절한 표정으로 귀를 기울이고 있었다. 브라운로 씨가 말을 멈추자 갑자기 안도감을 느낀 사람처럼 그는 자세를 바꾸고 뜨겁게 달아오른 얼굴과 두 손을 닦았다.

"자네 부친은 대륙으로 건너가기 전에 런던에 들렀다 갔는데……." 브라운로 씨가 상대방의 얼굴을 응시하면서 천천히 말했다. "그때 나를 찾아왔었네."

"그런 얘긴 전혀 들은 적이 없어요." 멍크스가 못 믿겠다는 뜻을 드러내려고 했지만 그보다는 놀라고 불쾌해하는 기색을 더 많이 풍기는 어조로 말했다.

"그는 나를 찾아와서 몇 가지 물건들과 함께 그림, 그러니까 자신이 직접 그린 초상화 하나를 맡겼네. 그 불쌍한 아가씨의 초상화였는데, 그는 그것을 뒤에 남겨 두기 싫었지만 그렇다고 급한 여행길에 가지고 갈 수도 없던 거였네. 그는 걱정과 죄책감으로 거의 유령처럼 수척해져 있었고, 자신이 초래한 불명예와 치욕에 대해 몹시 흥분하여 미친 듯이 이야기했네. 그러곤 손해가 얼마나 되든지 전 재산을 돈으로 바꿔 자네 모친과 자네한테 최근에 얻은 재산의 일부를 나누어 준 뒤 이 나라를 떠나서 다시는 돌아오지 않을 작정이라고 털어놓았네. 난 그가 혼자 떠나려는 게 아니라는 것을 충분히 짐작할 수 있었지. 어릴 때부터 오랜 친구였던 나에게조차…… 우리 둘 다에게 지극히 소중한 사람을 덮고 있는 땅에 뿌리를 둔 깊은 애정을 지닌 나에게조차 그는 더 이상 상세한 이야기를 하지 않은 채 그저 모든 것을 편지로 써서 알리겠으며, 그런 다음 이 세상에서 마지막으로 다시 한번 나를 만나러 오겠노라고 약속했네. 아! 하지만 그것이 마지막이었지. 나는 아무 편지도 받지 못했고 그를 다시 만나 보지도 못했네."

"모든 것이 끝난 후에 나는……." 브라운로 씨가 잠시 말을 멈추었다가 다시 이야기했다. "나는 그의 — 난 세상 사람들이 거침없이 사용하는 표현을 그대로 쓰겠네. 그에겐 이제 세상의 비난이나 호의가 다 똑같으니까 말이야 — 죄 많은 사랑의 현장으로 가 보았네. 만약 내가 염려한 일이 벌어졌다면 잘못을 저지른 그 아가씨에게 동정과 피신처를 제공할 사람이 되어 주겠다는 결심을 하고서였지. 그 가족은 일주일 전에 그곳을 떠나고 없었네. 그들은 미지불 상태이던 몇 가지 자잘한 채무를 확인해서 모두 갚고는 밤사이에 떠났다는 거였네. 왜 그랬는지, 어디로 갔는지 아무도 모르게 말이야."

멍크스는 좀 더 자유롭게 숨을 내쉬었고, 의기양양한 미소를 지으며 주위를 둘러보았다.

"자네 동생이……." 브라운로 씨가 상대방의 의자에 좀 더 가까이 다가서며 말했다. "연약하고 누더기를 걸친 버림받은 아이였던 자네 동생이 우연보다 더 강한 손에 의해 내 앞에 던져졌을 때, 그래서 그를 악덕과 오명의 삶에서 내가 구해 냈을 때……."

"뭐라고요?" 멍크스가 소리쳤다.

"내가 구했다고 했네." 브라운로 씨가 말했다. "자네가 곧 내 이야기에 관심을 갖게 될 거라고 내가 말하지 않았는가. 내가 그 앨 구했다고 말했네…… 자네의 교활한 동료가 내 이름을 밝히지 않은 모양이군, 자네가 내 이름을 전혀 모를 거라고 생각했을 텐데 말이야. 어쨌든 내가 그 앨 구해서 그 애가 내 집에 누워 병에서 회복하고 있을 때 아까 말한 그 그림과 그 애가 몹시 닮아서 나는 아주 깜짝 놀랐네. 더럽고 비참한 모습을 한 그 앨 맨 처음 보았을 때도 그 애 얼굴의 어렴풋한 표정은 마치 어떤 옛 친구의 모습이 생생한 꿈속에서 퍼뜩 스쳐 지나간 것 같은 느낌을 주었었네. 내가 그 애의 과거 이야길 알기 전에 그 애가 유괴되어 사라졌다는 것은 자네한테 이야기할 필요가 없겠지……."

"왜요?" 멍크스가 황급히 물었다.

"왜냐하면 자넨 그걸 잘 알고 있으니까."

"내가요!"

"부인해 봤자 소용없네." 브라운로 씨가 대답했다. "내가 그 이상 더 많은 걸 알고 있다는 걸 자네한테 보여 주겠네."

"당신은…… 당신은…… 나한테 불리한 증거를 아무것도 대지 못할 거요." 멍크스가 더듬거리며 말했다. "어디 증거를 댈 테면 대 봐요!"

"글쎄, 그건 두고 보세." 노신사는 날카로운 시선을 던지며 대답했다. "난 그 앨 잃어버렸고, 온갖 노력을 다했지만 다시 찾을 수 없었네. 자네 모친은 죽었으니 그 수수께끼를 풀 수 있는 사람이 있다면 오직 자네뿐이라는 것을 난 알았네. 자네 소식을 마지막으로 들었을 때 자네가 서인도 제도의 ― 자네도 잘 알다시피 자넨 모친이 사망하자 여기서 저지른 악행의 결과를 피하려고 그곳으로 도망쳤지 ― 자네 사유지에 있다고 했었기에 난 그리로 여행을 떠났네. 그런데 자넨 몇 달 전에 그곳을 떠났고, 런던에 가 있는 것으로 안다고들 했지만 정확히 런던 어딘지는 아무도 모르더군. 난 돌아왔지. 자네의 대리인들도 자네 거처에 대해선 아무런 단서도 알지 못했네. 자넨 예전에도 늘 그랬듯이 묘하게 불쑥 왔다가 가 버리곤 한다고 그들은 말했지. 때로는 며칠씩 머물다가 때로는 몇 달 동안 사라졌다가 하는데, 예전과 똑같이 저속한 소굴을 찾아다니며 자네가 사납고 난폭한 아이였을 때 가깝게 지냈던 평판 나쁜 무리와 여전히 어울리는 게 틀림없어 보인다면서 말이야. 난 자네의 대리인들을 자꾸 찾아가 귀찮게 묻곤 했네. 그러면서 밤낮으로 거리를 돌아다녔지. 하지만 바로 두 시간 전까지도 내 모든 노력은 아무 소득이 없어서 난 한순간도 자네 모습을 볼 수 없었네."

"그래서 이젠 날 보고 있잖아요." 멍크스가 대담하게 의자에서 일어서며 말했다. "그러니 뭐가 어쨌다는 거죠? 사기니 강도니 대단히 위험한 말을 했는데, 그걸 증명할 것이라곤 고작 죽은 사람이 하릴없이 그린 서투른 그림과 어떤 어린놈이 닮았다는 당신 생각밖에 없잖아요. 동생이라고요! 당신은 한심한 그 두 남녀 사이에서 자식이 태어난 것조차 모르고 있잖아요. 당신은 그것조차 모르고 있어요."

"몰랐지." 브라운로 씨도 함께 일어서며 대답했다. "하지만 지난 두 주 사이에 모두 다 알게 되었네. 자네한텐 동생이 하나 있네. 자넨 그 사실을 알고, 또 그 애가 누군지도 알아. 유언장이 하나 있었는데, 그걸 자네 모친이 파기해 버리고는 나중에 죽으면서 그 비밀과 재산을 자네한테 넘겨주었지. 유언장엔 슬픈 인연의 결과로 생겨날지 모를 아이에 대한 언급이 있었어. 아이는 실제로 태어났고 우연히도 자네와 마주치게 되었는데, 그때 자네는 부친과 닮은 그 애를 보고 혹시나 하는 의심을 처음으로 갖게 되었어. 자넨 그 애의 출생지로 갔지. 거기엔 그 애의 출생과 부모에 대한 증거물이, 오랫동안 감춰져 있던 증거물이 있었어. 자넨 그 증거물들을 파기했고, 그래서 이젠, 자네가 유태인 공범자한테 한 말을 그대로 빌리면, '그 애의 신원을 밝혀 줄 유일한 증거물은 강바닥에 가라앉았고, 그 애 어미한테서 그것들을 받은 할망구는 관 속에서 썩고 있어.' 네 이놈, 아버지 이름을 부끄럽게 만드는 아들이자 겁쟁이에 거짓말쟁이인 놈, 밤중에 어두운 방에서 도둑놈들과 살인자들하고 음모를 꾸미는 이놈, 네 녀석의 음모와 계략으로 인해 너 같은 놈 수백만 명의 가치가 있는 한 사람이 끔찍한 죽음을 맞이하게 만든 네 이놈, 요람에서부터 부친의 가슴에 쓰라린 고통을 주는 존재였고, 온갖 못된 열정과 사악함과 방탕함이 안에서 썩어 문드러지다가 결국 흉측한 질병으로 터져 나와 얼굴이 악한 마음의 증표가 되어 버린 이놈, 에드워드 리포드, 너 아직도 나한테 감히 맞서려느냐?"

"아뇨, 아닙니다, 아니에요!" 이렇게 겹겹이 가해진 비난에 압도되어 겁쟁이는 대답했다.

"한마디도 안 빼고 낱낱이!" 노신사가 큰 소리로 말했다. "네놈과 그 혐오스러운 악당 놈 사이에 오간 말은 한마디도 안 빼고 낱낱이 나한테 전달되었어. 벽에 비친 그림자들이 네놈이 속삭이는 말을 모두 포착해서 내 귀에 전해 줬어. 박해받는 그 애의 모습이 악 그 자체였던 한 사람의 마음을 돌려놓고, 용기와 고결한 선의 속성이라고 할 것을 그 마음에 심어 주었던 거야. 살인이 자행되었고, 네놈은 실제로는 아니라 해도 도의적으로 그것을 저지른 공범이야."

"아니에요, 아니에요." 멍크스가 끼어들어 말했다. "난…… 난…… 그것에 대해선 아무것도 몰라요. 당신이 날 붙잡았을 때 난 그 이야기의 진상을 알아보러 가던 중이었어요. 난 그 사건이 난 원인을 몰랐어요. 그냥 흔한 말다툼의 결과인 줄 알았다구요."

"자네의 비밀을 일부 폭로한 것이 사건의 발단이었어." 브라운로 씨가 대답했다. "자, 모든 걸 다 털어놓겠느냐?"

"네, 그러겠습니다."

"모든 진실을 밝히는 진술서에 서명하고 그것을 증인들 앞에서 재차 확인하겠느냐?"

"그것도 약속합니다."

"그 문서를 작성할 때까지 여기에 조용히 머물다 내가 가장 적절하다고 여기는 곳으로 함께 가서 그것이 사실임을 증언하겠는가?"

"꼭 그래야 한다고 고집하신다면 그것도 하겠습니다." 멍크스가 대답했다.

"자네가 해야 할 일은 그것 말고도 더 있어." 브라운로 씨가 말했다. "자넨 순수하고 죄 없는 아이에게 보상을 해 줘야 해. 비록 떳떳지 못하고 지극히 불행한 사랑의 소산이라 할지라도 그 애는 바로 그런 아이니까 말이야. 자넨 유언장의 조항들을 잊지 않았을 거야. 자네 동생과 관련된 모든 조항을 그대로 실행에 옮기게. 그런 다음엔 어디든 가고 싶은 데로 가게. 이 세상에서 자네는 더 이상 만날 필요가 없는 사람이니까."

멍크스는 이 제안에 대해, 그리고 그것을 피할 가능성에 대해 음험하고 사악한 표정으로 곰곰이 생각하며 방 안을 오락가락했다. 한편으로는 두려움에 다른 한편으로는 증오감에 사로잡혀 갈등하는 모습이었다. 그때 잠가 놓았던 방문이 급하게 열리더니 한 신사(로스번 씨)가 격한 흥분 상태로 방에 들어왔다.

"그자가 곧 붙잡힐 겁니다." 그가 소리쳤다. "그자는 오늘 밤 붙잡히고 말 겁니다!"

"살인자 말이오?" 브라운로 씨가 물었다.

"그래요, 맞아요." 상대방이 대답했다. "그자의 개가 옛 소굴 근처에 숨어 있는 게 목격되었답니다. 개 주인이 거기 있거나, 아니면 야음을 틈타 그리 숨어 들어올 게 거의 확실하답니다. 비밀 정보원들이 사방으로 돌아다니며 탐문하고 있습니다. 그자를 체포하는 임무를 맡은 사람들과 얘기해 봤는데, 그가 도망치는 건 불가능하답니다. 당국에서는 오늘 밤 100파운드의 현상금을 내걸었습니다."

"내가 50파운드를 더 내겠소." 브라운로 씨가 말했다. "내가 현장에 가게 되면 그 자리에서 내 입으로 그걸 공언하겠소. 메일리 씨는 어디 있습니까?"

"해리 말이오? 여기 있는 선생의 친구가 선생과 함께 마차에 안전하게 타는 것을 보자마자 그는 이 소식을 들은 곳으로 급히 갔습니다." 의사가 대답했다. "그러곤 말에 올라 서로 약속해 둔 외곽의 어느 지점에서 첫 번째 추격대와 합류하기 위해 달려갔습니다."

"페이긴은요?" 브라운로 씨가 말했다. "그는 어떻게 되었습니까?"

"내가 마지막으로 소식을 들었을 때는 아직 안 붙잡혔다고 했습니다만 그는 곧 잡히든지, 아니면 지금쯤 잡혔든지 할 겁니다. 그를 잡는 건 확실하다고 했으니까요."

"자네 마음을 정했나?" 브라운로 씨가 낮은 목소리로 멍크스에게 물었다.

"예." 그가 대답했다. "당신은…… 당신은…… 내 비밀을 지켜 줄 거지요?"

"그러겠네. 내가 돌아올 때까지 여기 그대로 있게. 그것이 자네의 안전을 기대할 수 있는 유일한 방책이야."

의사와 브라운로 씨가 방에서 나가고 문이 다시 잠겼다.

"어떻게 되었습니까?" 의사가 속삭이는 말로 물었다.

"내가 기대할 만한 건 모두, 아니 그 이상을 얻어 냈습니다. 그 불쌍한 여자가 알려 준 정보와 내가 이미 알고 있던 사실들, 그리고 우리의 훌륭한 친구가 현장에서 조사한 내용을 모두 합쳐서 그가 빠져나갈 구멍을 하나도 남겨 두지 않았고, 이를 통해 악행의 전모를 햇빛이 비친 것처럼 명명백백하게 다 밝혀냈습니다. 모레 저녁 7시에 만나기로 약속을 정하는 편지를 보내 주십시오. 우린 그 몇 시간 전에 도착하겠지만 휴식이 좀 필요할 겁니다. 특히 아가씨는 선생이나 내가 지금 당장 예상하는 것보다 훨씬 더 단단히 마음을 먹어야 할지도 모릅니다. 그건 그렇고 지금 난 살해당한 그 불쌍한 여자의 복수를 하고 싶어 피가 끓고 있습니다. 그들이 어느 쪽으로 갔습니까?"

"경찰서로 곧장 마차를 몰고 가면 시간 내에 도착할 겁니다." 로스번 씨가 대답했다. "난 여기에 남아 있겠습니다."

두 신사는 걷잡을 수 없는 뜨거운 흥분에 사로잡혀 급히 작별 인사를 하고 헤어졌다.

50장
추격과 도망.

로더하이드[11] 교회에 인접한 템스강 근처의 한 지역에, 더럽기 짝이 없는 건물들이 강둑에 죽 늘어서 있고 강 위에 뜬 배들도 석탄 운반선의 먼지와 빽빽이 들어선 지붕 낮은 집들이 뿜어내는 연기로 더없이 시커먼 그곳에 런던 주민 대부분에게 이름조차 전혀 알려지지 않은, 런던에 숨은 여러 구역들 중 가장 불결하고 괴상하고 기이한 곳이 있었다.

이곳에 이르려면 방문객은 답답하고 비좁고 진흙투성이인 거리들을, 강변 사람들 가운데 가장 거칠고 가난한 자들이 모여 살면서 생업인 듯한 거래를 하느라 교통 혼잡을 야기하는 미로 같은 거리들을 헤치고 지나가야만 한다. 가장 값싸고 저질인 식료품들이 가게들 안에 쌓여 있었고, 가장 거칠고 하급

11) 템스강 남쪽의 공장, 창고, 조선소 등이 많은 거칠고 허름한 지역.

인 의류와 옷가지들이 상인의 문 앞에 대롱대롱 매달리거나 집 난간과 창문에 펄럭이고 있었다. 일거리가 없는 최하층 계급 노동자들, 배 바닥짐 적재 일꾼들, 석탄 운반 인부들, 뻔뻔하게 활개 치는 여인네들, 누더기를 걸친 아이들, 그리고 강가의 잡스러운 인간쓰레기들을 밀치면서 힘들게 앞으로 나아가다 보면 방문객은 오른쪽 왼쪽으로 뻗어 있는 비좁은 골목의 불쾌한 광경과 냄새들의 공격을 받고, 길모퉁이마다 첩첩이 솟은 창고들로부터 물건을 산더미처럼 싣고 나오는 육중한 짐마차들의 덜컹대는 소리에 귀가 먹먹해진다. 마침내 그렇게 지나쳐 온 거리들보다 좀 더 멀리 떨어진 한적한 거리에 다다르면 이번엔 무너질 듯이 인도 위로 불쑥 튀어나온 가옥들, 지나가는 바로 그 순간 무너질 것처럼 보이는 낡은 벽들, 반쯤은 내려앉고 반쯤은 허물어지기를 망설이는 듯한 굴뚝들, 세월과 때로 거의 부식되어 버린 녹슨 쇠창살이 달린 창문들, 황폐함과 방치의 상상 가능한 모든 표지들 아래로 걸어가게 된다.

써더크 지역의 독헤드 너머에 있는 바로 이런 동네에 제이컵의 섬이라는 곳이 있는데, 밀물 때면 2미터에서 3미터 깊이에 5미터에서 6미터 너비의 진흙 도랑으로 둘러싸이는 곳으로, 한때는 밀 폰드라고 불렸지만 이 이야기의 배경이 되는 시기에는 폴리 디치[12]라고 알려져 있었다. 이곳은 템스 강변의 후미진 내포(內浦) 내지는 작은 만으로, 그 옛 이름의 유래가

12) 디치는 '도랑'이라는 의미다.

된 레드 밀[13]의 수문을 열면 언제든지 물이 최고 수위까지 차오른다. 그런 때 혹시 밀 레인에서 그리로 걸쳐 놓은 나무다리들 중 하나에 서서 바라보는 방문객이 있다면 그 사람은 다리 양쪽 집들의 주민들이 뒷문이나 창문에서 양동이나 물통을 비롯해 온갖 종류의 가정용 용기들을 내려뜨려 물을 긷는 모습을 볼 수 있을 것이다. 그런 다음 이 물 긷는 광경에서 집들 쪽으로 눈을 돌리면 그는 눈앞에 펼쳐진 광경에 더할 나위 없이 큰 경악에 사로잡히고 말 것이다. 대여섯 채의 집들 뒤쪽에 공동으로 연결된 아래 진흙 펄이 다 내려다보일 만큼 구멍이 숭숭 뚫린 흔들거리는 목조 발코니들, 속옷 빨래를 말리기 위한 — 하지만 한 번도 빨래가 걸린 적이 없는 — 긴 장대가 불쑥 삐져나온 깨지거나 덕지덕지 바른 창문들, 너무나 작고 너무나 더럽고 너무나 비좁아 그 안에 깃든 먼지와 불결함조차 견디지 못할 만큼 공기가 극심하게 오염된 방들, 불쑥 튀어나와 진흙탕을 내려다보며 그 속으로 무너져 내리겠다고 — 실제로 그렇게 무너져 내린 곳도 몇몇 있는 — 협박하는 듯한 목조 방들, 더러운 때로 뒤덮인 벽들과 썩어 들어가는 토대들, 온갖 역겨운 가난의 외양들, 더러움과 부패와 쓰레기의 온갖 혐오스러운 표시들, 이 모든 것들이 폴리 디치의 둑을 장식하고 있었다.

제이컵의 섬에 있는 창고들은 텅 비어 있고 지붕도 없다. 벽은 허물어지는 중이고, 창문은 더 이상 창문이 아니며, 출입문

13) 납 공장이라는 의미다.

은 길거리로 떨어져 나가려 하고, 굴뚝은 시커멓게 그을렸지만 연기를 전혀 내뿜지 않는다. 삼사십 년 전 파산과 형평법 소송이 덮치기 이전까지 번창하던 곳이 지금은 그야말로 황폐한 섬이 되었다. 집은 주인이 없고, 용기 있는 사람들이 문을 부수고 안으로 들어간다. 그리고 거기서 살다가 거기서 죽는다. 제이컵의 섬에 피신처를 마련하는 사람들은 그렇게 은밀히 숨어 살아야 할 심대한 이유가 있든지, 아니면 정말로 아주 궁핍한 처지로 몰락한 사람들임에 틀림없다.

이런 집들 가운데 하나, 다른 부분은 모두 폐허나 다름없지만 출입문과 창문만은 방어 장치를 단단히 해 놓고 집 뒤쪽은 앞에서 묘사한 것처럼 도랑을 내려다보고 있는 상당히 큰 단독 주택의 위층 방에 세 명의 사내가 모여 있었다. 그들은 이따금씩 당혹감과 기대감이 섞인 표정으로 서로를 바라보면서 깊고 우울한 침묵에 빠진 채 한참 동안 가만히 앉아 있었다. 이들 중 하나는 토비 크래킷이었고 다른 하나는 치틀링 씨였다. 세 번째 사람은 나이 오십의 강도로, 과거의 어느 난투극에서 그랬는지 코가 푹 주저앉다시피 했고 얼굴에도 원인이 같은 것으로 추정되는 흉측한 흉터가 하나 있었다. 이 사내는 몰래 귀국한 유형수[14]로 이름은 캑스였다.

"이 훌륭한 친구야." 토비가 치틀링 씨를 돌아보며 말했다. "예전의 두 은신처가 너무 위험해졌다면 어디 다른 델 골라서

14) 본국에 돌아오는 것이 금지된 종신 유형수를 의미한다. 몰래 귀국했다가 발각되면 사형에 처해졌다.

가지 하필 여기로 올 게 뭐야?"

"왜 다른 데로 안 갔어, 이 돌대가리 녀석아?"

"아니, 날 보면 이보다는 좀 더 반가워하실 줄 알았는데." 치틀링 씨가 우울한 태도로 대답했다.

"글쎄, 이것 보시게, 젊은 신사." 토비가 말했다. "나처럼 사람과 접촉을 딱 끊고, 그럼으로써 엿보거나 냄새 맡는 사람이 아무도 없이 혼자 아늑한 지붕 밑에 틀어박혀 지내는 사람에겐 자네 같은 처지의 젊은 신사(형편이 좋을 때 함께 카드놀이를 할 만큼 지극히 존경스럽고 유쾌한 사람이라 할지라도)의 방문을 받는 영광을 누리는 건 다소 깜짝 놀랄 일이라네."

"특히 세상과 접촉을 끊은 그 젊은이한테 함께 머무는 친구가 있는데, 외국에서 예상보다 일찍 돌아온 그 친구가 너무 겸손한 사람이라 돌아오자마자 판사들 앞에 얼굴을 들이밀고 싶은 마음이 없는 경우에는 더욱 그렇지." 캑스 씨가 덧붙여 말했다.

짧은 침묵이 흘렀다. 그러다가 토비 크래킷은 평소와 같은 만사태평의 허세를 유지하려는 노력이 더 이상 아무 소용이 없음을 깨달은 것처럼 치틀링을 돌아보며 체념조로 물었다.

"그래, 페이긴이 언제 붙잡혔다고?"

"막 오찬을 먹을 때였어요…… 오늘 오후 2시에 말이에요. 찰리와 저는 다행히 세탁소 굴뚝을 타고 도망쳤고, 볼터는 비어 있는 빗물 통 속으로 머리를 거꾸로 처박고 들어갔는데 다리가 지독하게 길어서 그만 통 위로 발이 삐져나오고 말았어요. 그래서 그도 붙잡혔지요."

"벳은?"

"불쌍한 벳! 그녀는 시체를 보러 갔었어요, 그게 누군지 확인해 주러 말이에요." 치틀링이 대답했는데, 그의 안색은 점점 더 침통해졌다. "시체를 본 그녀는 미쳐서 비명을 지르고 날뛰며 판자에 머리를 부딪쳤어요. 그래서 사람들이 구속복[15]을 입혀서 병원으로 데려갔고…… 아직도 거기 있어요."

"꼬마 베이츠는 어떻게 됐냐?" 캐스가 물었다.

"그는 어두워지기 전엔 여기로 오지 않겠다며 돌아다니고 있는데, 곧 나타날 거예요." 치틀링이 대답했다. "갈 곳이 지금 아무 데도 없어요. 절름발이 주막 사람들은 모두 구속되었고, 주막의 바는…… 제가 가서 직접 눈으로 봤는데…… 사복 형사들로 가득 차 있어요."

"이거 크게 박살 나는군." 토비가 입술을 깨물며 말했다. "이번 일로 몇 명은 목숨이 날아가겠군."

"지금은 법원이 개정하는 기간이야." 캐스가 말했다. "그러니 검시가 끝나고 볼터가 공범자 증언[16]을 한다면…… 놈이 그동안 한 말로 보건대 분명히 그럴 텐데…… 그들은 페이긴이 범행 교사자라는 걸 증명하고 금요일에 바로 재판을 진행할 거야. 그럼 페이긴은, 정말이지 오늘부터 엿새만 지나면 목이 매달리는 거야!"

"두 분은 사람들이 으르렁대는 소릴 들으셨어야 해요." 치

---

15) 정신 질환자, 죄수 등에게 입혀 두 손을 못 쓰게 속박하는 옷.

16) 한 공범자가 감형이나 처벌을 면제받는 조건으로 다른 공범자에게 불리한 증언을 하는 것.

틀링이 말했다. "경찰들이 맹렬히 싸우며 막지 않았다면 사람들은 그를 잡아채 갔을 거예요. 그는 한번 넘어지기도 했는데, 경찰들이 그를 둘러싸고 군중과 싸우듯이 밀치고 나갔어요. 그가 온통 진흙과 피로 범벅이 된 채 주위를 둘러보며 마치 가장 친한 친구라도 되는 것처럼 경찰들에게 매달리는 모습을 보셨어야 해요. 밀어 대는 군중 때문에 똑바로 서지도 못하고 그를 둘러싼 채 끌고 가는 경찰들의 모습이 아직도 눈에 선해요. 사람들이 겹겹이 껑충껑충 뛰면서 이를 드러내고 으르렁거리며 그에게 달려드는 모습과 그의 머리카락과 턱수염에 묻은 피가 눈에 선해요. 그리고 길모퉁이에서 여자들이 군중 한가운데로 뚫고 들어와 그의 심장을 찢어발기겠다고 맹세하며 외쳐 대는 소리가 지금도 귀에 생생해요!"

무서운 광경을 떠올리며 공포에 질린 치틀링은 두 손으로 귀를 막고 눈을 감은 채 벌떡 일어서서는 미친 사람처럼 격렬하게 이리저리 왔다 갔다 했다.

그가 이러고 있고 두 사내가 옆에서 시선을 바닥에 고정한 채 말없이 앉았는데, 문득 계단에서 가볍게 타다닥거리는 소리가 들리더니 싸익스의 개가 방으로 뛰어 들어왔다. 그들은 창문으로, 아래층으로, 길거리로 달려 나갔다. 열려 있는 창문으로 뛰어 들어왔던 개는 그들을 뒤따라 나가려고 하지 않았고, 개 주인 또한 보이지 않았다.

"이게 뭘 의미하는 거지?" 모두 방으로 돌아왔을 때 토비가 말했다. "설마 그 친구가 이리로 오는 건 아니겠지. 그…… 그건…… 아니겠지?"

"만약 이리로 오는 거였다면 개와 함께 나타났을 거네." 캑스가 바닥에 누워 헐떡거리고 있는 개를 허리를 굽혀 살펴보며 말했다. "이보게! 개한테 줄 물 좀 갖다 주게. 쓰러질 정도로 달려온 모양이야."

"한 방울도 안 남기고 다 마셔 버렸어요." 치틀링이 얼마 동안 말없이 개를 지켜본 뒤 말했다. "진흙투성이에…… 다리를 절고…… 눈은 반쯤 멀고…… 아주 먼 길을 달려온 게 틀림없어요."

"대체 어디서 온 걸까?" 토비가 큰 소리로 말했다. "물론 우리의 다른 소굴들에 갔다가 모두 낯선 사람들로 가득 찬 것을 보고는 이리로 왔겠지. 여기도 여러 번 자주 왔으니까 말이야. 하지만 처음엔 대체 어디서 온 것일까, 또 어떻게 그 친구 없이 혼자만 온 것일까?"

"그가……."(아무도 살인자를 그의 옛 이름으로 부르지 않았다.) "그가 자살을 했을 리는 없어요. 그렇게 생각하지 않으세요?" 치틀링이 말했다.

토비가 그렇다고 고개를 끄덕였다.

"만약 자살했다면……." 캑스가 말했다. "저 개는 우리를 그가 자살한 곳으로 데려가려고 했을 거야. 그래, 자살은 아냐. 내 생각에 그는 개를 뒤에 남겨 두고 이 나라를 빠져나간 것 같아. 뭔가 수를 써서 개를 따돌렸음에 틀림없어. 안 그러면 그렇게 쉽게 빠져나갈 수 없을 테니까 말이야."

이 해명이 가장 그럼직하게 보였는지라 모두들 옳다고 받아들였다. 개는 의자 밑에 기어 들어가 몸을 웅크린 채 잠이

들었고 더 이상 아무도 개한테 주목하지 않았다.

날이 어두워졌으므로 이제 덧창을 닫고 촛불을 켜서 탁자에 올려놓았다. 지난 이틀간의 끔찍한 사건들은 세 사람 모두에게 깊은 영향을 끼쳤는데, 이는 그들의 위험하고 불안한 처지로 인해 더욱 커졌다. 그들은 의자를 서로 가까이 당겨 앉은 채 무슨 소리가 날 때마다 깜짝깜짝 놀라곤 했다. 말을 거의 하지 않았고, 하더라도 속삭였으며, 마치 살해당한 여자의 유해가 옆방에 있기라도 한 것처럼 깊은 침묵과 공포에 빠져 있었다.

그들이 얼마 동안 이렇게 앉았을 때 갑자기 아래층에서 문을 급하게 두드리는 소리가 들렸다.

"꼬마 베이츠야." 캑스가 자신의 두려움을 억누르고자 화난 듯이 주위를 둘러보며 말했다.

문 두드리는 소리가 다시 들렸다. 아니었다. 베이츠가 아니었다. 그는 결코 저런 식으로 문을 두드리지 않았다.

크래킷이 창문으로 갔다. 그러더니 온몸을 떨면서 머리를 다시 안으로 거둬들였다. 누군지 말할 필요가 없었다. 창백한 얼굴로 충분했다. 개도 즉시 경계하는 태도를 취하더니 낑낑거리며 문으로 달려갔다.

"그를 들어오게 하는 수밖에 없어." 크래킷이 촛불을 집어 들며 말했다.

"다른 방도가 없을까?" 다른 사내가 쉰 목소리로 물었다.

"없어. 그는 들어오고야 말 거야."

"우릴 어둠 속에 내버려 두고 가진 마." 캑스가 그렇게 말하며 벽난로 선반에서 초 하나를 내려 불을 붙였는데, 손이 어찌나 떨리는지 문 두드리는 소리가 두 번이나 더 반복된 뒤에야 겨우 불을 붙였다.

크래킷은 아래층 출입문으로 내려갔다가 얼굴 아래쪽을 손수건으로 가리고 다른 손수건으로 머리를 싸맨 뒤 그 위에다 모자를 쓴 사내와 함께 돌아왔다. 사내는 손수건을 천천히 끌러 풀었다. 창백해진 얼굴, 푹 꺼진 눈, 홀쭉해진 뺨, 사흘간 자란 턱수염, 야윈 몸, 짧고 탁한 숨소리, 그야말로 유령이나 다름없는 싸익스였다.

그는 방 한가운데 놓인 의자를 손으로 잡았다. 하지만 거기에 막 털썩 주저앉으려다가는 부르르 몸서리를 치면서 어깨 너머를 흘끗 바라보는 듯하더니, 의자를 뒤로 끌어당겨 벽 쪽으로 바짝, 최대한 바짝, 벽에 부딪쳐 긁힐 정도로 붙이고 앉았다.

그동안 한마디 말도 오가지 않았다. 그는 한 사람씩 말없이 바라보았다. 그들 중 누구라도 슬그머니 눈을 들었다가 그의 눈과 마주치기라도 하면 즉시 다른 데로 눈을 돌렸다. 그의 공허한 목소리가 침묵을 깼을 때 세 사람 모두 깜짝 놀랐다. 마치 그의 말소리를 과거에 한 번도 들어 본 적이 없는 것 같은 표정이었다.

"저 개가 어떻게 여기 와 있는 거야?" 그가 물었다.

"혼자 찾아왔어. 세 시간 전에."

"오늘 저녁 신문에 페이긴이 잡혔다고 났던데, 그게 사실이야 거짓이야?"

"사실이네."

다시 침묵이 흘렀다.

"야, 이 망할 놈들아!" 싸익스가 손으로 이마를 훔치며 말했다. "나한테 할 말이 아무것도 없냐?"

그들은 한차례 불편하게 몸을 뒤척였지만 아무도 말은 하지 않았다.

"야, 너, 이 집 주인 놈." 싸익스가 크래킷에게로 얼굴을 돌리며 말했다. "너, 날 팔아넘길 작정이냐, 아니면 이번 사냥이 끝날 때까지 여기 숨어 있게 해 줄 거냐?"

"자네 생각에 안전한 것 같으면 여기 머물러도 좋네." 질문을 받은 크래킷이 약간 망설이다가 대답했다.

싸익스는 실제로 고개를 돌리기보다는 고개를 돌리려고 애쓰는 듯 마는 듯하며 뒤쪽 벽을 천천히 올려다보았다. 그러곤 말했다. "그…… 그건…… 매장되었나…… 시체 말이야?"

그들은 고개를 가로저었다.

"왜 묻지 않은 거야!" 그는 대꾸하면서 아까처럼 흘끗 뒤를 돌아보았다. "뭣 때문에 그렇게 보기 흉한 걸 땅 위에다 놔두냔 말이야? ……저건 누구지, 문을 두드리는 건?"

크래킷이 아무것도 두려워할 것 없다고 손짓하며 방에서 나갔다. 그리고 금세 찰리 베이츠를 데리고 돌아왔다. 싸익스가 문 반대편에 앉았기 때문에 소년은 방에 들어오자마자 싸익스의 형상과 마주쳤다.

"토비." 싸익스가 그에게 눈을 돌렸을 때 소년은 뒤로 물러서며 말했다. "왜 아래층에서 이 사실을 말하지 않았어?"

그동안 그를 움츠리며 피하는 세 사람에게서 뭔가 몹시 소름 끼치는 느낌을 받았던 비참한 사내는 어린 친구의 비위라도 기꺼이 맞춰 주고 싶은 심정이었다. 그래서 그는 고개를 끄덕이며 소년과 악수하려는 듯한 동작을 취했다.

"난 어디 다른 방으로 가겠어." 소년은 한층 더 뒤로 물러서며 말했다.

"찰리!" 싸익스가 앞으로 다가서며 말했다. "너…… 너…… 날 몰라보는 거냐?"

"나한테 가까이 오지 마." 소년은 여전히 물러서면서 공포에 질린 눈으로 살인자의 얼굴을 바라보며 대답했다. "이 괴물아!"

사내는 중간에 걸음을 멈췄고, 두 사람은 서로를 바라보았다. 하지만 싸익스의 눈은 차츰 땅으로 향했다.

"당신들 세 사람, 내 증인이 되어 줘." 소년이 불끈 쥔 주먹을 흔들면서 소리쳤는데, 말을 하면서 점점 더 강한 흥분에 사로잡혔다. "당신들 세 사람, 내 증인이 되어 줘…… 난 저 사람이 두렵지 않아…… 사람들이 그를 잡으러 이리로 오면 난 그를 넘겨줄 거야. 난 그럴 거야. 당장에 분명히 말해 두는데, 그가 날 죽이고 싶으면, 아니 감히 그럴 수 있다면 날 죽여도 좋아. 하지만 내가 여기 있는 한 난 그를 넘겨줄 거야. 그가 산 채로 끓는 물에 던져진다 해도 난 그를 넘겨줄 거야. 살인이야! 도와줘요! 당신들 셋도, 남자다운 용기가 있다면 날 도와줘. 살인이야! 도와줘요! 살인자를 때려눕혀라!"

격렬한 몸짓을 동반하며 이렇게 마구 소리를 질러 대면서 소년은 실제로 몸을 내던져 단독으로 그 강한 사내를 덮쳤다. 그리고 그 강력한 기세와 갑작스러운 기습에 힘입어 사내를 바닥에 세차게 나동그라지게 만들었다.

세 사람의 구경꾼은 완전히 얼이 빠진 듯했다. 그들은 아무도 말리려 들지 않았고, 소년과 사내는 바닥에 한데 엉켜 뒹굴었다. 소년은 소나기처럼 쏟아지는 주먹질에도 아랑곳없이 살인자의 가슴께 옷자락을 두 손으로 꽉 움켜잡고 점점 더 세게 비틀어 죄면서 온 힘을 다해 도와 달라고 큰 소리로 끊임없이 외쳐 댔다.

하지만 힘의 차이가 워낙 큰 탓에 싸움은 오래가지 않았다. 싸익스는 곧 소년을 제압하여 무릎으로 목을 눌렀는데, 바로 그 순간 크래킷이 깜짝 놀란 표정으로 싸익스를 뒤로 잡아당기며 창문을 가리켰다. 창 아래로 반짝이는 불빛들이 보였고, 큰 소리로 진지하게 이야기하는 목소리들이 들렸으며, 쿵쾅쿵쾅 급하게 내딛는 발걸음들이 — 그 수가 끝없이 이어지는 것 같았다 — 제일 가까운 나무다리를 건너는 소리가 들렸다. 군중 가운데는 말을 탄 사람도 한 명 있는 듯했다. 왜냐하면 울퉁불퉁한 인도 위를 따각거리며 내닫는 말발굽 소리가 들렸기 때문이다. 반짝이는 불빛이 점점 많아지고 발걸음 소리도 더욱 맹렬하고 시끄럽게 들려왔다. 그러더니 문을 크게 두드리는 소리가 나고, 뒤이어 세상에서 가장 대담한 자조차 움츠러들게 할 만큼 수많은 성난 목소리들의 거친 함성이 들렸다.

"도와줘요!" 소년이 허공을 가르는 비명을 지르며 소리쳤다. "살인자가 여기 있어요! 문을 부숴 버리세요!"

"왕명이다." 밖에서 외치는 여러 사람의 목소리가 들렸다. 그리고 군중의 거친 함성이 다시금 더욱 크게 일었다.

"문을 부숴 버리세요!" 소년이 날카롭게 소리쳤다. "이 사람들은 절대 문을 안 열어 줄 거예요. 불빛이 보이는 방으로 직행하세요. 문을 부숴 버리세요!"

소년이 말을 멈췄을 때 아래층 덧창과 문을 때리는 육중하고 둔탁한 소리가 연달아 들렸고, 이어 커다란 환호 소리가 군중에게서 터져 나왔다. 군중의 엄청난 규모를 처음으로 충분히 알아차릴 수 있는 큰 소리였다.

"악쓰는 이 악마 새끼를 가둬 놓게 어디 문을 좀 열어." 싸익스가 사납게 소리쳤다. 그러면서 마치 빈 자루라도 되는 것처럼 가볍게 소년을 끌고 이리저리 뛰어다녔다. "저 문 열어. 어서!" 그는 소년을 던져 넣은 다음 빗장을 지르고 열쇠를 돌렸다. "아래층 문은 단단히 잠겨 있나?"

"이중으로 자물쇠를 채우고 쇠사슬까지 묶어 놨어." 크래킷이 대답했는데, 그와 나머지 두 사람은 여전히 어쩔 줄 모르는 채 완전히 무기력한 모습으로 서 있었다.

"문짝 판자들은…… 그것들은 튼튼한가?"

"안쪽에 철판을 대 놓았어."

"창문도 그런가?"

"그래, 창문도 그래."

"야, 이 망할 놈들아!" 악에 받친 강도는 내리닫이창을 휙 밀어 올리고 군중을 위협하며 외쳤다. "어디 맘껏 해봐라! 그래 봤자 난 빠져나가고 말 테다!"

일찍이 인간의 귀가 들어 본 모든 무시무시한 고함 소리들 중에 그 순간 격분한 군중이 내지른 함성을 능가할 수 있는 것은 아무것도 없었다. 어떤 자들은 집에 불을 지르라고 가까이 있는 사람들에게 소리쳤고, 어떤 자들은 악당을 총으로 쏴 죽이라고 경관들에게 고함을 질러 댔다. 모든 사람들 중에서도 특히 말을 탄 사람이 누구보다 격렬한 분노를 표출했는데, 그는 말안장에서 몸을 날려 내려오더니 마치 물을 가르듯이 군중 사이를 뚫고 달려 나와 창문 밑에서 다른 모든 소리보다 더 큰 목소리로 외쳤다. "사다리를 가져오는 사람에게 20기니를 주겠소!"

바로 옆에 있던 사람들이 그 소리를 이어받았고, 곧 수백 명이 따라서 외쳤다. 어떤 사람들은 사다리를 가져오라고 외쳤고, 어떤 사람들은 큰 쇠망치를 가져오라고 했다. 어떤 사람들은 마치 그것들을 찾기라도 하는 것처럼 횃불을 들고 이리저리 뛰어다니다가 결국 되돌아와서 다시 함성을 질러 댔다. 어떤 사람들은 별 효과 없는 저주와 악담을 숨 가쁘게 퍼부어 댔고, 어떤 사람들은 무아경에 빠진 미친 사람처럼 앞으로 마구 밀쳐 대어 아래쪽에 있는 사람들이 전진하는 것을 방해했다. 가장 대담한 사람들 가운데 어떤 자들은 배수관과 벽의 갈라진 틈을 타고 기어 올라가려고 시도하기도 했는바, 모든 사람들이 저 아래 어둠 속에서 마치 거센 바람에 물결치는 밀밭처럼 이리저리 파도치며 움직였고, 이따금씩 한목소리로 격노에 찬 커다란 함성을 함께 질러 대곤 했다.

"밀물을 이용하는 거야!" 살인자는 비틀거리며 방 안쪽으로 물러서서는 창문을 닫아 군중의 얼굴이 보이지 않게 한 뒤 소리쳤다. "아까 내가 올라올 때 밀물이었어. 밧줄을 하나 줘, 긴 밧줄로 말이야. 놈들은 모두 앞쪽에 있어. 폴리 디치로 뛰어내리면 그쪽으로 빠져나갈 수 있을 거야. 밧줄을 어서 달란 말이야, 너희 세 놈까지 마저 확 죽이고 자살해 버리기 전에."

공포에 질린 세 사람은 그런 물건들을 보관해 둔 곳을 가리켰다. 살인자는 급히 가장 길고 튼튼한 밧줄을 고른 뒤 집 꼭대기로 서둘러 올라갔다.

집 뒤쪽의 창문들은 소년이 갇혀 있는 방의 자그만 들창을 제외하고는 모두 오래전에 벽돌로 막아 놓았는데, 그 들창조차도 소년의 몸이 빠져나갈 수 없을 만큼 아주 작았다. 하지만 소년은 이 작은 틈으로 밖에 있는 사람들에게 집 뒤편을 감시하라고 쉬지 않고 계속 소리를 질러 댔다. 그래서 살인자가 마침내 지붕에 있는 문을 통해 꼭대기로 나왔을 때 누군가가 커다랗게 외쳐 그 사실을 집 앞에 있는 사람들에게 알렸고, 사람들은 즉시 집을 돌아 서로서로를 밀치며 끊임없이 밀려오는 물결처럼 몰려들기 시작했다.

살인자는 문을 막으려고 일부러 들고 온 널빤지로 문을 아주 단단히 받쳐 안에서는 문을 열기가 굉장히 어렵게 만든 다음, 기와 위를 살금살금 기어서 지붕의 나지막한 난간 너머를 내려다보았다.

물은 이미 빠져나갔고 도랑은 진흙 바닥을 드러내고 있었다.

이 짧은 몇몇 순간 동안 군중은 그의 움직임을 지켜보면서 의도가 무엇인지 의아해하며 숨을 죽였다. 하지만 곧 그의 의도를 알아차림과 동시에 그 의도가 좌절되었다는 것을 깨달은 군중은 승리감에 찬 저주의 함성을 높이 질렀으니, 그에 비하면 이전의 모든 외침은 속삭임에 지나지 않았다. 함성은 계속 반복되었다. 너무 멀리 떨어져서 함성의 의미를 몰랐던 사람들조차 소리를 이어받아 외쳐 댔고, 그래서 함성은 울려 퍼지고 또 울려 퍼졌다. 마치 도시 전체의 주민이 모두 쏟아져 나와 그를 저주하는 것 같았다.

사람들은 집 앞쪽으로부터 계속해서 밀려왔다. 밀려오고, 밀려오고, 또 밀려오고, 성난 얼굴들의 강력한 물결이 몸부림치며 계속해서 밀려왔으며, 여기저기 눈부신 횃불이 그들을 환히 비춰 얼굴에 서린 모든 분노와 격정을 그대로 드러내 보였다. 도랑 반대편에 있는 집들도 벌써 군중으로 가득했다. 내리닫이창들은 위로 들어 올려지거나 아예 통째로 뜯겨져 나갔다. 창문마다 사람들의 얼굴이 빽빽이 층을 이루었고, 지붕 꼭대기마다 사람들이 무리를 지어 다닥다닥 들러붙어 있었다. 작은 나무다리들도 (세 개가 눈에 보였는데) 모두 그 위에 선 군중의 무게로 휘어 있었다. 하지만 인파는 여전히, 어디든 소리 지를 만한 틈새나 구멍을 찾아서, 단 한 순간이라도 악당의 모습을 보기 위해 계속해서 쏟아져 왔다.

"놈은 이제 꼼짝없이 잡혔어." 제일 가까운 다리에 있는 한 사람이 소리쳤다. "만세!"

군중은 모자를 벗어 위로 던져 올렸다. 그리고 다시 소리 높여 함성을 질렀다.

"저놈을 생포하는 사람한테 50파운드를 주겠소." 같은 곳에서 한 노신사가 소리쳤다. "그 사람이 돈을 받으러 올 때까지 여기서 기다리겠소."

또다시 함성이 울려 퍼졌다. 그 순간 문이 마침내 부서지며 열렸고 맨 처음에 사다리를 가져오라고 했던 사람이 방으로 올라갔다는 말이 군중 사이에 퍼졌다. 이 소식이 입에서 입으로 전해졌을 때 인파는 급격히 방향을 바꿨다. 창문에 있던 사람들은 다리 위에 있는 사람들이 되돌아 몰려가는 것을 보고 그 자리를 떠나서 거리로 달려 나갔다. 그러곤 아까 버려두고 온 장소로 다시 혼란스럽게 떼 지어 돌아가는 군중에 합류했다. 모든 사람들이 옆 사람과 서로 밀치고 다퉜으며, 저마다 경관이 범인을 데리고 나오는 것을 보기 위해 안달이 나서 문 가까이 가려고 숨을 헐떡이며 달려들었다. 질식할 정도로 사람들한테 눌리거나 뒤죽박죽인 와중에 쓰러져서 발에 짓밟히는 사람들의 비명과 외침 소리는 끔찍했다. 좁은 길은 완전히 막혀 버렸다. 그래서 그 순간에는 집 앞에 다시 자리를 잡으려고 쇄도하는 사람들과 군중 속에서 빠져나가려고 헛되이 몸부림치는 사람들 간의 혼란 속에서 비록 그를 생포하고자 하는 전체적인 열망은 — 물론 그게 가능하다면 하는 말인데 — 더 증가했을지라도 살인자에 대한 관심이 잠시 다른 데로 돌려졌다.

살인자는 군중의 광포함과 탈출의 불가능성에 완전히 압도되어 주저앉아 움츠리고 있었다. 하지만 이렇게 갑작스럽게 일어난 변화를 그 변화만큼이나 재빨리 알아차리고는 벌떡 일어섰다. 그리고 목숨을 구하기 위한 마지막 노력으로, 진흙

마지막 시도.

바닥에 처박혀 숨 막혀 죽는 위험을 무릅쓰고라도 도랑으로 뛰어내려 어둠과 혼란을 틈타 몰래 달아나려는 시도를 해 보기로 결심했다.

새로운 힘과 활기를 내는 한편 집에서 나는 소리로 군중이 정말로 집 안에 진입했음을 알고 자극을 받은 그는 연통들이 한데 모여 있는 굴뚝 기둥에 발을 대고 밧줄의 한쪽 끝을 거기에 단단히 묶은 다음, 다른 쪽 끝으로는 손과 이빨을 이용해 순식간에 튼튼한 올가미를 만들었다. 그는 밧줄에 의지해 땅에서 자기 키만큼도 안 되는 높이까지 내려간 다음 미리 손에 쥐고 있던 칼로 밧줄을 끊고 뛰어내릴 작정이었다.

그가 머리 위로 올가미를 씌운 뒤 아직 겨드랑이 밑으로 밀어 내리지 못한 바로 그 순간, 앞에서 언급한 노신사가(그는 밀어 대는 군중의 힘에 저항하며 자리를 지키기 위해 다리 난간을 아주 단단히 붙잡고 있었는데) 범인이 막 몸을 내려뜨리려 한다고 온 힘을 다해 주위 사람들에게 경고하며 소리치는 순간 — 바로 그 순간 살인자는 지붕 위에서 뒤를 돌아보더니 두 팔을 머리 위로 번쩍 쳐들고는 공포에 찬 비명을 내질렀다.

"또 저놈의 눈깔!" 그는 끔찍한 비명을 지르며 소리쳤다.

그는 마치 번개라도 맞은 것처럼 비틀거리더니 균형을 잃고 난간 너머로 굴러떨어졌다. 올가미가 그의 목에 그대로 걸려 있었다. 그것은 그의 몸무게로 인해 활시위처럼 팽팽하게, 쏜살같이 빠르게 죄어들었다. 그는 12미터 정도 떨어졌다. 밧줄이 급격히 당겨지며 멈췄고, 팔다리에 한차례 끔찍한 경련이 일어났다. 그는 날을 펼친 칼을 뻣뻣해진 손에 움켜쥔 채 허공에 매달려 있었다.

낡은 굴뚝 기둥은 그 충격으로 부르르 진동을 일으켰으나 의연히 버텨 냈다. 살인자는 숨이 끊어진 채 벽에 부딪치며 흔들거렸다. 그리고 소년이 시야를 가리는 대롱거리는 시체를 옆으로 밀치며 사람들한테 제발 어서 와서 좀 꺼내 달라고 소리쳤다.

그때까지 어딘가에 숨어 있던 개 한 마리가 음울하게 울부짖으며 난간 위로 왔다 갔다 내달리더니 몸을 바로잡고 펄쩍 뛸 준비를 한 다음 죽은 자의 어깨를 향해 뛰어내렸다. 개는 목표를 벗어나 완전히 거꾸로 뒤집어진 채 도랑으로 곤두박질쳤다. 그러곤 머리를 돌에 부딪쳐 뇌가 박살 나며 쏟아졌다.

51장
몇 가지 수수께끼가 밝혀지고, 재산 계약이나 아내의 용돈 따위에 대한 언급이 전혀 없는 청혼이 묘사된다.

앞 장에서 서술한 사건이 일어나고 아직 이틀밖에 안 지났을 때였다. 올리버는 오후 3시에 여행 마차를 타고 고향으로 급히 달려가고 있었다. 메일리 부인과 로즈, 베드윈 부인, 선량한 의사가 함께 가고, 브라운로 씨는 아직 이름을 말해 주지 않은 다른 한 사람과 동행하여 사륜 역마차로 뒤따라왔다.

그들은 도중에 말을 별로 하지 않았다. 왜냐하면 올리버가 흥분과 불안으로 안절부절못한 채 차분히 생각할 능력은 물론 말할 능력까지 거의 잃어버린 상태였고, 동행자들 역시 그 영향을 받아 그의 흥분과 불안을 적어도 똑같은 정도로 공유하면서 비슷한 상태에 빠져 있었기 때문이다. 여행에 앞서 브라운로 씨는 멍크스한테서 자백받은 대강의 내용을 올리버와 두 숙녀에게 아주 조심스럽게 알려 주었다. 그래서 그들은 이번 여행이 그동안 아주 잘 진행되어 온 일을 마무리 짓기 위한 것임을 알았다. 하지만 여전히 일의 전모가 깊은 의혹과 신비에 둘러싸여 있어서 더없이 극심한 긴장감을 견디며 기다려야 했다.

친절한 브라운로 씨는 또한 로스번 씨의 도움을 받아 최근에 일어난 끔찍한 사건들이 그들에게 전달될 만한 모든 통로를 조심스럽게 차단해 놓았다. "물론……." 그는 말했다. "그들도 머지않아 사실을 알아야 할 거요. 하지만 좀 더 적당한 때에 알려도 무방할 것이오. 지금은 아무래도 시기가 안 좋소." 그리하여 그들은 저마다 이렇게 모두 한자리에 모이러 가는 목적이 무엇인지 생각하느라 바쁜 채, 하지만 아무도 머릿속에 밀려드는 생각을 말로 표현하려 하지 않는 가운데 그저 말없이 여행을 계속했다.

이런 분위기로 인해 올리버는 한 번도 본 적이 없는 길을 지나 자신의 출생지를 향해 달려가는 동안 말없이 가만히 앉아 있었다. 하지만 자신이 집도 없이 길을 헤매는 불쌍한 소년이 되어 도와줄 친구도 머리를 누일 지붕도 하나 없이 혼자서 걸어 나왔던 그 길로 마차가 접어들었을 때 그의 모든 기억은 얼마나 격렬히 파도치며 옛날로 달려갔던가, 그리고 그의 가슴에는 얼마나 무수한 감정이 요동쳤던가!

"저길 봐요, 저기요!" 올리버는 로즈의 손을 꼭 붙잡고 창밖을 가리키며 소리쳤다. "저건 바로 제가 넘어왔던 울타리 층계예요. 저긴 누가 절 뒤쫓아 와 다시 끌고 갈까 봐 숨어 들어갔던 생나무 울타리구요! 저쪽에 들판을 가로지르는 길이 있어요, 제가 어릴 때 살던 낡은 집으로 통하는 길이 말이에요! 아,

딕, 내 소중한 옛 친구, 딕, 널 지금 다시 만나 볼 수만 있다면!"

"곧 그 앨 만나 보게 될 거야." 로즈가 모아 쥔 올리버의 두 손을 다정하게 감싸 쥐며 대답했다. "그 애한테 네가 얼마나 행복한지, 얼마나 부자가 되었는지 말해 줄 수 있을 거야. 그리고 네 모든 행복 가운데 이렇게 다시 돌아와 그 애를 기쁘게 해 준 것만큼 큰 행복은 없다고 말해 줄 수 있을 거야."

"그래요, 그래요." 올리버가 말했다. "그리고 우린…… 우린 그 앨 이곳에서 데려가 옷을 입히고 공부를 가르치고, 또 어디 조용한 시골에 가서 건강하고 튼튼하게 자랄 수 있도록 해 줄 거예요…… 그렇죠?"

로즈는 그렇다고 고개만 끄덕였다. 미소를 지으며 그토록 행복에 가득 찬 눈물을 흘리는 아이의 모습에 말이 나오지 않았던 것이다.

"아가씬 그 애한테도 친절하고 다정하게 잘 대해 주실 거예요, 누구한테나 그러시니깐요." 올리버가 말했다. "그 애가 하는 이야길 들으면 정말이지 눈물을 흘리실 거예요. 하지만 괜찮아요. 마음 쓰지 마세요, 모두 다 지나갈 거고, 아가씬 다시 미소 짓게 될 거예요. — 전 그것도 잘 알아요 — 그 애가 얼마나 달라졌는지를 생각하고서 말이에요. 저에 대해서도 그러셨잖아요. 그 앤 도망쳐 나오는 저한테 '하느님이 널 축복해 주시길.' 하고 말해 줬어요." 소년은 사랑이 넘치는 감정을 터뜨리며 소리쳤다. "이젠 제가 그 애한테 '하느님이 널 축복해 주시길.'이라고 말할 거예요. 그리고 그때 그 말을 해 줘서 내가 그 앨 얼마나 사랑하는지 보여 줄 거예요!"

마차가 읍내에 점점 가까워져서 마침내 읍내의 좁은 거리를 지나가게 되었을 때 올리버가 이성적인 행동 범위를 벗어나지 않도록 억제하는 것은 상당히 어려운 일이 되었다. 장의사 싸워베리의 집이 바로 옛날 그 자리에 그대로 있었다. 다만 그가 기억하는 것보다는 외관의 당당함이 덜하고 크기도 작았다. 낯익은 모든 가게들과 집들이 그대로 거기 있었다. 자잘하나마 그와 관련된 사연이 거의 모두 조금씩은 있는 곳들이었다. 굴뚝 청소부 갬필드의 수레가, 그가 예전에 끌고 다니던 바로 그 수레가 오래된 주막 문 앞에 서 있었다. 올리버의 어린 시절 음울한 감옥이었던 구빈원이 길거리를 못마땅하게 바라보는 음침한 창들과 함께 거기 그대로 있었다. 대문 앞에는 예전의 깡마른 문지기가 여전히 서 있었다. 올리버는 그를 보고 자기도 모르게 몸을 움츠리며 숨었는데, 다음 순간 그렇게 바보처럼 군 자신에 대해 웃음을 터뜨리더니 바로 이어 울음을 터뜨렸다. 그러고는 금세 다시 웃었다. 그가 아주 잘 아는 집들의 문이나 창문 앞에 수십 명의 얼굴들이 그대로 있었다. 마치 그가 겨우 어제 그곳을 떠났고 최근의 모든 삶은 한낱 행복한 꿈에 지나지 않은 것처럼 거의 모든 것들이 옛날 그대로였다.

하지만 그것은 순전하고 틀림없는 기쁜 현실이었다. 그들은 중심가의 제일 큰 호텔(올리버가 경외감에 차서 올려다보며 거대한 궁궐이라고 생각하곤 했던 곳이지만 이제는 웅장함과 규모가 좀 떨어져 보였다.)로 곧장 갔다. 그곳에서는 그림윅 씨가 만반의 준비를 하고 있다가 마차에서 내리는 젊은 숙녀와 노부인에게 입을 맞추며 그들을 맞아 주었다. 그는 마치 자신이 일행 전체의 할아버지라도 되는 것처럼 만면에 미소와 다정한 표정을 지었으며 자기 머리통을 먹어 버리겠다는 말은 전혀 하지 않았다. 정말이지 단 한 번도 하지 않았다. 심지어 런던으로 가는 가장 빠른 길에 관해 경험 많은 늙은 기수장의 말을 반박하며 비록 그가 그 길을 지난 게 딱 한 번뿐이었고, 그나마도 아주 깊이 잠들어 있었지만 자신이 그 길을 제일 잘 안다고 주장했을 때조차도 그 말을 전혀 하지 않았다. 식사가 준비되어 있었고, 침실도 준비되어 있었으며, 모든 것이 마치 마법처럼 완전히 갖춰져 있었다.

이 모든 것에도 불구하고 바쁘게 움직인 처음 삼십 분이 지나자 여행길 내내 그들을 지배했던 침묵과 긴장이 다시금 감돌았다. 브라운로 씨는 식사 시간에 그들과 함께하지 않고 다른 방에 따로 남아 있었다. 다른 두 신사들은 걱정스러운 얼굴로 황급히 들어왔다 나갔다 했는데, 방에 잠시 머무는 동안도 자기들만 따로 이야기를 나눴다. 한번은 메일리 부인이 불려 나갔는데, 거의 한 시간 동안이나 있다가 울어서 눈이 퉁퉁 부은 채 돌아왔다. 아직 어떤 비밀도 새롭게 알게 된 게 없었던 로즈와 올리버는 이 모든 것들로 인해 몹시 초조하고 불안해졌다. 그들은 궁금증에 가득 찬 채 말없이 앉아 있었으며, 혹시 몇 마디 말을 주고받더라도 마치 자기네 목소리를 듣는 것조차 두려운 듯이 속삭이는 말로 이야기했다.

마침내 9시가 되어 그날 밤에는 더 이상 아무 이야기도 못 듣겠구나 하고 생각하기 시작한 순간 로스번 씨와 그림윅 씨가 방으로 들어왔고, 그 뒤를 따라 브라운로 씨와 한 남자가 들어왔다. 올리버는 그 남자를 보고 놀라서 거의 비명을 지를 뻔했다. 왜냐하면 그들이 그 사람을 그의 형이라고 했는데, 그 사람은 바로 장이 서는 읍내에서 만났던, 그의 작은 방 창문으로 페이긴과 함께 들여다보았던 바로 그 사람이었기 때문이다. 멍크스는 그때조차도 증오심을 숨기지 못한 채 깜짝 놀란 올리버에게 증오의 시선을 던지고는 문 가까이에 앉았다. 브라운로 씨는 손에 서류를 들고 로즈와 올리버가 앉은 곳 가까이에 있는 탁자로 걸어갔다.

"이것은 괴로운 일이네." 그가 말했다. "하지만 자네가 런던에서 여러 신사들 앞에서 서명한 이 진술서의 주요 내용을 여기서 다시 한번 반복해야만 하네. 자네한테 이 굴욕을 끼치지 않을 수도 있었지만, 헤어지기 전에 우린 꼭 자네한테서 직접 진술을 들어야만 하겠네. 왜 그런지는 자네도 알겠지."

"계속하세요." 멍크스는 고개를 돌리면서 브라운로 씨의 말에 대꾸했다. "빨리 끝내세요. 난 내가 할 일은 거의 다 했다고 생각해요. 날 오래 붙잡아 두지 마세요."

"이 아이는……." 브라운로 씨는 올리버를 자기 쪽으로 끌어당겨 머리에 손을 얹으며 말했다. "자네의 이복동생이네. 내 친한 친구였던 자네 부친 에드윈 리포드와 이 아일 낳다가 사망한 불쌍한 어린 아가씨 애그니스 플레밍 사이에 태어난 사생아이지."

"그래요." 멍크스는 부들부들 떠는 아이를 험악하게 노려보며 말했다. 아이의 심장은 그의 귀에까지 들릴 만큼 크게 뛰었다. "저놈은 그들의 더러운 사생아 자식이오."

"자네가 사용한 그 표현은." 브라운로 씨가 엄하게 말했다. "이미 오래전에 세상의 하찮은 비난이 미치지 않는 곳으로 떠난 사람들에 대한 비방에 불과하네. 그런 표현은 그걸 사용하는 자네 말고는 살아 있는 누구에게도 치욕을 안기지 않는다네. 아무튼 그건 그만 넘어가기로 하고, 이 아이는 이 읍에서 태어났네."

"이 읍의 구빈원에서 태어났죠." 멍크스의 뿌루퉁한 대답이 이어졌다. "그 이야긴 거기 다 적혀 있잖아요." 그렇게 말하면서 그는 짜증스레 서류를 가리켰다.

"하지만 여기서 다시 한번 들어야만 하겠네." 브라운로 씨가 좌중을 둘러보며 말했다.

"그럼 들어 봐요! 당신들!" 멍크스가 대꾸했다. "그의 아버지가 로마에서 병이 들었을 때 오랫동안 별거 중이었던 부인, 즉 우리 어머니가 파리에서 나를 데리고 그리로 갔어요. 내가 아는 한 그건 아버지의 재산을 처리하기 위해서였지요, 왜냐하면 어머니는 아버지에 대해 별로 애정이 없었고 아버지도 마찬가지였으니까요. 아버진 의식을 잃은 상태였고, 그래서 우릴 전혀 알아보지 못했어요. 그는 그렇게 혼수상태에 빠져 있다가 다음 날 사망했어요. 그의 책상에 있던 서류들 가운데 당신 앞으로 보내는 서류가 두 개 있었어요." 그는 브라운로 씨를 향해 말했다. "병으로 쓰러진 첫날 밤에 쓴 것들이었는데, 당신한테 짤막하게 몇 줄 쓴 것과 함께 동봉되어 있었고, 자기가 죽기 전에는 보내지 말라는 지시 사항이 겉봉투에 적혀 있었어요. 이 서류 중 하나는 애그니스라는 그 여자한테 보내는 편지였고, 나머지 하나는 유서였어요."

"편지 내용이 뭐였지?" 브라운로 씨가 물었다.

"편지가 뭐였냐고요? 그냥 종이 한 장에다 썼다가 지우기를 반복한 건데, 후회에 찬 고백과 하느님께 그녀를 도와 달라고 비는 기도가 전부였어요. 아버지는 그 여자한테 어떤 밝힐 수 없는 사정 — 언젠가 설명해 줄 것인데 — 때문에 당시 그녀와 결혼할 수 없다고 이야기를 둘러댄 거였어요. 그래서 그 여자는 그를 한결같이 믿고 의지하며 계속 관계를 유지했고, 결국 너무나 깊이 믿어 누구도 돌려줄 수 없는 순결을 잃고 말았던 거지요. 그 무렵 그녀는 해산이 몇 달 안 남은 상태였어요. 아버지는 자신이 살아나면 그녀의 수치를 감춰 주고자 어떤 일들을 하려고 마음먹었는지 모두 적었고, 혹시 자신이 죽게 되더라도 자기를 저주하지 말아 달라고, 그리고 그들의 죄의 결과로 인해 그녀나 어린 자식이 벌을 받게 될 거라고 생각하지 말라고 간곡히 부탁했어요, 모든 죄는 다 자신에게 있다면서 말이에요. 아버지는 그녀에게 작은 로켓과 — 그녀의 세례명을 새기고 그 옆에 언젠가 그녀에게 주기를 바랐던 자신의 성씨를 새길 빈자리를 남겨 둔 — 반지를 주었던 날을 상기시키며 그것들을 계속 잘 간직하라고, 이전에 그랬던 것처럼 가슴에 잘 차고 있으라고 부탁했어요. 그런 다음엔 똑같은 말을 계속해서 반복하며 마치 정신이 나간 것처럼 혼란스럽게 말을 마구 늘어놓았어요. 아버진 실제로 정신이 나갔음에 틀림없어요."

"유서는?" 브라운로 씨가 말했는데, 올리버의 눈에서는 눈물이 줄줄 흐르고 있었다.

멍크스는 대답 없이 가만히 있었다.

"유서 또한……." 브라운로 씨가 멍크스를 대신해서 말했다. "편지와 똑같은 심경으로 쓴 것이었네. 그는 자기 아내가 가져다준 불행과 그를 미워하도록 길러진 유일한 아들인 자네의 반항적 기질과 악덕과 악의, 그리고 일찍부터 나타난 여러 가지 못된 성벽들에 대해 이야기했네. 그리고 자네와 자네 모친에게 각각 800파운드의 연금을 남긴다고 썼지. 그는 재산의 대부분을 둘로 똑같이 나눠서 반은 애그니스 플레밍에게 주고, 나머지 반은 두 사람 사이의 자식에게, 만약 아이가 무사히 잘 태어나서 성년에 이른다면 그 아이에게 물려주라고 했네. 아이가 만약 딸이라면 아무 조건 없이 상속하지만, 아들인 경우에는 그가 미성년자일 때 불명예스럽거나 비열하거나 비겁하거나 잘못된 행위로 공적인 범죄를 저질러서 이름을 더럽히는 일이 전혀 없을 때만 상속한다는 조건을 붙여 놓았네. 이렇게 한 이유는, 그의 말에 따르면 바로 아이 어머니에 대한 그의 신뢰와 아이가 그녀의 선량한 마음과 고결한 본성을 닮을 것이라는 확신을 — 죽음이 가까워지면서 이 확신은 오히려 더욱 강해졌지 — 분명히 표시하기 위해서였네. 그리고 만약 그의 이 기대가 틀린 것으로 판명되는 경우 그 돈은 자네가 상속받도록 했네. 두 자식이 똑같아지는 때에는, 아니 바로 그때에만 그는 어린 아기 때부터 아버지의 마음을 조금도 끌지 못하고 오히려 차가운 반감과 혐오감으로 그를 거부했던 자네에게 자기 재산에 대한 장자로서의 권리를 인정하겠다면서 말이야."

"우리 어머닌 여자라면 당연히 했을 일을 했어요." 멍크스가 좀 더 큰 소리로 말했다. "어머닌 유서를 태워 버렸지요. 편지도 결코 전달되지 않도록 했고요. 하지만 그들이 그 오명을 거짓말로 덮어 감추려고 할 경우를 대비해서 편지와 몇몇 다른 증거물들을 보관해 놓았어요. 그리고 내가 지금 어머니를 사랑하는 이유인 그 격렬한 증오심으로 온갖 먹칠과 과장을 덧붙여 여자의 아버지에게 사실을 알렸지요. 그는 수치심과 불명예를 견디지 못해 자식들과 함께 웨일스의 구석진 외딴 곳으로 도망갔고, 친지들이 그가 숨은 곳을 전혀 알 수 없도록 이름까지 아예 바꿔 버렸어요. 그리고 얼마 지나지 않아 침대에서 죽은 채 발견되었지요. 여자는 그 몇 주 전에 몰래 집을 나갔는데, 그는 그녀를 찾아 근처의 모든 읍과 마을을 걸어서 돌아다녔지만 그녀가 자신과 아버지의 수치를 감추기 위해 자살했다는 확신만 얻은 채 집에 돌아왔고, 결국 그날 밤 늙은 가슴이 비탄으로 찢어져 멈춰 버린 거였죠."

잠시 침묵이 흐르다 브라운로 씨가 이야기의 실마리를 이어 나갔다.

"그로부터 몇 년이 지난 후." 그는 말했다. "여기 이 친구 — 에드워드 리포드의 모친이 내게 찾아왔습니다. 그는 겨우 열여덟 살 때 어머니의 보석과 돈을 훔쳐 달아나서는 도박을 하며 돈을 다 탕진하고 위조까지 범한 뒤 런던으로 도망쳐, 거기서 이 년간 최하급 인간쓰레기들과 어울리며 지내는 중이었지요. 그의 모친은 고통스러운 불치의 병으로 쇠약해져 가고 있었는데, 죽기 전에 그를 되찾고 싶어 했습니다. 수소문을 시작하고 면밀한 수색을 펼쳤지요. 오랫동안 아무 소득이 없었지만 마침내 노력은 결실을 맺었고, 그는 모친과 함께 프랑스로 돌아갔습니다."

"거기서 어머닌 한참 동안 병에 시달리다가 돌아가셨습니다." 멍크스가 말했다. "임종하면서 어머닌 모든 비밀들을 거기에 관련된 모든 사람들에 대한 억누를 수 없는 극도의 증오심과 함께 — 이미 오래전에 물려받아 다시금 물려받을 필요가 없는 증오심이었지만 — 나에게 물려줬지요. 어머닌 그 여자가 자살했다는 것을, 아이도 죽었다는 것을 믿으려 하지 않았어요. 오히려 사내아이가 태어나 어딘가 살아 있다는 느낌을 강하게 지니고 있었어요. 난 어머니에게 맹세했지요, 만약 내가 혹시라도 그놈과 마주치게 된다면 기필코 놈을 쫓아다니며 절대 가만 놔두지 않겠다고, 가장 지독하고 가혹한 적개심을 가지고 놈을 따라다니며 내 마음속 깊이 사무치는 증오심을 꼭 풀고 말겠다고, 그놈을 교수대에 매달리는 신세로 만들 수만 있다면 꼭 그렇게 해서 모욕적인 그 유서의 허세에 침을 뱉겠다고 말이에요. 어머니 생각이 옳았어요. 그놈은 마침내 내 앞에 나타났어요. 난 훌륭하게 일을 시작했지요. 그래서 주절대는 매춘부 년들만 없었다면 일을 시작한 대로 마무리할 수 있었을 거였지요!"

악당은 팔짱을 꽉 끼고는 악의가 무력하게 좌절된 데 대해 스스로에게 저주의 말을 중얼중얼거렸는데, 그러는 동안 브라운로 씨가 겁에 질린 일행을 돌아보며 설명을 덧붙였다. 그의 공범자이자 은밀한 내통자인 유태인 영감은 올리버에게 범죄의 올가미를 씌워 두는 대가로 큰 사례금을 받았는데, 올리버가 구출될 경우 일부를 돌려주기로 약속한지라 이 문제를 두고 분쟁이 생기자 그들은 시골집을 방문해 올리버가 맞는지 확인했다는 것이다.

"로켓하고 반지는?" 브라운로 씨가 멍크스를 돌아보며 물었다.

"난 그것들을 내가 전에 얘기한 그 부부한테서 샀어요. 그들은 간호부한테서 그것들을 훔쳤고, 간호부 또한 죽은 사람에게서 훔친 거였지요." 멍크스는 눈을 내리깐 채 대답했다. "그것들이 어떻게 됐는지는 잘 알고 계시겠지요."

브라운로 씨는 그저 그림윅 씨한테 고개를 까닥해 보이기만 했다. 그러자 그림윅 씨는 아주 민첩하게 사라졌다가 곧 범블 부인의 등을 떠밀며, 그리고 들어오지 않으려는 그녀의 배우자를 질질 잡아끌며 방으로 돌아왔다.

"아니, 이 눈이 잘못 본 건 아니겠지!" 범블 씨가 열광한 척 어설프게 꾸미며 소리쳤다. "이거 꼬마 올리버 아닌가? 오, 올……리……버, 너 때문에 내가 그동안 얼마나 슬픔에 빠져 있었는지 네가 안다면……."

"입 닥쳐, 이 멍청아." 범블 부인이 중얼거렸다.

"자연스러운 감정은 어쩔 수 없는 거 아니오, 범블 부인?" 구빈원장은 항의하듯 말했다. "내가…… 교구 관리로서 저 앨 키워 주었던 바로 이 내가…… 지극히 상냥하신 여러 신사와 숙녀님들 사이에 저렇게 앉아 있는 저 애를 보고서 어찌 감정이 없을 수 있겠냔 말이오! 난 항상 저 앨 사랑했소, 마치 저 애가 내…… 내…… 내 친할아버지인 것처럼 말이오." 범블 씨는 적절한 비유를 찾느라 더듬거리며 말했다. "이보게, 올리버 군, 흰 조끼를 입은 그 축복받은 신사분 기억하니? 아! 그분은 지난주에 천국으로 가셨단다, 도금된 손잡이가 달린 참나무 관에 실려서 말이다, 올리버."

"자, 이보시오." 그림윅 씨가 엄하게 말했다. "감정은 이제 그만 눌러 놓으시오."

"네, 노력해 보겠습니다요, 나리." 범블 씨가 대답했다. "처음 뵙겠습니다, 나리. 더없이 건강하시길 빕니다."

이 인사는 브라운로 씨에게 한 것이었는데, 그는 앞으로 나와 이 훌륭한 부부 바로 앞에 서 있었던 것이다. 그는 멍크스를 가리키며 물었다.

"저 사람을 아시오?"

"모릅니다." 범블 부인이 단호히 대답했다.

"혹시 당신은 알지 않소?" 브라운로 씨가 그녀의 배우자를 향해 물었다.

"내 평생 저 사람을 본 적이 결코 없습니다." 범블 씨가 말했다.

"그에게 혹시 뭔가를 판 적도 없소?"

"없습니다." 범블 부인이 대답했다.

"혹시 금제 로켓과 반지 같은 것도 가진 적이 전혀 없소?" 브라운로 씨가 말했다.

"물론 없습니다." 간호부장이 대답했다. "뭣 때문에 우릴 이리 데리고 와서 그런 터무니없는 질문을 하는 거죠?"

브라운로 씨는 다시금 그림윅 씨한테 고개를 까닥해 보였다. 그러자 다시금 이 신사는 절뚝거리는 걸음으로 비범하리만큼 신속히 방에서 나갔다. 하지만 이번에는 뚱뚱한 부부가 아니라 몸을 흔들어 대며 비틀비틀 걷는 중풍 걸린 여자 둘을 이끌고 들어왔다.

"당신은 쌜리 할멈이 죽던 날 밤 방문을 닫아 버렸지." 앞에 있던 노파가 쪼글쪼글한 손을 쳐들면서 말했다. "하지만 당신은 소리와 틈새까지 다 막진 못했어."

"그래, 그러지 못했지." 다른 노파가 주위를 둘러보고 이가 하나도 없는 턱을 흔들흔들하며 말했다. "그래, 아무렴, 그러지 못했지."

"우린 쌜리 할멈이 자기가 한 짓을 당신한테 말하려고 하는 걸 들었어. 그리고 당신이 그녀의 손에서 종잇조각을 꺼내는 걸 봤고, 다음 날 당신이 전당포에 가는 것도 지켜봤다고." 첫 번째 노파가 말했다.

"그랬지." 두 번째 노파가 덧붙였다. "그것은 '로켓하고 금반지'였어. 우린 그걸 분명히 알아봤고, 또 당신이 그걸 받는 걸 봤어. 우린 바로 곁에서 봤거든. 그래, 우린 바로 곁에서 봤다고!"

"우리가 아는 건 그거 말고도 또 있어." 첫 번째 노파가 다시 말했다. "왜냐면 오래전에 쌜리 할멈은 아길 낳은 그 젊은 여자가 자기한테 한 애길 우리에게 자주 말하곤 했거든. 아기

엄마는 자신이 결코 살아남지 못할 거라고 느껴 애아버지 무덤 옆에라도 가서 죽으려고 가던 중이었는데 그렇게 쓰러진 거였다고 말이야."

"자, 전당포 주인을 직접 만나 보고 싶소?" 그림윅 씨가 문 쪽으로 움직이며 물었다.

"아뇨." 여자가 대답했다. "만약에 저 사람이." 그녀는 멍크스를 가리켰다. "겁쟁이라서 다 자백을 했다면, 아마 내 보기에 그런 것 같은데, 그리고 당신들이 이곳 할멈들을 모조리 조사해 필요한 사람을 옳게 찾아낸 이상 난 더 이상 할 말이 없어요. 그래요, 내가 그것들을 팔았어요. 그리고 그것들은 당신들이 절대 찾아낼 수 없는 곳에 있어요. 자, 또 뭘 원하지요?"

"아무것도 없소." 브라운로 씨가 대답했다. "다만 당신들 둘 다 다시는 책임 있는 자리에서 일하지 못하도록 조치를 취하는 일만 남았을 뿐이오. 그만 방에서 나가도 좋소."

"바라옵건대……." 그림윅 씨가 두 노파와 함께 사라졌을 때 범블 씨가 몹시 구슬픈 표정으로 주위를 둘러보며 말했다. "바라옵건대 이런 사소하고 불운한 사건 때문에 제가 교구직을 박탈당하리라는 말씀은 아니겠지요?"

"아니, 그렇게 될 거요." 브라운로 씨가 대답했다. "당신은 그렇게 될 각오를 하는 게 좋을 것이오. 그나마 그 정도로 끝난 걸 다행으로 여기시오."

"그건 모두 범블 부인의 짓이었어요. 그녀가 그렇게 하자고 우겼습니다." 범블 씨는 아내가 방에서 나갔는지 확인하기 위해 먼저 주위를 둘러본 다음 힘주어 말했다.

"그건 변명이 되지 않소." 브라운로 씨가 대답했다. "당신은 그 장신구들을 없애 버릴 때 현장에 있었소. 그리고 사실 당신은 법의 눈으로 볼 때 둘 중에 더 죄가 많은 사람이오. 왜냐면 법에 의하면 당신 부인은 남편인 당신의 지시에 따라 행동하는 것으로 되어 있기 때문이오."

"만약 법에 그렇게 되어 있다면." 범블 씨가 모자를 두 손으로 거칠게 꽉 움켜쥐며 말했다. "법은 바보 멍청이에…… 천치요. 만약 법의 눈이 그렇다면 법은 결혼을 안 해 본 총각 놈일 거요. 내가 법에게 던지는 최고의 저주는 법이 반드시 체험을 통해서 눈을 뜨기 바란다는 것이…… 반드시 체험을 통해서 말이오."

범블 씨는 '체험을 통해서'라는 말을 굉장히 크게 강조해 반복하면서 모자를 꽉 눌러쓰고 두 손을 호주머니에 찔러 넣은 후 배우자를 따라 아래층으로 내려갔다.

"아가씨……." 브라운로 씨가 로즈를 돌아보며 말했다. "자, 손을 이리 줘요. 떨지 말아요. 할 이야기가 아직 몇 마디 남았지만 그걸 듣는 것을 두려워할 필요는 없습니다."

"만약에 그것이 저와 관련된 이야기라면…… 어떻게 그럴 수 있는지는 잘 모르겠지만, 만약 그렇다면……." 로즈가 말했다. "제발 다음에 들려주세요. 저는 지금 힘과 기력이 다했습니다."

"아니오." 노신사는 그녀의 팔을 끼면서 대답했다. "난 당신이 그보다 더 강인한 정신을 지녔다고 확신합니다. 이보게, 자네, 이 아가씨를 알지?"

"그래요." 멍크스가 대답했다.

"전 당신을 한 번도 본 적이 없는데요." 로즈가 희미한 목소리로 말했다.

"난 당신을 자주 보았소." 멍크스가 대꾸했다.

"그 불행한 애그니스의 아버지한테는 딸이 또 하나 있었네." 브라운로 씨가 말했다. "또 다른 그 딸…… 어린애였던 그 딸의 운명은 어찌 되었는가?"

"그 아이는……." 멍크스가 대답했다. "그녀의 아버지가 낯선 곳에서 낯선 이름으로 그의 친구나 친척들을 찾을 만한 희미한 단서가 될 편지나 책이나 종잇조각 같은 걸 하나도 남기지 않고 사망했을 때…… 그 아이는 어떤 가난한 농부 내외가 데리고 가서 자기네 딸처럼 키웠어요."

"계속하게." 브라운로 씨가 메일리 부인에게 가까이 오라고 손짓하며 말했다. "어서 계속하게!"

"당신은 여자의 아버지가 숨어 들어간 곳을 찾아내지 못했지요." 멍크스가 말했다. "하지만 우정이 뚫지 못하는 길을 증오는 뚫어 낼 때가 많지요. 우리 어머니는…… 정말이지 일 년 동안 교활하게 수색한 끝에 그곳을 찾아냈어요. 그리고 그 아이도 찾아냈지요."

"자네 모친이 그 아일 데려갔는가, 응?"

"아뇨. 그 농부 내외는 궁핍했고, 그래서 그 알량한 인정으로 아이를 맡은 걸 후회하고 있었어요…… 적어도 남자는 그랬지요. 그래서 어머니 별로 오래가지 않을 만큼의 돈만 약간 그들에게 쥐여 주면서 아이를 그 집에 그대로 놔뒀지요. 돈을 좀 더 보내겠다는 약속을 해 줬지만 결코 그럴 마음이 없었지요. 하지만 어머닌 그 아이를 불행하게 만들기 위해 그 부부의 불만과 가난에만 전적으로 의지하지 않았어요. 아이 언니의 수치스러운 과거를 자기 목적에 맞게 적당히 왜곡해 들려주고는 아이의 혈통이 나쁘니까 주의해서 잘 감시하고 살피라고 그들에게 일러두었지요. 그리고 이 아이도 사생아이니 언젠가는 나쁜 길로 빠질 것이 틀림없다고 말했어요. 여러 정황이 모든 것을 뒷받침했기 때문에 그들은 그 말을 믿었고, 그 결과 아이는 거기서 우리조차 충분히 만족할 만큼 비참한 생활을 하며 지냈지요. 그런데 당시 체스터에 살던 어느 미망인이 우연히 아일 보고는 불쌍히 여겨서 자기 집으로 데려갔어요. 우리한텐 뭔가 저주의 주문이 걸린 것 같았어요. 우리의 모든 노력에도 불구하고 그 아인 그 집에 그대로 남아 행복하게 지냈기 때문이지요. 난 이삼 년 전쯤 그 애 소식을 놓쳐 버렸고, 그 뒤로 몇 달 전까지 전혀 보지 못했어요."

"그녀를 지금 보고 있나?"

"그래요. 당신 팔에 기대고 있어요."

"하지만 이 앤 여전히 내 조카딸이야." 메일리 부인이 거의 실신할 지경인 로즈를 두 팔로 껴안으며 소리쳤다. "이 앤 여전히 내 더없이 소중한 자식이야. 세상의 온갖 보화를 다 준다 해도 난 지금 이 애와 헤어지지 않겠어. 내 사랑스러운 벗, 내 소중한 아이야!"

"제 유일한 친구이신 숙모님." 로즈가 그녀에게 매달리며 소리쳤다. "세상에서 가장 친절하고 가장 좋은 친구이신 숙모님. 제 가슴이 터질 것만 같아요. 이 모든 걸 견뎌 내지 못할 것 같아요."

"너는 이보다 더한 것도 견뎌 냈고, 또 어떤 시련 속에서도 널 아는 모든 사람들에게 항상 행복을 느끼게 해 준, 세상에서 가장 상냥하고 훌륭한 아이였어." 메일리 부인은 그녀를 다정하게 끌어안으며 말했다. "자, 자, 사랑하는 얘야, 널 두 팔로 꼭 껴안기 위해 기다리고 있는 이 아이가, 불쌍한 이 아이가 누군지 생각해 보렴! 자, 여길 좀 보거라…… 어서 좀 봐, 얘야!"

"이모라고 하지 않을래요!" 올리버가 두 팔로 그녀의 목을 감싸 안으며 소리쳤다. "난 절대로 이모라고 부르지 않을 거예요…… 처음부터 뭔가 내 마음이 끌려 그토록 깊이 사랑하지 않을 수 없었던 내 소중한 누나, 누나라고 부를 거예요! 로즈 누나, 사랑하는 내 소중한 로즈 누나!"

두 고아의 눈에서 떨어지는 눈물, 그들이 오랫동안 꼭 끌어안고 띄엄띄엄 주고받는 말들…… 이것들은 정녕 신성하게 여길 것들이로다! 아버지, 언니, 어머니를 그 한순간에 찾았다가 잃은 셈이었다. 기쁨과 슬픔이 술잔에 함께 어우러져 있었다. 그러나 쓰라린 눈물은 전혀 없었다. 왜냐하면 슬픔의 감정조차 너무나 부드러이 순화되어 일어났고, 또 너무나 달콤하고 애잔한 회상에 감싸여 있었기에 그것은 고통의 성격을 모두 상실한 채 하나의 엄숙한 즐거움으로 변해 버렸던 것이다.

그들은 아주 오랫동안 단둘이 있었다. 마침내 밖에 누군가가 와 있음을 알리는 부드러운 노크 소리가 들려왔다. 올리버는 문을 열고 살며시 빠져나갔다. 그리고 그 자리에 해리 메일리가 들어섰다.

"나도 다 알아." 그는 사랑스러운 로즈 곁에 앉으면서 말했다. "소중한 로즈, 나도 다 알고 있어."

"난 여기 우연히 온 게 아냐." 침묵이 길게 이어진 후 그가 덧붙이며 말했다. "그리고 이 모든 것을 오늘 저녁에 처음 들은 것도 아냐. 난 어제 알았어…… 겨우 어제이긴 하지만 말이야. 내가 온 목적이 너에게 약속 하나를 상기시키기 위해서라는 것을 짐작하니?"

"잠깐만요." 로즈가 말했다. "당신은 정말 모든 걸 다 아는 거죠?"

"그래, 다 알아. 지난번 우리의 마지막 대화에서 넌 나에게 일 년 내로 언제든지 우리가 얘기했던 문제를 다시 꺼내도 좋다고 허락했어."

"그랬지요."

"그때 나는……." 젊은 남자가 말을 계속했다. "너에게 결심을 바꾸도록 강요하기 위해서가 아니라 그저 네 결심이 그대로인지 다시 한번 듣고 확인하기 위해서 그 문제를 꺼내겠다고 했지. 난 무엇이 됐든 내가 소유하게 될 지위나 재산을 전부 네 발치에 펼쳐 놓고 네가 만약 이전의 결심을 여전히 고수한다면 어떤 말이나 행동으로도 네 결심을 바꾸려 애쓰지 않겠노라고 맹세했지."

"그때 제 결심에 영향을 끼쳤던 이유들은 지금도 변함없이 영향을 끼칠 거예요." 로즈가 단호히 말했다. "저를 빈곤과 고난의 삶에서 구해 주신 당신의 선하신 어머니께 제가 빚지고 있는 엄중하고도 절대적인 도리를 오늘 저녁이 아니면 도대체 언제 느끼겠어요? 이건 정말 힘든 일이에요." 로즈는 말했다. "하지만 제가 자랑스럽게 여기는 일이에요. 그리고 고통스러운 일이에요. 하지만 제 마음이 견뎌 낼 수 있을 고통이에요."

"오늘 밤에 밝혀진 이야기로 인해……." 해리가 말했다.

"오늘 밤에 밝혀진 이야기로 인해……." 로즈가 조용히 대답했다. "당신에 대한 내 처지가 예전과 달라진 것은 하나도 없어요."

"넌 날 거부하려고 마음을 모질게 먹었구나, 로즈." 그녀의 연인이 항변하듯 말했다.

"오, 해리, 해리." 젊은 숙녀는 눈물을 와락 터뜨리며 말했다. "정말로 그럴 수 있다면, 그래서 이 고통을 당하지 않을 수 있다면 좋겠어요."

"그렇다면서 왜 너 스스로에게 그 고통을 가하는 거니?" 해리가 그녀의 손을 잡으며 말했다. "생각해 봐, 사랑하는 로즈. 오늘 밤 네가 들은 이야기를 생각해 봐."

"내가 들은 게 뭐였죠? 내가 들은 게 뭐였냐고요!" 로즈가 소리쳤다. "바로 제 아버지가 너무나 깊은 수치감을 견디지 못해 세상의 모든 걸 등지고 숨었다는…… 이제 그만해요, 우린 충분히 이야기했어요, 해리, 충분히 이야기했어요."

"아냐, 아직 아냐." 젊은 남자는 그녀가 일어서려는 것을 붙잡으며 말했다. "내 희망과 바람과 미래에 대한 전망과 느낌은, 다시 말해 인생에 대한 내 모든 생각은 너에 대한 사랑을 빼고는 전부 달라졌어. 내가 지금 너한테 주겠다고 약속하는 것은 떠들썩한 군중 속에서 명성을 누리는 삶이나 악의와 비난으로 가득 찬, 그래서 정직한 사람이 자기가 실제로 저지른 수치나 불명예가 아닌 다른 것들로 인해 뺨을 붉혀야 하는 그런 세상과 섞여 사는 삶이 아냐. 그저 하나의 가정…… 진실한 마음으로 하나의 가정을 꾸리는 거야…… 그래, 더없이 소중한 로즈, 바로 그것이, 오직 그것만이 내가 너한테 줄 수 있는 전부야."

"그게 무슨 말이지요?" 그녀는 말을 더듬었다.

"단지 이런 말일 뿐이야…… 지난번 너와 헤어져 떠날 때 난 네가 너와 나 사이에 존재한다고 여기는 모든 장벽들을 없애 버리겠다고 굳게 결심했어. 만약 내 세계를 너의 세계로 만들 수 없다면 너의 세계를 내 세계로 만들겠다고, 네가 가문을 자랑하는 그 누구한테도 입을 삐죽거리는 경멸을 당하지 않도록 내가 그런 자들에게 등을 돌려 버리겠다고 마음먹었지. 그리고 난 실행에 옮겼어. 이로 인해 나를 피하고 경멸하는 사람들은 바로 너를 피하고 경멸하던 사람들이었고, 그런 점에서 네 생각은 옳은 것으로 드러났어. 그때까지 나에게 미소를 지어 주던 권력 있는 후견인들, 영향력 있고 지위가 높은 친척들은 이제 모두 날 냉담하게 바라볼 뿐이야. 하지만 영국에서 가장 풍요로운 지방에 미소 짓는 들판과 물결치는 나무들이 있어. 그리고 그곳의 한 마을 교회 — 내 교회를 말하는 거야, 로즈, 바로 내 교회! — 그 교회 옆에 소박한 시골집이, 너와 함께라면 내가 포기한 그 모든 희망보다 수천 배나 더 자랑스럽게 여길 시골집이 한 채 서 있어. 이것이 바로 지금의 내 지위이고 신분이야. 그리고 그것을 나는 네 앞에 그대로 내놓는 것이야!”

“연인들을 위해 저녁 식사를 미루고 기다리는 게 이렇게 힘든 일인 줄 몰랐소.” 그림윅 씨가 자다가 깨어나 머리 위에 덮었던 손수건을 당겨 내리며 말했다.

정말이지 저녁 식사는 지나치리만큼 몹시 오랫동안 지체되었다. 메일리 부인도, 해리도, 로즈도(그들은 모두 함께 들어왔는데) 사정을 참작해 달라는 말을 한마디도 못 할 정도였다.

“난 오늘 저녁 정말 심각하게 내 머리통을 먹어 버릴 생각을 했소.” 그림윅 씨가 말했다. “왜냐면 그것 말고는 아무것도 못 먹을 거라는 생각이 막 들기 시작했기 때문이오. 아가씨, 허락해 준다면 곧 신부가 될 당신에게 축하 인사를 하는 무례를 좀 범하겠소.”

그림윅 씨는 자신의 이 통고를 지체 없이 실행에 옮기며 얼굴이 빨개진 아가씨한테 입을 맞추었다. 이러한 본보기는 의사와 브라운로 씨한테 전염되어 그들 역시 뒤를 따랐다. 어떤 사람들은 원래 해리 메일리가 먼저 어두운 옆방에서 그 본보기를 보였다고 주장하기도 하지만, 가장 확실한 소식통에 따르면 그것은 터무니없는 중상모략이다. 왜냐면 그는 아직 젊고, 또 목사의 신분이었기 때문이다.

“아니, 얘, 올리버야.” 메일리 부인이 말했다. “너, 어딜 갔었니? 그리고 왜 그렇게 슬픈 얼굴이니? 얼굴에 아직도 눈물이 흐르고 있구나. 무슨 일이니?”

이 세상은 실망으로 가득 찬 곳인바, 우리가 참으로 소중히 간직하는 희망들, 그리고 우리의 인간성에 가장 큰 명예를 안기는 희망들은 특히 자주 좌절되곤 한다.

불쌍한 딕이 죽었다는 것이다!

52장
페이긴이 살아 있는 마지막 밤.

법정은 바닥에서 지붕까지 사람 얼굴들로 가득 뒤덮여 있었다. 구석구석 모든 공간마다 호기심에 찬 눈들이 열심히 바라보고 있었다. 피고석 앞 난간부터 방청석의 가장 후미진 구석의 가장 날카롭게 각진 곳에 이르기까지 모든 사람의 시선은 오직 한 사람 유태인 영감에게 고정되어 있었다. 앞뒤, 위아래, 왼쪽 오른쪽, 어디나 마찬가지였으니 그는 마치 반짝이는 눈들이 온통 환하게 빛나는 하늘에 둘러싸인 채 서 있는 것 같았다.

그는 이 모든 눈부신 눈빛의 세례를 받으며 거기 서서, 앞에 있는 나무판에 한 손을 올려놓고 다른 손은 귀에 댄 채 배심원들에게 그의 혐의를 전달하는 재판장의 모든 말소리를 조금이라도 더 분명하게 알아듣고자 머리를 앞으로 쑥 내밀고 있었다. 이따금 그는 배심원들을 향해 날카롭게 눈을 돌려 깃털

한 오라기만큼이라도 자기에게 유리한 반응이 없는지 살펴보곤 했다. 그리고 자신에게 불리한 사항들이 끔찍하리만큼 분명하게 진술되었을 때는 변호사를 바라보며 그 순간조차도 뭔가 자기를 변호하는 주장을 해 달라는 듯이 말없는 호소를 던졌다. 이런 불안의 징후들을 제외하고는 그는 손끝이나 발끝 하나도 꼼지락거리지 않았다. 그는 재판이 시작된 이후로 거의 움직이지 않았는데, 판사가 말을 다 마치고 난 뒤에도 바짝 주의를 기울인 긴장한 태도를 그대로 유지한 채 판사에게 시선을 고정하고서 여전히 말을 계속 듣고 있는 듯이 서 있었다.

법정에서 일어난 약간의 소란으로 인해 그는 정신을 차렸다. 주위를 둘러보던 그는 배심원들이 등을 돌리고 모여 평결을 상의하는 것을 보았다. 두리번거리던 그의 눈이 방청석을 향했을 때 그는 사람들이 그의 얼굴을 보기 위해 서로 높이 올라서려고 경쟁하는 것을 보았다. 어떤 사람들은 급히 쌍안경을 눈에 댔고, 어떤 사람들은 혐오에 찬 표정으로 곁에 있는 사람과 수군거렸다. 반면 그에 대해선 신경 쓰지 않고 오직 배심원들 쪽만 바라보면서 결정이 어떻게 그리 늦어지는지 놀라워하며 안달하는 사람들도 좀 있었다. 하지만 어떤 얼굴에서도, 심지어 많은 자리를 차지한 여자들에게서조차도 그는 자신에 대한 동정심이나 그 비슷한 다른 감정을 털끝만큼도 읽을 수 없었으니 오로지 그가 교수형을 선고받을 것에 대한 절대적인 관심과 기대감뿐이었다.

그가 어리둥절한 시선으로 이 모든 것을 훑어보고 있을 때 죽음과 같은 정적이 다시 찾아왔다. 뒤를 돌아본 그는 배심원들이 판사 쪽을 향해 다시 돌아앉은 것을 보았다. 쉿, 조용히!

배심원들은 그저 법정 밖에 나가 상의할 수 있게 해 달라는 허락만을 구했다.

그들이 지나갈 때 그는 간절한 표정으로 마치 다수가 어느 쪽으로 기우는지 알아보려는 것처럼 한 사람 한 사람의 얼굴을 들여다보았다. 하지만 아무 소용 없는 일이었다. 간수가 그의 어깨를 툭 건드렸다. 그는 기계적으로 간수를 따라 피고석 끝으로 가서 의자에 앉았다. 간수가 손가락으로 가리켜 주었기에 망정이지 그러지 않았다면 그는 의자를 알아보지 못했을 거였다.

그는 다시 방청석을 올려다보았다. 어떤 사람들은 음식을 먹었고, 어떤 사람들은 손수건으로 부채질을 하고 있었으니 사람들로 꽉 찬 그곳은 몹시 더웠기 때문이다. 한 젊은이가 자그만 공책에 그의 얼굴을 스케치하고 있었다. 그는 그림이 자기와 똑같이 생겼는지 궁금해했다. 그러곤 연필심을 부러뜨린 화가가 칼로 새 연필심을 깎을 때 마치 한가로운 구경꾼이라도 되는 것처럼 우두커니 바라보았다.

똑같은 방식으로 판사를 향해 시선을 돌렸을 때도 그의 마음은 판사의 옷 모양새에 대해, 그게 얼마짜리이며 판사가 그걸 어떻게 차려입었는지 등에 대해 생각하느라 바쁘게 움직였다. 판사석에는 뚱뚱한 노신사도 한 사람 있었는데 그는 반 시간쯤 전에 나갔다가 막 돌아온 참이었다. 페이긴은 이 사람이 식사를 하러 갔던 것인지, 무엇을 먹었는지, 어디서 먹었는지에 대해 속으로 궁금하게 여겼다. 이렇게 그는 일련의 상관

없는 생각들을 계속 펼쳐 나갔고, 그러다 뭔가 새로운 대상에 눈길이 끌리면 또 다른 생각들로 옮겨 갔다.

하지만 그러는 동안 내내 그의 마음은 숨 막힐 듯 짓누르는 한 가지 의식, 즉 그의 발치에 입을 벌리고 있는 무덤에 대한 의식에서 단 한 순간도 자유롭지 않았다. 그 의식은 그의 마음 속에 항상 있었지만 막연하고 어렴풋하게 느껴졌고, 그래서 그것에 생각을 고정할 수 없었다. 그리하여 그는 눈앞에 닥친 죽음에 대한 생각으로 온몸이 뜨겁게 달아오르며 부들부들 떨 때조차도 자기 앞에 있는 난간의 쇠못이 몇 개인지 세기 시작했고, 그중 한 개의 머리가 어떻게 부러져 나갔는지, 그들이 그것을 수선할지 아니면 그냥 놔둘지에 대해 궁금해했다. 그런 다음 그는 교수대와 형장의 그 모든 끔찍한 공포에 대해 생각했다. 그러다가 바닥을 식히기 위해 물을 뿌리는 사람을 살펴보느라 생각을 멈췄다. 그러고 나서 다시 생각을 계속해서 했다.

마침내 조용히 하라는 외침이 들렸고 모든 사람들이 숨을 죽이고 문 쪽을 바라보았다. 배심원들이 돌아왔고, 그의 바로 옆으로 지나갔다. 그는 그들의 얼굴에서 아무것도 알아낼 수 없었다. 그들은 차라리 돌로 만들었다고 하는 편이 나을 정도였다. 곧 완전한 정적이 뒤따랐다. — 부스럭거리는 소리 하나도 — 숨소리 하나도 들리지 않았다 — 유죄!

엄청난 함성이 건물을 뒤흔들었다. 함성은 한 번 더, 그리고 또 한 번 더 일었다. 그것은 커다란 신음 소리로 메아리쳤고, 점점 힘을 얻어 성난 천둥소리처럼 크게 울려 퍼졌다. 그것은 밖에 있는 군중이 그가 월요일에 죽을 것이라는 소식을 듣고 내지르는 환희의 함성이었다.

소리는 잦아들었다. 그리고 그에게 사형 선고를 내리면 안 될 이유가 있는지 진술해 보라고 그에게 물었다. 그는 다시 주의 깊게 듣는 태도를 취한 채 질문을 받는 동안 질문자를 열심히 바라보았다. 하지만 질문을 두 번이나 반복하고 나서야 비로소 알아들은 듯한 표정을 지었다. 그러더니 그는 자기가 늙은이라는 말만 겨우 중얼거리고는 늙은이요…… 늙은이…… 하고 점점 낮은 목소리로 말하다가 결국 다시 침묵에 빠지고 말았다.

판사는 사형 선고를 내릴 때 쓰는 검은 모자를 썼고, 피고는 여전히 똑같은 태도와 자세로 서 있었다. 방청석에서 한 여자가 이 무섭도록 엄숙한 분위기를 견디지 못해 뭐라고 소리를 질렀다. 판사는 방해를 받아 화라도 난 듯 홱 위를 쳐다보았다가 한층 더 근엄하게 몸을 앞으로 숙였다. 선고문은 엄숙하고 인상적이었으며, 선고는 듣기만 해도 두려운 것이었다. 그러나 그는 털끝 하나 까딱하지 않고 대리석 석상처럼 서 있었다. 핼쑥한 얼굴을 여전히 앞으로 내밀고 턱을 밑으로 늘어뜨린 채 눈은 앞을 빤히 노려보고 있었다. 그때 간수가 그의 팔에 손을 얹으며 나가자고 고갯짓을 했다. 그는 한순간 멍청하게 주위를 둘러보더니 순순히 간수를 따라갔다.

그들은 그를 데리고 법정 아래의 바닥에 돌을 깐 방을 지나갔다. 그곳에서는 죄수들이 몇 명 자기네 차례가 되기를 기다리고 있었는데, 다른 몇 명은 바깥마당이 내다보이는 쇠창살

문 주위에 모여든 친지들과 이야기를 하고 있었다. 그곳에 있는 누구도 그에게 말을 걸려고 하지 않았다. 죄수들은 그가 지나갈 때 뒤로 물러서서 쇠창살에 매달려 있는 사람들이 그를 좀 더 잘 볼 수 있도록 해 주었다. 그러자 그들은 갖은 욕설을 퍼부어 대며 비명을 지르고 야유를 보냈다. 그는 주먹을 흔들면서 그들에게 침이라도 뱉어 줄 기세로 달려들었다. 하지만 간수들이 그를 급히 잡아끌고서 희미한 등불을 몇 개 켜 놓은 어두침침한 복도를 지나 감옥 안으로 데려갔다.

여기서 그는 몸수색을 받았다. 그가 법 집행에 앞서 스스로 목숨을 끊을 수 있는 도구를 몸에 지니고 있지는 않은지 확인하기 위해서였다. 이 절차를 이행한 후 그들은 사형수 감방 한 곳으로 그를 데려갔다. 그리고 그를 가둬 놓고 떠났다. — 그 혼자 남겨 둔 채.

그는 문 맞은편에 있는 의자 겸 침대로 쓰는 돌 평상에 앉았다. 그리고 충혈된 두 눈을 바닥으로 향한 채 생각을 모아 보려고 애썼다. 얼마 후 그는 판사가 말한 내용들 가운데 몇 가지를 띄엄띄엄 파편적으로 떠올리기 시작했다. 아까는 한마디도 알아들을 수 없는 것 같던 말들이었는데, 그것들이 조금씩 자기 자리를 찾으며 이해되더니 점차 다른 것들까지 떠올랐다. 그리하여 시간이 조금 지나자 그는 판사의 말 전체를 거의 법정에서 선포하던 그대로 기억해 냈다. 숨이 끊어질 때까지 교수형에 처한다. — 이것이 마지막 말이었다 — 숨이 끊어질 때까지 교수형에 처한다.

짙은 어둠이 깔리기 시작했을 때 그는 자기가 알았던 사람들 중 교수대에서 죽은 자들을 모두 생각하기 시작했다. 그들 중 몇 명은 그가 손을 써서 죽게 만든 자들이었다. 그들이 너무나 빠르게 잇달아 떠올라 헤아릴 수조차 없을 정도였다. 그들 중 몇 명은 직접 가서 죽는 것까지 보았는데 — 그들이 죽을 때 기도를 중얼거렸다고 비웃으며 농담을 하기도 했었다. 교수대 발판이 얼마나 요란스러운 소리를 내며 밑으로 떨어졌던가, 그리고 기운차고 튼튼한 사내들이 얼마나 순식간에 대롱거리는 옷 무더기로 변해 버렸던가!

그들 중 몇 명은 바로 이 감방에서 지냈을지도 — 심지어 바로 이 자리에 앉았을지도 모른다. 감방 안은 매우 어두웠다. 왜 불을 밝히지 않는 거지? 감방은 지은 지 오래된 건물이었다. 수많은 죄수들이 그들의 마지막 시간을 그곳에서 보냈을 게 틀림없었다. 마치 죽은 시체들이 널린 지하 납골당에 앉아 있는 것과 다름없었다. — 사형수에게 씌우는 가리개, 올가미, 꽁꽁 묶인 두 팔, 그 끔찍한 가리개로 덮었는데도 그가 알아볼 수 있었던 얼굴들 — 불, 불 좀 밝혀 줘, 불!

그가 두 손으로 살갗이 벗겨지도록 육중한 감방 문과 벽을 마구 두드려 댔을 때 두 사람이 마침내 나타났다. 한 사람은 촛불을 들고 와 그것을 벽에 고정되어 있는 쇠촛대에 찔러 넣었고, 다른 사람은 밤을 보내기 위한 매트리스를 끌고 왔다. 죄수를 더 이상 혼자 내버려 두면 안 되게 되어 있었기 때문이다.

이제 밤이 되었다. 어둡고 음울하고 고요한 밤이었다. 밤을 지새우는 다른 사람들은 시간을 알리는 교회 종소리를 반갑게 듣는다. 그것이 연속된 삶과 다가오는 하루를 알려 주기 때문이다. 하지만 유태인에게 그 소리는 절망만을 가져다주었다. 쇠로 된 종에서 소리가 울려 퍼질 때마다 한마디 깊고 공허한 소리가 여지없이 함께 실려 왔으니 — 그것은 '죽음'이었다. 감방 안까지 뚫고 들어오는 활기찬 아침의 저 소란스러움과 부산함이 그에게 무슨 소용이란 말인가? 그것은 그저 경고에 조롱을 더한 또 다른 형태의 조종일 뿐이었다.

낮이 지나갔다. 낮이라고? 낮이라고 할 게 전혀 없었다. 그것은 오자마자 바로 지나가 버렸다. — 그리고 밤이 다시 찾아왔다. 너무도 길고 너무도 짧은 밤이었다. 끔찍한 고요 속에서는 길디길었지만 쏜살같이 지나가는 시간 속에서는 짧디짧은 밤이었다. 그는 미친 듯이 소리 지르며 신을 저주하기도 했고, 그러다가 울부짖으며 머리를 쥐어뜯기도 했다. 그가 속한 유대교의 성직자들이 곁에서 기도를 해 주려고 왔지만 그는 욕설을 퍼부으며 그들을 쫓아 버렸다. 그들은 자비를 베풀려는 노력을 다시 한번 시도해 보았지만 그는 그들을 물리쳤다.

토요일 밤이었다. 그가 살아 있을 밤은 이제 딱 하룻밤밖에 더 남지 않았다. 그리고 그가 이런 생각을 하는 사이에 날이 밝았다. 일요일이었다.

어쩔 도리 없는 절망적인 처지에 대한 소름 끼치는 의식이 그의 말라붙은 영혼에 더없이 강렬한 느낌으로 닥쳐온 것은 바로 이 두려운 마지막 날 밤이 되었을 때였다. 그렇다고 그가 이전에 혹시 자비를 베풀지 않나 하는 명확한 혹은 긍정적인 희망 따위를 품었던 것은 아니다. 다만 그때까지 그는 그렇게 빨리 죽는 것에 대해서 막연한 가능성 이상으로는 전혀 생각할 수가 없었던 것이다. 그는 교대로 그의 곁을 지키며 감시하는 두 사람 누구와도 거의 이야기하지 않았고, 그들 두 사람 쪽에서도 그의 주의를 끌려는 노력을 전혀 하지 않았다. 그는 그저 깨어 있는 채, 하지만 꿈꾸는 듯한 표정으로 감방에 앉아 있었다. 그러나 이제 그는 일 분마다 놀라서 벌떡 일어나고 가쁜 숨을 몰아쉬며 뜨겁게 달아오른 얼굴로 급히 왔다 갔다 하면서 두려움과 분노에 찬 발작을 일으켰다. 그 모습이 얼마나 끔찍한지 지켜보던 그들조차 그런 광경에 익숙했음에도 공포에 질려 그에게서 몸을 움츠렸다. 마침내 그는 사악한 양심이 자아내는 모든 고문으로 인해 너무나 무시무시한 상태가 되었기 때문에 한 사람이 혼자 거기 앉아 지켜보기가 불가능해졌다. 그래서 둘이 함께 감시하기 시작했다.

그는 돌 침상에 웅크리고 앉아서 과거를 떠올렸다. 체포되던 날 그는 군중이 던진 물체들에 맞아 부상을 입었던지라 머리에 아마포 천으로 된 붕대를 감고 있었다. 붉은 머리카락이 핏기 없는 얼굴 위로 흘러내렸고, 턱수염은 뜯기고 꼬여서 여기저기 엉켜 있었다. 두 눈은 끔찍한 광채로 빛났고, 씻지 못한 살갗은 온몸을 태우는 듯한 고열로 여기저기가 갈라졌다. 8시…… 9시…… 10시. 이게 그를 놀래려는 장난이 아니라면, 그래서 저것들이 서로 바짝 뒤쫓으며 다가오는 진짜 시간들이라면, 그것들이 한 바퀴 돌아서 다시 찾아왔을 때 그는 어디에 있을 것인가! 11시! 앞 시간을 알리는 소리가 허공에서 진동을 마치고 사라지기도 전에 또 한 시간을 치는 소리가 울렸다. 8시가 되면 그는 자기 장례 행렬의 유일한 애도자가 될 것

사형수 감방에 갇힌 페이긴.

이다. 그리고 11시가 되면…….

뉴게이트 감옥의 무서운 담벼락들, 참으로 많은 불행과 이루 말할 수 없는 고뇌를 너무나 자주, 너무나 오랫동안 사람들의 눈뿐만 아니라 사람들의 생각으로부터도 보이지 않게 감춰 온 그 감방 담벼락들도 그토록 끔찍한 광경은 이제껏 결코 본 적이 없었다. 그 순간 그 옆을 지나다가 잠시 걸음을 늦추고 내일이면 교수형에 처해질 사람이 무엇을 할지 궁금하게 여긴 사람들이 몇 명 있었는바, 만약 그들이 그의 모습을 보았다면 그날 밤 잠자리가 몹시 사나웠을 것이다.

이른 저녁부터 거의 한밤중까지 사람들이 두세 명씩 작게 무리를 지어 감옥 수위실에 찾아와서는 혹시 집행 유예 같은 게 하달되진 않았냐고 걱정스러운 얼굴로 물었다. 이들은 아니라는 답변을 얻자 그 반가운 소식을 거리에 있는 무리에게 전달했고, 거리에 있던 사람들은 그가 어느 문으로 나올지, 또 교수대가 세워질 자리는 어디인지를 서로서로 가리켜 보였으며, 그런 다음 내키지 않는 발걸음으로 그곳을 떠나가려다가 되돌아서서는 처형 장면을 상상해 보았다. 점차 사람들이 하나씩 하나씩 흩어져 갔고, 한밤중에 한 시간 동안 길거리는 적막한 어둠 속에 떨어졌다.

감옥 앞 공간은 깨끗이 치워졌고, 밀려들 것으로 예상되는 군중을 저지하기 위해 검은 칠을 한 튼튼한 울타리 장벽 몇 개가 벌써 길을 가로질러 쳐져 있었다. 그때 브라운로 씨와 올리버가 감옥의 쪽문 앞에 나타나 치안 행정관이 서명한 죄수 면회 허가서를 제시했다. 그들은 즉시 수위실로 안내되었다.

"이 어린 신사도 함께 갈 건가요, 나리?" 그들을 안내하는 임무를 맡은 사람이 말했다. "아이들이 볼 만한 광경은 아닌데요, 나리."

"그렇소, 당신 말이 맞소." 브라운로 씨가 대답했다. "하지만 이 죄수에 대한 내 용건은 저 아이와 아주 밀접한 관련이 있소. 게다가 저 아인 그자가 악행으로 한창 성공하던 시절에 그를 보았으니, 비록 좀 고통스럽고 무섭더라도 지금의 그자 모습을 보는 것이 나쁘지 않으리라 생각하오."

이 몇 마디는 올리버에게 들리지 않도록 저만치 떨어져서 한 말들이었다. 담당관은 모자를 살짝 만지며 알겠다는 표시를 했다. 그러곤 다소 호기심에 찬 눈으로 올리버를 흘긋 바라본 다음, 그들이 들어왔던 문의 반대편 출입문을 열고 어둡고 꼬불꼬불한 길을 지나 그들을 감방이 있는 곳으로 안내했다.

"여기는……." 일꾼 두어 사람이 깊은 침묵 속에서 뭔가를 준비하고 있는 어두컴컴한 통로에서 사내가 걸음을 멈추며 말했다. "여기는 그가 지나가게 될 곳이랍니다. 이쪽으로 오시면 그가 나가게 될 문을 보실 수 있습니다."

그는 죄수들의 음식을 조리하는 구리 솥들이 있는 석조 취사장으로 그들을 안내한 후 문을 하나 가리켜 보였다. 문 위로는 격자 모양의 쇠창살을 댄 공간이 하나 있었는데, 여기를 통해서 사내들의 목소리가 망치질 소리와 판자를 내던지는 소리와 함께 뒤섞여 들려왔다. 그들은 교수대를 세우고 있었다.

이곳에서부터 그들은 여러 개의 튼튼한 철문을 지나갔는데 그때마다 다른 간수들이 안에서 문을 열어 주었다. 그들은 지붕이 없는 안마당으로 들어갔다가 좁다란 계단을 한 층 올라간 다음, 왼쪽에 튼튼한 문들이 줄지어 있는 복도로 들어갔다. 간수는 그들에게 그 자리에 가만히 있으라고 손짓한 뒤, 들고 있던 열쇠 다발로 여러 문들 가운데 하나를 두드렸다. 잠시 속삭이는 말이 오가더니 감시원 둘이 복도로 나왔다. 그들은 마치 잠깐이나마 휴식을 취하게 되어 기쁘기라도 한 듯 기지개를 한번 켜고는 방문객들에게 간수를 따라 감방으로 들어가라고 손짓했다. 방문객들은 안으로 들어갔다.

사형수는 사람의 얼굴보다는 덫에 걸린 짐승에 더 가까운 표정으로 몸을 좌우로 흔들며 침상에 앉아 있었다. 그의 정신은 과거로 돌아가 헤매고 있는 것이 틀림없었다. 왜냐하면 그는 방문객들의 존재를 환상의 일부로밖에 의식하지 못하는 듯이 계속 혼자 중얼거렸기 때문이다.

"훌륭하구나, 찰리…… 잘했다……." 그는 중얼중얼 말했다. "올리버도 왔구나, 하하하! 올리버도 왔어…… 이제 완전히 신사가 되었구나…… 완전히 신사…… 저 녀석을 침대로 데려가거라!"

간수는 올리버의 나머지 한쪽 손을 잡았다. 그리고 놀라지 말라고 속삭인 후 말없이 페이긴을 계속 지켜보았다.

"저 녀석을 침대로 데려가라니까!" 페이긴이 소리쳤다. "내 말 안 들려, 너희들? 그놈은 이…… 이…… 어쨌든 이 모든 것의 원인이야. 그놈을 그렇게 만드는 건 그 정도 돈값은 되는 일이야…… 볼터의 목을 따 버려, 빌. 여자애는 신경 쓰지 말게…… 가능한 한 깊이 볼터의 목을 따 버리게. 놈의 대가리를 톱으로 잘라 버려!"

"페이긴." 간수가 말했다.

"네, 접니다!" 유태인은 재판받을 때 취했던 그 귀 기울이는 태도로 즉시 되돌아가면서 소리쳤다. "전 늙은이입니다, 판사님. 아주 늙은 노인입니다요!"

"이봐." 간수가 페이긴의 가슴에 손을 대고 그를 제지하면서 말했다. "여기 당신을 만나러 오신 분이 있어. 당신한테 몇 가지 질문할 게 있으신 듯하네. 페이긴, 페이긴! 정신 좀 차려, 이 사람아!"

"난 곧 사람이 아니게 될 거야." 그가 분노와 공포 외에 인간다운 표정이 전혀 남지 않은 얼굴로 올려다보며 대답했다. "놈들을 다 때려죽여! 대체 무슨 권리로 날 도살하려는 거야?"

그렇게 말하다가 그는 올리버와 브라운로 씨를 알아보았다. 그는 침상의 가장 먼 구석으로 움츠리며 도망가더니 원하는 게 뭐냐고 물었다.

"자, 가만히 있게." 간수가 여전히 그를 눌러 안정시키며 말했다. "자, 나리, 원하시는 게 뭔지 말씀하십시오. 부디 빨리 해 주십시오. 시간이 지날수록 상태가 악화되고 있거든요."

"당신한테 서류가 몇 장 있소." 브라운로 씨가 다가서며 말했다. "그것은 멍크스란 자가 좀 더 안전하게 보관하려고 당신 손에 맡긴 서류들이오."

"전부 다 거짓말이야." 페이긴이 대답했다. "나한텐 아무것도…… 아무것도 없어."

"제발 부탁하건대." 브라운로 씨가 엄숙하게 말했다. "죽음을 눈앞에 둔 지금 이 순간에 그렇게 말하지 마시오. 부디 그 서류들이 어디에 있는지 말해 주시오. 당신은 싸익스가 죽었다는 것과 멍크스가 자백했다는 것을, 따라서 더 이상 이득을 얻을 가망이 전혀 없다는 걸 잘 아오. 자, 그 서류들은 어디에 있소?"

"올리버야." 페이긴이 올리버에게 손짓하며 큰 소리로 말했다. "이리 오거라, 이리! 내 너한테 살짝 말해 주마."

"전 무섭지 않아요." 올리버가 브라운로 씨의 손을 놓으며 낮은 목소리로 말했다.

"그 서류는 말이다." 페이긴이 올리버를 자기 쪽으로 끌어당기며 말했다. "범포 주머니에 넣어서 맨 위층 앞방의 굴뚝 약간 윗부분에 있는 구멍에다 숨겨 놓았단다. 얘야, 나하고 얘기 좀 하자꾸나, 나하고 얘기 좀 해."

"네, 그래요." 올리버가 대답했다. "제가 기도를 올리게 해 주세요. 제발요! 기도 한 번만 올리게 해 주세요. 저와 함께 무릎을 꿇고 딱 한 번만 기도를 올려요. 그리고 아침까지 함께 이야기해요."

"밖에서, 밖에서 하자꾸나." 페이긴이 올리버를 자기 앞에 세우고 문 쪽으로 밀면서, 그리고 그의 머리 너머를 멍하니 바라보며 대답했다. "내가 잠이 들었다고 말하거라…… 그들은 네 말을 믿을 거야. 그래, 그렇게 날 데리고 가면, 넌 날 여기서 나가게 해 줄 수 있을 거야. 자, 어서, 자, 어서!"

"오, 하느님! 이 불쌍한 분을 용서해 주세요." 아이는 눈물을 터뜨리며 소리쳤다.

"그래, 잘한다, 그거야." 페이긴이 말했다. "그렇게 하면 우리한테 도움이 될 거야. 이 문 먼저 나가야지. 교수대를 지날 때 내가 좀 벌벌 떨더라도 상관 말고 계속 서둘러 가거라. 자, 자, 어서!"

"그에게 물어볼 게 더 없습니까, 나리?" 간수가 물었다.

"더 이상 없소." 브라운로 씨가 대답했다. "하지만 혹시 우리가 이 사람을 제정신으로 돌아오게 할 수 있다면……."

"그럴 수 있는 건 아무것도 없습니다, 나리." 간수가 고개를 가로저으며 대답했다. "그만 가시는 게 좋을 겁니다."

감방 문이 열리고 감시원들이 다시 돌아왔다.

"어서 서두르거라, 어서 서둘러." 페이긴이 소리쳤다. "살며시, 하지만 그렇게 느리게는 말고. 좀 더 빨리, 좀 더 빨리!"

감시원들이 그를 붙들었다. 그리고 꽉 움켜쥔 손에서 올리버를 떼어 낸 뒤 그를 잡아 세웠다. 그는 한순간 필사적으로 몸부림치며 저항했다. 그리고 비명을 연달아 질러 댔는데, 그 소리는 감옥의 육중한 벽들조차 뚫고 나가 올리버와 브라운로 씨가 마당에 이르도록 그들의 귓전을 때렸다.

그들이 감옥을 떠나기까지는 한참 시간이 걸렸다. 올리버가 이 끔찍한 광경을 보고 정신을 잃을 뻔한 데다 기력이 너무나 약해져서 한두 시간 동안은 걸을 힘조차 없었던 것이다.

그들이 감옥 밖으로 다시 나왔을 때는 날이 밝아 오고 있었다. 굉장히 많은 사람들이 벌써 모여 있었다. 창문마다 사람들로 가득했고, 그들은 시간을 때우기 위해 담배를 피우거나 카드놀이를 했다. 군중은 서로 밀치고 다투고 농담을 나누었다.

모든 것이 생명과 활기를 보여 주고 있었다. 하지만 이 모든 것의 한가운데 있는 시커먼 한 덩어리의 물체들 — 검은 단(壇), 대들보, 밧줄, 그리고 모든 소름 끼치는 죽음의 도구들만은 예외였다.

53장
그리고 마무리.

이 이야기에 등장한 여러 인물들의 운명은 거의 마무리가 되었다. 이제 필자는 그들에 관해 얼마 안 되는 남은 이야기를 몇 마디 간단한 말로 서술하고자 한다.

석 달이 지나기 전에 로즈 플레밍과 해리 메일리는 이후로 그가 젊은 목사로서 열심히 일하게 될 마을 교회에서 결혼을 했고, 같은 날 그들은 행복한 신혼집을 소유하게 되었다.

메일리 부인은 아들 부부의 집에 함께 거주하면서 인격과 연륜이 쌓인 사람이 맛볼 수 있는 최고의 축복, 훌륭한 삶을 살면서 더없이 따뜻한 애정과 다정한 보살핌을 끊임없이 쏟았던 자식들의 행복을 지켜보는 지극한 축복을 누리며 평온한 여생을 보냈다.

모든 것을 면밀히 조사한 결과, 멍크스 수중에서 탕진되고 남은 재산을(이 재산은 그의 손안에 있을 때나 그의 모친의 손안에 있을 때나 결코 늘어난 적이 없었다.) 그와 올리버 사이에 똑같이 나누면 각각 3000파운드 정도밖에 돌아가지 않는 것으로 나타났다. 그의 부친의 유언 조항대로 하면 올리버는 전 재산을 차지할 자격이 있었다. 하지만 브라운로 씨는 장자인 멍크스한테서 과거의 악행을 보상하고 정직한 삶을 추구할 기회를 박탈하고 싶지 않아서 재산을 반씩 분배하는 방식을 제안했고, 여기에 그의 어린 피후견인은 기쁜 마음으로 동의했다.

멍크스는 — 그는 여전히 이 가명을 사용했다 — 자기 몫을 챙겨서 신대륙의 멀리 떨어진 곳으로 갔는데, 거기서 금세 그것을 탕진해 버린 다음 예전의 생활로 다시금 되돌아갔다. 그러곤 새로 모종의 사기와 협잡 행위를 저질러 오랫동안 감옥 생활을 하다가 마침내 고질병인 발작으로 쓰러져 감옥에서 죽고 말았다. 그의 친구 페이긴 일당 중 남아 있던 주요 구성원들 역시 멀리 떨어진 타향에서 사망했다.

브라운로 씨는 올리버를 양자로 삼았다. 그는 올리버와 늙은 가정부를 데리고 올리버의 소중한 친구들이 거주하는 목사관에서 1.5킬로미터 정도밖에 안 떨어진 곳으로 이사함으로써 올리버의 따뜻하고 진실한 가슴에 남은 마지막 소망을 실현해 주었다. 그리고 이렇게 서로 연결된 그들은 변화무쌍한 이 세상에서 가장 완전한 상태의 행복에 다다른 하나의 작은 사회를 형성했다.

젊은이들의 결혼식이 있은 후 훌륭한 의사 로스번 씨는 곧 처씨로 돌아갔는데, 옛 친구들이 떠나고 없는 그곳에서 그는 만약 그의 기질이 허락했다면 불만스러운 감정에 사로잡혔을 것이고, 또 만약 그 방법을 알았더라면 아주 심통 사나운 사람으로 변하고 말았을 것이다. 그는 두세 달 동안은 그곳 공기가 자기 체질에 맞지 않게 바뀌기 시작한 것 같다고 암시하는 데 만족했다. 그러더니 결국 그곳이 정말로 자신한테는 더 이상 전과 같지 않다는 깨달음을 얻고는 의사 일을 정리해 조수한테 넘겨준 다음 자신의 젊은 친구가 목사로 있는 마을 근처에 독신자가 살기 알맞은 작은 주택 하나를 마련해 내려갔다. 그러곤 즉시 건강을 회복했다. 여기서 그는 정원 가꾸기, 나무 심기, 낚시질, 목수 일, 그리고 이와 비슷한 종류의 여러 다른 일들에 빠져들었는데, 특유의 저돌적이고 맹렬한 기세로 이 모든 것들을 수행했다. 이후로 그는 이 모든 일들에서 지극히 심오한 권위자로 마을 전체에 이름을 떨치기에 이르렀다.

이사하기 전에 의사는 어찌어찌해서 그림윅 씨와 깊은 우정을 쌓았더랬는데, 괴팍한 그림윅 씨도 진심으로 호응하며 이를 받아들였다. 그러므로 의사는 일 년 내내 시시때때로 그림윅 씨의 방문을 받는다. 그럴 때마다 그림윅 씨는 굉장히 열심히 나무를 심고 낚시를 하고 목수 일을 하는데, 모든 것을 아주 독특하고 전례가 없는 방식으로 행하면서도 언제나 자기 방식이 올바른 방식이라고 자신의 단골 맹세를 쏟아 내며 주장한다. 일요일이면 그림윅 씨는 꼭 잊지 않고 젊은 목사의 설교를 면전에서 비난한다. 하지만 나중에 로스번 씨한테 일급비밀이라면서 목사의 설교가 아주 탁월하다고, 하지만 그렇게 말하지 않는 게 좋을 듯하다고 말한다. 브라운로 씨는 늘 그림윅 씨가 옛날에 올리버에 대해 했던 예언을 더없이 좋은 단골 농담거리로 삼아 그들이 시계를 사이에 두고 앉아서 올리버가 돌아오기를 기다리던 날 밤을 상기시키며 놀려 댄다. 하지만 그림윅 씨는 자신이 실제로 옳았다고 주장하면서 그 증거로 올리버가 어쨌든 그날 밤 돌아오지 않았다는 점을 지적하는데, 그러면서도 언제나 웃음보를 터뜨리며 한껏 즐거워하는 모습을 감추지 않는다.

노어 클레이폴 씨는 페이긴에 대한 공범자 증인으로서 활약을 인정받아 국가의 사면을 받고 풀려났는데, 자기 직업이 바라는 만큼 절대 안전한 것은 아니라는 생각을 하게 된 그는 뭘 해서 먹고살아야 할지 갈팡질팡 고민하느라 한동안 별로 하는 일 없이 지냈다. 얼마간 궁리한 뒤 그는 밀고자로서 일을 시작했는데, 이 직업으로 제법 번듯한 소득을 벌어들이며 살고 있다. 그의 수법은 이렇다. 일주일에 한 번 그는 점잖게 차려입은 샬럿을 데리고 교회 예배 시간대에 맞춰 외출을 한다. 샬럿은 인정 많은 주인이 운영하는 어느 술집 문 앞에서 기절해 쓰러지고, 그러면 노어가 그녀의 의식을 회복시킨다며 3페니어치 브랜디를 주인한테 구입한 후 다음 날 이를 밀고하여 벌금의 절반을 챙기는 것이다.[17] 이따금 클레이폴 씨가 직접 기절하는 때도 있지만 결과는 마찬가지다.

범블 씨와 범블 부인은 직위를 박탈당한 다음 점차 몹시 궁핍하고 불행한 처지로 떨어졌다. 그러곤 마침내 자신들이 한

17) 1833년 발효된 법령에 따라 토요일 자정부터 일요일 오전까지는 술집 영업이 법으로 금지되었다.

때 군림하며 위세를 떨쳤던 바로 그 구빈원의 극빈자 신세가 되었다. 범블 씨는 이처럼 몰락하여 고꾸라진 상황에서는 자기 부인과 떨어져 있는 것을[18] 고맙게 여길 마음조차 나지 않는다고 말한 것으로 알려졌다.

자일스 씨와 브리틀스에 대해 말하자면, 비록 전자는 대머리가 되었고 후자는 머리가 상당히 희끗희끗한 소년이 되었을지라도 여전히 예전의 직책을 수행하고 있다. 그들은 목사관에 거주하지만 목사관 식구들, 올리버, 브라운로 씨, 로스번 씨를 너무나 동일하게 모시기 때문에 마을 사람들은 오늘날까지도 그들이 정확히 어느 집에 속하는지 결코 알지 못했다.

찰리 베이츠 군은 싸익스의 범죄에 크게 경악하여 정직한 삶이 결국은 제일 좋은 것이 아닐까 하는 일련의 생각을 깊이 하게 되었다. 그리고 분명히 그렇다는 결론에 도달하자 과거의 활동 무대로부터 등을 돌리고 뭔가 새로운 영역에서 전혀 다른 삶을 살아 보기로 결심했다. 그는 한동안 힘들게 발버둥 치며 많은 고생을 했으나 낙천적이고 느긋한 기질과 선하고 바른 목표를 지녔기에 마침내 성공을 거두었다. 그래서 농부의 잡일꾼부터 시작해 배달업자의 심부름꾼을 거쳐 이제는 노샘프턴셔[19] 전체에서 가장 쾌활한 젊은 목축업자가 되어 있다.

이제 이 이야기를 기록하는 필자의 손은 그 임무가 끝나는 시점이 가까워지자 자꾸만 머뭇거리게 된다. 그리고 할 수만

18) 당시 구빈원에서는 규정에 따라 남녀를 분리해서 수용했다.
19) 런던의 서북방에 있는 영국 중부의 주.

있다면 이 모험 이야기의 가닥을 좀 더 길게 엮어 보고 싶은 심정이다.

나는 내가 그토록 오랫동안 함께 지낸 사람들 중 몇몇과 기꺼이 좀 더 머무르면서 그들의 행복을 묘사하려 노력하며 그 행복을 함께 나누고 싶다. 나는 아름답고 우아한 젊은 여성의 모든 매력을 지닌 로즈 메일리가 자신이 걷는 조용한 삶의 길에 부드럽고 상냥한 빛을 발산하여, 그 빛이 그녀와 함께 길을 걷는 모든 사람들에게 뿌려져 그들의 마음속을 환히 밝히는 것을 보여 주고 싶다. 나는 그녀가 난롯가에 둘러앉은 모임과 상쾌한 여름날의 회합에서 생기와 기쁨의 원천이 되는 것을 그려 보고 싶다. 나는 한낮에 무더운 들판을 걸어가는 그녀를 따라가고, 달빛 아래서 저녁 산책을 하며 낮게 속삭이는 그녀의 감미로운 목소리를 듣고 싶다. 나는 그녀가 밖에 나가서 선행과 자선을 베푸는 모습을, 그리고 집에서 지친 기색 없이 미소 띤 얼굴로 가사를 수행하는 모습을 빠짐없이 모두 지켜보고 싶다. 나는 그녀와 죽은 언니의 아들이 서로 사랑하며 행복하게 지내는 모습을, 그리고 둘이서 꼬박 몇 시간씩 함께 앉아 그토록 슬프게 잃어버린 혈육들을 상상하는 모습을 그려 보고 싶다. 나는 그녀의 무릎 주변에 모여든 행복 가득한 그 어린 얼굴들을 다시 한번 내 앞에 불러내어 그들이 즐겁게 재잘거리는 소리를 듣고 싶다. 나는 맑게 울리는 그 웃음소리를 다시금 떠올리고, 그녀의 부드러운 푸른 눈에 반짝이는 동정의 눈물을 되살려 내고 싶다. 이런 것들, 수많은 표정과 미소들, 여러 특징적인 생각과 말투들 — 이 모든 것들을 나는 기꺼이

로즈 메일리와 올리버.

하나하나 다시금 떠올리고 싶다.

브라운로 씨가 어떻게 매일매일 양아들의 마음속에 지식을 차곡차곡 쌓아 채워 주었는지, 그리고 올리버가 자기 품성을 드러내며 모든 점에서 브라운로 씨의 희망대로 커 나갈 훌륭한 자질을 보여 줌에 따라 올리버에 대한 그의 애정이 얼마나 더 깊어졌는지 — 어떻게 그가 올리버한테서 옛 친구의 특징들을 새롭게 발견해 내고 이를 통해 우울하지만 달콤하고 위안이 되는 옛 기억들을 가슴속에 떠올리게 되었는지 — 어떻게 역경에 의해 단련된 두 고아가 다른 사람들에 대한 자비심과 서로에 대한 사랑, 그리고 그들을 보호하고 지켜 주신 하느님에 대한 뜨거운 감사를 통해 역경의 교훈을 깊이 되새겼는지 — 이 모든 것들은 따로 이야기할 필요가 없다. 나는 앞에서 그들이 진정으로 행복하다고 말한 바 있는데, 깊은 애정과 진심에서 우러나오는 인간애, 그리고 자비를 율법으로 삼으시고 모든 살아 숨 쉬는 것에 대한 박애를 위대한 속성으로 지니신 하느님에 대한 감사가 없이는 행복은 결코 얻을 수 없다.

오래된 마을 교회의 제단 안쪽에 흰 대리석 평판 하나가 서 있는데, 거기에는 아직 '애그니스'라는 단 하나의 이름만이 씌어 있다. 그 무덤에는 아무 관도 없다. 그 위에 또 다른 이름이 새겨지기까지 아주 많은 세월이 흐를지어다! 하지만 만약 죽은 자들의 영혼이 지상에 돌아와 그들이 생전에 알았던 사람들의 사랑 — 죽음을 초월한 사랑 — 으로 거룩해진 곳들을 방문한다면 나는 애그니스의 영혼이 이따금 그 엄숙한 구석진 곳을 맴돌 것이라고 믿는다. 비록 그곳이 교회 안에 있고,

또 그녀가 나약하여 죄를 범한 존재였지만 나는 변함없이 그것을 굳게 믿는다.

작품 해설

『올리버 트위스트』는 찰스 디킨스가 일생 동안 완성한 열네 편의 장편 소설 중 두 번째 작품으로, 디킨스가 스물다섯 살 되던 해인 1837년 2월부터 1839년 4월까지 《벤틀리의 잡지》라는 월간지에 20회에 걸쳐 연재한 소설이다. 『올리버 트위스트』가 나오기 한 해 전인 1836년 4월에 연재를 시작하여 폭발적인 인기를 누린 첫 장편 소설 『픽위크 문서』를 통해 디킨스는 스물네 살의 젊은 나이에 일약 당대 최고의 인기 작가의 반열에 오른다. 『픽위크 문서』의 성공으로 작가적 자신감을 얻은 디킨스는 『픽위크 문서』를 아직 연재 중이던 1836년 11월에 그동안 기자로 근무하던 모닝 크로니클 신문사를 그만두고 전업 작가의 길로 들어섰다. 그 후 다섯 달 만에 새로운 연재를 시작한 것이 바로 디킨스의 소설 가운데 가장 널리 알려진 『올리버 트위스트』이다.

『픽위크 문서』보다 늦게 나오긴 했지만 『올리버 트위스트』는 사실 디킨스가 장편 소설 작가로서 본격적인 의식을 지니고 창작한 최초의 작품이라고 할 수 있다. 왜냐하면 『픽위크 문서』는 비록 출세작임에도 불구하고 디킨스 자신이 처음부터 발의하고 구상한 작품이 아니기 때문이다. 이 작품이 시작될 당시 디킨스는 풋내기 무명작가로서 한 유명한 판화 작가의 그림을 재미나게 설명하는 보조 역할로 작품 창작에 참여했는데, 얼마 후 판화 작가가 자살해 버리는 바람에 운 좋게 작품을 주도적으로 이끌어 나가게 되었던 것이다. 이에 반해 『올리버 트위스트』는 디킨스가 단독으로 출판업자 벤틀리와 정식 계약을 체결하고 처음부터 온전히 혼자만의 구상으로 창작에 임해 발표한 장편 소설이었다. 디킨스가 『올리버 트위스트』의 연재를 시작한 것은 『픽위크 문서』가 아직 인기 절정에 있을 때였는바, 이 사실은 막 능력을 인정받은 젊은 작가의 넘쳐 나는 창조적 에너지를 보여 주기도 하지만, 다른 한편 우연히 거머쥔 『픽위크 문서』의 성공을 넘어서 자신의 작가적 역량을 본격적으로 증명해 보이고 싶은 디킨스의 작가적 자의식과 의지를 보여 주는 사항이기도 하다. 『올리버 트위스트』가 『픽위크 문서』와는 상당히 대조적인 성격의 작품이라는 것은 그런 점에서 결코 우연이 아니다. 실제로 『픽위크 문서』는 플롯이나 주제랄 게 거의 없이 일화적인 모험담을 토대로 활기차고 풍요로운 희극적 상상력이 자유롭게 펼쳐지는 비교적 단순한 작품인 반면, 『올리버 트위스트』는 플롯과 주제 의식이 뚜렷한 가운데 고통과 공포와 폭력 등 어두운 상상력이 지배적으로 작용하는 등 『픽위크 문서』보다 짧으면서도 오히려 훨씬 복잡한 성격을 지닌 작품이다.

디킨스가 작품 서문에서 밝히고 있듯이 『올리버 트위스트』는 일단 "선의 원리"를 대변하는 주인공 올리버 트위스트가 "온갖 역경을 뚫고 살아남아 마침내 승리하는" 이야기로 뚜렷한 도덕적 교훈과 주제를 담고 있는 작품이다. 구빈원에서 부모가 누구인지도 모른 채 태어난 불쌍한 고아 소년 올리버는 탁아소와 구빈원에서 비참한 생활 속에 성장하다가 죽을 더 달라고 했다는 죄목으로 핍박을 당한 뒤 장의사의 도제로 팔린다. 장의사의 집에서 학대와 모욕을 당하던 그는 마침내 런던으로 도망치고, 거기서 범죄 집단의 손아귀에 빠지게 된다. 인정 많은 신사에게 잠시 구원되기도 하지만 곧 다시 범죄자들에게 납치된 뒤 결국 강도질을 돕도록 강요받는다. 강도 현장에서 총상을 입은 그는 다행히 죽을 고비를 넘기고, 선량하고 자비로운 부인과 아가씨의 도움으로 순수함과 결백을 인정받아 편안하고 안전한 삶을 영위하기 시작한다. 비록 그를 해치려는 범죄 세계의 위협과 음모가 여전히 존재하지만 올리버는 창녀 아가씨의 희생적인 도움을 비롯해 그를 구원해 줬던 신사와 다른 선량한 보호자들의 도움과 노력으로 마침내 출생의 비밀을 알고 이모를 만나게 된다. 그리고 아버지의 유산을 물려받은 뒤 아버지의 친한 친구였던 신사의 양자가 되어 시골에서 이모와 함께 행복하게 산다.

고아 소년이 가난과 학대, 범죄 세력의 유혹과 위협과 음모 등 수많은 고난에도 불구하고 타고난 선한 심성을 잃지 않은 채 시련을 극복한 뒤 구원과 행복에 이르는 줄거리로 볼 때 『올리버 트위스트』는 권선징악에 바탕을 둔 일종의 도덕적 우화에 해당된다고 할 수 있다. 소설의 부제가 당시 널리 읽히던 존 버니언의 기독교 도덕 우화 — 우리에게 『천로역정』으로 알려진 — 『순례자의 역정』을 연상시키는 "구빈원 소년의 역정"이라는 점은 바로 작품의 그런 성격과 일치한다. 사실 선의 화신이라고 할 수 있는 올리버가 악의 화신이라고 할 수 있는 페이긴과 멍크스의 유혹과 위협을 이겨 내고 마침내 가족과 신분과 물질이 모두 온전히 갖춰진 이상적인 삶을 얻는 과정은 『천로역정』의 주인공 크리스천이 악의 핍박과 유혹을 극복하고 천국에 이르는 과정을 세속적으로 변형해 구현한 것이라고 해도 틀리지 않다. 『올리버 트위스트』가 지닌 도덕적 우화의 성격은 이 작품이 19세기 영국 사회라는 특수한 현실 배경에도 불구하고 시공을 초월한 보편적 호소력을 갖는 한 요인으로 작용한다. 착한 심성을 지닌 불우한 고아 소년이 굶주림과 천대와 사악한 위협 속에 극심한 시련을 겪다가 자비로운 섭리에 의해 궁극적으로 행복에 이른다는 이야기는 즐거움보다는 고통이 더 많고 선보다 악이 지배하는 힘겨운 세상살이에 부대끼는 인간이라면 시대와 지역과 인종과 성에 관계없이 언제나 마음속에 간직하고 있는 원형적 믿음과 염원, 즉 구원과 섭리의 진실성에 대한 신화적 소망과 순수한 동화적 욕망을 충족하고 위로하는 이야기이기 때문이다.

그러나 『올리버 트위스트』가 한 편의 소설로서 독자의 관심과 흥미를 끄는 진짜 이유는 위와 같은 도덕 우화의 소망 충족적 보편성보다는 올리버가 겪는 경험의 구체적 특수성, 특히 올리버를 억압하거나 위협하는 현실 세계의 구체적인 악에 대한 독특하고 생생한 재현에 있다. 작품 속에서 현실 세계는 크게 선과 악이라는 두 개의 대립되는 세계로 나뉜다. 브라운로와 메일리 부인으로 대변되는 너그럽고 안온하고 다정한 세계가 한편에 있고, 그 맞은편에 범블과 페이긴으로 대변되는 비인간적이고 사악하고 음험한 악의 세계가 존재한다. 그리고 올리버가 선의 원리를 대변하는 주인공이자 매개자로서 두 세계 사이를 오가며 양자의 대립 양상을 드러내다가 선의 승리라는 결말을 이끈다. 하지만 이 대립되는 두 세계는 단순히 선과 악이라는 추상적 도덕성의 대변자가 아니라 19세기 영국 사회의 중산 계급적 가정 이데올로기와 이상적 가치관을, 그리고 억압적인 법 제도와 범죄라는 구체적 사회악을 각각 구현하는 사실적 세계로 묘사된다.

그런데 두 세계 가운데 악의 세계, 즉 올리버의 삶과 여정을 힘들고 고통스럽게 만드는 현실 세계의 악이 우리의 관심을 훨씬 강하게 끈다. 주인공 올리버를 비롯해 브라운로, 메일리 부인, 로즈, 해리 메일리같이 작품에서 선의 원리를 대변하는 인물들은 작가의 도덕적 지지를 받지만 모두가 지극히 감상적이고 선하고 밋밋해서 인물로서 문제성이나 매력이 별로 없다. 그에 반해 범블, 페이긴, 싸익스, 멍크스, 날쌘 꾀돌이같이 선에 대적하는 악의 세계의 인물들은 하나같이 독특한 개성과 마력을 지닌 존재들로 우리의 주의를 강력하게 사로잡는다. 구체적 현실성에서도 전자는 19세기적 외피를 지녔지만 다분히 상투적이고 관념적인 성격이 강한 반면, 악당의 세계는 소설 전반부의 구빈원과 후반부의 런던 범죄 소굴처럼 19세기 초 영국의 특수한 사회 상황이나 문제와 아주 밀접한 관련성을 지닌다. 더구나 악의 세계는 해학과 풍자라는 디킨스 특유의 희극적 창조성과 사회 비판 의식, 그리고 인간 행동과 심리에 대한 작가의 탁월한 통찰이 집중적으로 발휘됨으로써 도덕적 승리를 거두는 선의 세계보다 오히려 더 강렬한 인상을 남기는 일종의 아이러니를 낳기까지 한다.

선의 힘에 맞서 올리버의 생존과 행복을 위협하는 악의 세력은 작품 속에서 크게 구빈원과 범죄 세계라는 서로 성격과 종류가 매우 다른 두 세계로 나뉜다. 두 악의 세력은 올리버의 여정에 따라 작품 전반부와 후반부에 순차적으로 나타나는데, 각각에 대한 디킨스의 강렬한 묘사와 형상화는 『올리버 트위스트』가 소설로서 독자를 사로잡는 결정적인 힘으로 작용한다. 먼저 전반부에서 디킨스는 올리버의 구빈원 생활을 통해 잘못된 법과 제도가 사회의 가장 무력하고 불행한 구성원들에게 가하는 비인간적이고 불의한 공적 악행을 신랄한 풍자로 폭로하며 비판한다. 이 부분을 정확히 이해하기 위해서는 구빈법을 둘러싼 디킨스 당대의 역사적 상황을 약간 알 필요가 있다. 『올리버 트위스트』가 쓰이기 몇 해 전인 1834년에 영국은 1795년 이후 시행되어 오던 빈민 구제법, 즉 구빈법을 새로 개정한다. 법 개정의 주된 동기는 비효율적이고 부적절하게 운영되던 과거 구빈법의 여러 악습과 폐단과 부작용을 없애고 좀 더 효율적이고 합리적으로 정비된 법을 마련하는 것이었다. 이 구빈법 개정을 주도한 사람들은 벤담과 맬서스의 사상을 신봉하는 공리주의 사상가들이었다. 그들은 공리적 원칙과 합리성에 입각해 빈민의 자격 요건과 행정 절차의 강화, 남녀 분리 수용, 급식 제한, 강제 노역 부과 등을 골자로 하는 신구빈법을 제정했다. 그리고 이를 통해 구제 대상이 되는 빈민 인구를 최소화하는 한편, 빈민의 노동력을 최대한 창출해 냄으로써 빈민 구제에 드는 사회 비용을 절감하는 공리적 목표를 달성하고자 했다.

하지만 개정된 신구빈법은 구빈원의 운영 개선, 불필요한 사회 비용의 절감, 어린이와 노약자의 처우 개선 같은 긍정적 취지에도 불구하고 빈민 계층의 출산을 막기 위해 남편과 아내를 격리 수용한다든가, 구빈원에 의존하는 빈민의 수를 최소화하기 위해 최저 수준의 급식을 제공하고 가혹한 노동을 의무적으로 강요하는 등 지극히 비인간적이고 비정한 공리적 조치들을 그 핵심 내용으로 포함하고 있었다. 게다가 이런 비인간적 조치들은 행정 관리들의 여전한 부패와 무능, 전혀 나아지지 않은 어린이와 노약자의 처우 등과 결합하여 신구빈법 시행 이후 구빈원 상황을 오히려 과거보다 훨씬 더 열악하고 비참하게 만들었다.

작가로 활동하기 전에 기자로서 삶의 현장을 누비고 다녔던 디킨스는 신구빈법이 초래한 당대 구빈원의 바로 이러한 억압적이고 타락한 실상을 잘 알고 있었다. 그는 특히 당시 영국 지배 계급의 이념적 근간으로서 구빈법 개정을 주도했던 공리주의 사고의 비인간적이고 반생명적인 성격을 꿰뚫어 보고 이를 인본주의 입장에서 강력하게 비판했다.『올리버 트위스트』 초반부에서 고아인 올리버를 다루는 구빈원 관료들과 이사회의 비정하고 계산적이고 이기적인 행태에 대한 신랄한 풍자는 이러한 인본주의적 통찰과 분노의 소설적 반영이다. 그는 어린아이들에 대한 동정심은 전혀 없이 탁아소의 운영비 착복에만 관심이 있는 탐욕스럽고 위선적인 맨 부인, 터무니없는 허영과 권위 의식으로 가득 찬 교구 하급 관리 범블, 죽을 더 달라는 올리버의 간청에 세상이 뒤집히기라도 한 듯이 경악하며 호들갑을 떠는 구빈원 이사회 등에 대해 노골적인 아이러니와 풍자의 공격을 사정없이 퍼붓는다. 그리고 이를 통해 독자의 뇌리에 고아와 빈민 같은 사회적 최약자의 삶과 생존을 위협하는 공적 악의 세력으로서 법 제도와 그 집행자들에 대한 부정적 인상을 깊이 새겨 놓는다. 처음 몇 개 장밖에 안 되는 짧은 분량이지만 그 강렬한 묘사 방식과 주제 의식으로 인해 작품 전체의 인상을 지배하다시피 하는『올리버 트위스트』의 구빈원 장면은『황폐한 집』이나『리틀 도리트』 같은 후기 작품들에서 심화되어 나타나는 디킨스의 사회 비판가적 면모를 일찌감치 맹아의 형태로 잘 보여 주고 있다.

싸워베리의 집에서 도망쳐 런던으로 올라간 올리버는 구빈원으로 대변되는 공적 사회악의 위협에서 벗어나지만 곧 새로운 형태의 악의 세력 밑에 들어가게 된다. 이 새로운 악의 세력은 페이긴과 싸익스가 이끄는 사회 밑바닥의 범죄 집단으로, 법과 제도의 공적 그물망 밖의 사적 영역에서 활동한다. 사실 굶주리고 헐벗은 천애 고아로 런던에 도착한 올리버가 날쌘 꾀돌이의 꾐에 넘어가 페이긴과 싸익스의 손에 떨어지는 것은 현실적으로 볼 때 거의 필연이나 다름없다. 그런 상황에서 올리버를 기다리는 운명은 페이긴과 싸익스의 영향과 지도 아래 날쌘 꾀돌이나 찰리 베이츠 같은 범죄자가 되어 활동하다 흰 조끼 신사의 예견대로 교수대 위에서 생을 마감하는 것뿐이다. 더구나 증오와 원한에 사무친 이복형 멍크스의 음험한 계략까지 가세한 상태에서 올리버가 정상적인 인간으로 살아남을 가능성은 지극히 미미하다. 하지만 다행히 올리버는 선의 원리를 대변하는 알레고리적 또는 동화적 주인공으로서 브라운로나 메일리 부인 같은 선한 친구들의 도움, 타고난 천성이나 우연 같은 섭리의 작용을 통해 악의 위협과 유혹이 마련해 놓은 현실의 필연을 이겨 내고 시적 필연의 승리를 획득한다.

그런데 페이긴과 싸익스가 지배하는 범죄 집단의 인물들은 작품 속에서 단순히 선의 승리라는 도덕적 주제에 봉사하는 정형화된 악당으로만 존재하지 않는다. 비록 구빈원과 마찬가지로 올리버의 인간적 존엄을 위협하는 악의 세력으로 등장하지만 이야기가 진행되면서 이들은 일반적인 범죄자의 틀을 넘어서는 다면성과 복합성, 그리고 심리적 깊이를 띤다. 그리고 이를 통해 이야기의 힘을 추동하는 중심 세력을 형성하면서 독자를 작품에 몰입시키는 가장 강력한 요인으로 기능한다. 가령 페이긴은 탐욕스러운 장물아비에 좀도둑이자 창녀들의 두목으로서 혐오스러운 파충류에 비유되는 비열하고 음흉한 악당의 전형이다. 하지만 선에 대한 뿌리 깊은 증오와 기괴한 희극성과 최면에 가까운 마력을 동시에 지닌 복잡한 성격의 인물일 뿐만 아니라 시골집에서 졸고 있는 올리버 앞에 갑자기 나타났다 사라지는 장면에서처럼 무소불위의 초자연적 능력을 지닌 악마 같은 존재로 보이기까지 한다. 그런가 하면 작품 말미에 교수형을 앞두고 감방에서 공포에 떠는 장면에서는 초월적 악마의 이미지와 정반대로 비참한 사형수의 더없이 가련하고 인간적인 모습을 적나라하게 드러냄으로써 독자의 씁쓸한 동정의 대상이 되기도 한다.

페이긴과 대조를 이루면서 쌍벽을 이루는 악당 싸익스의 경우도 비슷하다. 교활하고 비열한 페이긴과 달리 단순하고 직설적이고 격정적인 성정인 그는 짐승처럼 거칠고 사나운 강도이며 그야말로 포악한 악당의 전형이다. 이러한 평면적인 악한의 이미지는 애인 낸시를 아무런 망설임 없이 무자비하게 살해하는 장면에서 절정에 이른다. 하지만 낸시를 살해한 직후부터 그는 무식하고 비정한 악당 이상의 심리적 깊이와 사실성을 지닌 입체적 인물로 바뀐다. 절명의 순간 그를 올려다보는 낸시의 눈을 잊지 못한 채 죄의식과 공포에 사로잡혀 방황하는 모습에서, 화재 현장에서 영웅적인 활약을 펼치는 처절한 몸부림에서, 단말마의 비명을 지르며 목에 줄이 걸린 채 지붕에서 떨어지는 비참한 최후에서 우리는 무지막지한 악당보다는 고뇌와 갈등에 찬 비극적 주인공의 모습을 발견한다. 그리고 이를 통해 우리 내면에 숨어 있는 폭력적 충동과 공포와 죄의식의 원형적 실체를 확인하면서 싸익스에 대한 깊은 인간적 공감을 느끼게 된다.

날쌘 꾀돌이와 찰리 베이츠도 페이긴의 하수인으로서 죄의식조차 없는 타락한 건달 소매치기들에 불과하지만, 다른 한편으로 지칠 줄 모르는 희극적 활력과 재기 발랄함 덕분에 범죄자보다는 오히려 어릿광대 같은 희극 배우의 인상을 더 강하게 심어 준다. 특히 페이긴의 소굴에서 다른 동료들과 함께 나름의 자족적인 세계를 형성하고 일종의 끈끈한 연대와 평등과 풍요와 자유와 유희와 여흥을 누리는 모습은 그들에 대한 우리의 도덕적 재단이나 범주화를 심각하게 무력화시킨다. 그들의 축제적인 분위기와 활기는 구빈원의 억압적이고 비인간적인 현실은 물론이고 브라운로와 메일리 부인의 단조롭고 무미건조한 선의 세계와도 대조를 이루어 그들을 작품에서 가장 생명력 있는 집단으로 보이게끔 하기 때문이다. 이런 점에서 외로움과 굶주림과 학대밖에 경험하지 못했던 올리버가 페이긴의 범죄 소굴에 들어갔을 때 친구와 음식과 휴식을 제공받을 뿐만 아니라 심지어는 처음으로 눈물이 나올 만큼 웃음을 터뜨리기까지 한다는 점은 의미하는 바가 크다.

『올리버 트위스트』는 갓 전업 작가의 길에 들어선 디킨스의 초년기 작품인지라 아무래도 예술적인 면에서 부족함이 느껴지는 소설이다. 가령 초반부의 구빈원 부분에서 한껏 고조된 신랄한 사회 풍자의 어조가 런던의 범죄 집단을 다루는 뒷부분에서 제대로 유지되지 못한다거나 플롯 전개에 우연이 너무나 결정적으로 개입한다는 점, 올리버의 출생과 관련된 미스터리나 로즈와 해리의 사랑 이야기에 멜로 드라마적 상투성이 강하다는 점 등은 흔히 지적되는 결함들이다. 하지만

『올리버 트위스트』는 한 편의 고전으로서 이런 결함들을 넘어서는 소설적 매력을 많이 지녔다. 앞에서 본 것처럼 선의 승리라는 우화적 주제를 구현하는 이야기의 보편적 호소력, 디킨스 특유의 풍자적 해학과 통찰이 발휘된 개성적인 인물 창조와 묘사, 추리 소설적 긴장과 희극적 활력과 비극적 감상성을 적절히 버무린 흥미로운 이야기 구성 등은 작품을 읽는 독자의 관심을 시종일관 사로잡기에 충분하다. 『올리버 트위스트』가 일종의 '어른을 위한 동화'로서 시공을 초월한 대중적 사랑을 계속 받는 이유는 바로 여기에 있을 것이다.

번역 제의를 받았을 때 이미 번역본이 나와 있는 작품이라서 많이 망설였지만, 어차피 누군가 할 번역이라면 디킨스 전공자로서 꼭 피할 일만도 아니라는 생각에서 수락했다. 그리고 기왕에 새로 하는 번역이라면 좀 더 나은 번역을 내놓아야 한다는 마음가짐으로 작업에 임했다. 그럼에도 역자의 어쩔 수 없는 한계에다 디킨스 작품이 워낙 번역하기 만만치 않은 탓도 있어서 과연 어느 정도나 그 목표를 실현했는지 자신이 없다. 그저 송구한 마음으로 독자의 판단을 기다릴 뿐이다. 참고로 번역 원본으로는 영국의 펭귄 출판사에서 나온 1982년 판을 사용했다.

2018년 3월

이인규

작가 연보

1812년 2월 7일 영국의 남부 해안 도시 포츠머스에서 출생. 해군 경리국 직원인 존 디킨스와 그의 아내 엘리자베스 디킨스 사이의 5남 3녀 중 둘째로 태어남.

1817년 켄트주의 채텀으로 이사. 『위대한 유산』의 지리적 배경이기도 한 이곳에서 비교적 행복한 유년 시절을 보냄.

1822년 집안 형편이 나빠지면서 온 가족이 런던으로 이사함.

1824년 2월 아버지가 빚으로 채무자 감옥에 수감됨. 이후 수개월 동안 가정 형편을 돕기 위해 가족과 떨어져 혼자 살면서 구두약 공장에 나가 일함. 6월 아버지가 출감하고 형편이 나아지면서 다시 학교에 다니기 시작함.

1827년 사립 학교인 웰링턴 하우스 아카데미를 졸업하고 런던의 한 법률 사무소에 취직함.

1832년 런던의 한 신문사 기자로 취직.

1833년　잡지 등에 '보즈'라는 필명으로 단편 스케치들을 발표하기 시작함.

1836년　첫 작품집 『보즈의 스케치들』 출판. 4월 언론인 조지 호가스의 딸 캐서린 호가스와 결혼. 첫 장편 소설 『피크윅 문서』 연재 시작(1837년에 완성). 이 작품이 큰 성공을 거두어 일약 당대의 유명 작가가 됨. 이후 주간 잡지나 월간 잡지에 작품을 연재하는 방식으로 왕성한 창작 활동을 펼쳐 나감.

1838년　『올리버 트위스트』 완성.

1839년　『니콜라스 니클비』 완성.

1840년　『골동품 가게』 완성.

1841년　『바나비 러지』 완성.

1842년　아내 캐서린과 함께 약 6개월간 미국 방문. 귀국 후 『미국 방문기』 발표.

1843년　『크리스마스 캐럴』 출판.

1844년　『마틴 처즐윗』 완성. 7월부터 약 1년간 이탈리아에 거주.

1846년　5월부터 약 10개월간 스위스와 프랑스에 거주.

1848년　『돔비 부자(夫子)』 완성.

1850년　『데이비드 코퍼필드』 완성. 주간지 《늘 쓰는 말들》 창간(1859년까지 운영).

1851년　1847년부터 자신이 직접 조직하여 이끌던 극단과 함께 빅토리아 여왕 앞에서 연극 작품을 공연함.

1853년　『블리크 하우스』 완성. 『크리스마스 캐럴』로 첫 대중 낭독을 함. 이것을 시작으로 이후 기회가 있을 때마다 영국의 각 지방과 미국 등지를 돌아다니며 작품 낭독회를 여는데 실감 나는 낭독으로 큰 인기를 얻음.

1854년 『어려운 시절』 완성.

1857년 『리틀 도리트』 완성.

1858년 젊은 여배우 엘렌 터넌과의 구설수 등 그동안 쌓인 불화로 인해 아내 캐서린과 공식적인 별거 시작.

1859년 『두 도시 이야기』 완성. 주간지 《1년 내내》 창간(1870년 사망 시까지 운영).

1861년 『위대한 유산』 완성.

1865년 『우리가 서로 아는 친구』 완성.

1867년 작품 낭독을 위해 두 번째 미국 방문. 무리한 여행으로 그전부터 나쁘던 건강이 악화됨.

1870년 6월 9일 뇌내출혈로 사망함. 미완의 작품으로 『에드윈 드루드의 비밀』을 남김. 웨스트민스터 사원에 유해가 안치됨.

세계문학전집 352

올리버 트위스트 2

1판 1쇄 펴냄 2018년 4월 13일
1판 6쇄 펴냄 2024년 1월 15일

지은이 찰스 디킨스
옮긴이 이인규
발행인 박근섭, 박상준
펴낸곳 (주)민음사

출판등록 1966. 5. 19. (제 16-490호)
서울특별시 강남구 도산대로1길 62(신사동) 강남출판문화센터 5층 (우편번호 06027)
대표전화 02-515-2000 팩시밀리 02-515-2007
www.minumsa.com

ISBN 978-89-374-6352-5 04800
ISBN 978-89-374-6000-5 (세트)

민음사 세계문학전집

세계문학전집 목록

51·52 내 이름은 빨강 파묵 · 이난아 옮김 노벨 문학상 수상 작가
53 오셀로 셰익스피어 · 최종철 옮김 서울대 권장도서 100선
54 조서 르 클레지오 · 김윤진 옮김 노벨 문학상 수상 작가
55 모래의 여자 아베 코보 · 김난주 옮김
56·57 부덴브로크 가의 사람들 토마스 만 · 홍성광 옮김 노벨 문학상 수상 작가
58 싯다르타 헤세 · 박병덕 옮김 노벨 문학상 수상 작가
59·60 아들과 연인 로렌스 · 정상준 옮김 《뉴스위크》 선정 100대 명저
61 설국 가와바타 야스나리 · 유숙자 옮김 노벨 문학상 수상 작가 | 서울대 권장도서 100선
62 벨킨 이야기 · 스페이드 여왕 푸슈킨 · 최선 옮김
63·64 넙치 그라스 · 김재혁 옮김 노벨 문학상 수상 작가
65 소망 없는 불행 한트케 · 윤용호 옮김 노벨 문학상 수상 작가
66 나르치스와 골드문트 헤세 · 임홍배 옮김 노벨 문학상 수상 작가
67 황야의 이리 헤세 · 김누리 옮김 노벨 문학상 수상 작가
68 페테르부르크 이야기 고골 · 조주관 옮김
69 밤으로의 긴 여로 오닐 · 민승남 옮김 노벨 문학상 수상 작가 | 미국대학위원회 선정 SAT 추천도서
70 체호프 단편선 체호프 · 박현섭 옮김
71 버스 정류장 가오싱젠 · 오수경 옮김 노벨 문학상 수상 작가
72 구운몽 김만중 · 송성욱 옮김 서울대 권장도서 100선 | 국립중앙도서관 선정 청소년 권장도서
73 대머리 여가수 이오네스코 · 오세곤 옮김
74 이솝 우화집 이솝 · 유종호 옮김 논술 및 수능에 출제된 책(1998~2005)
75 위대한 개츠비 피츠제럴드 · 김욱동 옮김 《타임》 선정 현대 100대 영문소설
76 푸른 꽃 노발리스 · 김재혁 옮김
77 1984 오웰 · 정회성 옮김 《타임》 선정 현대 100대 영문소설 | 《뉴스위크》 선정 100대 명저
78·79 영혼의 집 아옌데 · 권미선 옮김
80 첫사랑 투르게네프 · 이항재 옮김
81 내가 죽어 누워 있을 때 포크너 · 김명주 옮김 노벨 문학상 수상 작가
82 런던 스케치 레싱 · 서숙 옮김 노벨 문학상 수상 작가
83 팡세 파스칼 · 이환 옮김
84 질투 로브그리예 · 박이문, 박희원 옮김
85·86 채털리 부인의 연인 로렌스 · 이인규 옮김
87 그 후 나쓰메 소세키 · 윤상인 옮김
88 오만과 편견 오스틴 · 윤지관, 전승희 옮김 미국대학위원회 선정 SAT 추천도서
89·90 부활 톨스토이 · 연진희 옮김 논술 및 수능에 출제된 책(1998~2005)
91 방드르디, 태평양의 끝 투르니에 · 김화영 옮김
92 미겔 스트리트 나이폴 · 이상옥 옮김 노벨 문학상 수상 작가
93 페드로 파라모 룰포 · 정창 옮김
94 차라투스트라는 이렇게 말했다 니체 · 장희창 옮김 국립중앙도서관 선정 청소년 권장도서
95·96 적과 흑 스탕달 · 이동렬 옮김 국립중앙도서관 선정 청소년 권장도서
97·98 콜레라 시대의 사랑 마르케스 · 송병선 옮김 노벨 문학상 수상 작가 | BBC 선정 꼭 읽어야 할 책
99 맥베스 셰익스피어 · 최종철 옮김 서울대 권장도서 100선 | 미국대학위원회 선정 SAT 추천도서
100 춘향전 작자 미상 · 송성욱 풀어 옮김 서울대 권장도서 100선
101 페르디두르케 곰브로비치 · 윤진 옮김
102 포르노그라피아 곰브로비치 · 임미경 옮김
103 인간 실격 다자이 오사무 · 김춘미 옮김
104 네루다의 우편배달부 스카르메타 · 우석균 옮김

105·106 **이탈리아 기행** 괴테 · 박찬기 외 옮김
107 **나무 위의 남작** 칼비노 · 이현경 옮김
108 **달콤 쌉싸름한 초콜릿** 에스키벨 · 권미선 옮김
109·110 **제인 에어** C. 브론테 · 유종호 옮김 BBC 선정 꼭 읽어야 할 책
111 **크눌프** 헤세 · 이노은 옮김 노벨 문학상 수상 작가
112 **시계태엽 오렌지** 버지스 · 박시영 옮김 《타임》 선정 현대 100대 영문소설 | 《뉴스위크》 선정 100대 명저
113·114 **파리의 노트르담** 위고 · 정기수 옮김 미국대학위원회 선정 SAT 추천도서
115 **새로운 인생** 단테 · 박우수 옮김
116·117 **로드 짐** 콘래드 · 이상옥 옮김 《뉴스위크》 선정 100대 명저
118 **폭풍의 언덕** E. 브론테 · 김종길 옮김 미국대학위원회 선정 SAT 추천도서
119 **텔크테에서의 만남** 그라스 · 안삼환 옮김 노벨 문학상 수상 작가
120 **검찰관** 고골 · 조주관 옮김
121 **안개** 우나무노 · 조민현 옮김
122 **나사의 회전** 제임스 · 최경도 옮김 미국대학위원회 선정 SAT 추천도서
123 **피츠제럴드 단편선 1** 피츠제럴드 · 김욱동 옮김
124 **목화밭의 고독 속에서** 콜테스 · 임수현 옮김
125 **돼지꿈** 황석영
126 **라셀라스** 존슨 · 이인규 옮김
127 **리어 왕** 셰익스피어 · 최종철 옮김 서울대 권장도서 100선 | 《뉴스위크》 선정 100대 명저
128·129 **쿠오 바디스** 시엔키에비츠 · 최성은 옮김 노벨 문학상 수상 작가
130 **자기만의 방 · 3기니** 울프 · 이미애 옮김
131 **시르트의 바닷가** 그라크 · 송진석 옮김
132 **이성과 감성** 오스틴 · 윤지관 옮김
133 **바덴바덴에서의 여름** 치프킨 · 이장욱 옮김
134 **새로운 인생** 파묵 · 이난아 옮김 노벨 문학상 수상 작가
135·136 **무지개** 로렌스 · 김정매 옮김
137 **인생의 베일** 서머싯 몸 · 황소연 옮김
138 **보이지 않는 도시들** 칼비노 · 이현경 옮김
139·140·141 **연초 도매상** 바스 · 이운경 옮김 《타임》 선정 현대 100대 영문소설
142·143 **플로스 강의 물방앗간** 엘리엇 · 한애경, 이봉지 옮김 미국대학위원회 선정 SAT 추천도서
144 **연인** 뒤라스 · 김인환 옮김
145·146 **이름 없는 주드** 하디 · 정종화 옮김
147 **제49호 품목의 경매** 핀천 · 김성곤 옮김 《타임》 선정 현대 100대 영문소설
148 **성역** 포크너 · 이진준 옮김 노벨 문학상 수상 작가 | 퓰리처상 수상 작가
149 **무진기행** 김승옥
150·151·152 **신곡(지옥편 · 연옥편 · 천국편)** 단테 · 박상진 옮김 《뉴스위크》 선정 100대 명저
153 **구덩이** 플라토노프 · 정보라 옮김
154·155·156 **카라마조프가의 형제들** 도스토옙스키 · 김연경 옮김
157 **지상의 양식** 지드 · 김화영 옮김 노벨 문학상 수상 작가
158 **밤의 군대들** 메일러 · 권택영 옮김 퓰리처상 수상 작가
159 **주홍 글자** 호손 · 김욱동 옮김 서울대 권장도서 100선 | 미국대학위원회 선정 SAT 추천도서
160 **깊은 강** 엔도 슈사쿠 · 유숙자 옮김
161 **욕망이라는 이름의 전차** 윌리엄스 · 김소임 옮김
162 **마사 퀘스트** 레싱 · 나영균 옮김 노벨 문학상 수상 작가
163·164 **운명의 딸** 아옌데 · 권미선 옮김

165 **모렐의 발명** 비오이 카사레스 · 송병선 옮김
166 **삼국유사** 일연 · 김원중 옮김 서울대 권장도서 100선
167 **풀잎은 노래한다** 레싱 · 이태동 옮김 노벨 문학상 수상 작가
168 **파리의 우울** 보들레르 · 윤영애 옮김
169 **포스트맨은 벨을 두 번 울린다** 케인 · 이만식 옮김
170 **썩은 잎** 마르케스 · 송병선 옮김 노벨 문학상 수상 작가
171 **모든 것이 산산이 부서지다** 아체베 · 조규형 옮김 《타임》 선정 현대 100대 영문소설
172 **한여름 밤의 꿈** 셰익스피어 · 최종철 옮김 미국대학위원회 선정 SAT 추천도서
173 **로미오와 줄리엣** 셰익스피어 · 최종철 옮김 미국대학위원회 선정 SAT 추천도서
174·175 **분노의 포도** 스타인벡 · 김승욱 옮김 노벨 문학상 수상 작가 | 《타임》 선정 현대 100대 영문소설
176·177 **괴테와의 대화** 에커만 · 장희창 옮김
178 **그물을 헤치고** 머독 · 유종호 옮김 《타임》 선정 현대 100대 영문소설
179 **브람스를 좋아하세요...** 사강 · 김남주 옮김
180 **카타리나 블룸의 잃어버린 명예** 하인리히 뵐 · 김연수 옮김 노벨 문학상 수상 작가
181·182 **에덴의 동쪽** 스타인벡 · 정회성 옮김 노벨 문학상 수상 작가
183 **순수의 시대** 워튼 · 송은주 옮김 《뉴스위크》 선정 100대 명저 | 퓰리처상 수상작
184 **도둑 일기** 주네 · 박형섭 옮김
185 **나자** 브르통 · 오생근 옮김
186·187 **캐치-22** 헬러 · 안정효 옮김 《타임》 선정 현대 100대 영문소설
188 **숄로호프 단편선** 숄로호프 · 이항재 옮김 노벨 문학상 수상 작가
189 **말** 사르트르 · 정명환 옮김
190·191 **보이지 않는 인간** 엘리슨 · 조영환 옮김 《타임》 선정 현대 100대 영문소설
192 **왑샷 가문 연대기** 치버 · 김승욱 옮김 퓰리처상 수상 작가
193 **왑샷 가문 몰락기** 치버 · 김승욱 옮김 퓰리처상 수상 작가
194 **필립과 다른 사람들** 노터봄 · 지명숙 옮김
195·196 **하드리아누스 황제의 회상록** 유르스나르 · 곽광수 옮김
197·198 **소피의 선택** 스타이런 · 한정아 옮김 퓰리처상 수상 작가
199 **피츠제럴드 단편선 2** 피츠제럴드 · 한은경 옮김
200 **홍길동전** 허균 · 김탁환 옮김
201 **요술 부지깽이** 쿠버 · 양윤희 옮김
202 **북호텔** 다비 · 원윤수 옮김
203 **톰 소여의 모험** 트웨인 · 김욱동 옮김
204 **금오신화** 김시습 · 이지하 옮김
205·206 **테스** 하디 · 정종화 옮김 미국대학위원회 선정 SAT 추천도서 | BBC 선정 꼭 읽어야 할 책
207 **브루스터플레이스의 여자들** 네일러 · 이소영 옮김
208 **더 이상 평안은 없다** 아체베 · 이소영 옮김
209 **그레인지 코플랜드의 세 번째 인생** 워커 · 김시현 옮김 퓰리처상 수상 작가
210 **어느 시골 신부의 일기** 베르나노스 · 정영란 옮김
211 **타라스 불바** 고골 · 조주관 옮김
212·213 **위대한 유산** 디킨스 · 이인규 옮김 서울대 권장도서 100선 | BBC 선정 꼭 읽어야 할 책
214 **면도날** 서머싯 몸 · 안진환 옮김
215·216 **성채** 크로닌 · 이은정 옮김
217 **오이디푸스 왕** 소포클레스 · 강대진 옮김 서울대 권장도서 100선
218 **세일즈맨의 죽음** 밀러 · 강유나 옮김
219·220·221 **안나 카레니나** 톨스토이 · 연진희 옮김 서울대 권장도서 100선

222 **오스카 와일드 작품선** 와일드 · 정영목 옮김
223 **벨아미** 모파상 · 송덕호 옮김
224 **파스쿠알 두아르테 가족** 호세 셀라 · 정동섭 옮김 노벨 문학상 수상 작가
225 **시칠리아에서의 대화** 비토리니 · 김운찬 옮김
226·227 **길 위에서** 케루악 · 이만식 옮김 《타임》 선정 현대 100대 영문소설 | 《뉴스위크》 선정 100대 명저
228 **우리 시대의 영웅** 레르몬토프 · 오정미 옮김
229 **아우라** 푸엔테스 · 송상기 옮김
230 **클링조어의 마지막 여름** 헤세 · 황승환 옮김 노벨 문학상 수상 작가
231 **리스본의 겨울** 무뇨스 몰리나 · 나송주 옮김
232 **뻐꾸기 둥지 위로 날아간 새** 키지 · 정회성 옮김 《타임》 선정 현대 100대 영문소설
233 **페널티킥 앞에 선 골키퍼의 불안** 한트케 · 윤용호 옮김 노벨 문학상 수상 작가
234 **참을 수 없는 존재의 가벼움** 쿤데라 · 이재룡 옮김
235·236 **바다여, 바다여** 머독 · 최옥영 옮김
237 **한 줌의 먼지** 에벌린 워 · 안진환 옮김 《타임》 선정 현대 100대 영문소설
238 **뜨거운 양철 지붕 위의 고양이 · 유리 동물원** 윌리엄스 · 김소임 옮김 퓰리처상 수상작
239 **지하로부터의 수기** 도스토옙스키 · 김연경 옮김
240 **키메라** 바스 · 이운경 옮김
241 **반쪼가리 자작** 칼비노 · 이현경 옮김
242 **벌집** 호세 셀라 · 남진희 옮김 노벨 문학상 수상 작가
243 **불멸** 쿤데라 · 김병욱 옮김
244·245 **파우스트 박사** 토마스 만 · 임홍배, 박병덕 옮김 노벨 문학상 수상 작가
246 **사랑할 때와 죽을 때** 레마르크 · 장희창 옮김
247 **누가 버지니아 울프를 두려워하랴?** 올비 · 강유나 옮김
248 **인형의 집** 입센 · 안미란 옮김
249 **위폐범들** 지드 · 원윤수 옮김 노벨 문학상 수상 작가
250 **무정** 이광수 · 정영훈 책임 편집 서울대 권장도서 100선
251·252 **의지와 운명** 푸엔테스 · 김현철 옮김
253 **폭력적인 삶** 파솔리니 · 이승수 옮김
254 **거장과 마르가리타** 불가코프 · 정보라 옮김
255·256 **경이로운 도시** 멘도사 · 김현철 옮김
257 **야콥을 둘러싼 추측들** 욘존 · 손대영 옮김
258 **왕자와 거지** 트웨인 · 김욱동 옮김
259 **존재하지 않는 기사** 칼비노 · 이현경 옮김
260·261 **눈먼 암살자** 애트우드 · 차은정 옮김 《타임》 선정 현대 100대 영문소설
262 **베니스의 상인** 셰익스피어 · 최종철 옮김
263 **말리나** 바흐만 · 남정애 옮김
264 **사볼타 사건의 진실** 멘도사 · 권미선 옮김
265 **뒤렌마트 희곡선** 뒤렌마트 · 김혜숙 옮김
266 **이방인** 카뮈 · 김화영 옮김 노벨 문학상 수상 작가 | 미국대학위원회 선정 SAT 추천도서
267 **페스트** 카뮈 · 김화영 옮김 노벨 문학상 수상 작가 | 국립중앙도서관 선정 청소년 권장도서
268 **검은 튤립** 뒤마 · 송진석 옮김
269·270 **베를린 알렉산더 광장** 되블린 · 김재혁 옮김
271 **하얀 성** 파묵 · 이난아 옮김 노벨 문학상 수상 작가
272 **푸슈킨 선집** 푸슈킨 · 최선 옮김
273·274 **유리알 유희** 헤세 · 이영임 옮김 노벨 문학상 수상 작가

275 픽션들 보르헤스·송병선 옮김 서울대 권장도서 100선

276 신의 화살 아체베·이소영 옮김

277 빌헬름 텔·간계와 사랑 실러·홍성광 옮김

278 노인과 바다 헤밍웨이·김욱동 옮김 노벨 문학상 수상 작가 | 퓰리처상 수상작

279 무기여 잘 있어라 헤밍웨이·김욱동 옮김 미국대학위원회 선정 SAT 추천도서

280 태양은 다시 떠오른다 헤밍웨이·김욱동 옮김 《타임》 선정 현대 100대 영문 소설

281 알레프 보르헤스·송병선 옮김

282 일곱 박공의 집 호손·정소영 옮김

283 에마 오스틴·윤지관, 김영희 옮김

284·285 죄와 벌 도스토옙스키·김연경 옮김 미국대학위원회 선정 SAT 추천도서

286 시련 밀러·최영 옮김

287 모두가 나의 아들 밀러·최영 옮김

288·289 누구를 위하여 종은 울리나 헤밍웨이·김욱동 옮김 노벨 문학상 수상 작가

290 구르브 연락 없다 멘도사·정창 옮김

291·292·293 데카메론 보카치오·박상진 옮김

294 나누어진 하늘 볼프·전영애 옮김

295·296 제브데트 씨와 아들들 파묵·이난아 옮김 노벨 문학상 수상 작가

297·298 여인의 초상 제임스·최경도 옮김 미국대학위원회 선정 SAT 추천도서

299 압살롬, 압살롬! 포크너·이태동 옮김 노벨 문학상 수상 작가

300 이상 소설 전집 이상·권영민 책임 편집

301·302·303·304·305 레 미제라블 위고·정기수 옮김

306 관객모독 한트케·윤용호 옮김 노벨 문학상 수상 작가

307 더블린 사람들 조이스·이종일 옮김

308 에드거 앨런 포 단편선 앨런 포·전승희 옮김 미국대학위원회 선정 SAT 추천도서

309 보이체크·당통의 죽음 뷔히너·홍성광 옮김

310 노르웨이의 숲 무라카미 하루키·양억관 옮김

311 운명론자 자크와 그의 주인 디드로·김희영 옮김

312·313 헤밍웨이 단편선 헤밍웨이·김욱동 옮김 노벨 문학상 수상 작가

314 피라미드 골딩·안지현 옮김 노벨 문학상 수상 작가

315 닫힌 방·악마와 선한 신 사르트르·지영래 옮김

316 등대로 울프·이미애 옮김 《타임》 선정 현대 100대 영문소설 | 《뉴스위크》 선정 100대 명저

317·318 한국 희곡선 송영 외·양승국 엮음

319 여자의 일생 모파상·이동렬 옮김

320 의식 노터봄·김영중 옮김

321 육체의 악마 라디게·원윤수 옮김

322·323 감정 교육 플로베르·지영화 옮김

324 불타는 평원 룰포·정창 옮김

325 위대한 몬느 알랭푸르니에·박영근 옮김

326 라쇼몬 아쿠타가와 류노스케·서은혜 옮김

327 반바지 당나귀 보스코·정영란 옮김

328 정복자들 말로·최윤주 옮김

329·330 우리 동네 아이들 마흐푸즈·배혜경 옮김 노벨 문학상 수상 작가

331·332 개선문 레마르크·장희창 옮김

333 사바나의 개미 언덕 아체베·이소영 옮김

334 게걸음으로 그라스·장희창 옮김 노벨 문학상 수상 작가

335 **코스모스** 곰브로비치 · 최성은 옮김
336 **좁은 문 · 전원교향곡 · 배덕자** 지드 · 동성식 옮김 노벨 문학상 수상 작가
337·338 **암 병동** 솔제니친 · 이영의 옮김 노벨 문학상 수상 작가
339 **피의 꽃잎들** 응구기 와 시옹오 · 왕은철 옮김
340 **운명** 케르테스 · 유진일 옮김 노벨 문학상 수상 작가
341·342 **벌거벗은 자와 죽은 자** 메일러 · 이운경 옮김 퓰리처상 수상 작가
343 **시지프 신화** 카뮈 · 김화영 옮김 노벨 문학상 수상 작가
344 **뇌우** 차오위 · 오수경 옮김
345 **모옌 중단편선** 모옌 · 심규호, 유소영 옮김 노벨 문학상 수상 작가
346 **일야서** 한사오궁 · 심규호, 유소영 옮김
347 **상속자들** 골딩 · 안지현 옮김 노벨 문학상 수상 작가
348 **설득** 오스틴 · 전승희 옮김
349 **히로시마 내 사랑** 뒤라스 · 방미경 옮김
350 **오 헨리 단편선** 오 헨리 · 김희용 옮김
351·352 **올리버 트위스트** 디킨스 · 이인규 옮김
353·354·355·356 **전쟁과 평화** 톨스토이 · 연진희 옮김
357 **다시 찾은 브라이즈헤드** 에벌린 워 · 백지민 옮김
358 **아무도 대령에게 편지하지 않다** 마르케스 · 송병선 옮김
359 **사양** 다자이 오사무 · 유숙자 옮김
360 **좌절** 케르테스 · 한경민 옮김 노벨 문학상 수상 작가
361·362 **닥터 지바고** 파스테르나크 · 김연경 옮김 노벨 문학상 수상 작가
363 **노생거 사원** 오스틴 · 윤지관 옮김
364 **개구리** 모옌 · 심규호, 유소영 옮김 노벨 문학상 수상 작가
365 **마왕** 투르니에 · 이원복 옮김 공쿠르상 수상 작가
366 **맨스필드 파크** 오스틴 · 김영희 옮김
367 **이선 프롬** 이디스 워튼 · 김욱동 옮김 퓰리처상 수상 작가
368 **여름** 이디스 워튼 · 김욱동 옮김 퓰리처상 수상 작가
369·370·371 **나는 고백한다** 자우메 카브레 · 권가람 옮김
372·373·374 **태엽 감는 새 연대기** 무라카미 하루키 · 김난주 옮김
375·376 **대사들** 제임스 · 정소영 옮김
377 **족장의 가을** 마르케스 · 송병선 옮김 노벨 문학상 수상 작가
378 **핏빛 자오선** 매카시 · 김시현 옮김
379 **모두 다 예쁜 말들** 매카시 · 김시현 옮김
380 **국경을 넘어** 매카시 · 김시현 옮김
381 **평원의 도시들** 매카시 · 김시현 옮김
382 **만년** 다자이 오사무 · 유숙자 옮김
383 **반항하는 인간** 카뮈 · 김화영 옮김 노벨 문학상 수상 작가
384·385·386 **악령** 도스토옙스키 · 김연경 옮김
387 **태평양을 막는 제방** 뒤라스 · 윤진 옮김
388 **남아 있는 나날** 가즈오 이시구로 · 송은경 옮김
389 **앙리 브륄라르의 생애** 스탕달 · 원윤수 옮김
390 **찻집** 라오서 · 오수경 옮김
391 **태어나지 않은 아이를 위한 기도** 케르테스 · 이상동 옮김 노벨 문학상 수상 작가
392·393 **서머싯 몸 단편선** 서머싯 몸 · 황소연 옮김
394 **케이크와 맥주** 서머싯 몸 · 황소연 옮김

395 **월든** 소로 · 정회성 옮김

396 **모래 사나이** E. T. A. 호프만 · 신동화 옮김

397·398 **검은 책** 오르한 파묵 · 이난아 옮김 노벨 문학상 수상 작가

399 **방랑자들** 올가 토카르추크 · 최성은 옮김 노벨 문학상 수상 작가

400 **시여, 침을 뱉어라** 김수영 · 이영준 엮음

401·402 **환락의 집** 이디스 워튼 · 전승희 옮김

403 **달려라 메로스** 다자이 오사무 · 유숙자 옮김

404 **아버지와 자식** 투르게네프 · 연진희 옮김

405 **청부 살인자의 성모** 바예호 · 송병선 옮김

406 **세피아빛 초상** 아옌데 · 조영실 옮김

407·408·409·410 **사기 열전** 사마천 · 김원중 옮김 서울대 권장도서 100선

411 **이상 시 전집** 이상 · 권영민 책임 편집

412 **어둠 속의 사건** 발자크 · 이동렬 옮김

413 **태평천하** 채만식 · 권영민 책임 편집

414·415 **노스트로모** 콘래드 · 이미애 옮김

416·417 **제르미날** 졸라 · 강충권 옮김

418 **명인** 가와바타 야스나리 · 유숙자 옮김 노벨 문학상 수상 작가

419 **핀처 마틴** 골딩 · 백지민 옮김 노벨 문학상 수상 작가

420 **사라진 · 샤베르 대령** 발자크 · 선영아 옮김

421 **빅 서** 케루악 · 김재성 옮김

422 **코뿔소** 이오네스코 · 박형섭 옮김

423 **블랙박스** 오즈 · 윤성덕, 김영화 옮김

424·425 **고양이 눈** 애트우드 · 차은정 옮김

426·427 **도둑 신부** 애트우드 · 이은선 옮김

428 **슈니츨러 작품선** 슈니츨러 · 신동화 옮김

429·430 **세계의 끝과 하드보일드 원더랜드** 무라카미 하루키 · 김난주 옮김

431 **멜랑콜리아 I–II** 욘 포세 · 손화수 옮김 노벨 문학상 수상 작가

432 **도적들** 실러 · 홍성광 옮김

433 **예브게니 오네긴 · 대위의 딸** 푸시킨 · 최선 옮김

434·435 **초대받은 여자** 보부아르 · 강초롱 옮김

436·437 **미들마치** 엘리엇 · 이미애 옮김

438 **이반 일리치의 죽음** 톨스토이 · 김연경 옮김

439·440 **캔터베리 이야기** 제프리 초서 · 이동일, 이동춘 옮김

세계문학전집은 계속 간행됩니다.